KB230672

중학생이 보는

NATHANIEL HAWTHORNE

주홍 글씨

나사니엘 호손 지음 | 윤영춘(전 경희대 교수) 옮김
성낙수(한국교원대 교수) · 유의종(신일중 교사) · 조현숙(제천여중 교사) 엮음

좋은 책 좋은 독자를 만드는—
(주)신원문화사

　더 이상 언급할 필요도 없지만 요즘은 독서의 중요성이 더욱 강조되는 시대입니다. 첨단과학으로 이루어진 대중매체 덕분에 눈으로 읽는 것보다는 말초신경을 자극하는 동영상 쪽으로 관심이 모아지는 데 대한 우려 때문일 것입니다. 꿈과 희망을 가지고 자라나는 학생들에게는 올바른 사고력과 분별력을 키워주어야 합니다. 그런 점에서 다른 사람들의 생각과 철학, 인생관과 세계관이 들어 있는 명작들을 많이 읽는 것이야말로 바람직한 학습 효과를 거둘 수 있는 지름길이라 생각합니다.

　명작은 오랜 세월에 걸쳐 많은 사람들이 읽고 크게 감동을 받은 인정된 작품들로서, 청소년들의 삶에 지침이 되어 주고 인생관에 변화를 주게 될 것입니다.

　이번에 중학생들에게 꼭 읽히고 싶은 명작들을 선정하여, 작품을 바르게 감상하고 독후감을 쓰는 데 도움을 주고자 이 시리즈를 기획하게 되었습니다. 작품들은 동서고금에 걸쳐 객관적으로 인정받은, 훌륭한 대상만을 선정하였습니다. 그리고 책의 구성을 다음과 같이 하여, 읽고 쓰는 데 도움이 되도록 하였습니다.

　하나, 삶에 대한 지혜와 용기를 주고 중학생이라면 꼭 읽어야 할 명작만을 골랐습니다.

　둘, 명작을 읽고 난 후의 솔직한 느낌을 논리적·체계적으로 쓸 수 있도록 중학생들의 독후감 작성에 따르는 부담을 덜어 주도록 구성하였습니다.

　셋, 작품 알고 들어가기, 내용 훑어보기, 작품 분석하기, 등장인물 알기를 통해 작품을 분석하는 힘을 기를 수 있도록 하였습니다.

　넷, 작가 들여다보기, 시대와 연관짓기, 작품 토론하기 등을 통해 작가의 일생을 알고 시대의 흐름을 파악하여 상상력과 창의력을 키워 주도록 하였습니다.

　다섯, 독후감 예시하기와 독후감 제대로 쓰기에서는 책을 읽는 방법과 독후감 모범답안 실례를 제시함으로써 문장력을 길러주는 한편 독후감 쓰기의 충실한 길라잡이가 되도록 했습니다.

　아무쪼록 이 책들이 중학생들의 학습 능력 향상에 큰 도움이 되길 빌어 마지 않습니다.

엮은이 성 낙 수

차 례

중학생이 보는

NATHANIEL HAWTHORNE

주홍 글씨

《주홍 글씨》는 17세기 청교도 식민지 보스턴에서 일어난 간음 사건과 그에 관련된 사람들의 얘기를 그리고 있습니다. 이 작품은 '죄'와 그것을 행한 인간의 복잡하고도 미묘한 심리를 깊이 있게 다루고 있는데, 청교도의 엄격함과 죄인의 심리 묘사를 상징적으로 잘 그리고 있어, 19세기 미국 소설의 걸작으로 평가받고 있습니다.

이 작품의 시대적 배경이 되고 있는 17세기는, 국왕이나 영주(領主)를 최고의 위치에 놓는 영국 국교회에 저항하여 새로운 종교집단이 탄생한 지 얼마 안 된 시기였습니다. 이들을 이름하여 청교도라 했는데, 이들은 모든 오락적인 것과 화려하고 사치스러운 생활을 죄악이라 여겨 물리치고, 깨끗하고 속되지 않은 생활을 할 것을 주장한 프로테스탄트(Protestant : '항의자'라는 뜻) 종교집단입니다. 이들은 종교적인 갈등으로 모국인 영국을 떠나 새로운 식민지 아메리카에 정착하면서 신대륙 개척과 자신들의 이상을 실현하기 위해 청교도주의를 엄격하게 지켜나갔죠.

　작가는 이 청교도 지배하의 식민지 사회에서 억압당하는 인간의 모습을 상징적으로 비판하고 있습니다. '에덴 동산'처럼 완전함을 기대하는 이상주의의 꿈이 얼마나 위험하고 헛된 것인가를 보여주며, 아울러 비틀어진 신앙과 인간과의 관계를 꼬집고 있는 것이죠.

　결국 이 작품은 청교도 사회의 윤리와 도덕에 맞서는 인간의 내면 세계를 표현하면서, 아울러 인간의 나약함과 고통에 관한 주제를 종교적인 입장이 아닌 인간적인 면에서 다루고 있다 하겠습니다. 작가의 이러한 의도를 생각하며 작품을 한번 읽어 볼까요?

감옥의 문

턱수염을 기르고 칙칙한 회색 옷에 뾰족한 모자를 쓴 남자들, 두건을 쓰기도 하고 혹은 쓰지 않기도 한 여자들이 뒤섞여 목조 건물 앞에 모여 있었다. 튼튼한 참나무로 만든 정문에는 온통 큼직큼직하고 끝이 뾰족한 쇠못들이 박혀 있었다.

새 식민지를 세운 사람들은 그들의 나라가 아름답고 행복이 넘쳐 흐르는 이상향이 되길 바랐다. 그러나 불모의 땅에 나라를 세울 때 가장 중요하게 여긴 일 중의 하나가 공동묘지와 감옥의 터를 정하는 것이었다. 이러한 관례에 따라 보스턴의 선조들이 콘힐 근처에 최초의 감옥을 건설했고, 이를 전후하여 아이작 존슨(1590~1643, 매사추세츠로 이주한 신앙 지상주의자로 후에 추방되었음)의 땅에 그의 묘를 중심으로 최초의 공동묘지가 만들어졌다. 사실 존슨의 묘는 그후 킹스 교회 옛 묘지에 들어찬 수많은 묘들의 중심이 되었다.

　보스턴 거리가 생긴 지 15년에서 20년쯤 지나니까 목조 감옥
은 이미 비바람 때문에 더러워져서 세월이 흐른 흔적을 보여주고
있었으며, 음산하고 낡은 앞모습은 더욱 무시무시하게 보였다.
참나무 문의 묵직한 쇠붙이에 슨 녹은 신세계의 그 무엇보다도
세월의 무상함을 잘 보여주고 있었다. 범죄에 관계가 있는 것은
모두가 그렇지만 이 문도 새로움 같은 것은 전혀 모르고 지내온
듯했다. 이 어두운 건물 앞과 차가 다니는 길 사이에 풀이 나 있
었는데 우엉, 명아주, 흰독말풀 등의 모양없는 식물류가 꽉 덮여
자라고 있었다. 이처럼 일찍부터 감옥은 문명 사회의 검은 꽃을
피우고 있었다. 그러나 옥문 한쪽에는 문지방에 거의 닿을 듯한
한 그루의 들장미가 자라고 있었는데, 마침 6월이라 보석을 여기
저기 박아놓은 것같이 섬세한 꽃을 피우고 있었다. 그것은 그윽
한 향기와 가냘픈 아름다움으로 감옥에 갇히는 죄수와 형의 집행
을 받으려는 사형수에게 대자연이 선물하는 깊은 동정과 자비의
마음 같았다.

　이 들장미는 이상한 인연을 가지고 역사 속에서 살아가고 있었
다. 그러나 과연 이 들장미가 예부터 그 위에 그림자를 던지고 있
던 거대한 소나무와 떡갈나무가 쓰러진 훨씬 뒤까지도 거친 들판
에 살아남은 것인지, 그렇지 않으면 성인으로 존경받는 앤 허친
슨(1601~1630, 초기에 매사추세츠로 이민 온 한 사람으로 부호였
음)이 옥문을 들어설 때 밟은 자국에서 생겨난 것인지(그렇게 믿

을 만한 근거는 충분히 있다고 해도) 여기서는 결정하지 않고 지나
기로 하겠다. 어쨌든 그 불길한 그림자를 간직한 옥문에서부터
시작하려는 이 이야기의 앞머리에 이 들장미를 발견한 작가가 할
수 있는 일이란 고작해야 그 꽃 한 송이를 따서 독자들에게 바치
는 정도일 것이다. 그 꽃은 이야기가 발전해 나감에 따라 우리 인
간에게 잠재해 있는 부드러운 마음을 상징하든가, 인간의 연약함
과 슬픔으로 인해 발생하는 이 이야기의 우울한 결말을 완화하는
데 도움이 되었으면 하는 것이 작가의 바람이다.

광 장

주홍 글씨

2백 년 전 어느 여름날 아침, 감옥 거리에 있는 감옥 앞의 풀밭은 많은 보스턴 주민으로 가득차 있었고 사람들의 눈은 쇠빗장을 지른 견목재의 문에 집중되어 있었다. 다른 지방의 주민이거나 뉴잉글랜드라 해도 훨씬 나중의 일이었다면, 사람들의 표정이 잔인할 정도로 굳어 있는 것을 보고 무언가 어마어마한 사건이 일어날 것으로 짐작했을 것이다. 누군가 이름이 알려진 죄인이 곧 처형될 것이며, 그것은 이미 일반 대중이 내린 판결을 법정이 뒷받침하는 데 지나지 않는 것으로 여겼을 것이다.

그러나 초기 청교도인의 엄격한 성격으로서는 확신을 갖고 그와 같은 결론을 내릴 수 없다. 왜냐하면 그것은 관리에게 넘겨진 게으름뱅이 고용인이나 방탕한 자식이 매맞는 장면일 수도 있고, 신앙 지상주의자나 퀘이커 교도 등의 이단적인 신도가 채찍을 맞고 거리에서 쫓겨나는 장면일 수도 있기 때문이다. 아니면 인디언 유랑자가 위스키에 취해 거리에서 소란을 피운 끝에 몹시 얻어맞고 숲속으로 추방되는 장면일 수도 있다. 혹은 성질이 까다롭기로 유명한 판사 미망인인 히빈즈 노부인(1655년 마녀로서 재판에 회부되어 이듬해 사형당했음)과 같은 마녀가 교수대의 이슬로 사라지려는 장면일는지도 모른다. 어느 경우이건 구경꾼들은 아주 심각한 태도를 보이게 마련이다. 이는 모든 공적인 처벌 행위는 신성 불가침하다고 생각하고 있고, 종교와 정치가 일치한 그 사회 국민들의 일반적인 태도였다. 따라서 처형장에 모여드는 이와 같은 구경꾼에게서 죄인이 기대할 수 있는 동정이란 참으로 하찮은 것이었음에 틀림없다. 그 반면 현대에서는 고작 조소라든가 우롱거리밖에 되지 않을 형벌이 당시에는 사형에도 뒤지지 않을 정도의 엄격한 위엄을 지니고 있었다.

　이 이야기의 발단이 되는 여름날 아침, 군중 속에 섞여 있던 몇 명의 여인들이 바야흐로 집행되려고 하는 형벌에 이상할 정도의 흥미를 갖고 있는 것은 주목할 가치가 있는 일이다. 이 시대에는 그다지 세련되었다고는 할 수 없으나 페티코트를 입은 여인들이 공공장소에 함부로 나서기도 하고, 경우에 따라서는 그 무거운 몸집으로 형이 집행되려는 처형대 가까운 인파 속으로 비집고 들어가는 일마저 있었다. 육체적인 면에서뿐만 아니라 정신적인 면에 있어서도 이들 옛 영국의 미혼, 기혼의 여성들은 2백 년 정도의 세월이 흐른 후의 현대 여성에 비하면 훨씬 성격이 거칠었다.

현대 여성은 몇 대를 거치는 동안 그들의 어머니들로부터 힘이나 강인함이 부족한 것은 아니지만, 부드러운 혈색과 훨씬 섬세하고 가냘픈 아름다움, 연약한 골격 등을 물려받았기 때문이다.

지금 옥문 주위에 모여 있는 여인들은 저 엘리자베스 여왕이 여장부로서 그 시대를 대표했던 시대에서 불과 50여 년밖에 지나지 않은 무렵의 여인들이었다. 이들은 엘리자베스 여왕과 같은 영국인이었다. 조국 영국의 쇠고기와 맥주가 다른 더하면 더했지 못하지 않은 정신의 양식과 함께 그들의 몸과 마음에 크게 영향을 미치고 있었다. 그러므로 이날 아침의 밝은 태양은 먼 섬나라에서 성숙한 여인으로 자라나, 뉴잉글랜드의 바람에도 야위거나 창백해진 일이 없는 그들의 넓은 어깨와 가슴과 빨간 뺨 위에 비추고 있었다. 게다가 결혼한 듯한 여인들의 목소리에는 내용이나 음량에 오늘날의 사람들을 깜짝 놀라게 할 정도의 대담함과 태연함이 담겨져 있었다.

"부인들!"

험상궂은 얼굴의 50대 여인이 말했다.

"마음속에 있는 얘기를 할까요. 분별 있는 중년으로서 뒤에서 손가락질받을 만한 일을 한 적이 없는 우리들이 말이죠, 헤스터 프린과 같은 악녀에게 징벌을 내리게 된다면 우리에게도 많은 도움이 될 텐데요. 당신들은 어떻게 생각하죠? 그 못된 여자가 여기 모여 있는 우리들 다섯 사람 앞으로 끌려나와 재판을 받는다고 생각해봐요. 판사님들이 결정한 것과 같은 벌로 끝났을까요? 어림도 없는 일이지."

"소문으론 말이죠……."

다른 여인이 말했다.

"그 여자의 목사님인 딤즈데일 선생이 말이에요, 이런 스캔들이 자기 교구내에서 일어났기 때문에 몹시 상심하고 계시다는군요."

"판사님들이 신앙심이 깊은 것은 틀림없지만 말이죠, 인정이 너무 많아요…… 정말이에요."

또 한 중년 여인이 말참견을 했다.

"어쨌든 헤스터 프린의 이마에 달군 쇠로 낙인을 찍는 것쯤은 해도 좋았을 텐데요. 헤스터도 그것에는 질렸을 텐데. 그래도 그녀는 어쩔 수 없는 못된 계집이니까, 가슴에 무슨 표지를 붙이든 태연할 거예요. 브로치 등의 장식물 따위로 가려 버리고 옛날처럼 유유히 돌아다닐 테니까요."

"설마?"

아이의 손목을 잡고 있던 젊은 여인이 보다 부드러운 어조로 그 말을 가로막았다.

"아무리 가슴의 표지를 감춘다고 해도 그 아픔은 항상 마음속에 있을 거예요."

"겉옷이든 이마든 표지나 낙인 따윈 어쨌든 좋아요."

하고 또 다른 여인이 크게 말했는데, 그녀는 재판관을 자청하고 나선 여인들 중에서 가장 못나고 냉혹한 여인이었다.

"그 여자는 우리 모두를 부끄럽게 했으니까 죽어도 싸요. 그 여
잘 재판할 법률이 없다는 말인가요? 성경에도 법률책에도 다 있
는데도 말예요. 판사님들은 그 법률을 적용하지 않았으니까, 자
기 부인이나 딸들이 탈선한다 해도 누구에게도 불평을 못하겠군
요."

"너무하는군요, 부인."

군중 속에서 한 남자가 말했다.

"여인들이란, 진실로 교수대를 두려워하지 않는 한, 정숙한 여
인이 될 수 없는 거요. 아무튼 아주 지독한 이야기군요. 자, 조용
하세요. 여러분! 문의 자물쇠가 열리고 있습니다. 문제의 헤스터
가 나옵니다."

감옥의 문이 안쪽으로부터 활짝 열렸다. 먼저 어둠에서 햇빛 속
으로 모습을 나타낸 자는 허리에 칼을 차고 손에는 지팡이를 든
사나운 얼굴의 형리였다. 그 형리의 표정에는 청교도 법률의 엄
격함이 잘 나타나 있었는데, 그 법을 위반한 자에게 단호히 법을
적용하는 것이 이 관리의 임무였다. 이 남자는 왼손에 지팡이를
쳐들고 오른손으로 젊은 여인의 어깨를 잡아 끌고 나왔다. 감옥
입구까지 오자 여인은 타고난 위엄과 굳센 의지를 나타내는 듯한
동작으로 형리를 뿌리치더니 자진해서 바깥으로 나왔다. 여인이
안고 있는 생후 3개월밖에 되지 않은 어린애는 너무도 부신 햇빛
에 작은 얼굴을 돌리고는 눈을 깜박거렸다. 지금까지의 생활이
지하 감방의 어두컴컴함과 회색 벽에만 익숙해져 있었기 때문이

다.

　그 어린애의 어머니인 젊은 여인은 군중 앞으로 선명히 모습을 나타내는 순간 깜짝 놀란 듯 아이를 가슴에 힘껏 껴안았다. 그것은 어머니로서의 애정에 의한 본능이라기보다는 옷에 수놓여진 표지를 감추기 위한 것 같았다. 그러나 다음 순간 그 치욕을 숨긴다 해도 또 하나의 치욕의 표지인 어린애는 숨길 수가 없다는 것을 깨달은 것 같았다. 여인은 어린애를 팔로 다시 껴안더니 얼굴을 몹시 붉히면서도 긍지에 찬 웃음을 띠고 부끄러워하는 기색이 없는 눈매로 군중을 둘러보았다. 여인의 가슴에는 곱고 붉은 천에 금실의 정교한 자수로 수놓여진 'A'라는 글자가 붙어 있었다. 그 모양은 훌륭해서 참으로 사치스런 느낌이 들며, 현란하고 호화롭다고 할 만큼 공들여져 있었다. 어떻게 보아도 지금 걸치고 있는 의복에 가장 잘 어울리는 장식품이라는 느낌이 들었다. 그 의복도 당시 유행에 따른 것으로 그 식민지의 근검 법령이 허용하는 범위를 훨씬 넘고 있었다.

　젊은 여인은 키도 크고 몸집도 좋았는데 그 모습에는 어디 한곳 나무랄 데 없는 기품이 흐르고 있었다. 머리는 까맣고 숱이 많으며 햇빛이 반사될 정도로 윤기가 흐르고 있었다. 단정한 이목구비와 포동포동한 살, 아름다울 뿐만 아니라 눈에 띄는 이마와 새까만 눈 언저리에 어딘가 사람을 끄는 힘이 있었다. 게다가 당시의 정숙한 여성 같았고 아무튼 숙녀처럼 보였는데, 그 모습에는 무어라고 표현할 수 없는 당당한 위엄이 있었다. 그녀는 오늘

날 여성미의 기준이 되어 있는 섬세하고 가냘픈, 이루 말할 수 없
는 우아함을 지닌 것은 아니었다. 그러나 헤스터 프린이 감옥 문
을 나섰을 때만큼 —— 옛날식의 말투로 하면 숙녀처럼 —— 기품
있어 보인 적은 없었다.

　지금까지 헤스터를 알고 있던 사람들은 때 묻고 흐트러진 모습
을 보게 되리라 생각하고 있었는데 오히려 아름다움에 빛나며 그
녀를 둘러싸고 있는 불행이나 불명예가 도리어 후광이 되어 있는
것을 깨닫고는 놀라움을 감추지 못했다. 그러나 예리한 눈을 가
진 현명한 사람에게는 무어라고 말할 수 없을 정도의 괴로움이
그녀에게 깃들어 있는 것같이 보였을 것이다. 이 날을 위해 헤스
터가 직접 만들고 수를 놓은 의복이었지만, 오히려 그 몹시 눈부
시고 화려한 특이성 때문에 도리어 어떻게든 될 대로 되라는 자
포자기의 기분을 나타내고 있는 것같이 보였다. 그러나 사람들의
눈을 끌고 그 의복을 입은 여인을 완전히 달라 보이게 한 것은
—— 지금까지 헤스터 프린과 가깝게 사귄 사람들까지도 지금 처
음 만난 듯한 인상을 받게 되었는데 —— 오직 그 기발한 자수로
가슴에 장식한 주홍 글씨였다. 그것에는 주문과도 같은 힘이 있
으며, 헤스터를 일상의 인간 관계에서 고립시켜 혼자만의 세계에
가둬 버린 것 같았다.

　"저 여자 자수 솜씨가 뛰어난 것은 분명해요."
하고 구경꾼에 섞여 있던 여인들 중의 하나가 말했다.
　"그러나 말예요, 저런 방법으로 자기 솜씨를 자랑하다니, 뻔뻔

스런 여자임에 틀림없어요. 참말이지, 여러분, 이건 어떻게 봐도 판사들을 비웃고, 그 훌륭한 분들이 내린 형벌을 자랑 삼고 있다고밖에 생각할 수 없어요."

"가장 좋은 방법은……."

하고 여인들 중에서 가장 무서운 얼굴을 한 여인이 입을 열었다.

"헤스터의 화려한 옷을 저 미끈한 어깨에서 벗기는 거예요. 정 안 된다면 그 불쾌한 주홍 글씨만이라도 떼내고 내 관절염에 사용하는 헝겊을 대면 꼭 알맞을 거예요."

"이보세요, 여러분. 목소리가 너무 큽니다."

하고 제일 젊은 여인이 말했다.

"저 여인이 듣겠어요. 그 글자를 수놓은 한 바늘 한 바늘이 저 여인 가슴에 아픔을 주었을 거예요."

그때 근엄한 관리가 지팡이를 쳐들고 외쳤다.

"자아, 여러분 비켜 주세요. 국왕의 명령입니다. 길을 터 주세요. 지금부터 낮 한 시까지 남녀노소 할 것 없이 헤스터 프린을 마음껏 볼 수 있도록 약속하겠습니다. 어떤 범죄든 완전하게 드러나는 정의의 고장 매사추세츠 식민지니까 이렇게 합니다. 자, 헤스터, 앞으로 나와서 그 주홍 글씨를 광장의 여러분에게 보여 드리시오."

구경꾼들의 무리가 양쪽으로 갈라지고 통로가 생겼다. 선두에는 관리가 섰고, 헤스터 프린은 눈살을 찌푸린 남자들과 인정사정없는 눈초리로 바라보는 여인들 사이를 지나 처형장을 향해 걷기 시작했다. 덕택에 수업이 일찍 끝났다는 것 이외에는 아무 영문을 모르는 개구쟁이 아이들이 신기한 듯 헤스터를 앞질러 뛰어가며 끊임없이 뒤돌아보면서 얼굴을 쳐다보기도 하고, 양팔에 안겨 눈을 깜박이고 있는 어린애와 가슴에 붙어 있는 치욕의 글자를 바라보기도 했다.

이 당시 감옥 문에서 광장까지는 그리 멀지 않았다. 그렇지만 죄수의 기분으로 미루어 보면 역시 꽤 멀다고 생각되었음에 틀림없다. 헤스터의 자세는 흐트러지지 않았지만, 자기를 구경하기 위해 몰려든 사람들의 발짝 소리를 들을 때마다 심장이 길거리에 던져져서 짓밟히는 듯한 고통을 느꼈음에 틀림없다. 그러나 다행히도 신의 은총이 있어, 고뇌 속에 있는 자가 심한 괴로움을 깨닫는 것은 지금 당장이 아니라 먼 후일의 일이다. 그렇기 때문에 헤스터 프린은 태연하다 싶을 만큼 담담한 마음으로 지금 경험하고 있는 시련을 넘어서 광장 서쪽 끝에 있는 처형대에 이르렀다. 그것은 보스턴의 가장 오래된 교회 추녀 바로 밑에 마련되어 있어서 마치 그곳에 고정되어 있는 것 같았다.

사실 이 처형대는 형구(刑具)의 일부가 되어 있었다. 1백 년쯤 전부터 현대의 인간에게는 단지 역사나 전설상의 것으로 되어 있지만, 옛날에는 프랑스의 테러리스트를 처형하던 기요틴(사형 집행용 단두대)에 뒤지지 않는 효과적인 양민 교육의 도구로 여겨졌다. 간단히 말하면 그것은 죄인을 구경거리로 만드는 대(臺)로서, 그 위에는 인간의 목을 꼭 끼우고, 사람의 눈에 잘 띄도록 고안된

형틀이 놓여 있었다. 이 나무와 쇠로 만든 장치는 마치 치욕의 그림으로 그린 듯이 분명한 모양을 하고 있었다. 죄인이 너무 부끄러워서 얼굴을 숨기려는 것을 막기 위한 것이 이 형틀의 주목적이었지만, 사실 이 이상으로 인간을 모욕하는 일은 없을 것이다. 그러나 헤스터 프린은 일정 시간 동안 처형대 위에 서 있기만 할 뿐 그 진저리 나는 장치 중에서도 가장 지독한 특징으로 되어 있는, 수갑을 차고 칼을 씌우는 것만은 하지 않아도 되었으므로 자기가 치러야 할 일을 알고 나무 계단을 올라갔다. 처형대는 사람들의 어깨 정도 높이여서 헤스터는 군중에 둘러싸인 채 구경거리가 되었다.

만약 이 청교도의 무리 속에 가톨릭 교도가 섞여 있었다면 그 복장이나 태도 면에서, 더욱이 가슴에는 젖먹이 아이를 안고 있는 아름다운 여성에게서 성모 마리아상을 —— 수많은 저명한 화가들이 서로 다투어 그리려고 했던, 구세주의 성모인 순결한 마리아 —— 발견하였을지도 모른다. 그러나 헤스터의 경우에는 가장 신성해야 할 미덕에 씻을 수 없는 죄의 오점이 찍혔다. 즉 이 여인의 아름다움 때문에 세상이 더욱 어두워질 뿐만 아니라 그녀의 배를 아프게 한 어린애 때문에 더욱 타락한 결말을 초래했던 것이다.

헤스터의 모습에는 무언가 사람의 마음을 감동시키는 데가 있었다. 죄와 치욕에 몸을 떠는 한 인간을 발견하고 몸서리 치는 것은 고사하고 그냥 웃어 넘길 정도로 세상이 타락하지 않는 한, 이런 경우에는 으레 경외감이 깃든다. 헤스터 프린의 치욕을 목격하고 있는 사람들은 아직 소박함을 벗어나지 못하였다. 그들은 설사 헤스터에 대한 판결이 사형이었다고 해도 눈썹 하나 까딱하지 않고 바라볼 수 있는 굳은 의지의 사람들일지도 모르지만, 지금 눈앞에 보이는 구경거리 속에서 웃음거리 하나라도 찾아내려는, 다른 사회에서 볼 수 있는 냉혹함은 손톱만큼도 갖고 있지 않았다. 아니, 설사 이 사태를 웃어 넘기려 생각했다 해도 이와 같은 기분은 엄숙하게 자리해 있는 지사, 수명의 지사고문, 판사, 장군, 목사 등의 고귀한 사람들의 모습에 위압되어 사라져 버렸음에 틀림없었다.

그들은 교회 발코니에 서거나 앉아 처형대를 내려다보고 있었다. 이와 같은 인사들이 직위상의 위엄이라든가 존경의 손상 없이 구경거리의 일부가 될 수 있을 정도니까, 법의 이름에 의한 형벌이 진지하고 효력 또한 강하다는 것을 나타내고 있는 것 같았다. 군중의 태도가 진지하고 경직돼 있는 것도 이와 같은 사정이 있었기 때문이다.

가엾게도 죄인은 수백 명의 날카로운 시선이 자신의 몸과 가슴에 집중되어 있다는 무거운 짐에 짓눌리면서도 여자의 몸으로서 할 수 있는 한 참고 견디었다. 정열적이고 감정적인 성격의 헤스터는 대중의 태도가 바늘이나 독 묻은 칼날처럼 자신에게 쏟아져도 굳게 맞서리라 미리 마음을 굳히고 있었다. 그러나 사람들의 딱딱하고 엄격한 태도에는 그것보다도 더욱 무서운 데가 있었으므로, 차라리 모두 자신을 경멸과 야유의 눈으로 바라보는 편이 낫지 않을까 하는 생각이 들었다. 군중들에게서 와아 하는 야유의 소용돌이가 일어나고, 남자나 여자, 쨍쨍 울리는 목소리의 아이들 모두가 마음껏 비웃어 준다면 헤스터 프린은 누구에게나 할 것 없이 불쾌한 냉소로 답할 수 있었을 것이다. 그러나 이 납덩어리같이 무거운 형을 감당해야 하는 자신의 운명을 깨닫고는 힘껏 소리 지르며 땅바닥으로 몸을 내던지지 않는 한 이대로 미쳐 버리는 것은 아닌가 하는 생각이 일기도 했다.

그렇지만 자신이 구경거리가 되어 있는 이 광경 전체가 눈앞에서 사라져 버리는 것 같은, 아니 적어도 형체가 분명치 않은 꿈이나 환상에 싸인 것처럼 희미해지는 일이 가끔 있었다. 머리의 작용은, 그 중에서도 기억력은 이상할 만큼 활발해서 미국의 황야 일각에 있는 작은 거리, 그 조잡한 거리와는 다른 장면을 계속 생각해 내고 있었다. 그 뾰족한 모자의 차양 밑에서 노려보고 있는 수많은 얼굴들과는 다른 얼굴도 있었다. 유년 시절이나 학교 시절의 일들, 스포츠, 애들 같은 싸움, 소녀 시절의 아무 것도 아닌 집안의 다툼 등 참으로 덧없고 쓸데없는 일들이 그후의 뜻깊은 사건과 뒤엉켜 한꺼번에 되살아났다. 그 어느 것이나 마찬가지로 중요한 의미가 있는가 하면 단지 하찮은 일같이 보이기도 했는데 모두가 생생하게 나타났다. 주마등같이 떠오르는 이런 저런 것들을 생각해내는 것으로써, 현실의 가혹하고도 무거운 짐을 벗어나려고 하는 것은 자기 방어를 구하는 여인의 본능적인 지혜였는지도 모른다.

어쨌든 처형대는 행복한 유년 시절 이후 자신의 인생 전부를 헤스터 프린에게 선명히 보여주는 전망대가 되었다. 몸이 위축될 것 같은 곳에 서 있으니까 또다시 그리운 영국, 고향의 마을이나 태어난 집 등이 보이기 시작했다. 낡고 어두운 모습이긴 했지만, 현관에는 오랜 가문임을 상징하는 희미해진 문장(紋章)이 남아 있는 석조의 황폐한 집이었다. 이마가 벗겨지고 예스러운 엘리자베스식의 주름깃 언저리에 멋있는 백발 턱수염을 드리웠던 아버지의 얼굴이 보였다. 어머니의 얼굴도 보였는데, 언제나 생각할 때마다 떠오르는 상냥하고 깊은 애정이 넘치는 표정은 죽은 뒤에도 딸이 가는 길에 나타나서 부드러운 훈계의 말을 해주는 듯했다. 게다가 참말로 어린애 같은 아름다움에 빛나는 자신의 얼굴도 보였는데, 언제나 들여다보던 흐린 거울의 구석까지도 환하게 비추는 얼굴이었다.

이 거울 속에는 아주 나이가 든 남자의 얼굴도 있었는데, 램프의 불빛 아래 수많은 책을 읽느라 눈이 흐릿해지고 창백하게 야윈 학자의 모습이었다. 그러나 이 약해진 시력의 소유자가 인간의 마음을 꿰뚫어 보려고 할 때 그 눈에는 이상한 신통력이 빛나기도 했다. 서재에 틀어박히기 좋아하는 은자와 같은 남자는 약간 불구여서 왼쪽 어깨가 오른쪽 어깨보다 좀 올라간 듯했던 것을 헤스터 프린은 잊지 않고 있었다.

그 다음으로 머리에 떠오른 것은 어떤 유럽 도시의 혼잡한 거리와 회색으로 늘어선 높은 집들, 훌륭한 사원, 그리고 오래된 색다른 공공 건물 등이었다. 그곳에는 역시 그 불구의 학자와 끊을 수 없는 새로운 생활이 기다리고 있었지만, 새로운 생활이라 해도 허물어져 가는 벽에 달라붙은 파란 이끼와 같이 낡은 것에 의존해 사는 데에 지나지 않았다. 이런 주마등과 같은 풍경 대신에 가장 나중에 나타난 것은 청교도 식민지의 조잡한 광장이었다. 그곳에 모인 시민들이 가혹한 시선을 집중시키고 있는 대상은 가슴에 금실로 수놓은 주홍 글씨 'A'를 붙인 채 어린애를 안고 처형대에 서 있는 헤스터 프린 자신이었다.

설마 이럴 수가? 어린애를 세차게 껴안으니까 울음을 터뜨렸다. 머리를 숙여 주홍 글씨를 바라보며 손가락으로 건드려 보고 이 어린애와 이 치욕이 현실인가를 확인해 보았다. 역시 이 두 가지만이 현실이었다. 다른 모든 것은 사라져 버렸다.

해 후

이 주홍 글씨의 여인은 좋든 싫든 마음을 사로잡고 놓아주지 않는 사람을 군중 속에서 발견하고, 비난에 찬 구경거리가 되어 있다는 지울 수 없는 생각에서 겨우 해방될 수 있었다. 그곳에는 한 인디언이 그들의 독특한 복장을 하고 서 있었는데, 당시 인디언은 영국 식민지에서 종종 볼 수 있었으므로 이런 때 인디언 한두 사람이 나타났다고 해서 헤스터 프린의 주의를 끄는 것은 아니었다. 그러기에 그가 지금의 상황을 잊게 하는 것은 더더욱 아니었다.

이 인디언의 옆에 아무리 보아도 그의 친구 같은, 문명인인지 야만인인지 알 수 없는 기묘한 복장을 한 백인이 한 사람 서 있었다. 이 백인은 몸집이 작고 얼굴에는 깊은 주름이 잡혀 있었지만 아직 노인이라고는 할 수 없는 나이로 보였다. 이목구비에는 놀랄 만큼의 지력이 엿보이고, 정신이 발달한 결과 어김없이 그 정신이 육체에도 나타나는 그런 인상이었다. 남자는 색다른 의복을 평범하게 소화하여 눈에 띄지 않고 있었지만, 한쪽 어깨가 좀 높다는 특징은 헤스터 프린의 눈에도 선명하게 보였다. 수척한 얼굴과 약간 불구인 신체를 알아차린 순간 헤스터 프린은 다시 어린애를 가슴에 끌어안았는데, 너무나 발작적인 힘이 담겨져 있었기 때문에 가엾게도 어린애는 괴로운 듯한 울음소리를 냈다. 그러나 그녀에게는 그 울음소리도 들리지 않는 것 같았다.

광장에 도착해서 아직 그녀의 눈에 띄지 않았을 때부터 벌써 이 남자는 헤스터 프린을 주목하고 있었다. 처음에는 내면을 바라보는 데 익숙해서 자기 마음속에 있는 것과 관련이 없는 외부 세계의 일에는 가치도 의미도 인정하지 않는 인간처럼 아무렇지도 않은 눈초리였다. 그러나 곧 남자의 표정은 날카롭고 찌르는 듯한 눈초리로 바뀌었다. 고민하는 듯한 고통의 빛이 얼굴에 한순간 떠올랐다. 마치 그의 얼굴 위를 재빨리 지나가려던 뱀이 한순간 멈춰서 똬리를 트는 것처럼 그에게서는 몸이 뒤틀리는 듯한 번뇌가 지나갔다. 남자의 표정은 무언가 어두운 마음으로 인해 흐려져 있었는데, 그 마음을 의지의 힘으로 순식간에 억제했으므로 한순간 외에는 태연한 표정이라고 생각할 정도였다. 다음 순간에는 이미 고뇌의 빛이 눈에 띄지 않았을 뿐더러 곧 마음속 깊이 가라앉아 버렸다. 헤스터 프린의 눈이 자기를 주목하는 것을 깨닫고 누구인지 아는 듯한 태도를 취하는 것을 보더니, 남자는 조금

도 동요하지 않고 천천히 손가락을 들어 가벼운 신호를 하고 입
술을 갖다 댔다.

그러고 나서 남자는 옆에 서 있는 사람의 어깨에 손을 얹더니
새삼스럽게 정중한 태도로 말을 걸었다.

"실례입니다만, 도대체 저 여인은 어떻게 된 겁니까? 왜 사람
들 앞에서 창피를 당하고 있는 겁니까?"

"당신은 이 고장에 처음 온 모양이군요."

옆의 사람은 말을 걸어온 남자와 일행인 인디언을 찬찬히 바라
다보면서 말했다.

"그렇지 않다면 헤스터 프린의 탈선 행위에 대해서는 알고 있
었을 테니까요. 저 여인은 딤즈데일 선생의 교회에서 대단히 불
미스런 일을 저질렀거든요."

"말씀대로 난 이 고장은 처음이고 마지못해 방랑의 길을 계속
하고 있는 사람입니다. 바다에서도 육지에서도 비참한 재난을 만
났지요. 오랫동안 남쪽에서 인디언에게 붙잡혀 있었습니다. 이제
야 겨우 몸값을 내기로 하고 여기 있는 인디언에게 이곳으로 이
끌려온 겁니다. 그렇기 때문에 말입니다, 헤스터 프린의 —— 분명
히 그런 이름이었지요? 그 여인이 저지른 죄와 어째서 저런 처형
대에 서게 되었는지를 알려 주었으면 합니다만……."

"그렇군요."

옆의 사람이 말했다.

"황야에서 지내며 고생한 끝에 이 뉴잉글랜드처럼 죄악이 만천

하에 폭로되고, 높은 양반들과 일반인들의 눈앞에서 처벌되는 고장에 가까스로 이르렀으니 참으로 마음이 놓이겠군요. 저 여인은 말이죠, 영국 태생으로 오랫동안 암스테르담에 살고 있었다고 해요. 어떤 학자의 부인인데, 주인이란 사람이 미국으로 와서 우리 매사추세츠 식민지 사람들과 운명을 함께하려는 생각이 들었다나요. 그러기 위해 먼저 부인을 출발시키고 자신은 뒷일을 정리하기 위해 뒤에 남았대요. 그런데 저 여인이 보스턴에 2년인가 3년 가까이 사는 동안 그 프린이라는 학자에게서는 아무런 소식도 없었다는 겁니다. 그래서 저 젊은 부인이 탈선의 처지에 빠져버린 거죠."

"아하, 그렇군요."

여행자는 쓰디쓴 웃음을 띠며 말했다.

"말씀하시는 바와 같은 학자라면 그런 것쯤 책을 읽고 알아 두어야 했을 텐데요. 그런데 실례지만 저 어린애 말인데…… 생후 3, 4개월 정도 되겠군요. 프린인지 하는 저 여인이 안고 있는 어린애 아버지는 누굽니까?"

"그것은 확실히 알지 못해요. 수수께끼를 푸는 명판관이 없다는 말입니다."

옆의 사람이 대답했다.

"헤스터는 아무리 해도 입을 열려고 하지 않고, 재판관들이 지혜를 모아보았으나 허사였죠. 어쩌면 불의를 저지른 상대의 남자가 신만은 알고 계시리라는 것을 잊고, 남에게 들키지 않게 이 두려운 광경을 바라보고 있을지도 모르죠."

"그 학자 선생이 수수께끼를 풀러 와야 하는 것이 아닐는지요."

여행자는 미소를 띠면서 말했다.

"당연히 그래야지요. 살아 있다면 말이지만……."

옆의 사람이 대답했다.

"그렇기 때문에 이 매사추세츠의 재판관들은 저 여인이 젊고 예쁘므로 타락의 유혹도 많았을 것이고, 게다가 십중 팔구 남편은 바닷속에 빠져 죽었으리라 생각해서 공정한 법의 판결을 가혹하게 내릴 수 없었던 겁니다. 이런 일엔 사형이 보통이죠. 자비로운 인정을 베풀어서 프린에게 단 세 시간만 구경거리가 되고 난 후에 목숨이 다할 때까지 치욕의 표지를 가슴에 달도록 선고한 것입니다."

"훌륭한 판결이군요."

여행자는 공손하게 머리를 숙여 보였다.

"그렇게 되면 저 여인은 욕된 문구가 묘비에 새겨질 날까지 사람들에게 죄악에 대한 경고를 하겠군요. 그렇지만 불의의 상대가 함께 저 위에 서 있지 않다는 것은 화나는 일이군요. 그러나 그 남자도 곧 알게 될 겁니다. 틀림없이 알게 될 겁니다."

여행자는 이야기를 들려 준 사람에게 정중히 머리를 숙이더니 두세 마디 일행인 인디언에게 속삭이고 인파를 헤치면서 그 자리를 떴다.

그 동안 헤스터 프린은 여행자 쪽을 뚫어지게 바라본 채 처형대 위에 서 있었다. 너무나 골똘히 바라보고 있었기 때문에 눈앞의 모든 모습이 사라져 버리고 그 남자와 자기만이 있는 것같이 착각될 정도였다. 그와 같이 둘만이 만나는 일이 만일 있다면, 한낮의 태양빛을 얼굴에 받으면서 굴욕을 당하는 지금의 모습보다도 훨씬 더 무서운 일임에 틀림없었다. 가슴에는 빨간 치욕의 표지를 붙이고, 팔에는 죄의 어린애를 안고 있었다. 축제 구경이라도 나온 듯한 이 거리의 사람들에게 난로의 희미한 불빛 속이나 행복한 가정 안, 교회로 가는 여성들의 베일 밑으로나 볼 수 있는 얼굴을 보이고 있는 것이다. 구경거리가 된다는 것은 치욕스런 일임에는 틀림없었다. 그러나 몇백 명이라는 구경꾼이 도리어 피난처가 되어 있음을 헤스터는 깨닫게 되었다. 둘만이 얼굴을 대하고 만나기보다는 이렇게 많은 사람을 사이에 두고 서 있는 것이 나을 것이다. 말하자면 도움을 구해서 사람들의 구경거리가 된 셈인데, 이 구원의 손길이 사라져 버리는 순간이 두려웠다.

이와 같은 생각에 잠겨 있었기 때문에 뒤에서 군중 전체에게 들릴 정도로 되풀이하여 자신의 이름을 부르고 있는 엄하고 큰 목소리를 알아듣지 못했다.

"잘 들어, 헤스터 프린!"

이라고 그 목소리는 말했다.

이미 말한 바와 같이 헤스터 프린이 서 있는 처형대 바로 위에는 교회에 부속된 발코니 같은 것이 있었다. 당시에는 공적인 행사가 있을 때마다 행정관들이 이곳에 늘어앉아 엄숙한 분위기 속

에서 온갖 포고를 내리곤 했다. 이 장소에 지금 우리가 이야기하
고 있는 장면을 보기 위해 벨링햄(1592~1672, 매사추세츠 지사
로 전후 세 번씩이나 선출되었음) 지사가 앉아 있고 그 주위에는
네 사람의 정리(廷吏)가 친위대처럼 창을 들고 서 있었다. 지사는
모자에 까만 깃털을 꽂고 자수 깃이 달린 까만 비로드 차림이었
는데, 주름진 얼굴에 많은 경력이 드러나 보이는 나이 든 노신사
였다. 식민지 사회의 대표자로서는 참으로 어울리는 인물이라 할
수 있었다. 그 사회는 기원에서부터 진보, 나아가서 오늘날의 발
전 단계에 이르기까지 젊은이의 충동적인 활동에 의한 것이 아니
라 엄격하게 연마된 성인의 정력과 노인의 수수한 생활의 지혜에
힘입었으며, 상상이라든가 기대가 최소한으로 억제되어 있었기
때문에 도리어 큰 성과를 올릴 수 있었다.

　이 대표자를 둘러싼 상류 명사들에게서 두드러지는 점은, 권위
있는 모습이 신의 세계의 신성함을 나타낸다고 생각하던 시대에
잘 어울리는 위엄있는 태도였다. 이 사람들이 공정하고 현명하며
훌륭한 사람들뿐이었음은 의심할 여지가 없었다. 그러나 전 인류
속에서 찾아도, 지금 헤스터 프린이 얼굴을 돌린 발코니 쪽의 굳
은 표정의 점잔 빼는 사람들만큼 탈선한 여인의 마음을 심판하
고, 선악을 판단하는 데 능력이 없는 인사를 찾아내는기는 쉽지
않을 것이다. 헤스터 자신도 동정을 기대할 만한 곳이 있다면 그
것은 보다 크고 따뜻한 군중의 마음이라는 것을 깨달은 것 같았
다. 눈을 들어 발코니를 쳐다보았을 때 이 불행한 여성은 새파랗

게 질려서 떨고 있었던 것이다.

헤스터에게 말을 건 사람은 유명한 존 윌슨(1588~1667, 보스턴 교회 창립자의 한 사람) 목사였는데, 이 보스턴의 최고참 목사는 당시 성직에 있는 사람 대부분이 그랬듯이 대학자이자 인정있고 온화한 마음씨의 소유자였다. 그러나 이 마지막에 말한 성격은 타고난 재능만큼 정성을 다하여 갈고 닦은 것이 아니어서 부끄럽게 여길지언정 자랑할 수 있는 상태의 것은 아니었다. 이 목사는 두건 밑에 흰 머리가 섞인 머리카락을 테두리처럼 드러내고 있었는데, 회색 눈은 서재의 갓 달린 등잔불에 길들여져 있었기 때문에 헤스터의 어린애 눈처럼 햇빛을 정면으로 받아 깜박거리고 있었다. 그 모습은 옛날의 설교집 책머리에서 흔히 볼 수 있는 칙칙한 동판의 초상화와 비슷했는데, 그 초상과 마찬가지로 인간의 죄나 정열이나 고뇌에 관한 문제에 관여할 권리 따위는 갖고 있지 않은 인물이었다.

"헤스터 프린!"

목사가 말했다.

"여기 있는 내 젊은 친구의 설교는 당신도 들을 기회가 있었을 테지만, 난 이 청년과 의논하였소."

윌슨은 옆에 있는 얼굴이 창백한 청년의 어깨에 손을 얹었다.

"나는 신앙심이 깊은 이 청년에게 신도 내려다보고 계시고 모든 사람이 보고 있는 이런 자리에서 당신이 저지른 죄의 수치스러움, 추악함에 대해 당신에게 일러줄 것을 권유했소. 이 청년은 나보다 더 잘 당신의 성질을 알고 있을 테니까, 당신의 어쩔 수 없는 고집을 꺾기 위해 강경한 방법을 쓰든 부드러운 설득을 하든 해서, 당신을 유혹해서 타락시킨 남자의 이름도 밝힐 것이리라 생각했던 거요.

그런데 이 청년이 내게 반대해서 말하기를, 나이에 어울리지 않게 현명한 것은 틀림없으나 역시 젊은이들에게 있기 쉬운 관대함으로, 이런 대낮에 구경꾼도 많은 데서 마음의 비밀을 자백하라고 하는 것은 여자의 본성 그 자체에 대한 모욕이라는 거요. 내가 이 청년에게 이해시키려는 사실은, 인간이 수치로 생각해야 할 것은 죄를 범한 것이지 그것을 사람들에게 고백하는 것은 아니라는 점이오. 집요한 것 같지만, 당신의 의견은 어떻소. 딤즈데일 목사! 이 가엾은 죄인의 영혼을 떠맡을 사람은 당신이요, 그렇지 않으면 나요?"

발코니에 위엄을 갖추고 늘어앉아 있는 사람들 사이에서 웅성임이 일었다. 벨링햄 지사는 젊은 목사에 대해 존경의 뜻을 표하며 온화하기는 했지만 좀 위압적인 목소리로 이 소란을 잠재웠다.

"딤즈데일 목사님, 이 여인의 영혼은 당신이 전부 책임을 져 주어야 하겠소. 그러므로 이 여인을 회개시키고 회개의 증거로 고백을 시키는 것이 당신의 의무입니다."

이 부탁의 말이 단도직입적이었기 때문에 군중은 딤즈데일 목사에게 눈을 돌렸다. 이 젊은 목사는 영국에 있는 유명한 대학에서 당대 일류의 학문을 익혀서 미개의 땅인 미국으로 건너온 사람이었다. 그의 웅변과 종교적인 열정은 이미 목사로서 앞길이 탄탄함을 약속하고 있었다. 높이 튀어나온 흰 이마, 우수가 어린 갈색의 큰 눈, 억지로 꼭 다물지 않으면 바르르 잘 떨리는 입술은 감수성과 강렬한 자제심을 보여주고 있었다. 참으로 남의 눈을 끄는 용모의 주인공이었다. 타고난 비범한 재능과 학자에게 어울리는 대단한 박식에도 불구하고 이 젊은 목사는 인간 세상의 길에서 갈 바를 모르고 혼자만의 세계에 틀어박혀서야 비로소 평정을 찾는 타입이었으며, 표정은 아주 불안스럽고 항상 전전긍긍하며 무엇을 두려워하는 것 같았다. 그래서인지 목사로서의 직무가 허용하는 한, 외진 오솔길에 발을 들여 놓고 언제나 소박한 아이들처럼 처신하고 있었다. 그러나 필요할 때는 신선하고 향기 높으며 이슬처럼 맑은 사상을 보여주었기 때문에 많은 사람들에게서 천사의 이야기같이 감동을 받는다는 소리를 듣고 있었다.

월슨 목사와 지사는 이와 같은 청년을 쑥스럽게 사람들 앞에 끌어내어, 많은 사람들 앞에서 더러워지기는 했지만 성스러운 여인의 알 수 없는 마음에 말을 걸도록 명령했던 것이다. 이런 괴로운 입장 때문에 청년의 뺨에 핏기가 가시고 입술은 경련을 일으키고 있었다.

"저 여인에게 말을 해보시오."

월슨 목사가 말했다.

"그렇게 하는 것이 저 여인의 영혼을 위해 중요할 뿐만 아니라,

지사님도 말씀하시는 바와 같이 저 여인의 영혼을 책임지는 당신 자신의 영혼에게도 중요한 것이오. 진실을 말하도록 저 여인을 타일러 보시오."

딤즈데일 목사는 묵도하는 듯 머리를 숙이더니 약간 앞으로 나왔다.

"헤스터 프린!"

하고 발코니에서 몸을 굽히며 여인의 눈을 뚫어지게 바라보았다.

"당신도 여기 계시는 목사님의 이야기를 들었을 테죠. 내게 짊어지워진 책임도 알 겁니다. 당신의 마음이 편안해지고 이 지상에서의 죄가 구원을 받는 데 도움이 된다고 생각하면 아무쪼록 그 사람의 이름을 밝혀 주지 않으렵니까? 그 남자에 대한 그릇된 동정이나 친절심에서 입을 다물고 있어서는 안 됩니다. 헤스터, 그 남자가 지금 당신이 구경거리가 되어 있는 그곳에 함께 서 있게 된다면, 그 편이 죄 많은 마음을 숨기고 생애를 보내는 것보다 훨씬 나을 테니까요. 당신이 입을 다물고 있다고 해서 그 남자에게 무슨 도움이 되겠습니까? 그렇기는커녕 타락의 죄 위에 위선의 죄를 더하게 할 뿐입니다. 신이 당신에게 사람들 앞에서 수치를 당하게 한 것은 오로지 당신의 내면에 있는 악과 외면에 있는 비애를 공개적으로 회개할 수 있도록 그런 것이오. 당신의 입술에 지금 내밀어진 잔은 쓰디써도 당신을 위한 잔입니다. 당신은 그것을 그 남자에게서, 모름지기 자신이 그것을 잡을 용기가 없는 남자에게서 빼앗고 있다는 것을 잊지 마시오."

젊은 목사의 목소리는 떨리는 듯 다정하고 낭랑하고 엄숙하기도 했는데, 끊어질 듯 느릿느릿했다. 말 한마디 한마디에 담긴 뜻보다는 오히려 목소리가 분명히 전달하고 있는 감정 때문에 듣는 사람의 마음에 감동을 일으키고, 누구나 할 것 없이 한마음으로 연결되었다. 헤스터의 가슴에 안긴 가엾은 어린애마저도 같은 힘이 작용했는지, 그때까지 멍하니 있던 시선을 딤즈데일 목사 쪽으로 돌리더니, 기쁜지 슬픈지 알 수 없는 소리를 지르면서 작은 두 팔을 뻗었다. 목사의 호소는 이처럼 힘찼기 때문에 사람들은 당연히 헤스터 프린이 죄인의 이름을 대든가, 그렇지 않으면 죄인 자신이 높은 곳에서든 낮은 곳에서든 어쨌든 억제할 수 없는 세찬 감정에 몰려 처형대로 가지 않을까 생각하고 있었다.

헤스터는 머리를 가로저었다.

"여인이여, 신의 자비도 한도가 있는 거요."

윌슨 목사가 전보다도 거친 어조로 말했다.

"그 어린애의 행동도 당신이 지금 들은 충고의 말을 분명히 뒷받침하고 있소. 남자의 이름을 밝혀요. 밝히고 회개하기만 하면 가슴에서 주홍 글씨를 떼어 버리게도 된단 말이오."

"싫습니다."

헤스터는 윌슨 목사가 아닌 젊은 목사의 깊은 고뇌에 잠긴 눈동자를 응시하면서 대답했다.

"이것은 가슴에 깊이 새겨져 있으므로 떼어 버려도 소용없습니다. 게다가 나는 나만의 괴로움이 아니고, 그분의 괴로움까지도 참고 견디기를 바라고 있습니다."

"여인이여, 말하라!"

다른 목소리가 처형대 주위의 인파 속에서 차갑고 날카롭게 들려왔다.

"왜 말하지 않나, 그 애에게 아버지를 찾아줘라."

"말하고 싶지 않습니다."

헤스터는 죽은 사람처럼 얼굴이 창백해지면서도, 틀림없이 알수 있는 어떤 남자의 목소리에 대답했다.

"이 애는 하늘에 계신 우리들의 아버지를 찾지 않으면 안 됩니다. 이 땅 위의 아버지는 몰라도 됩니다."

"저 여자는 말하지 않을 것이오."

손을 가슴에 얹은 채 발코니에서 몸을 약간 굽히고 헤스터 프린의 태도를 주목하고 있던 딤즈데일 목사가 중얼거렸다. 목사는 크게 숨을 들이쉬더니 본래의 자리로 물러갔다.

"여인의 마음이란 참으로 굳세고 넓은 것이야. 저 여인은 입을 열것 같지 않군."

가엾은 죄인의 생각이 어쩔 수 없는 상태에 있는 것을 보고는 이 기회에 한바탕 이야기하기 위해 만반의 준비를 해둔 윌슨 목사는 온갖 죄에 대해 군중을 향해 설교하기 시작했다. 한 시간 이상이나 힘주어 주홍 글씨에 대해 많은 말을 했기 때문에, 그 상징은 듣는 자의 머릿속에 새로운 공포를 일으켜서 그 주홍색을 지옥의 불길에서나 헤쳐온 것같이 생각되게 하였다.

　그 동안에도 헤스터 프린은 피로와 무관심의 빛을 띤 채 수치의 처형대에 서 있었다. 이날 아침 헤스터는 참기 어려운 것을 꾹 참고 있었다. 기절 따위로 심한 괴로움에서 벗어나는 기질의 여성이 아니었기 때문에 정신만이 돌과 같이 무감각한 자신의 가슴속에서 피난처를 찾아냈을 뿐, 전신의 힘은 무엇 하나 손상되어 있지 않았다. 설교자의 목소리 따위는 왕왕 울릴 뿐 아무 영향을 미치지 않았다. 이 최후의 시련을 겪는 동안 가슴에 안긴 어린애의 울부짖는 소리가 주위를 울리고 있었는데, 헤스터는 기계적으로 달래려고 할 뿐 아이를 진정으로 보살피려는 기색은 조금도 보이지 않았다. 이런 비정한 모습으로 헤스터는 많은 사람이 보는 가운데 견고한 감옥 문 안쪽으로 모습을 감추었다. 그 뒷모습을 보고 있던 사람들은 주홍 글씨가 감옥의 어두운 통로에서 기분 나쁜 빛을 발하고 있다고 수군댔다.

만 남

주홍 글씨

　감옥으로 돌아온 다음에 헤스터 프린은 이상하게 신경이 날카로워져 있었다. 끊임없이 감시하지 않으면 자신의 몸에 상처를 내거나 가엾은 어린애에게 난폭한 행동을 취할지도 모를 일이었다. 해질 무렵이 되었는데도 아무리 꾸짖고 벌을 주겠다고 위협해도 조금도 명령에 따르려고 하지 않았기 때문에 간수장 브래킷은 의사를 부르기로 했다. 그 의사는 모든 의학 분야에 정통해 있을 뿐만 아니라, 숲에서 자라는 약초에 관해서는 토착민도 무색할 만큼 해박하다는 게 간수장의 얘기였다. 사실 의사의 간호가 필요한 것은 헤스터보다도 오히려 어린애였다. 그는 일각을 다투는 상태였다. 어머니의 가슴에서 양분을 흡수하고 있는 동안에 그 어머니의 전신에 스며들고 있는 혼란이라든가 고뇌라든가 절망 등을 죄다 먹어 버린 것같이 보였다. 고통의 발작으로 괴로워하는 어린애의 모습은 헤스터 프린이 하루 종일 참고 견디었던 마음의 괴로움을 어린애이지만 생생하게 반영해 주는 것 같았다.

간수장을 뒤따라 어두컴컴한 방에 들어온 사람은 인파 속에서 누구보다도 주홍 글씨의 여인에게 관심을 가졌던 그 이상한 차림의 남자였다. 이 남자가 감옥에 들어온 것은 어떤 죄를 범했기 때문이 아니고, 남자의 몸값에 대한 흥정이 행정관들과 인디언 추장들과의 사이에 성립될 때까지 가장 편리하고 좋은 해결책으로 이곳에 머물기로 한 것이다. 그 남자의 이름은 로저 칠링워스라고 했다. 간수장은 남자를 안내해 오고 잠시 방에 남아 있었는데, 헤스터가 별안간 조용해진 데 대해 놀라고 있는 모습이었다. 어린애는 여전히 괴로워하고 있었지만 헤스터 프린은 죽은 것이나 아닌가 생각될 정도로 갑자기 조용해졌기 때문이다.

"미안하지만 자리를 피해 주세요."
라고 의사가 말했다.

"걱정 말아요, 간수 양반. 곧 당신의 손님을 조용히 해드리겠습니다. 프린 부인이 지금까지보다도 얌전하게 명령을 따르도록 해줄 테니까요."

"만일 그렇게 할 수 있다면 당신의 솜씨는 내가 보증해주죠."
하고 브래킷이 말했다.

"하여튼 이 여인은 무엇에 홀린 것 같아요. 채찍으로 악마를 쫓아낼 생각까지 들 정도니까 말이오."

이 의사라고 자칭하는 기묘한 남자는 방으로 들어왔을 때부터

의사다운 침착성을 보여주고 있었다. 오래지 않아 브래킷은 가 버리고 헤스터와 둘만이 남아도 얼굴색 하나 변하지 않았는데, 두 사람 사이가 상당히 깊은 관계라는 것은 인파 속에서 남자를 발견했을 때 헤스터의 진지한 태도로 미루어 보아도 분명했다.

남자는 먼저 어린애의 진찰을 시작했다. 실제로 바퀴가 달린 침대에서 몸부림치며 울고 있는 소리에 다른 것은 모두 뒤로 미루지 않으면 안 된다는 생각이 들었다. 남자는 어린애를 면밀하게 진찰하더니 가지고 온 가죽 가방의 물림쇠를 끌렀다. 그곳에는 여러 종류의 약품이 들어 있는 것 같았는데, 그 중의 하나를 물이 담긴 컵에 타면서 말했다.

"전에 연금술을 연구하고 일 년 이상이나 약초의 효능에 정통한 사람들 속에서 지냈기 때문에, 난 의학의 대가라고 칭하는 자들보다도 훨씬 수완있는 의사가 되어 버렸어. 자, 이거야. 이 애는 당신의 애지, 나와는 아무런 관계가 없어. 목소리나 얼굴을 보아도 내가 아버지라고는 생각되지 않는군. 이 약물을 당신 손으로 먹여요."

헤스터는 의사가 내민 약을 뿌리치고, 아주 불안스러운 듯 상대의 얼굴을 응시하면서 작은 소리로 말했다.

"이 아무것도 모르는 어린애에게 복수를 하려고 하는군요."

"바보 같은 여자군."

의사의 대답은 차갑기도 했지만 상대를 달래는 것 같기도 했다.

"이 불쌍한 아비 없는 애를 학대해서 내가 얻을 게 뭐가 있겠소? 이 약은 잘 들어요. 이 애가 내 애가 아니라고 해도 ——그렇지, 당신과 나 사이에서 태어난 애라고 해도 —— 말이야, 역시 할 수 있는 일이란 이것밖엔 없으니까."

여인은 도저히 사리를 판단할 상태에 있지 않았기 때문에 몹시 망설였다. 남자는 아이를 무릎에 앉히더니 그 물약을 먹였다. 약은 즉시 효과를 나타내기 시작해서, 의사의 말을 확실히 증명했다. 어린 병자의 신음소리는 그치고 괴로움에 몸을 뒤척이는 일도 없어졌다. 불과 몇 분도 되지 않아서 고통이 덜해진 듯 어린애는 편안히 깊은 잠에 빠졌다. 의사라고 불러도 좋을 남자는 이어서 어머니의 진찰을 시작했다. 침착하고 세심한 주의를 기울이면서 맥을 짚어 본 뒤 뚫어지게 상대의 눈을 들여다 보았다. 가까이 있으면서 아주 남처럼 냉혹하게 대했기 때문에 자기도 모르게 심장이 위축되어 버릴 것 같은 그런 눈길이었다. 진찰을 마치고 남자는 물약을 조제하기 시작했다.

"난 레테(저승에 있는 이 강물을 마시면 생전의 모든 것을 잊게 된다는, 그리스 신화에 나오는 강)도 네펜디(이집트 사람 등이 슬픔과 괴로움을 잊기 위해 사용한 아편의 일종)도 모르지만 황야에 있는 동안에 새로운 비법을 몇 가지 배웠어. 이것도 그중의 하나야. 저 파라켈수스(1493?~1541, 독일·이탈리아·프랑스 등을 돌아다닌 스위스 태생의 의학자이자 연금술사)의 옛날로 거슬러 올라가는 내 학문과 교환해서 인디언이 가르쳐 준 처방이야. 먹는 게 좋아. 죄없는 양심만큼 위로할 힘은 덜하겠지만. 더욱이 그런 양심 같은 것을 난 줄 수 없으니까. 어쨌든 이것을 먹으면 거친 파도에 기름을 부은 것처럼 당신의 높아진 격정은 가라앉을 거요.”

남자는 헤스터에게 컵을 내밀었고 헤스터는 상대의 얼굴을 한참 동안 뚫어지게 바라보면서 받았다. 공포의 눈초리가 아닌, 도대체 이 남자의 속셈은 무엇인가 하는 의심에 찬 눈초리였다. 헤스터는 자고 있는 어린애를 보았다.

“난 죽음도 생각했어요. 차라리 죽어 버리려고 생각했어요. 나 같은 여자가 신에게 바란다는 건 어울리지 않는 일이지만, 죽기를 빌어도 보았어요. 그러나 이 컵에 독약이라도 들어 있다면 내가 다 마시기 전에 다시 생각해 주세요. 입술에 대고 있으니까요.”

“그대로 먹는 게 좋아.”

남자의 차갑고 침착한 태도는 변함이 없었다.

“의외로 나를 모르는군. 헤스터, 내가 노리는 것이 언제나 그런 얄팍한 것일까? 설사 내가 복수를 계획하고 있다 해도 말이야, 당신을 살려 두는 편이, 그러니까 당신을 생명의 위험에서 벗어나게 하는 약을 주는 편이 훨씬 더 그 목적에 적합한 게 아닐까? 그렇게 하면 그 타는 듯한 치욕의 표지가 언제까지나 당신 가슴에서 타오르게 될 테니까.”

이렇게 말하고 남자가 긴 둘째 손가락을 주홍 글씨 위에 대자 그 글씨가 별안간 헤스터의 가슴속까지 타들어가는 것 같았다. 남자는 헤스터가 무의식중에 뒤로 물러나는 것을 보고 빙그레 웃었다.

“그러니까 말이지, 당신을 살려 놓고 항상 악운에 시달리게 할 작정이지. 모든 사람의 눈앞에서, 당신이 옛날에 남편이라고 불렀던 적이 있는 남자의 눈앞에서, 그리고 이 아이의 눈앞에서도 말이야. 자, 당신이 오래 살 수 있도록 이 물약을 먹도록 하지.”

더 이상 권할 필요도 없었다. 헤스터 프린은 약을 죽 들이켜고 나서 의사의 지시대로 어린애가 자고 있는 침대 위에 앉았다. 의사는 방에 비치되어 있는 하나밖에 없는 의자를 끌어다가 그녀 가까이에 놓고 앉았다. 이런 남자의 행위에 헤스터는 몸을 떨지 않을 수 없었다. 인간적인 면에서든 원칙에서든, 그렇지 않으면 세련이라는 가면을 쓴 잔인함에서든 어쨌든 신체의 고통을 덜어 주기 위해 할 수 있는 일은 다한 다음, 이번에는 치유하기 어려운 깊은 상처를 받은 남자로서 할 이야기가 있다는 태도였기 때문이다.

“헤스터! 당신이 이와 같은 괴로운 처지에 빠지게 된 것이라든가, 아까 보여준 처형대 위에 오르게 된 이유나 경위는 듣고 싶지 않아. 이유 따윈 금방 알 수 있어. 당신의 어리석음과 내 연약함 때문이었으니까. 난…… 사물을 생각하는 인간이며, 책벌레이며, 끝없는 지식욕을 충족시키기 위해 남자로서의 한창때를 보내 버린 늙은 몸이었으니까……. 이런 나와 당신같이 젊고 아름다운 여인 사이에는 무엇 하나 연결시킬 것이 없었던 거지. 타고난 불구자인 내가 재능만 있으면 불구의 몸 따위는 덮어버릴 수 있지 않은가 하고 생각했던 것이 처음부터 잘못이었어.

남들은 날 학자라고 부르지. 학자가 자기 일을 잘 처리할 수 있다면 지금 같은 일은 죄다 알고 있어야 했을 거야. 어둡고 큰 숲을 나와 이 기독교도의 식민지에 발을 들여놓았을 때, 이미 분명히 알고 있었어야 했지. 내 눈에 최초로 보인 것이 남의 구경거리가 되어 있는 당신이라는 걸 말이야. 아니, 남편과 아내로서 두 사람이 옛 교회의 돌계단을 내려온 그 순간부터 우리들이 가는 곳에 빨갛게 봉화처럼 타오르는 이 주홍 글씨가 보였어야 했소."

"당신도 알고 계실 텐데요."

기운을 잃기는 했으나 치욕의 표지에 대한 비꼼에는 참을 수 없는 듯 헤스터가 말했다.

"내 본심이 어떻든 내게는 처음부터 애정 같은 건 없었고 그런 척도 안 했을 거예요."

"옳아!"

하고 남자가 대답했다.

"역시 내 잘못이었어. 지금도 말했잖아. 그러나 말이야, 그때까지의 내 인생이란 덧없는 생활의 연속이었어. 세상에는 아무런 즐거움도 없었어. 내 마음은 마치 큰 저택과 같은 것이어서, 많은 손님을 초대할 수 있는 객실은 많아도 난로 하나 없는 쓸쓸하고 차가운 집이었소. 그런 나지만 적어도 따뜻한 불 하나만이라도 갖고 싶었던 거야. 참말 어리석은 꿈이었어. 늙고 답답한 불구자인 주제에, 세상 사람 누구나 긁어 모을 수 있도록 흩어져 있는 작은 행복을 이 손으로 붙잡고 싶다고 생각했던 것은 말이야. 그러니까 헤스터, 나는 당신을 내 마음속의 가장 구석진 방에 끌어들여서 당신이 그곳에 있기 때문에 생기는 따뜻함으로 당신을 포근하게 해주려고 했어."

"당신을 배신했군요, 나는."

헤스터가 중얼거렸다.

"배신한 건 피차일반이야."

남자가 대답했다.

"최초에 배신한 것은 나야. 꽃봉오리처럼 젊디젊은 당신을 속이고 썩은 나무 같은 나와 부부의 관계를 맺게 했으니까 말이야. 그러니까 진실을 생각하고 철학을 해온 사람답게 당신에게는 아무런 복수도 하지 않고 나쁜 일을 꾸미는 일도 하지 않아. 우리들 두 사람은 서로에게 잘잘못이 없는 셈이야. 그런데 헤스터! 우리 두 사람을 배신한 남자는 살아 있지? 그 남자의 이름을 알려 줘요."

"아무리 물어도 소용없어요!"

헤스터 프린은 단호한 태도로 상대의 얼굴을 마주 바라보았다.

"어떤 일이 있어도 당신에겐 알려 드릴 수 없어요."

"어떤 일이 있어도?"

남자는 어두운 표정이었으나 자신만만한 듯한 미소를 띠며 말했다.

"아무리 해도 알려 주지 않는다고? 이봐요! 헤스터, 모든 것을 바쳐 하나의 수수께끼를 풀기 위해 몰두하는 남자의 눈으로 보면, 외계의 것이든 눈에 보이지 않는 정신계의 것이든 무엇 하나 감출 수 있는 것은 없다고 할 수 있지. 당신은 무엇을 캐기 좋아하는 사람들에게는 비밀을 감출 수 있을지도 모르지. 목사나 재판관의 눈을 속일 수도 있겠지. 오늘처럼 당신의 마음속에서 처형대에 함께 서게 될 남자를 찾아내려고 할 때에도 그랬으니까.

그러나 나는 그들과는 다르게 그를 찾고 말겠어! 내가 책 속에서 진실을 찾은 것처럼 그 남자도 꼭 찾아내겠어! 연금술로 금을 구했을 때처럼이라고 해도 좋아. 내겐 그 남자를 알아차리는 영감이라는 게 있어. 그 남자를 만나면 나 자신이 별안간 이유도 없이 떨게 될 것이고, 나는 그를 알아차릴 수 있을 거야. 언젠가는 내 손으로 찾아내어 보여주겠어!"

깊은 주름의 학자가 날카롭게 빛나는 눈초리로 뚫어지게 바라보았기 때문에, 헤스터 프린은 마음의 비밀을 당장에라도 그가 알아내는 것이나 아닌가 하고 두려워져 맞잡고 있던 양손으로 가슴을 안았다.

"당신이 남자 이름을 말하지 않아도 좋아. 결국은 내 손으로 찾아내게 될 테니까."

마치 운명이 자기 편인 것처럼 자신에 넘친 표정이었다.

"그 남자는 당신처럼 치욕의 표지를 의복에 붙이지 않았는지도 모르지만 내게는 그 표지가 가슴에 보여. 그러나 그 남자를 걱정할 것은 없어. 내가 신이 가해야 하는 처벌에 간섭하거나 인간들이 재판하는 권력에 팔아 넘긴다는 따위 생각은 하지 마. 그 남자의 생명에 위해를 가하는 따위의 일을 꾸민다고 생각하는 것도 지나친 생각이야. 명예를 손상시키는 일 따위는 없어. 틀림없이 인기가 있는 사람일 테지만 말이야. 살려 두겠어. 명예의 허상에 숨어 살도록 내버려 두지. 어쨌든 내 손아귀에 들어올 것임은 분명하니까."

"꽤나 관대하시군요."

헤스터는 놀라서 허둥대며 말했다.

"그러나 이야기를 들으니까 당신이 정말 무서운 분이라는 것을 알겠어요."

"한 가지만, 전에 내 처였던 당신에게서 약속을 받고 싶은 것이 있어."

학자는 이야기를 계속했다.

"당신이 사랑하는 남자의 비밀을 지키고 있듯 내 비밀도 지켜 주어야겠어. 날 알고 있는 인간은 이 고장에는 한 사람도 없어. 일찍이 당신이 나를 남편이라고 부른 적이 있다는 건 입에 절대로 올리지 말도록 해. 이 황폐한 세계의 끝에서 나는 정착하고 싶어. 어디를 가나 방랑자여서 사람들과 관계가 없었지만, 이곳에는 나와 끊을래야 끊을 수 없는 인연의 여인과 남자와 어린애가 있기 때문이지. 서로 사랑하고 있든 미워하고 있든, 바른 길을 가든 탈선하고 있든 상관치 않아. 헤스터 프린, 당신의 모든 것은 내 것이야. 내가 있는 곳이 당신이 있는 곳이며, 그 남자가 있는 곳이기도 하지. 그렇지만 말이야, 내 신원만은 밝히지 않길 바라겠어."

"어째서 그런 것을 바라시는 거예요?"

왠지는 몰랐지만 헤스터는 이 비밀의 약속을 망설이고 있었다.

"왜 당당히 이름을 밝히고 날 버리지 않는 거예요?"

"그건 말이야, 처에게 배신당한 남편에게 붙어다니는 불명예를 피하고 싶기 때문인지도 모르지. 또한 다른 이유 때문일지도 몰라. 어쨌든 남에게 알려지지 않고 일생을 보내는 것이 내 목적이라는 것만으로 족해. 그러니까 세상에서 당신의 주인은 이미 저 세상으로 가 버려서 어떤 풍문마저도 들을 수 없다고 해두는 거야. 말이나 몸짓이나 표정 등으로 날 알아차리는 태도는 보이지 말도록 해. 특히 그 남자에게 비밀을 폭로해서는 안 돼. 그런 짓을 한다면 무사하지 않을 테니까. 그놈의 명성도 지위도 생명도 죄다 내 마음대로 되는 거야. 잊지 마."

"그 사람의 비밀을 지킨 것처럼 당신의 비밀도 지키겠어요."

헤스터가 말했다.

"맹세하는 게 좋아."

남자가 다그쳐 말했다.

헤스터는 맹세했다.

"자아, 프린!"

로저 칠링워스는 말했다.

"홀로 있도록 해주지. 이 아이와 주홍 글씨만을 상대로 해야겠

군. 어때, 헤스터, 당신이 받은 판결은 잘 때에도 그 표지를 붙여
야 하는 거요? 무서운 꿈을 꾸며 시달려도 괜찮소?"
　"무엇을 싱글거리며 보는 거예요?"
　헤스터는 상대의 눈빛에 당황하며 말했다.
　"당신은 이 고장 주위에 살고 있다는 악마인지도 몰라요. 나를
속이고 내 영혼을 파멸시키려는 약속을 한 게 아닌가요?"
　"당신의 영혼은 아니야."
　남자는 히죽히죽 웃었다.
　"아니, 결코 당신의 영혼은 아니야!"

바느질하는 헤스터

  헤스터 프린의 구류 기간이 끝났다. 감옥의 문이 열리고 햇빛 속으로 발을 내디뎠을 때 누구에게나 골고루 내리쬐는 태양이었지만, 병으로 쇠약해진 여인에게는 마치 가슴에 붙인 주홍 글씨를 비추는 것 같았다. 지난번의 행렬이나 처형대에서는 많은 사람들의 구경거리가 되어 손가락질 받는 것이 수치스러웠는데, 지금 이와 같이 홀로 감옥 문을 걸어나가는 것이 사실은 훨씬 괴로운 듯했다.

  그때 마음을 지탱해준 것은 부자연스러울 만큼 긴장된 신경과 지고 싶지 않다는 과격한 성격이었다. 그 덕택에 눈앞의 괴로운 장면도 일종의 공허한 승리로 바꿀 수 있었던 것이다. 게다가 일생에 한 번 정도밖에 일어나지 않는, 다른 것과는 관계가 없는 사건이었기 때문에 앞날의 일은 생각할 겨를도 없이 오랜 평온한 세월을 사는 데 필요할 강한 힘을 분출시켜 그 고통과 치욕에 맞설 수 있었다. 헤스터를 처벌하고 있는 법률은 무서운 형상을 한 거인이기는 했지만, 그 쇠 같은 팔에는 파멸시키는 힘뿐만 아니라 마음을 지탱해 주는 힘도 담겨져 있었다. 때문에 오히려 사람들의 구경거리가 되는 가혹한 시련을 겪는 동안에도 기력을 잃는 일 따위는 없었던 것이다.

그러나 지금의 경우, 감옥 문에서 혼자 걷기 시작한 순간부터 매일 정해진 생활이 시작된 것이어서, 아주 평범한 기술로 생활을 지탱해 나가든가, 그렇지 않으면 무거운 짐에 깔려 버리든가 그 어느 쪽이 되어 버릴 것이었다. 이제는 전처럼 미래의 힘을 빌어다가 현재의 비탄을 극복하는 데 도움이 되게 할 수는 없었다. 내일은 내일대로 새로운 슬픔을 가져올 것이고 이런 매일이 끝없이 계속될 것이다. 그때마다 새로운 시련이 따라다닌다고 해도, 지금의 말할 수 없는 시련과 조금도 다르지 않을 것이다. 먼 미래의 나날이 천천히 계속되겠지만, 무거운 짐을 짊어지고 계속 운반해야 하는 것에는 변함이 없고 도저히 던져 버릴 수 없는 사실이었다. 나날이 지나고 새해가 거듭됨에 따라 산처럼 커지는 치욕 위에서 비참함과 함께 부풀어오른 것이다.

이렇게 해서 오랜 세월이 흐르는 동안에 헤스터 프린은 자기의 개성을 단념하고 설교하는 사람이나 도덕가들이 지탄하는 일반적인 죄의 전형이 되어 버려, 여인의 연약함이라든가 죄 많은 정열의 온갖 이미지를 상징하는 존재가 될 것이다. 가슴에 주홍 글씨

를 불사르고 있는 헤스터, 유서 깊은 집안의 자식인 헤스터, 전에
는 청순 그 자체였던 헤스터, 이런 여인을 죄 많은 인간, 죄 많은
육체, 죄 많은 현실로 보도록 세상의 순진한 젊은이들은 교육받
을 것이다. 끝내 그 묘비에는 죽을 때까지 지니고 가지 않으면 안
될 악명만이 오직 새겨질 것이다.

그럼에도 불구하고 이 여인이 최후의 거처로 정한 곳이 치욕의
전형처럼 되어 버린 이 고장이었다는 것은 도저히 믿을 수 없는
일이었을지도 모른다. 눈앞에는 넓은 세계가 열려 있었다. 이와
같이 멀고 외진 청교도의 식민지 안에 머물러야 한다는 조항이
판결에 있었던 것도 아니었다. 태어난 고향이라든가 어딘가 다른
유럽의 고장으로 돌아가서 딴사람처럼 옛날을 숨기고 새로운 모
습이 되는 것도 자유였다. 게다가 이 여인을 처벌한 법률과는 다
른 생활 습관을 지닌 종족과 여인의 과격한 성격이 완전 일치하
는 어둡고 신비스런 숲의 길이 사방으로 이어지고도 있었다.

이런 점을 종합해 보면 더욱 믿을 수 없는 일로 생각될지도 모
른다. 그러나 세상에는 숙명이라든가 운명적인 힘을 피하기 어려
운 불가항력과 같은 감정이 있는 것이다. 그렇기 때문에 인간은
거의 예외 없이 어떤 특수한 큰 사건이 자신의 인생에 자리 잡은
고장의 주위를 유령과 같이 배회하지 않을 수 없게 된다. 인생을
슬프게 하는 색채가 어두우면 어두울수록 피할 수 없는 힘이 닥
쳐오는 것이다. 헤스터의 죄, 헤스터의 치욕은 대지에 깊숙히 내
린 뿌리 같았다. 새로운 삶을 사는 데 있어 지상에 생을 처음 부

여받았을 때보다도 강한 동화력을 지니게 되었으며, 다른 여행자에게는 아직 낯익지 않은 숲속의 황야가 헤스터 프린에게는 거칠고 쓸쓸해 보이기는 했지만, 생애를 보내는 데에 어울리는 고향이 된 것 같았다. 이것에 비하면 이 세상의 다른 풍경은 낯설게 느껴졌다. 고생을 모르던 소녀 시절이나 불결을 모르던 미혼 시절이 마치 아주 옛날에 벗어 버린 의복처럼 어색했고, 아직 어머니 곁에 남아 있다고 생각되는 그 전원풍인 영국의 마을마저도 생소하게 느껴졌다.

자신이 보스턴의 이 쓸쓸한 황야에 묶여 있는 것이 마치 쇠사슬 같아서 헤스터는 마음속 깊이 고통을 당하면서도 그 사슬을 부숴 버릴 수는 없었다. 어쩌면 다른 감정이 이렇게도 운명적이었던 땅과 오솔길에 자신을 가두어 버렸는지도 모를 일이다. 아니, 그런 것임에 틀림없었지만 그 비밀을 감추려 애쓰고, 구멍에서 나오는 뱀처럼 마음속에서 나오려고 요동칠 때마다 안색이 변하곤 했다. 이 땅이야말로 헤스터와 인연의 끈으로 단단히 얽혀진 그 사람이 숨쉬고 계속 걸어다니고 있는 곳이었다. 그 끈은 지상에서는 인정할 수 없는 것이었지만, 최후의 심판정에 두 사람이 서서 그곳을 결혼의 제단으로 삼아 끝없는 천벌의 장래를 함께할 사람일지도 모른다. 그녀를 유혹하는 악마는 이런 생각을 헤스터에게 여러 번 하게 했으며, 그것을 쫓아 버리려는 그녀의 정열과 절망을 비웃고 있었다.

헤스터는 이 생각을 정면으로 응시하려 하지 않고 그대로 마음

속 깊이 가둬 놓았다. 헤스터가 자신에게 믿게 하려고 했던 것은
—— 뉴잉글랜드에서 계속 살아가는 동기로 겨우 생각해 낸 것이
기도 하지만 —— 반은 진실이었지만 반은 자기 기만이기도 했다.
이 고장은 죄를 범한 곳이기 때문에 지상에서의 처벌장이 되어야
만 하지 않는가. 따라서 매일같이 사람들에게서 모욕을 당하는
괴로움이 언젠가는 영혼을 깨끗이 해줄지도 모를 일이며, 잃어버
린 순진함보다도 더욱 다른 순진함을 얻어, 오래지 않아 고난의
끝에는 더욱 성녀다운 여인이 될 것이 아닌가 하는 것이 헤스터
의 생각이었다.

이런 이유로 헤스터 프린은 도망치지 않았다. 변두리의, 반도의
범위 안이었지만 다른 인가와 잇대어 있지 않은 곳에 작은 초가
집이 있었다. 옛날의 거주자가 지은 오두막이었는데, 주위의 땅
이 불모지로서 경작에 적합하지 않은 데다가 비교적 외진 곳이었
기 때문에, 이 고장 주민들의 습관이 되어 있던 사교 활동의 영역
에서도 제외돼 빈집이 되어 있었다. 해변에 있는 오두막은 서향
집으로, 만(灣) 안쪽 건너편에는 숲으로 덮인 산들이 보였다. 반
도에만 우거져 있는 울창한 나무숲이 오두막을 마을 사람들로부
터 가리고 있었다. 아니, 가리고 있다기보다 그 집이 숲 뒤에 숨
어 버렸다고 하는 편이 좋았을지도 모른다.

이렇게 작고 초라한 집에 보잘것없는 가재 도구를 갖다 놓고 아
직도 귀찮게 감시하고 있는 행정관들의 허락을 받아 헤스터와 어
린애가 정착하게 되었다. 곧 이유 없는 의혹의 그림자가 이 장소

에 드리우게 되었다. 이 여인이 인간들의 자비의 세계에서 쫓겨 난 이유를 모르는 아이들은 오두막 가까이까지 몰래 들어와서 헤 스터가 창가에서 바느질하는 것이나 출입구에 서 있는 모습, 작 은 마당에서 일하는 것이나 마을로 통하는 오솔길을 걸어오는 모 습 등을 바라보곤 했다. 그러나 가슴의 주홍 글씨가 눈에 띄면 까 닭을 알 수 없는 공포심이 아이들에게 퍼져 와아 하고 주위로 흩 어져 버리는 것이었다.

헤스터는 친구 하나 없는 외로운 처지였지만 생활이 곤궁해질 걱정은 없었다. 그녀에게는 몸에 익힌 기술이 있었다. 그와 같은 기술을 완벽하게 발휘할 수 없는 고장이기는 했지만, 자라는 아 이와 자신의 먹을 것에는 부족함이 없었다. 그 기술이라는 것은 지금이나 옛날이나 여자가 할 수 있는 유일한 것이라고 말할 수 있는 재봉 기술이었다. 헤스터의 가슴에 붙어 있는 멋진 주홍 글 씨는 섬세하면서도 공상력 풍부한 재능의 표본처럼 되어 있어, 어느 궁정의 귀부인이라면 비단실이나 금실로 짠 천에 인간의 기 교를 더한 풍부하고 정성이 깃들인 장식을 가지고자 노력했을 것 이다. 이 고장의 보통 청교도 의복은 상복처럼 수수한 것이 특징 이어서 섬세한 헤스터의 수예품에 대해 별로 주문이 없었던 것은 확실하다.

그러나 당시에는 정교한 수제품이 유행이었다. 따라서 많은 관 습과 풍습까지 단호히 집어던지고 미국으로 건너온 엄격한 청교 도의 선조들에게도 그 영향이 미치지 않을 리 없었다. 목사직의

수여식이라든가 행정관의 취임식, 새로운 정부가 국민에게 선을
보이는 행사에 위엄을 갖추는 일 등 모든 공식적인 식전에는 위
풍 당당한 의식과 수수하지만 빈틈없는 장엄함이 배어나도록 고
려했다. 더부룩한 주름깃, 정성을 다한 띠, 사치스럽게 수놓은 장
갑 등은 모두 권력자의 공적인 자격에 없어서는 안 될 것으로 생
각되어, 이런 종류의 사치는 근검 법령으로 일반 시민에게 금지
되어 있었음에도 불구하고 신분이나 재산이 있는 유명인들에게는
간단히 허가되어 있었다. 장례식의 경우에도 시신에 입히는 수의
든 유족의 슬픔을 나타내기 위한 까만 천이나 흰 무명의 상복이
든 헤스터 프린이 할 수 있는 일은 끊임없이 있었다. 어린애용 속
옷도 —— 어린애도 훌륭한 예복을 입었으므로 —— 일과 수입의
원천이었다.

느리기는 했지만 그다지 오랜 시간이 걸리지 않는 사이에 헤스
터의 수예품은 오늘날 말하는 유행이 되었다. 비참한 운명의 여
인에 대한 동정에서인지, 흔해 빠진 값어치없는 물건에마저 그럴
듯한 가치를 부여하고 싶어하는 병적인 호기심 때문인지, 옛날이
나 지금이나 마찬가지로 남이 구할 수 없던 것이 일부 어떤 사람
에게는 쉽게 주어졌든지, 그렇지 않으면 자신들이 손수 해야 할
불편한 일들이 헤스터 덕택에 해결되었기 때문인지, 아무튼 이
여인이 하루에 몇 시간씩 바느질을 하기만 하면 일은 얼마든지
있었고 보수도 상당히 좋았던 것도 확실했다.

허영심이 강한 사람들은 현란하고 호화로운 행사에 헤스터의

죄 많은 손으로 만들어진 의상을 걸침으로써 허영의 죄를 감추려고 했는지도 몰랐다. 헤스터의 자수는 지사의 주름옷깃에서도 볼 수 있었고, 군인의 옷단이나 목사의 의복에서도 볼 수 있었다. 때로는 어린애의 작은 모자를 장식하기도 하고, 죽은 자의 관에 갇힌 채 곰팡이가 피어 썩어 없어지는 수도 있었다. 그러나 신부의 청순한 부끄러움을 가리는 흰 베일에 수놓여져 헤스터의 솜씨가 높이 평가받았다는 예는 단 하나도 기록에 남아 있지 않다. 이런 예가 없다는 사실은 헤스터의 죄에 대해 사회가 얼마나 냉혹하고 심하게 얼굴을 찡그리고 있었는지를 여실히 말해주고 있다.

헤스터가 바랐던 것은 검소하고 금욕적이라고 할 정도의 생활 수단이었다. 이 여인의 옷은 참으로 변변찮은 재료로 만들어졌으며 빛깔도 몹시 수수했고, 단 하나의 장식품이라면 운명적인 주홍 글씨뿐이었다. 이에 반해 아이의 복장은 상상력이 풍부하고, 상상을 초월하는 듯한 기발함이 사람의 눈을 끌었는데, 이것은 일찍부터 이 소녀에게 자라고 있던 아주 경쾌한 매력을 북돋는 데 도움이 되었을 뿐만 아니라 보다 깊은 뜻을 지니고 있는 것같이도 보였다. 이 점에 대해서는 나중에 더욱 상세하게 언급하게 될 것이다.

아무튼 헤스터는 이 어린애를 잘 입히는 데 작은 경비를 들인 외에는 남은 돈을 자기보다도 못사는 비참한 사람들을 위해 썼는데, 이들은 그녀를 모욕하는 일이 한두 번이 아니었다. 차라리 바느질을 했더라면 좋았을 시간을 헤스터는 몹시 가난한 사람들의 싸구려 옷을 만드는 데 할애하는 일도 있었다. 이런 일을 열심히 함으로써 속죄를 할 작정이었는지도 모를 일이며, 많은 시간을 이와 같은 거친 일에 바침으로써 자신의 즐거움을 모두 희생하고 있었는지도 모른다.

헤스터의 성격에는 어딘가 화려하고, 동양적인 기질이 있었다. 그녀는 사치스럽고 아름다운 것에 대한 취미가 있었는데, 재봉으로 훌륭한 물건들을 만들어 낸 이외에는 아무리 생활의 구석구석까지 찾아보아도 그런 성격의 배출구를 달리 발견할 수 없었다. 여자는 일반적으로 남자가 이해할 수 없는 기쁨을 섬세한 바느질에서 발견하는 것이다. 헤스터 프린에게 바느질은 인생의 정열을 발산시키고 또한 그 정열을 가라앉히는 방법이었는지도 모른다. 다른 즐거움은 모두 죄악이라 하여 물리치고 있는 헤스터였다. 이렇게 병적일 만큼 조그마한 일에도 양심의 구애를 받고 있다는 것은 순수하게 오로지 회한 때문이라기보다는 내부 깊은 곳에 무언가 잘못된 것을 간직하고 있는 증거라고 할 수 있지 않을까?

이렇게 해서 헤스터 프린은 세상에서 한 역할을 맡게 되었다. 성격은 선천적으로 굳세었고 남이 흉내를 낼 수 없는 기술을 익히고 있었기 때문에, 카인(카인이 동생 아벨을 살해한 〈창세기〉 4장 1절~16절 참조)의 이마에 찍힌 낙인보다도 더 견디기 어렵다고 생각하는 표지를 붙여 준 세상도 그 여인을 완전히 따돌릴 수는 없었다. 그러나 사회와 어떤 관계가 있다고 해도 그 사회의 일원이라는 생각이 들게 하는 것은 무엇 하나 없었다. 만나는 사람들의 태도라든가 말 한마디 한마디, 또는 침묵까지도 헤스터는 추방된 몸이며, 어딘가 별세계에 살고 있는 사람이거나 예사 인간과는 다른 기관과 감각으로 보통 인간과 접촉하는 데 지나지 않는다는 것을 풍기고 있었다. 때로는 이런 감정을 노골적으로 나타내는 일도 있었다.

헤스터로서는 인간적인 관심사에 등을 돌린 처지이면서도 그 바로 옆에 있는 상태였다. 그것은 그리운 난롯가로 돌아와서도 이미 다른 사람들에게 모습을 보여줄 수도, 느끼게 할 수도 없으며, 가정적인 즐거움에 웃거나 집안의 슬픔에 눈물을 흘릴 수도 없는 망령과 같은 것이었다. 설사 금지된 동정을 솜씨있게 보여 줬다 해도 공포감과 오싹하는 혐오감만 일으켰을 뿐이다. 실제로 이런 공포감과 혐오감에다 심한 경멸만이 세상의 일반 사람들과 헤스터를 이어 주고 있는 끈인 것 같았다.

당시는 인정을 베푸는 시대가 아니었다. 자신의 입장을 헤스터도 잘 알고 있었고 결코 잊지도 않았지만 사람들이 가장 아픈 데를 인정사정없이 건드릴 때마다 아주 새로운 고통처럼 생생하게 되살아나곤 했다. 앞서도 말한 바와 같이 헤스터가 도와주는 빈민들까지도 구호의 손길을 모욕하는 수가 많았다. 일 때문에 드나드는 상류층 부인들도 헤스터의 마음에 끊임없이 쓰디쓴 야유를 던져 괴롭혔다. 여자들은 일상의 쓸데없는 일에도 사람을 해치는 독을 제조하며, 악의가 담긴 감정의 연금술로 헤스터를 괴롭히고 있었다. 그런가 하면 더 노골적인 말이 곪은 상처에 가하는 난폭한 일격처럼 가슴에 쏟아져서 헤스터를 괴롭히는 수도 있었다.

헤스터는 오랫동안 자신을 튼튼히 단련시키고 있었다. 이와 같은 공격에 대한 반응이란 창백한 온 뺨에 어쩔 수 없이 퍼지고 다시 가슴속 깊이 잦아드는 얼굴의 홍조 외에는 아무 것도 없었다. 헤스터는 인내심이 강해 마치 순교자 같았지만, 적을 위해 기도드릴 생각만은 하지 않았다. 용서하고 싶은 마음은 태산 같았지만 기도의 말이 아무리 억제해도 절로 저주의 말로 바뀌어 버리지나 않을까 하는 걱정이 앞섰기 때문이다.

쉴 사이도 없이 온갖 형태로 헤스터는 수많은 고뇌의 아픔을 느끼고 있었는데, 청교도의 법정이 내린, 언제 효력이 다할지 알 수 없는 판결에 의해 만들어진 고뇌였다. 길거리에서 발을 멈춘 목사가 훈계의 이야기를 시작하면, 이 가엾고 죄 많은 여인의 주위에는 많은 사람들이 모여 히죽히죽 웃기도 하고 얼굴을 찌푸리기도 했다. 만인의 아버지이신 하느님께 위안을 받을 작정으로 안식일에 교회를 가면 자기 자신이 그날의 설교 주제가 되는 수가 흔히 있었다.

헤스터는 아이들이 두려워지기 시작했다. 모녀가 둘이서 조용히 거리를 지나가면 이 외로워 보이는 여인에게 아이들은 어딘가 무서운 데가 있다고 부모들에게서 암시받아 왔기 때문에, 먼저 헤스터를 앞서 가게 한 뒤 멀리서 떠들어대며 뒤따라왔다. 이 아이들이 분명한 뜻도 모르는 말을 입 밖으로 무심히 지껄이는 것이 도리어 헤스터는 두려웠다. 이것은 어느 누구도 모르는 사람이 없을 정도로 이 여인의 치욕이 세상에 퍼져 있다는 것을 보여주는 증거라 생각되었기 때문이다. 나뭇잎 사이에서 그 어두운 이야기가 속삭여지고, 여름의 산들바람이 그 이야기를 중얼거리며, 겨울의 세찬 바람이 소리 높이 떠벌린다고 해도 이처럼 깊은 가슴의 아픔을 느끼지는 않았을 것이다.

또 하나의 기묘한 고통은 처음 대하는 사람이 뚫어지게 바라볼 때 요동쳤다. 알지도 못하는 사람이 주홍 글씨를 찬찬히 바라보면 —— 누구나 다 그랬지만 —— 헤스터의 마음에 새삼스럽게 그 글자가 새겨지는 듯했다. 그래서 때로는 손으로 가슴을 가리고 싶은 충동이 일어났지만 항상 그런 생각을 꾹 억제해왔다. 그러나 낯익은 사람의 시선도 역시 그 나름의 괴로움을 안겨 주곤 했다. 모든 것을 죄다 알고 있다는 듯한 그 눈초리가 견딜 수 없었던 것이다. 결국 헤스터 프린은 그 표지에 끊임없이 집중되는 남의 눈을 의식하고 공포와 고뇌를 느끼고 있었다. 표지가 붙은 부분은 결코 무감각해지는 일이 없이, 오히려 매일의 시련에 더욱더 민감해지는 듯했다.

그러나 때로는 몇십 일에, 아니 몇 개월에 한 번이기는 했지만 어떤 인간적인 시선이 치욕의 낙인에 머물며 위안을 주고, 고통을 나눠 갖는 것같이 느끼는 수가 있었다. 그러나 다음 순간에는 다시 고뇌가 갑자기 모두 되살아나 더욱 심한 고통의 아픔을 가져왔다. 그 짧은 한순간에 다시 새로운 죄를 범한 듯했기 때문이다. 그러나 죄를 범하고 있는 자는 헤스터 한 사람이었을까?

이 여인의 상상력은 좀 이상한 데가 있었다. 정신력이나 지력이 약한 성질의 인간이었다면 그것은 고독한 생활의 괴로움 때문에 더욱 악화되었을지도 모른다. 외로운 발걸음으로, 외면적으로만 연결되어 있는 인간 세계를 여기저기 돌아다니는 동안에 때로 헤스터는 주홍 글씨 덕택에 새로운 감각이 싹튼 것이 아닌가 하는 생각이 들었다. 그것이 행여 망상이라 해도 물리치기 어려울 정도로 강한 힘을 지니고 있었기 때문에, 그런 기묘한 생각에 잠기는 수가 있었다. 이 감각에 의해 남의 마음속에 감춰져 있는 죄를 직관적으로 알게 된다는 것은 소름 끼치는 일임에 틀림없었지만 그렇게 믿지 않을 수 없었다.

이리하여 드러나는 여러 가지 사실은 헤스터를 공포로 질리게 했다. 도대체 이것은 어떻게 된 것일까? 악마의 사악한 속삭임에 지나지 않는 것일까, 이제 겨우 절반밖에 악마의 희생이 되어 있지 않은 이 여인을 향해 외면적인 순결의 치장 따위는 거짓이며, 그녀 이외의 수많은 인간의 가슴에도 주홍 글씨가 빨갛게 타오르고 있다는 것을 알려 주려는 것일까? 그렇지 않으면 이 막연하지만 부정할 수 없는 암시를 진실로 받아들여야 하는 것일까? 헤스터가 겪은 온갖 경험을 다 뒤져보아도 이런 생각만큼 무서운 것은 또 없었다. 더구나 이와 같은 생각이 참으로 어이없는 때에 생생히 되살아나는 것은 놀라울 뿐만 아니라 당황스런 일이었다. 존경심이 두터운 당시의 사람들에게서 천사와 친교가 있는 인간인 것처럼 숭앙받던, 신앙과 정의의 전형이라고도 할 수 있는 훌륭한 목사나 행정관의 옆을 지나갈 때에도 때로는 가슴의 빨간 치욕의 표지가 무언가에 공감한 듯한 아픔을 느끼게 하는 수가 있었다.

'도대체 어떤 죄악이 가까이에 있는 것일까?'

이렇게 생각하고 헤스터가 망설이면서 눈을 들어보면, 그 지상의 성자의 모습 외에 사람 그림자라고는 하나도 보이지 않았다. 또한 태어난 후 가슴에 품고 있는 것은 희고 차가운 눈〔雪〕뿐이라는 훌륭한 부인의 더할 나위 없는 진지한 얼굴을 대할 때에도, 이 사람도 역시 자기와 다를 바 없는 것이 아닌가 하는 생각이 집요하게 머리를 드는 것이었다. 그 부인의 가슴속에 있는 햇빛을 모르는 눈과 헤스터 프린의 가슴 위에서 불타는 치욕의 표지, 이 둘의 공통점은 무엇일까?

또 어떤 때는,

"자, 어서 봐. 헤스터, 여기에도 동료가 있어."

하는 말에 찌르르한 전율을 느끼며 눈을 들면, 주홍 글씨를 곁눈으로 훔쳐보고서는 마치 자기의 순결함이 그렇게 힐끗 바라보는 것으로 더러워지기나 하는 양 얼굴을 붉힌 채 허둥대며 외면하는 젊은 여성도 있었다. 아, 숙명적이라고도 할 주홍 글씨를 부적으로 삼고 있는 악마여, 당신은 이 가엾은 죄 많은 여인이 존경할 수 있는 자를 남녀노소 중에서 누구 하나라도 남겨줄 수는 없는가! 이와 같은 신앙의 상실이야말로 죄악이 부른 가장 비참한 결과이다. 그럼에도 불구하고 헤스터 프린이 자기만큼 죄 많은 사람은 같은 인간 중에는 없다고 계속하여 믿으려고 했던 사실은, 스스로의 연약함과 인간이 만든 엄격한 법률의 희생이 된 가엾은 여인의 마음이 전부는 타락되어 있지 않다는 증거로 받아들였으면 한다.

이 울적한 시대의 일반 대중은 상상력을 북돋는 것에는 이상하리만큼 공포를 느끼는 버릇이 있었다. 이 주홍 글씨에 관해서도 그들은 현대인이라면 쉽게 무서운 전설로 만들 수 있는 풍설을 만들었다. 이 표지는 흔히 뒹굴고 있는 염색 그릇에서 물을 들인 보통의 빨간 천이 아니라 지옥의 겁화(劫火)로 빨갛게 타고 있기 때문에 헤스터 프린이 밤에 밖을 나다닐 때에는 번쩍번쩍 빛이 난다는 것이다. 어쨌든 주홍 글씨가 헤스터의 가슴 깊이 새겨져 있었기 때문에, 이 풍설에는 회의적인 현대인이 인정지 않을지라도 어떤 진실이 내포돼 있는지도 모른다는 것을 여기서 밝혀 두어야겠다.

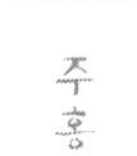

펄

그 아이에 대해서는 아직 거의 이야기하지 않았다. 그 작고 죄 없는 생명은 헤아릴 수 없는 신의 배려에 의해 죄 많은 정열의 수렁 속에서 아름다운 불멸의 꽃으로 피어났다. 이 아이의 성장하는 모습이라든가 나날이 더해가는 귀여움, 그리고 작은 얼굴에 반짝이는 지성 등을 지켜보고 있는 비운의 여인에게는 얼마나 신기하게 생각되었는지 모른다. 펄(pearl)…… 헤스터는 그렇게 이름을 지었지만 용모가 진주와 같다고 해서 지어 준 것은 아니었다. 진주를 연상시키는 온화하고 흰 광택 등은 조금도 갖지 않은 아이였다. 그러나 굳이 그렇게 이름 붙인 것은 값비싼 것 —— 어머니의 모든 것을 걸고 손에 넣은 유일한 보물이라는 생각(〈마태복음〉 13장 45~46절에 언급됨)에서였다.

그래도 실로 이상한 일이 아닌가? 세상에서 이 여인의 죄를 나타내고 있는 주홍 글씨는 사람의 마음에 빗장을 거는 힘이 있어, 이 여인과 마찬가지로 죄 많은 인간 외에는 누구의 동정심도 이 여인의 마음의 빗장을 열 수 없었다. 이와 같이 세상에서 배척받는 죄악의 직접적인 결과로 신은 헤스터에게 귀여운 어린 아이를 내려주셨다. 비록 지울 수 없는 치욕의 가슴에 안겨 있긴 하지만 아이는 어머니를 영구히 인간과 연결시키고 마침내는 천국의 축복받는 영혼으로 삼기 위한 것은 아닐까? 그러나 이와 같이 생각하면 헤스터는 희망보다도 불안이 앞서 견딜 수가 없었다. 자기 행위가 나빴던 것을 잘 알고 있었기 때문에 그 결과가 좋아지리라고는 도저히 믿을 수가 없었다. 매일같이 성장해 가는 아이의 성격을 불안한 듯 살피면서 이 애를 낳게 된 죄 많음에 버금가는 어둡고 과격한 특징이 발견되는 것이 아닌가 두려워하며 떨었다.

확실히 육체적으로는 아무런 결함도 없었다. 흠잡을 데 없는 용모라든가 활발함, 아직 제구실을 못하는 손발을 자유로이 다루는 모습 등 이 아이는 에덴 동산에 태어나도 될 만큼의 가치가 있었다. 인류 최초의 양친이 추방된 후에도 낙원에 살아 남아 천사들의 놀이 상대가 된다 해도 이상할 것은 없었다.

아이에게는 완전한 아름다움과 천진난만한 품위가 갖춰져 있었으므로, 어떤 허름한 옷을 걸치고 있어도 가장 어울리는 듯한 인상을 보는 사람에게 주었다. 그렇다고 펄이 촌스러운 옷을 입고 있었다는 말은 아니다. 얘기가 전개되는 동안 차차 알게 되겠지만 어머니는 아이에게 병적인 집착이 있어서 손에 넣을 수 있는 한 사치스러운 비단을 사서 아이 외출복을 만들고 디자인과 장식에 최대한의 상상력을 불어넣었다. 이와 같이 차려 입은 아이의 모습은 멋지다고 할 수밖에 없었다. 안색이 좋지 않은 아이였다면 호화스런 복장 때문에 오히려 귀여움이 모습을 감추었을 것이지만, 펄은 타고난 특별한 아름다움이 있었기 때문에 어두컴컴한 오두막의 방바닥 위에 그야말로 빛의 원이 그려지는 것 같았다. 그리고 어린애다운 활기 있는 놀이로 찢어지거나 더러워진 옷을 입고 있어도 그림과 같이 아름답기만 했다.

펄의 얼굴은 무한한 매력을 보여주고 있었다. 이 아이 속에서 여러 아이의 모습을 볼 수 있었는데, 농가의 어린애에게서 볼 수 있는 들꽃 같은 가련함에서 귀족의 아이에게서 볼 수 있는 작은 화려함에 이르기까지, 온갖 변화하는 모습이 즐거움을 주었다. 그러나 어떤 경우에도 결코 꺼지는 일이 없는 정열적인 기질과 깊은 맛이 있었다. 그러나 여러 변화 무쌍한 기질 중에 어느 하나라도 빛이 바래면 이미 다른 존재가 되어 버리는 듯했다.

이 외면적인 변신은 내면적인 생활의 다양성을 암시하고 있으며 그대로 바로 표현하고 있다고밖에 할 수 없었다. 게다가 펄의 성질에는 다양성뿐만 아니라 깊이도 있는 것같이 보였다. 그러나 거기에서는 태어난 세계와의 결합이나 순응은 결코 발견할 수 없었다. 그렇지 않았다면 헤스터의 걱정은 단순한 기우에 불과하였을 것이다. 이 아이는 규칙이라는 것에 복종시킬 수 없었다. 펄의 출생 그 자체가 큰 규칙을 깬 것이었지만, 그 결과는 아름답고 화려하기는 했지만 질서가 없었다. 적어두 독특한 질서를 지녔다 해도 변화와 조화를 구분할 수는 없는 것이었다.

헤스터가 이 아이의 성질에 대해 설명하는 것은 —— 그것도 몹시 막연한 것이지만 —— 펄이 자신의 혼과 육체를 각기 정신계와 물질계에서 흡수하던 시기의 헤스터 자신의 모습을 상기하는 것에 의할 수밖에는 없었다. 어머니의 흥분 상태가 매개가 되어 태내의 아이에게 정신 생활의 빛이 전해졌다고는 하지만, 본래는 희고 맑아야 할 빛이 중간에 낀 매체 때문에 짙은 주홍색과 금색, 불타오르는 듯한 광택, 검은 그림자, 게다가 말할 수 없이 강렬한 광채 등을 띠게 된 것이다. 특히 그 당시의 헤스터의 정신적 갈등이 펄에게 고스란히 그대로 전해져 있었다. 반항적이고 광적인 기질, 나아가서 마음속에 어둡게 자리 잡고 있는 울적함과 낙담하는 모습까지 그대로 펄에게서 볼 수 있었다. 지금까지는 그런 요소도 어린애 특유의 모습으로 아침 햇살처럼 빛나고 있었지만, 오래지 않아 세상에 나갈 무렵이 되면 걷잡을 수 없는 회오리바람을 불러일으킬지도 모를 일이었다.

이 당시는 가정 교육이 지금 이상으로 까다로웠다. 까다로운 얼굴, 엄한 질책, 성서의 권위가 명령하는(《구약》〈잠언〉 13장 23절 참조) 대로 끊임없이 가하는 매질 등은 단순히 장난을 벌한다는 것뿐만 아니라 아이의 성질을 발전시키고 향상시키기 위한 중요한 정신 교육의 수단으로 사용되었다.

그러나 헤스터 프린은 한 아이를 가진 외로운 어머니로서 무턱

대고 엄격한 태도를 취하는 어리석은 짓은 하지 않았다. 물론 자신의 과실이나 불행은 잘 알고 있었기 때문에, 자기 손에 맡겨진 아이의 장래에 대해서는 일찍부터 부드러우면서도 실수 없는 안내자의 역할을 하리라 마음 먹고 있었다. 그러나 그것은 헤스터에게는 벅찬 일이었다. 웃는 얼굴을 하거나 무서운 얼굴을 해도 전혀 효과가 없음을 알았기 때문에, 헤스터는 마침내 손을 들어버리고 아이가 원하는 대로 내버려 두는 외에는 도리가 없었다. 물론 육체적으로 위협하거나 달래는 동안은 효과가 있었다. 그러나 지식과 교양 등의 다른 가르침에서는 펄의 기분 여하에 따라 효과가 달리 나타났다.

펄이 아주 어렸을 때 어머니는 이 아이의 독특한 표정을 알아차렸다. 그 표정을 보일 때에는 아무리 타이르고 이해시켜도, 또는 애원해도 아무튼 소용없음을 알게 되었다. 그 표정은 실로 영리한 것 같으면서도 고집스럽고, 때로는 심술궂고 때로는 짓궂은 데가 있었는데 대체로 몹시 활기에 넘쳐 있었다.

헤스터는 도대체 펄이 인간의 아이라 할 수 있을 것인가라고 기회 있을 때마다 생각해 보지 않을 수 없었다. 요정처럼 잠시 오두막 방에서 멋대로의 놀이를 하고 있는가 하면, 금방 사람들을 놀리는 듯한 미소를 띠고는 밖으로 뛰어나가는 것이었다. 침착성 없는 표정이 까만 눈에 떠오를 때에는 어딘지 모르게 손을 댈 수 없는 낯선 세계의 아이 같은 느낌이 들었다. 마치 공중에 피어 있는, 어디서 와서 어디로 가는지 알 수 없는 아지랑이와 같이 덧없는 모습이었다. 그것을 지켜보고 있는 헤스터는 무심히 달려가서, 언제나 도망치고만 있는 요정을 뒤따라가 가슴에 힘껏 껴안고 세차게 입맞추고 싶은 충동이 일어났다. 그러나 그것도 참을 수 없는 애정에서라기보다는, 펄이 그림자가 아니라 살을 베면 피가 나오는 인간이라는 것을 확인하기 위해서였다. 그렇게 어머니 품에 안긴 펄은 쾌활한 음악과 같은 웃음소리를 냈지만, 헤스터는 더욱 불안해질 뿐이었다.

비싼 대가를 치르면서 손에 넣은, 다른 것이 대신할 수 없는 유일한 보물인 펄이었지만, 이 펄과 자기 사이에 가끔 까닭을 알 수 없는 불안감이 스며드는 데 당황해서 헤스터는 가끔 심한 슬픔에 쓰러져 우는 때도 있었다. 그럴 때 펄은 눈살을 찌푸리며 작은 주먹을 불끈 쥐고, 귀여운 얼굴을 동정의 빛이라곤 하나도 없는 괴팍한 표정으로 굳히는 것이었다. 그것이 어머니에게 어떻게 와닿을지 생각을 하지 못했기 때문이다. 또는 별안간 전보다도 새된 소리로 몹시 웃으며 인간의 슬픔 따위는 느낄 수도, 이해할 수도 없는 애같이 보이는 일도 드물지 않았다. 한편 또 —— 이런 것은 아주 드문 일이었지만 —— 격렬한 슬픔에 몸을 떨면서, 떠듬떠듬 어머니에 대한 사랑을 울음 섞인 말로 털어놓으며 쓰러져 흐느낌으로써 인정이 있다는 것을 증명하려는 듯이 보일 때도 있었다. 그러나 헤스터는 이 변덕 많은 다정함을 안심하고 받아들일 수가 없었다. 순식간에 나타났다 사라져 버리는 다정함이었기 때문이다.

이런 문제를 이것 저것 생각하며 고민하고 있는 동안 어머니는 요정을 불러내기는 했지만 주문의 순서가 뒤바뀌어졌기 때문에, 이 새로운 불가사의한 존재를 억누르는 암호를 찾을 수 없게 된 사람과 같은 기분을 체험했다. 진심으로 안심할 수 있는 때는 아이가 얌전하게 자고 있을 때뿐이었다. 그때만은 펄을 꼭 붙잡았다고 생각했으며, 조용하며 달콤하고 서글픈 행복을 몇 시간이나마 즐길 수 있었다. 펄이 그 심술궂은 표정을 눈가에 보이면서 눈을 뜰 때까지의 일이었다.

펄이 어머니의 끊임없는 미소와 어린애의 말씨를 벗어나, 세상에 얼굴을 내밀 수 있는 연령에 이른 것은 참으로 빨랐다. 정말 이상할 만큼 빨랐다. 다른 아이들의 떠들썩한 목소리에 섞인 펄의 작은 새 같은 맑은 목소리를 듣고, 놀이에 열중하고 있는 아이들의 무리 속에서 귀여운 자식의 목소리를 분명히 알아들을 수 있었다면 얼마나 헤스터 프린에게 행복한 일이었을까? 그러나 그런 일은 있을 수 없었다.

펄은 태어나면서부터 어린이들에게서 따돌려져 있었다. 악마가 점지해 준 자식이며 죄를 상징하는 존재였기 때문에 세례를 받은 아이들의 친구가 될 자격이 없었다. 이 아이에게 무엇보다도 뛰어난 것은 직관력으로서, 자신의 고독이라든가 남들과 가까이하기 어려운 외로운 숙명, 즉 다른 아이들과의 관계가 지니고 있는 특이성을 본능적으로 알고 있었다.

헤스터는 출옥 후 사람들 앞에 나갈 때에는 언제나 펄을 데리고 나갔다. 거리를 걸어도 펄이 항상 함께 있었다. 처음에는 팔에 안겨 있었지만, 오래지 않아 소녀로 성장해서는 어머니의 작은 수행원이 되어 집게손가락을 꼭 잡고 헤스터가 한 걸음 가면 세 걸음 네 걸음을 종종거리며 따라왔다. 펄의 눈에 비친 것은 풀이 나 있는 길가나 집의 문지방 근방에서 청교도의 예의범절에 어울리는 재미도 없는 놀이를 하고 있는 보스턴의 아이들이었다.

아이들은 교회놀이나 퀘이커 교도를 회초리로 때리는 놀이, 머리의 가죽을 벗기는 인디언 놀이나 마법술을 흉내 내며 서로 위협하는 놀이 따위를 하고 있었다. 펄은 이들을 뚫어지게 바라보기는 했지만, 자진해서 함께 끼려고 하지는 않았다. 애들이 말을 걸어도 모른 척했다. 아이들에게 둘러싸이거나 하는 일도 있었는데, 그런 때는 작은 몸집을 부르르 떨며 격분해서 울부짖으며 돌을 주워 던지는 것이었다. 그 울부짖는 목소리가 어머니를 떨게 했는데, 그러한 소리에 까닭을 알 수 없는 마녀의 저주 같은 울림이 담겨져 있었기 때문이다.

사실 이 청교도의 아이들은 선례가 없을 만큼 어쩔 수 없는 개구쟁이들뿐이었다. 헤스터 모녀의 모습에 어딘가 색다르고 어쩐지 기분 나쁜, 보통 사람과는 다른 데가 있는 것을 희미하나마 알아차리고 있었기 때문에 마음속으로 두 사람을 경멸하고, 때로는 노골적으로 입밖에 내서 큰 소리로 놀리는 일도 드물지 않았다.

펄은 아이들의 마음의 움직임을 알아차리고는, 도저히 어린애 마음속에 있으리라고 믿을 수 없는 격렬한 증오를 나타내며 앙갚음을 했다. 이런 울화통의 폭발은 아이 어머니에게 어떤 의미를 가질 뿐만 아니라 마음의 위안이 되는 일마저도 있었다. 적어도 펄의 태도에는 언제나 안타까운 생각이 들게 하던 변덕스런 발작과는 달리 분명히 진지함이 넘쳐 있었기 때문이다. 그러나 거기에는 또 헤스터 자신 속에 있던 악이 짙은 그림자를 드리우고 있는 것을 알고 오싹해진 적도 있었다. 그 강렬한 증오를 펄은 당연한 일처럼 어머니의 마음으로부터 이어받고 있었던 것이다. 어머니와 딸은 인간 사회에서 격리되어 있다는 점에서는 같은 경우에 처해 있었다. 펄의 성질에 스며든 듯한 그 불안정한 요소는 실은 일찍이 펄의 출산 전부터 헤스터를 괴롭혀 오던 것이었는데, 그 후는 계속 모성 특유의 정서로 온화하게 달래왔다.

집에 있을 때 펄은 오두막 안팎의 여러 가지 변화가 많은 놀이 상대가 되었으므로 심심하지는 않았다. 잠시라도 활동을 멈추지 않는 이 아이의 정신에서 생생한 매력이 넘쳐흘러 수많은 사물과 교류하는 모습은 횃불이 닿는 곳마다 불길이 타오르는 것과 같았다. 나무토막이라든가 누더기 묶음, 한 송이의 꽃처럼 보잘것없이 생각되는 물건도 펄의 마법에 걸리면 꼭두각시로 변해 버려, 아이의 내면 세계에서 전개되고 있는 드라마의 주인공이 되었다. 또한 혼자 어린이다운 목소리로 수많은 가공의 인물을 노소의 구별 없이 구분하여 사용할 수 있었다.

바람이 불어 잉잉 음산한 소리를 내고 있는 검고 당당한 늙은 소나무는 청교도의 장로 역이다. 몹시 볼품없는 마당의 잡초는 인정사정없이 뿌리 뽑혀진다. 청교도의 아이들이기 때문이다. 실로 놀라웠던 것은 이 아이가 열중해서 생각해 낸 수없는 형태들이었다. 이것들은 실제로 아무런 연관이 없으면서도 항상 초자연적인 활동 상태에 있어서, 마구 깡충깡충 뛰는가 하면 오래지 않아 너무나 급격한 활동에 지친 듯 축 늘어져 버렸다. 그러다 이내 다른 야성적인 힘을 지닌 존재로 변신한다. 그것은 오로라의 일곱 가지 변화와 흡사했다. 이것은 공상력의 작용이나 자라나는 마음의 장난이라고 하는 점에서는 능력이 빼어난 다른 아이들의 경우와 큰 차가 없었을지도 모른다. 다만 펄은 놀 친구가 없었기 때문에 자기가 만들어 낸 가공의 인물들 속에 들어가는 수가 많다는 점이 달랐다.

또 한 가지 색다른 점은 이 아이가 자기 마음속이나 머리에 그려낸 모든 것에 적의를 가지고 있다는 사실이었다. 결코 친구는 만들지 않았다. 주위에 항상 무기를 지닌 군대가 튀어 나오는 용의 이빨을 심고(그리스 신화에 카드모스가 죽인 용의 이빨을 흩뿌리니까 그것들이 군대가 되어 대항했다 함) 그걸 향해 맞서는 것 같았다. 이렇게도 어린 아이가 적의에 찬 인간을 쉴새없이 의식하며, 오래지 않아 일어날 세상과의 싸움에 버틸 수 있는 힘을 기르는 모습을 눈여겨보는 것은 말할 수 없이 서글픈 일이었다. 특히 그 원인을 마음속으로 알아차리고 있는 어머니에게는 얼마나 통절한 슬픔이었겠는가.

펄을 바라보고 있는 동안 헤스터 프린은 손에 들고 있던 일감을

무릎에 떨어뜨리고, 숨겨두고 싶다는 괴로움에 말인지 신음인지 알 수 없는 형태로 울부짖은 적도 있었다.

"오, 하늘에 계신 신이여! 아직도 저의 신이라면 대답해 주세요. 제가 생명을 준 아이는 도대체 어떤 아이일까요?"

펄은 어머니의 외침을 귀로 듣기도 하고, 귀보다도 더욱 미묘한 무언가로 어머니의 고통을 알아차리면 생기 있는 귀여운 얼굴을 어머니 쪽으로 돌리고 요정처럼 모든 것을 알고 있다는 미소를 띠면서 다시 하던 놀이를 계속했다.

이 아이의 태도에서 볼 수 있는 색다른 점을 또 하나 말해 두어야 하겠다. 펄이 태어나서 처음으로 눈여겨 본 것은 도대체 어떤 것인가? 어머니의 미소였을까? 다른 아이라면 어머니의 미소에 답해 입가에 지었을, 나중에 생각해보아도 정말 미소라고 할 수 있을지 실없는 논쟁이라도 벌임직한, 그런 어머니의 미소는 아니었다.

펄의 눈에 띈 최초의 것은 —— 정직히 말해서 —— 헤스터의 가슴에 있는 주홍 글씨였다. 어느 날 어머니가 요람 위로 몸을 굽혔을 때, 어린애의 눈은 주홍 글씨를 둘러싼 금색 자수의 화려함에 끌려 작은 손을 들어 붙잡으려 했다. 아무런 의심도 보이지 않는 빛나는 표정 때문에 나이보다 조숙한 아이와 같았다. 헤스터 프린은 자신도 모르게 긴장해서 가슴의 저주스런 표지를 붙잡고 본능적으로 찢어 버리려고 했다. 펄의 고사리 같은 손이 아는 척하며 건드린 데 대한 느낌은 그처럼 헤아릴 수 없는 괴로움이었다.

그러더니 어머니의 괴로운 듯한 태도를 자기를 어르기 위한 것으로 알았는지 뚫어지게 엄마의 눈을 들여다보면서 생긋 웃는 것이었다. 이때부터 아이가 자고 있을 때를 제외하고 헤스터는 한순간이라도 마음을 놓을 틈이 없었다. 한순간이라도 아이를 편안한 기분으로 애무할 여유가 없었다. 펄의 시선이 한 번도 주홍 글씨에 쏠리는 일 없이 몇 주일이나 지나는 적도 있었다. 그러나 오래지 않아 다시 마치 죽음의 돌연한 발작처럼 뜻밖의 시선이 언제나의 독특한 미소와 기묘한 표정을 띠고 달려드는 것이었다.

언제였던가, 헤스터가 세상의 어머니들이 흔히 하는 것처럼 아이의 눈에 비치는 자신의 모습을 보고 있으려니까 변덕쟁이 천사와 같은 표정이 거기에 떠오른 적이 있었다. 그 순간에 —— 외롭고 괴로움 많은 여인은 설명할 수 없는 망상에 사로잡히기 쉬우니까 —— 펄의 귀여운 까만 눈속에 헤스터 자신의 모습이 아닌 어떤 다른 사람의 얼굴이 있는 것같이 생각되었다. 그것은 싱글싱글 웃고는 있지만 악마와 같은 악의가 담겨져 있었다. 자기가 잘 알고 있는 얼굴과 닮았지만 그 사람은 악의는커녕 미소마저도 별로 띠는 일이 없는 사람이었다. 악령이 아이에게 씌워져서 바로 그때 반장난으로 얼굴을 보였다는 느낌이었다. 그 후 몇 번이고 헤스터는 같은 망상에 시달렸는데, 처음처럼 선명한 것은 아니었다.

어느 여름날의 오후, 뛰어다닐 만큼 성장한 펄이 들꽃을 가득 양손에 모아 오더니 어머니의 가슴을 향해 하나하나 집어던지고,

주홍 글씨에 명중할 때마다 작은 요정과 같이 좋아 날뛰었다. 헤스터는 처음에 가슴을 양손으로 움켜쥐고 가리려 했다. 그러나 자존심인지 체념인지, 그렇지 않으면 이 입 밖에 낼 수도 없는 고통을 참는 것이 가장 좋은 회개라는 생각에서인지, 그 충동을 꾹 참고 죽은 사람처럼 창백해지면서도 슬픈 듯 펄의 장난치며 즐거워하는 눈을 바라보며 꼼짝하지 않았다. 그래도 들꽃의 공격은 그치지 않았고, 거의 전부가 주홍 글씨에 맞아 이승은 물론 저승에서도 치유할 수 없는 상처가 되어 어머니의 온 가슴을 뒤덮었다. 마침내 탄환이 다 떨어지자 펄은 꼼짝도 않고 선 채 헤스터를 응시하고 있었는데, 그 웃고 있는 작은 모습이 마치 악마가 깊은 곳에서 엿보고 있는 것 같았다. 정말 엿보고 있었는지는 모르지만 어쨌든 어머니에게는 그렇게 생각되었다.

"펄, 넌 누구지?"
라고 어머니가 외쳤다.

"아이, 엄마는. 난 엄마의 펄이 아녜요?"
하고 아이는 대답했다.

그렇게 말하면서도 펄은 웃으며 주위를 뛰어 돌았는데, 작은 귀신 같은 변덕스런 태도는 당장이라도 굴뚝 위까지 뛰어오를 듯한 기세였다.

"넌 참말 엄마의 아이지?"
헤스터가 물었다.

무심히 던지는 질문이 아니라 그때만은 순수한 진지함이 담겨

있었다. 펄의 머리는 뛰어났기 때문에 어머니로서는 펄이 자신의
출생 비밀을 죄다 알고 있어서, 오래지 않아 본성을 나타내는 것
은 아닌가 하는 생각이 들었기 때문이다.

"그래요. 엄마의 딸이에요."

펄은 장난기 어린 태도를 그치지 않고 되풀이했다.

"넌 엄마 아이가 아니야, 엄마의 펄이 아니야."

하고 어머니는 반농담조로 말했다. 깊은 고뇌에 빠져 있을 때에
는 가끔 농담을 하고 싶어질 때가 있었다.

"가르쳐 줘, 응? 넌 누구지? 누가 이 세상에 널 보냈지?"

"엄마가 가르쳐 줘요."

아이는 진지한 표정으로 헤스터에게 다가와서 몸을 무릎 언저
리에 바짝 붙였다.

"엄마가 가르쳐 줘야지, 뭐."

"천국에 계신 네 아버지가 보낸 거야."

헤스터 프린이 대답했다.

그러나 이렇게 말할 때의 망설임은 아이의 날카로운 눈을 속일
수 없었다. 언제나의 장난기 어린 생각에 지나지 않는지, 그렇지
않으면 악마에게 재촉받았기 때문인지 펄은 작은 집게손가락을
내밀어 주홍 글씨를 건드렸다.

"그렇지 않아!"

라고 펄은 분명히 말했다.

"내게 천국의 아버지 같은 건 없어!"

“닥쳐요! 그렇게 말하는 게 아니야.”

어머니는 신음소리를 참으면서 말했다.

“누구나 천국의 아버지가 이 세상에 보낸 거야. 네 엄마도 그래. 물론 너도 그렇단 말이야. 그렇지 않다면 넌 어디서 왔다는 거지? 참말 이상한 요정 같은 애구나, 넌.”

“가르쳐 줘. 가르쳐 줘요.”

펄은 되풀이했지만 이제 전같은 진지함은 없어지고 웃으면서 헤스터 주위를 뛰어다녔다.

“엄마가 가르쳐 주지 않으면 안 돼.”

그러나 어둠의 미로를 헤매는 헤스터에게는 이 질문에 대답해 줄 힘이 없었다. 우스꽝스러움인지, 두려움인지 알 수 없는 기분에 젖어들면서 이웃 사람들의 소문이 생각났다. 펄의 아버지를 찾다 지친 사람들은 아이의 기묘한 성질 몇 가지를 눈여겨보고 펄이라는 작은 계집애는 악마의 자식임에 틀림없다고 떠벌리고 있었다.

오랜 중세의 옛날부터 어머니의 죄 때문에 부당하고 옳지 않은 목적을 위해 악마의 자식들이 이 세상에 태어난다는 얘기가 있었다. 저 루터도 그의 적인 수도자들의 중상에 따르면, 지옥에서 태어난 악귀라는 것이었다. 뉴잉글랜드의 청교도들 사이에서도 이와 같은 좋지 않은 내력을 가졌다는 아이가 펄 하나에 그치지 않았다.

지사 저택의 객실

어느 날 헤스터 프린은 벨링햄 지사의 저택에 지사가 주문한 자수 장갑을 가지고 갔다. 무언가 중요한 의식 때에 착용할 물건이었다. 보통선거에 패배해서 최고의 지위로부터 한두 걸음 물러나 있는 전 지사이기는 했지만 아직 식민지의 행정관들 사이에서는 여전히 명성과 권위가 있었다.

식민 사회에서 이처럼 큰 권력을 가지고 있는 사람에게 이날 헤스터가 면회를 요청할 생각이 든 것은 수놓은 장갑의 배달 이외에도 더욱 중요한 이유가 있었기 때문이다. 이 고장의 유지들 사이에서 종교와 정치에 대해 엄격한 원칙을 세우고자 헤스터 프린에게서 아이를 빼앗아야 한다는 계획이 추진되고 있다는 소문을 들었기 때문이다. 이미 말한 바와 같이 펄이 악마의 피를 받은 아이라고 생각되고 있었기 때문에 훌륭한 시민들이 기독교다운 관

심에서 어머니의 구원에 방해가 되는 아이를 빼앗아야 한다는 논
의를 했던 것이다.

한편 아이가 진정 정신적으로나 종교적으로 성장할 가능성이
있고, 언젠가는 구원받을 요소를 지니고 있다면 헤스터 프린 따
위보다는 훨씬 현명하고 훌륭한 사람의 손에 맡기는 편이 여러
점에서 유익할 것임에 틀림없다는 생각도 있었다. 이런 계획을
추진하고 있는 사람들 중에서 벨링햄 지사가 가장 적극적이라는
소문이었다.

후세였다면 고작해야 도시 행정위원 정도의 재량에 맡겨질 이
런 종류의 사건이 공적으로 당당히 논의되고, 저명한 정치가들이
찬반으로 갈라진다는 것도 기묘한 일이었다. 오히려 우스꽝스럽
게 보일지도 모른다. 그러나 이 원시적일 정도로 소박한 시대에
는 헤스터 모녀의 복리보다도 훨씬 개인적이고 하찮은 여러 문제
가 입법자의 논쟁 요소가 되기도 하고 법령에 명시되기도 했다.
이 당시는 한 마리 돼지의 소유권을 둘러싼 논쟁이 식민지의 입
법 부문에서 떠들썩한 대립을 불러일으켰을 뿐만 아니라, 입법
조직 그 자체에까지 중요한 개혁을 초래한 시기로부터 그리 멀지
않은 시대였다(돼지의 소유권 운운은 실화로서, 이 사건이 계기가
되어 1644년 이후 양원제가 시작되었다).

이런 까닭으로 헤스터 프린이 걱정을 안고서 외진 오두막을 출
발했는데, 일반대중과 자연의 정을 자기편으로 한 고독한 이 여
인은 승패는 반반이라 생각할 정도로 자기의 권리에 자신이 있었

다. 펄은 어머니 곁에서 경쾌하게 뛰어다녔기 때문에 지사 댁까지 가는 거리는 문제가 되지 않았을지도 모른다. 그러나 응석 부리고 싶은 마음에서 때로는 안아 달라고 조르다가 곧 다시 내려 달라고 우기고, 헤스터를 앞서서 풀이 나 있는 오솔길을 달려가다 넘어지거나 뒹굴었지만 다치지는 않았다.

펄이 화사하고 뛰어난 아름다움을 지니고 있다는 것은 이미 말해 두었다. 생기있게 빛나는 아름다운 혈색이며 밝은 살결에 강렬할 정도로 짙게 빛나고 있는 눈, 이미 짙은 윤기가 흐르는 갈색 머리는 어른이 되면 거의 새까만 색이 될 것임에 틀림없었다. 머리끝에서 발끝까지 활력에 넘쳐 있어서 정열적인 순간에 뜻하지 않게 태어난 사생아 같았다. 어머니는 아이의 의복을 만들 때 화려한 취향으로 상상력을 최대한 구사하고 있었다. 색다른 스타일로 금실의 특이한 자수를 많이 장식한 빨간 비로드 윗도리를 입고 있었다. 안색이 좋지 않은 아이였다면 뺨이 야위어서 창백한 느낌을 주었음에 틀림없을 정도로 강력한 색조가 펄의 아름다움에 멋있게 조화되어 있어, 지금까지 지상에 모습을 나타낸 적이 없는 실로 멋있는 불꽃 덩어리라고도 할 수 있는 모습이었다.

그러나 이 복장보다도 아이의 용모 전체에서 드러나는 두드러진 특징은 그 애를 보는 주위 사람들에게 헤스터 프린의 가슴에 달린 표지를 영락없이 상기시키는 점이었다. 형태를 바꾼 주홍 글씨라고 해도 좋았고, 생명을 불어넣은 주홍 글씨라고 해도 좋았다. 어머니 자신 또한 빨간 치욕의 표지가 머리에 깊이 새겨져

있어 무엇을 생각해도 그 형태로 되어 버리는 것같이, 그녀가 만든 옷은 주홍 글씨를 연상시켰다. 몇 시간이고 병적일 정도로 생각에 생각을 거듭한 끝에, 사랑하는 자와 죄의 상징인 표지 사이에 유사성을 만들어 냈던 것이다. 사실 펄은 사랑하는 아이인 동시에 죄와 고통의 상징이기도 했으므로 이런 동일성이 있음으로써 헤스터도 자기 아이의 모습 속에 주홍 글씨를 이렇게 훌륭하게 재현시킬 수 있었다고 할 수 있다.

이 두 사람이 거리의 구역내로 들어가니까 청교도의 아이들이 놀이를 그치고 —— 놀이라야 이 개구쟁이들간의 장난이라고 생각되었을 뿐인 것이었지만 —— 굳어진 얼굴로 이야기를 주고받았다.

"저것 봐, 주홍 글씨의 여자가 지나가고 있어. 옆에서 종종걸음을 치고 있는 아이는 주홍 글씨와 아주 똑같네. 자아, 가서 흙이라도 던져 주자."

그러나 펄은 대담한 아이였다. 얼굴을 찡그려 보이기도 하고, 발을 동동 구르기도 하고, 작은 손을 들어 위협하는 몸짓을 한 다음, 별안간 적의 무리 속으로 뛰어들어 모두 사방으로 쫓아 버렸다. 이와 같이 상대를 세차게 뒤쫓고 있는 모습은 어린 아이의 죄를 벌하는 것을 직무로 하는 역신이 성홍열 등의 천벌을 내릴 때 하는 날갯짓과 흡사했다. 펄이 날카롭고 큰 목소리로 소리 질렀기 때문에 도망치는 아이들의 마음을 떨게 했음에 틀림없었다. 승리를 거두고 어머니 곁으로 돌아온 펄은 생긋생긋 웃으면서 얼굴을 올려다보았다.

그 후에는 별다른 일 없이 벨링햄 지사의 저택에 도착했다. 큰 목조건물로서 이런 구조의 집은 미국의 옛 거리에는 남아 있지만, 지금은 이끼가 껴서 무너질 것같이 썩고, 어두컴컴한 방안에서 일어났다 사라진 사건과 사람들의 기억에 남거나 잊혀진 수많은 슬프고 즐거운 사건 때문에 완전히 음울한 모습이 되어 있었다. 그런데 이 지사의 저택 바깥쪽은 그 당시 풍조에 걸맞는 참신함이 돋보였으며 죽음이 한번도 스며든 일이 없는 집에서 볼 수 있는 쾌활함이 양지 바른 창에서 빛나고 있었다.

실로 유쾌한 모습이었다. 벽에는 온통 깨어진 유리 조각을 많이 섞은 회반죽 세공이 되어 있어서 태양 광선이 건물 정면에 비스듬히 비치면 다이아몬드를 흩뿌린 것처럼 번쩍거렸다. 이 광채로 완고한 청교도 노지배자의 저택이라기보다는 알라딘의 궁전이라 해야 어울릴 정도였다. 게다가 일견 신비스럽다고 할 만큼 벽도 기묘한 모형이나 도형으로 장식되어 있어서 이 시대의 괴상한 취향을 잘 반영했다. 새로 칠한 회반죽에 그린 것이었지만, 지금까지도 후세의 칭찬을 받을 만큼 튼튼하고 내구력이 있는 모습이었다.

펄은 번쩍번쩍 빛나는 저택을 바라보고는 기쁜 듯 날뛰며 정면 전체에 빛나고 있는 빛을 몰래 벗겨다가 장난감으로 했으면 좋겠다는 따위의 떼를 썼다.

"안 돼, 펄."

하고 어머니가 타일렀다.

"너는 스스로 태양의 빛을 모으지 않으면 안 돼. 네게 줄 빛 같은 건 엄마에겐 없으니까."

두 사람이 다가간 현관은 아치형으로, 그 양쪽에 저택의 좁은 탑 같은 튀어나온 부분이 마주보고 있으며, 필요에 따라 목제의 블라인드를 내릴 수 있는 격자창이 달려 있었다. 현관에 달려 있는 철제의 해머를 들어서 문을 두드리자 고용인이 얼굴을 내밀었다. 이 사나이는 영국 자유인이면서도 7년 계약의 노예가 되어 있는 자로서, 이 기간 동안은 주인의 사유물처럼 소나 의자와 마찬가지로 매매할 수 있는 존재였다. 이 사나이가 입고 있는 파란 상의는 당시뿐만 아니라 영국에서는 아주 옛날부터 대대로 명문 집에서 하인들이 보통 착용하는 옷이었다.

"벨링햄 지사님은 댁에 계신가요?"

헤스터가 물었다.

"네, 계십니다."

그 사나이가 대답했는데 신대륙에 온 지 얼마 되지 않았기 때문에 처음으로 보는 주홍 글씨에 눈이 둥그레졌다.

"네, 지사 각하는 계십니다. 그러나 목사님 두 분과 의사 선생님도 함께 계십니다. 지금 곧 만나 뵐 수는 없을 겁니다."

"그래도 좀 뵈어야겠어요."

헤스터 프린은 말했다.

아주 단호한 태도라든가 가슴에 번쩍이는 주홍 글씨 등으로 미루어 헤스터를 이 나라의 높은 양반의 부인이라고 착각했는지 그 사나이는 전혀 방해하지 않았다.

그래서 헤스터와 펄은 현관의 객실로 안내되었다. 건축 자재의 질이라든가 기후의 차이, 사교의 장을 고려한 벨링햄 지사의 새 주택은 모국 영국의 전형적인 상류인사 저택을 따라 설계되어 있었다. 그러므로 현관의 객실은 큼직했는데, 천장도 높고 안쪽 끝까지 이르러서 다른 방 전부와 자유로이 통하는 복도와 같은 구실을 하고 있었다.

이 휑뎅그렁한 방 한쪽 끝에는 현관의 양쪽에서 좀 들어와 작은 방을 만들고 있는 두 개의 탑 같은 창으로부터 햇빛이 비치고 있었다. 다른 한쪽 끝에서는 커튼으로 일부를 가리고는 있었지만 활 모양으로 된 홀의 창으로부터 더 센 빛이 쏟아져 들어오고 있었다. 그 창이라는 것은 흔히 옛날 책에 나오는 반달형 창이었다. 방에는 몸이 푹 잠기는 쿠션이 붙은 의자가 준비되어 있었다. 그 쿠션 위에는 《영국 연대기》(1577년 출판된 라파엘 호리셰드 편찬의 사서(史書))인가 무언가 아주 묵직한 대형 서적들이 놓여 있었다. 오늘날 방문객이 볼 수 있도록 방 중앙의 테이블에 금박한 책들을 놓아 두는 것과 같은 요령이다.

가구류는 등에 떡갈나무 화환을 정성 들여 조각한 묵직한 의자 몇 개와 이것과 같은 양식의 테이블이 하나 있을 뿐이었는데, 어느 것이나 모두 엘리자베스 시대나 그 이전의 물건으로서 지사의 생가(生家)에서 가져온, 조상으로부터 물려오는 유물인 것 같았다. 테이블에는 —— 손님 접대가 후한 옛 영국의 풍습을 잊지 않은 증거로 —— 큰 백연(白鉛) 술잔이 있었는데 헤스터나 펄이 들여다보았다면 바닥에 방금 전에 마신 맥주 거품을 보았을지도 모른다.

벽에는 벨링햄 가의 혈통을 이은 조상 대대의 초상화가 죽 걸려 있었다. 가슴에 갑옷을 댄 무인도 있고, 멋진 주름깃의 문인도 있었다. 어느 것이나 옛날 초상화에서 예외없이 볼 수 있는, 무서울 정도의 엄격한 눈매가 특징으로 되어 있었다. 그것은 이미 죽은 명사들의 초상이 아니고, 오히려 살아 있는 자의 일하는 태도나 노는 태도를 용서없이 신랄하게 비판하면서 바라보고 있는 느낌이었다.

홀의 벽에 돌아가며 붙인 참나무 판자 중앙부에 갑옷이 한 벌 있었는데, 초상화와 같은 조상의 유품이 아니라 아주 최근에 만든 물건이었다. 벨링햄 지사가 뉴잉글랜드로 온 해에 런던의 솜씨 좋은 사람이 만든 것이었다. 강철제의 투구, 흉갑(胸甲), 후갑(喉甲), 경갑(脛甲), 그 밑에 드리운 토시 한 켤레와 칼 한 자루, 모두 그랬지만 특히 투구와 흉갑은 흰 빛을 발할 정도로 닦았기 때문에 방바닥 일대를 비추고 있었다. 이 눈부신 갑옷은 그냥 보이기 위한 장식물이 아니라 지사가 수없이 사열장이나 연병장에서 착용했으며, 그뿐만 아니라 피켜드 전투(1633~1637년, 코네티컷 리버 부근의 인디언 피코드 족이 영국인을 살해한 것을 발단으로 이 전투에서 8백 명의 인디언이 몰살당함)에서는 연대의 선두에서 번쩍인 일도 있었다. 법률가로서 교육을 받고, 베이컨, 코크, 노이, 핀치(모두 저명한 영국의 법학자와 재판관들임) 들과 아주 가까운 사이였지만 이 신대륙 미국의 절박한 사정 앞에서는 정치가나 지배자로서뿐만 아니라 군인으로까지 변신하지 않을 수 없었던 것이다.

펄은 눈부신 저택의 정면을 바라볼 때 못지않게 번쩍이는 갑옷을 보고 아주 좋아하여, 한참 동안 거울처럼 닦아 빛나는 흉갑을 들여다보고 있었다.

펄이 외쳤다.

"엄마, 엄마가 비쳐요! 보세요!"

헤스터는 아이를 달랠 생각으로 펄이 하라는 대로 해 보았다. 이 철면경이 묘하게 작용해서 주홍 글씨가 크게 과장된 모습으로 보이고, 가장 두드러지게 눈에 띄었다. 사실 이 여인의 모습은 주홍 글씨의 그늘에 가려져 전혀 보이지 않았다. 또 펄은 이와 마찬가지로 투구에도 나타나 있는 모습을 손가락질하며 웃고 있었는데, 그것은 작은 얼굴에 항상 떠오르는 요정과 같은 의미있는 듯한 표정이었다. 그 의기양양한 얼굴의 미소 역시 크게 효과 만점으로 거울에 비쳐 있었기 때문에, 헤스터 프린은 그것이 자기 아이의 모습이 아니라 펄의 모습을 흉내 내려는 작은 악마가 아닌가 했다.

"이리 와, 펄!"

헤스터는 아이를 끌어당기려 했다.

"저 아름다운 정원을 보러 가자. 꽃이 피어 있을지도 몰라. 숲
에서 보는 것보다도 예쁜 꽃 말이야."

곧 펄은 객실 반대쪽에 있는 반달형의 창으로 달려가더니, 정원
을 내다보았다. 그곳에는 비단처럼 잘 다듬어진 잔디밭이 있었고
양쪽에 어중간하게 자라고 있는 나무들이 늘어선 산책길이 있었
다. 이 정원은 영국식 취미를 살리지 못한 듯했다. 소유주가 흙이
너무 단단해서 식물이 자라지 않는다는 것을 깨닫고 체념해 버린
느낌의 정원이었다. 대신 양배추가 보라는 듯이 자라고 있었고,
조금 떨어져 뿌리를 내린 호박이 줄기를 창쪽으로 뻗쳐서 홀의
창 바로 밑에 큰 열매를 하나 매달고 있었다. 이 큰 황금색 호박
이야말로 뉴잉글랜드의 토양이 산출할 수 있는 가장 훌륭한 장식
품인 것을 지사에게 알려 주고 있는 것 같았다. 그러나 이 반도
최초의 이민인 블랙스톤(1595~1675, 보스턴 최초의 이민자 중의
한 사람) 목사가 일찍이 심었던 종류의 자손이라고 생각되는 장미
몇 그루와 사과나무가 몇 그루 자라고 있었다. 블랙스톤 목사란
황소 등에 탄 모습으로 미국의 옛《연대기》등에 등장하는 반신화
적인 인물을 말한다.

펄은 장미꽃을 보더니 그 빨간 꽃이 가지고 싶다고 울기 시작하
여 아무리 타일러도 그치려 하지 않았다.

"조용히 해, 펄!"

어머니는 필사적이었다.

"울지 마, 펄. 정원에서 소리가 나잖아. 지사님이 이리로 오시

는가보다. 모두 함께 말이야."

확실히 산책길 저쪽에서 몇 사람이 저택을 향해 오고 있는 것이 보였다. 펄은 달래려는 어머니의 말을 들으려 하지 않고 기분 나쁜 소리를 질렀지만 곧 조용해졌다. 어머니의 말을 들으려는 생각에서가 아니라 그저 모르는 사람들에 대한 집요한 호기심 때문이었다.

꼬마 요정과 목사

벨링햄 지사는 헐거운 가운에 가벼운 모자를 쓰고 —— 늙은 신사가 자택에 있을 때에 흔히 하는 복장이었지만 —— 선두에 서서 걸으며 소유지를 보여주기도 하고 집의 개조 계획을 설명하고 있는 것같이 보였다. 제임스 왕조풍의 예스러운 것이었지만 정교한 주름깃이 잿빛 턱수염 밑 언저리를 둘러싸고 있어, 소반에 놓인 세례 요한의 목과 꼭 닮은 듯했다(〈마가복음〉 6장 14~28절 참조).

아주 완고하고 엄격하며, 인생의 가을을 지나 세월이라는 서리에 시달린 듯한 지사의 인상은 일상의 즐거움을 위한 집안의 여러 설비와는 전혀 조화를 이루지 못했다. 그러나 미국인의 근엄하고 검소한 조상들이 —— 속세를 오로지 시련의 싸움터로 생각하고, 의무를 위한 것이라면 재산도 생명도 내던진다는 그들의 생각에는 거짓이 없었지만 —— 손을 뻗치기만 하면 쉽게 도달하는 곳에 있는 안락의 수단이나, 경우에 따라서는 사치가 되는 수단 등을 거절하는 일까지도 양심의 문제로 보았다고 생각하는 것은 잘못이다. 이와 같은 신조는 눈처럼 흰 턱수염을 벨링햄 지사의 어깨 너머로 보이고 있는 존 윌슨 노목사의 설교에도 나타난 적이 없다. 이 흰 턱수염의 주인공은 그때 배나 복숭아가 뉴잉글랜드의 풍토에 적응할지도 모르며, 보랏빛의 포도도 어쩌면 양지바른 정원의 담장에 덩굴져 자랄지도 모른다는 의견을 말하고 있던 참이었다.

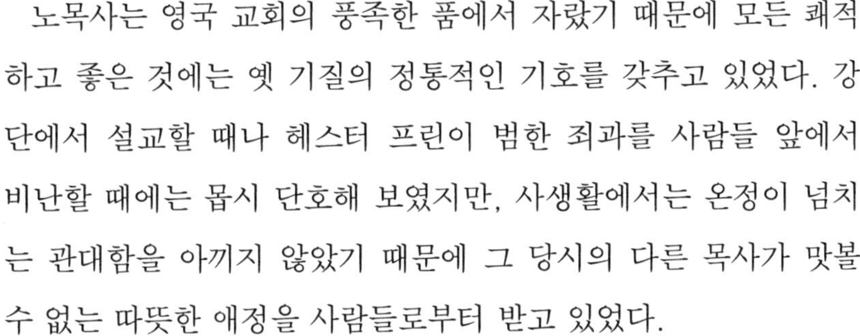

　노목사는 영국 교회의 풍족한 품에서 자랐기 때문에 모든 쾌적하고 좋은 것에는 옛 기질의 정통적인 기호를 갖추고 있었다. 강단에서 설교할 때나 헤스터 프린이 범한 죄과를 사람들 앞에서 비난할 때에는 몹시 단호해 보였지만, 사생활에서는 온정이 넘치는 관대함을 아끼지 않았기 때문에 그 당시의 다른 목사가 맛볼 수 없는 따뜻한 애정을 사람들로부터 받고 있었다.

　지사와 윌슨 목사 뒤에는 두 사람의 손님이 있었다. 한 사람은 아더 딤즈데일 목사로서, 헤스터 프린이 사람들의 구경거리가 되었을 때 주위의 권유에 의해 그녀를 설득한 인물이다. 이 목사와 나란히 서 있는 사람은 2, 3년 동안 죽 보스턴에 살고 있는, 의술이 뛰어난 로저 칠링워스라는 노인이었다. 이 학자는 젊은 목사의 주치의이기도 하며 친구이기도 했다. 목사의 건강 상태는 교회 관계의 여러 일들을 너무나 헌신적으로 돌봐왔기 때문에 최근에 현저히 나빠져 있었다.

지사가 손님들을 앞서서 계단을 한두 개 올라 객실의 큰 창을 쓱 양쪽으로 열었을 때, 펄의 얼굴과 딱 마주치게 되었다. 헤스터 프린은 커튼 때문에 조금밖에 보이지 않았다.

"이건 누구야?"

벨링햄 지사는 눈앞에 있는 아이의 진홍색 모습에 놀랐다.

"솔직히 말해 이런 모습을 보는 것은 내 청춘의 한창 시절 이후로 처음이야. 제임스 왕 때의 옛날일이었나, 궁정의 가면무도회에 참가한 것을 무상의 영광으로 생각했지. 그 무렵에는 축제 때가 되면 이런 작은 요정이 얼마든지 있어서, 사회자(크리스마스 게임이나 연회를 진행하기 위해 선출된 사람) 아이라고도 불렀지. 그런데 어떻게 우리 홀에 이런 손님이 들어왔을까?"

"정말이군요!"

윌슨 목사가 큰 소리로 말했다.

"이 빨간 깃을 붙인 작은 새는 무슨 새일까요? 멋지게 채색된 창으로 햇빛이 들어와 바닥에 노랗고 빨간 그림자를 던지고 있을 때, 이와 똑같은 모습을 본 것 같은 느낌이 드는군요. 그러나 그건 영국에서의 일이었죠. 자, 말해 봐요, 이름을. 네 엄마는 어째서 이런 묘한 모양으로 치장할 생각이 들었을까? 넌 기독교도의 자식인가, 응? 교리문답은 받고 있나? 그렇지 않으면, 가톨릭교의 유물 등과 함께 메리잉글랜드(영국에 대한 옛 속칭)에 두고 온 요정인가?"

“난 말예요, 엄마 아이에요.”

주홍색 요정이 대답했다.

“내 이름은 펄이에요.”

“펄이라고? 루비는 아니고…… 차라리…… 그렇지 않음 산호인가…… 아니, 그 빛깔로 보아서는 아무래도 빨간 장미라고나 해야겠는데.”

라고 노목사는 말하고 손을 내밀어 펄의 뺨을 만지려 했으나 펄은 살짝 피했다.

“그런데 네 엄만 어디 있지? 아, 알았어요.”

하고 벨링햄 지사를 보고 작은 소리로 속삭였다.

“이 아이가 지금 의논중인 그 아이입니다. 저기 불행한 어머니 헤스터 프린도 와 있습니다.”

“불행한 여인이라고?”

하고 지사가 큰 소리로 말했다.

“아니, 아니, 이런 아이의 어머니라면 당연히 ‘주홍색의 여인(《묵시록》 17장에 나오는 창부. 다음의 바빌론의 여인도 같은 의미로 쓰임)’이며, 바빌론의 여인에 어울리는 표본이라 해도 좋을 거요. 그런데 이 여인이 마침 잘 왔구만. 즉시 그 문제로 들어갑시다.”

벨링햄 지사가 객실로 들어오고 다른 세 사람도 뒤따랐다.

“헤스터 프린!”

지사는 엄한 눈초리로 주홍 글씨의 여인을 주목했다.

"요즘 당신에 대해 이것 저것 말이 많아요. 요점은 말이오, 저 아이 속에 있는 영원한 영혼을 당신같이 속세의 함정에 빠져 넘어진 여인에게 맡겨 두어서 과연 우리 당국자가 제대로 의무를 수행했다고 할 수 있는지 하는 것이오. 이 아이의 어머니로서 당신의 생각을 듣고 싶소. 이 아이를 당신에게서 떼어 단정한 복장을 입히고 엄격한 예의범절을 가르치며, 하늘과 땅의 진리를 가르치는 것이 아이의 현세와 내세에서의 행복이 된다고 생각지는 않소? 당신은 이 아이를 위해 무엇을 할 수 있겠소?"

헤스터 프린은 주홍색의 표지에 손가락을 대고 대답했다.

"전 이 글씨에서 배운 것을 펄에게 가르칠 수 있어요."

"뭐라고? 그건 치욕의 표지가 아니오?"

라고 엄격한 지사는 말했다.

"우리들이 당신 아이를 남에게 맡기려고 하는 건, 그 글씨가 보여주고 있는 추악함 때문이오."

안색은 창백했지만 헤스터는 침착한 어조로 말했다.

"감히 말씀드리지만, 이 표지가 제게 가르쳐 준 것은…… 매일, 아니 지금 이 순간도 가르쳐 주고 있는 것은, 제 자신에게는 별 도움이 되지 않는다고 해도 이 아이가 보다 현명하고 좋은 애가 되도록 하는 것입니다."

"천천히 생각한 다음에 처리하도록 합시다."

벨링햄 지사가 말했다.

"윌슨 선생, 이 아이를 펄이라고 하는 것 같은데 한번 시험해

봐 주세요. 이 나이 또래에 어울리는 기독교도로서의 교육이 되어 있는지 어떤지를 알 수 있을 테니까."

노목사는 안락의자에 앉더니 펄을 무릎 사이로 끌어당기려고 했다. 그러나 아이는 어머니 이외의 사람이 건드리거나 가까이하는 것에 익숙해 있지 않았기 때문에 창으로 뛰어나가 계단 있는 데까지 도망가 버렸다. 화려한 빛깔의 야생조가 막 하늘로 날아가는 모습 같았다. 윌슨은 —— 아주 마음 좋은 할아버지였기 때문에 아이들 사이에서는 대단한 인기였지만 —— 이 돌연한 행위에 자못 당황했으나 곧 시험을 해보기로 결정했다.

"펄!"

하고 몹시 진지한 어조로 말했다.

"분부를 어기지만 않으면 오래지 않아 훌륭하고 값비싼 진주를 가슴에 붙일 수 있어(〈마태복음〉 13장 45~46절). 넌 누가 만들었지? 대답해 봐."

펄은 자기를 만든 자가 누구인가 정도는 잘 알고 있었다. 헤스터 프린은 신앙심 깊은 가정의 딸이었기 때문에, 아이의 아버지에 대한 것을 아이에게 들려 준 다음, 아직 어린 아이라도 재미있게 익힐 수 있는 진리를 여러 가지 가르쳐 주곤 했다. 그러므로 펄의 생후 3년 간에 배운 것은 실로 대단한 양이어서, 뉴잉글랜드 프리마(17세기 말 매사추세츠 주의 유명한 아동용 교과서)나 웨스트민스터 교리문답집(칼뱅의 신학을 문답형식으로 가르치기 위한 책으로 1647년에 완성됨)의 첫째 문제 정도는 쉽게 합격했을 것이었다. 비록 이 유명한 책의 겉모양에 대해서는 전혀 몰랐지만.

그런데 마침 운 나쁘게도 아이들이라면 누구나 다소 갖고 있는 옹고집을 펄은 10배나 더 지니고 있었기 때문에, 입을 꼭 봉해 버리거나 말을 한다 해도 바보 같은 소리만 지껄였다. 펄은 손가락을 입에 문 채 윌슨 목사의 질문에 대답하는 것을 몹시 기분 나쁘게 거절하던 끝에, 자기는 누가 만든 것도 아니고 감옥문 가까이에 피어 있는 들장미에서 엄마가 꺾어 온 것이라고 엉겁결에 말했다.

이 어처구니없는 대답은 펄이 창밖에 서 있을 때 지사 댁의 빨간 장미가 바로 옆에 있었고, 이곳으로 오는 도중 감옥의 들장미를 지나쳐 왔기 때문이었는지도 모른다.

로저 칠링워스 노인은 얼굴에 미소를 띠면서 무언가 젊은 목사의 귀에 대고 속삭였다. 헤스터 프린은 이 능력 있는 의사를 보고, 자기 운명이 어느 쪽으로 바뀔지도 모르는 불안정한 때였음에도 불구하고, 상대의 용모가 너무나 변한 데 대해 자신도 모르게 놀랐다. 전에 비해서 몹시 추악해져 있었다. 음울한 안색은 더욱 어두워지고 몸도 전보다 더 불구가 된 것같이 보였다. 한순간 두 사람의 시선이 마주쳤지만 헤스터는 곧 지금 눈앞에서 진행되고 있는 사태에 주의를 집중시키지 않을 수 없었다.

"이건 큰일인데!"

지사는 펄의 대답에 어이없어하다가 서서히 제정신이 들어 큰 소리로 말했다.

"이 아이는 세 살이 되었는데도 자신을 누가 창조했는지도 모르다니, 자신의 영혼이라든가 현세의 생활, 내세의 운명 등에 대해서도 역시 알지 못할 것은 의심의 여지가 없군. 어떻습니까, 여러분! 더 이상 시험해 볼 필요도 없는 게 아닐까요?"

헤스터는 펄을 붙잡더니 양팔로 꼭 껴안고 무서울 정도의 사나운 태도로 청교도의 노지사에게 맞섰다. 세상에서 버림받은 혼잣몸으로, 이 유일한 보물에 마음을 의지하고 있는 헤스터로서는 천만 명이 와도 내어놓을 수 없다는 태도로 죽어도 이 권리만은 끝까지 지키려 하고 있었다.

"신이 이 아이를 제게 주신 겁니다!"

헤스터는 외쳤다.

"당신들이 제게서 모든 것을 빼앗아 버렸기 때문에 그 대신 신이 이 아이를 주신 것입니다. 이 아이는 제 행복입니다. 제 가책이기도 합니다. 펄이 저를 이 세상에서 살게 해주고 있습니다. 또한 펄이 저를 벌하기도 합니다. 보세요, 이 아이는 주홍 글씨이지만 사랑받기만 하는 주홍 글씨로서, 그만큼 제 죄를 벌하는 힘을 백만 배나 더 지니고 있습니다. 이 아이를 당신들에게 내드릴 수는 없습니다. 차라리 제가 먼저 죽는 편이 낫죠!"

"가엾은 여자로군!"

인정이 없지도 않은 노목사의 말이었다.

"이 아이를 잘 돌봐 준단 말이오…… 당신이 할 수 없을 정도로 훌륭히 말이지."

"신이 저에게 이 애를 주셨습니다!"

하고 헤스터 프린은 날카로운 목소리로 되풀이 말했다.

"이 아이는 내놓지 않겠어요!"

이렇게 말하면서 발작적으로 젊은 목사 딤즈데일 쪽을 돌아보았는데, 이때까지는 한 번도 눈을 돌리지 않았던 것 같았다.

"절 위해 말씀해 주세요!"

라고 헤스터는 외쳤다.

"당신은 제 목사님이셨고 제 영혼을 맡고 계셨기 때문에 여기 계신 다른 분들보다도 절 더 잘 알고 계실 겁니다. 이 아이만은 잃고 싶지 않습니다. 제 변호를 해주세요. 당신은 아실 겁니다. 이분들에게는 없는 동정심을 갖고 계시니까, 제 마음속에 무엇이 있는지, 어머니의 권리가 어떤 것인지, 어머니에게 아이와 주홍 글씨밖에 남겨져 있지 않을 때 그 권리가 얼마나 강한 것인지 당신이라면 아실 겁니다. 부탁드립니다. 이 아이를 잃고 싶지 않습니다! 부탁입니다!"

이런 격렬하고 간절한 호소는 헤스터 프린이 광적인 상태에 있음을 보여주고 있었다. 이 말에 젊은 목사는 곧 앞으로 나왔는데, 얼굴은 창백했고 특히 신경질적이 되었을 때 나타나는 버릇대로 가슴에 손을 얹고 있었다. 목사는 헤스터가 사람들의 구경거리가 되어 있던 그때보다도 훨씬 수척하고 야위어 있는 것 같았다. 건강이 나빠서인지 아니면 다른 이유가 있는지 모르지만 어쨌든 크고 검은 눈속에 무한한 고통을 담고 있었다.

"이 여인이 말하는 데에도 일리가 있습니다."

목사의 목소리는 부드러웠지만 객실이 울려서 허공의 갑옷이 떨릴 정도의 힘이 담겨 있었다.

"이 여인이 말하는 것에도, 또 그렇게 생각하는 것에도 일리가 있습니다. 신이 여인에게 아이를 주셨고, 얼른 보아 아주 이상하게 생각되는 이 아이의 성질이나 요구를 본능적으로 이해하는 힘도 부여받았기 때문에 다른 누구도 이 여인만큼 이 아이에 대해 잘 알지는 못할 겁니다. 게다가 이 모녀 사이에는 무언가 머리가 숙여질 정도로 신성한 것이 있지 않습니까?"

"뭐라고요? 그건 무슨 소립니까, 딤즈데일 목사?"

지사가 말을 가로막았다.

"설명해 주었으면 합니다."

목사는 말을 계속했다.

"당연한 것이 아닙니까. 만약 그렇지 않다고 한다면, 살아 있는 모든 것의 창조주이며 하늘이신 아버지가 죄의 행위를 가볍게 보고 더러워진 인간의 욕망과 신성한 애정과의 구별을 소홀히 했다고밖에 할 수 없기 때문입니다. 아버지의 죄와 어머니의 치욕에서 태어난 이 아이는 신에 의해 이 세상에 보내져 어머니의 마음을 감화시키고 있기 때문에 어머니 쪽에서도 저렇게 열심히, 또 저렇게까지 상심해서 이 아이를 자기 곁에 두고자 하는 것입니다. 이 아이는 축복, 그것도 이 여인의 생애에 유일한 축복으로 주어졌습니다. 게다가 이 아이 어머니가 말하는 바와 같이 죄를 벌하기 위해 내려 주신 것도 틀림없는 일입니다. 수많은 순간에 느끼는 고뇌라고도 할 수 있습니다. 괴로우면서도 기쁨을 한창 맛볼 때 새삼스럽게 느끼는 고통이자 아픔이며, 언제나 되돌아오는 걱정인 것입니다. 이 생각이 바로 가엾은 아이의 복장에 나타나 있는 것은 아닐까요? 여인의 가슴을 태우고 있는 저 빨간 표지를 우리들에게 반드시 상기시키니까 말입니다."

"아니, 또다시 명언이군요."

윌슨이 큰 소리로 말했다.

"난 이 여인이 아이를 사기꾼이라도 만들 생각인가보다고 걱정하고 있었는데……."

"아니오, 결코 그렇지는 않습니다."

하고 딤즈데일은 계속했다.

"아이의 탄생을 통해 신이 엄숙한 기적을 이루었다는 것을 이 여인이 깨닫고 있다는 것을 증명합니다. 게다가 이 여인은, 완전한 진실이라고 제게는 생각됩니다만, 무엇보다도 더욱 어머니의 영혼을 살리기 위해, 악마가 떨어뜨리려고 애쓰는 보다 어두운 죄의 구렁텅이에서 어머니를 구하기 위해 저 아이를 내려 주신 것으로 믿고 있다는 겁니다. 그러므로 불멸의 영혼을 지닌 아이, 영원의 기쁨과 슬픔을 맛볼 수 있는 아이를 돌보게 한 것은 이 가엾고 죄 많은 여인에게는 유익한 일인 것입니다. 아이는 훌륭히 양육되어 시시각각으로 어머니의 타락을 상기시킬 것입니다. 어머니가 이 아이를 천국으로 데리고 갈 수 있다면, 아이 또한 창조주와의 신성한 약속에 의해 어머니를 천국으로 인도하리라는 것을 이 여인은 알 것입니다. 이 점에서는 죄 많은 어머니가 죄 많은 아버지보다도 행복하다고 할 수 있을 것입니다. 이러므로 헤스터 프린을 위해서도, 또 이 불쌍한 아이를 위해서도 신이 적당하다고 생각하시고 내버려 둔 채로 두 사람을 놔 두는 것이 좋지 않겠습니까?"

"당신의 이야기에는 이상할 정도로 열성이 담겨 있군요."
라고 말하면서 로저 칠링워스 노인은 미소 지었다.

"게다가 내 젊은 친구가 말한 것에는 지나쳐 버릴 수 없는 뜻이 담겨 있군요."
하고 윌슨 목사가 덧붙였다.

"어떻습니까, 벨링햄 씨. 불쌍한 여인을 위해 훌륭히 이야기했다고 할 수 있지 않을까요?"

"그렇군요."
지사가 대답했다.

"이렇게까지 이야기하니 그대로 놔둘 수밖에 없군요. 이 여인이 이 이상 소란을 일으키지 않는다는 조건부라면 말이오. 이 아이에게는 아주 규칙대로의 교리문답 시험을 치르도록 조치해 주시오. 그리고 말이죠, 그래야 할 때가 오면 이 아이가 학교와 교회 집회에 나오도록 관리에게 감독시켜야 하겠소."

젊은 목사는 이야기를 끝낸 뒤 모두로부터 2, 3보 뒤로 물러나서 창 커튼의 두터운 주름에 얼굴을 반쯤 가린 채 서 있었다. 방

바닥 위로 던져진 그의 그림자는 가늘게 떨고 있었다. 저 재빠르고 붙잡을 길이 없는 작은 요정과 흡사한 펄은 살짝 목사 곁으로 다가가더니 목사의 손에 뺨을 댔다. 몹시 다정하고 꾸밈없는 애정의 표현이었다. 이것은 본 어머니는,

"이 아이가 그 펄일까?"

하고 이상하게 생각할 정도였다. 헤스터로서는 이 아이의 마음속에 애정이 있는 것은 알고 있었지만, 대부분의 경우 격렬한 형태를 취하는 것이 보통이어서 이렇게 다정하면서 부드러운 태도는 아주 낯설었다.

목사는 오랫동안 동경하고 있던 여성의 애정을 제외한다면 마음에서 우러나오는 감정을 스스럼없이 표현하는 이 아주 어린애다운 애정만큼 좋은 것은 없다고 생각했다. 그래서 아이의 머리에 손을 얹고 한순간 망설인 후 이마에 키스해 주었다. 그러나 펄의 이런 보기 드문 기분은 오래 계속되지는 않았다. 웃으면서 실로 경쾌하게 객실 저쪽으로 뛰어갔기 때문에 윌슨은 도대체 저 아이의 발끝이 방바닥에 닿았던 것인가 하고 의심할 정도였다.

"저 장난꾸러기 아이는 아무리 보아도 마법을 알고 있는 것 같군요."

라고 목사는 딤즈데일에게 말했다.

"저 아이라면 마법사 할머니의 빗자루가 없어도 하늘을 날 수 있을 거요."

"이상한 아인데요."

로저 칠링워스 노인이 참견했다.

"어머니의 성질은 쉽게 알 수 있어요. 어떻습니까, 여러분, 저 아이를 분석해 보고 그 성격에서 아버지를 바로 맞춰 보는 것은 학자의 연구 범위를 넘는 것일까요?"

"그렇지는 않겠지만, 이런 문제를 속세의 학문에 의지하는 것은 죄가 되는 일일 것입니다."
하고 윌슨이 말했다.

"단식하고 오로지 기도하는 겁니다. 차라리 지금대로 수수께끼는 수수께끼로 놔 두는 것이 좋지 않을까요? 신이 자연히 밝혀 주실 때까지는 말입니다. 그러므로 모든 훌륭한 기독교도는 이 불쌍한 아비없는 아이에게 아버지처럼 보살펴줄 의무가 있는 것입니다."

사태가 좋게 끝났으므로 헤스터 프린은 펄을 데리고 그 저택을 나왔다. 두 사람이 계단을 내려오고 있을 때 어떤 방의 격자창이 열리고 벨링햄 지사의 고약한 누이동생이며 4, 5년 후에 마녀로서 처형된 히빈즈 부인의 얼굴이 밝은 곳으로 쑥 나타났다.

"이봐요!"

말을 건 부인의 불길한 모습은 새 저택의 밝음에 어두운 그림자를 던져 주는 듯했다.

"당신들 오늘 밤 나와 같이 가지 않겠어요? 숲에서 재미있는 모임이 있어요. 미인인 헤스터 프린도 우리와 어울릴 거라고 마왕님에게 약속을 해놨는데."

“내 대신 잘 말씀드려 주세요.”

헤스터는 의기양양한 미소를 지으며 대답했다.

“집에서 펄을 돌보지 않으면 안 되니까요. 내가 이 아이를 빼앗겼다면, 나도 기꺼이 당신과 함께 숲으로 가서 마왕님의 장부에 내 피로 이름을 써 넣을 텐데요.”

“오래지 않아 언젠가는 데리고 가겠어요.”

마녀는 얼굴을 찌푸리더니 목을 움츠렸다.

이 히빈즈 부인과 헤스터 프린과의 만남이 사실이고 만들어낸 이야기가 아니라면, 이것만으로 이미 타락한 어머니와 그 연약한 사생아와의 관계를 끊어 버려서는 안 된다는 저 젊은 목사의 주장이 옳았음을 입증하는 셈이다. 이렇게 어린 시절부터 펄은 어머니를 악마의 함정에서 구해준 것이다.

거머리

로저 칠링워스라는 이름 뒤에는 두번 다시 남에게 말하지 않겠다는 각오를 한 다른 이름이 숨겨져 있음을 독자들도 기억하고 있을 것이다. 헤스터 프린이 수치스러운 구경거리가 되는 것을 목격하고 있던 인파 속에 여행으로 수척해진 남자가 있었다. 그가 위험한 황야에서 빠져나오며 함께 안락한 가정을 꾸미려고 생각했던 여인이 죄인의 전형으로 사람들 앞에 서 있는 것을 발견했다는 것은 이미 말해 둔 바 있다. 여인으로서의 명예는 사람들 발밑에 짓밟혀지고 불명예가 공공의 광장에 있는 이 여인의 주위에서 들끓고 있었다. 이 소식을 듣는다면 가족도, 깨끗한 생활을 보내고 있던 무렵의 친구도 이 불명예에 감염될 수밖에 없었을 것이다. 이런 불명예는 헤스터와의 관계가 친밀하고 순수할수록 더욱 크게 마련일 것이다. 그렇다면 이 타락한 여인과 일찍이 극히 친밀하고 순수한 관계를 갖고 있던 인물이 —— 어떻게 하든 본인 마음대로겠지만 —— 이런 불명예를 무릅쓰고 일부러 모습을 보여야 할 이유는 없는 것이다.

이 남자는 여자와 함께 구경거리는 되지 않으리라고 결심했다. 헤스터 프린 이외에는 아무도 자신을 모르며, 그녀의 입을 열 자물쇠와 열쇠는 자신이 쥐고 있었기에 자기 이름은 인간의 기록에서 말살해 버리고, 옛날의 인간 관계나 이해 관계는 소문으로 훨씬 옛날에 장사 지낸 바다 속으로 완전히 증발시켜 버리기로 했던 것이다. 이 목적이 달성되면 새로운 이해 관계나 그것에 따르는 새로운 목적이 곧 머리를 들게 될 것이다. 그것들이 죄 되는 것은 아닐지 몰라도 비열한 일임은 틀림없으며, 이 남자에게는 모든 능력을 죄다 쏟아 버릴 만큼 큰 의미를 지니고 있음에 확실했다.

어쨌든 이 결심을 실행하기 위해 남자는 로저 칠링워스라 칭하고 보통 이상의 학문과 지식을 갖고 있는 인간으로서 청교도의 마을에 정착하기로 했다. 이곳에 오기 전의 연구 결과, 당시 의학에 대해 폭넓은 지식을 갖추고 있었기 때문에 의사를 자칭하기로 했으며, 세상도 의사로서 그를 친절하게 맞아 주었다.

내과와 외과에 능력 있는 의사는 식민지에는 별로 없었다. 아마 의사들에게는 대서양을 건널 만큼의 종교적 정열은 부족했었나 보다. 인체의 연구를 거듭하는 동안에 의사의 높고 미묘한 능력이 물질 본위로 되어 버리고, 생명의 모든 것을 대변하는 듯한 경이적인 인체조직에 압도되어, 인간 존재에 대한 정신적인 생각을 잃게 되는 것 같았다. 어쨌든 그때까지 보스턴 시민의 건강은 교회의 집사 겸 약제사라는 노인의 감독하에 놓여 있었는데, 이 남자의 신앙심 깊은 행동은 의사의 면허증 이상으로 이 남자가 능력있음을 보증하는 증명서 역할을 했다. 한 사람밖에 없는 외과 의사는 때때로 훌륭한 기술을 발휘했지만 평소에는 면도질을 하는 것이 본업이었다.

이와 같은 의료인들 사이에 로저 칠링워스는 갑자기 나타나, 고대 의학의 무게 있고 엄숙한 치료에 정통해 있다는 것이 오래지 않아 알려지게 되었다. 그는 여러 성분의 약을 이것 저것 사용하고, 너무나도 정성 들여 약을 조제했기 때문에 불로불사의 약이라도 만드는 것이 아닌가 생각될 정도였다. 그리고 그는 인디언에게 붙잡혀 있는 동안 풀뿌리에 대해서도 많은 지식을 얻었다. 이 의사가 환자들에게 숨기지 않고 털어 놓은 바에 의하면, 무식한 야만인들에게는 하늘의 혜택이라고도 할 수 있는 많은 약초가 주어져 있는데, 그것들은 많은 훌륭한 의사들이 몇백 년이나 걸려 정제한 유럽의 약물류에 뒤지지 않는 신뢰할 수 있는 식물이라는 것이다.

이 기묘한 학자는 적어도 외면적인 종교 생활에 관한 한 흠잡을 데 없으며, 보스턴에 도착한 후 얼마 안 되어 딤즈데일 목사를 정신의 지도자로 받들기로 했다. 이 젊은 종교가는 옥스퍼드에서는 여전히 학자로서 명성이 알려져 있었으며, 열렬한 숭배자들은 그를 신이 보낸 사도로 여겼다. 또한 일찍 죽지 않고 일을 계속할 수 있다면 옛날 교부(敎父)들이 초기 그리스도를 위해 쌓은 것과 같은 위대한 업적을 약체인 뉴잉글랜드 교회를 위해 이룩할 사람으로 생각하고 있었다.

그러나 바로 그때 딤즈데일의 건강상태는 눈에 띄게 나빠지기 시작했다. 목사의 일상 생활을 잘 알고 있는 사람들은 젊은 목사의 얼굴이 창백한 것은 지나치게 열심히 공부를 하는 데다가 교구의 일을 매우 헌신적으로 처리하고 있기 때문이라 했다. 특히 거친 속세의 일이 정신의 등불을 꺼 버리는 일이 없도록 가끔 실행하고 있는 단식이라든가 철야기도 탓이라는 것이었다. 딤즈데일이 죽어 버리게 된다면, 이 땅은 이제 그분이 발로 밟을 가치조차 없기 때문이라고 말하는 자도 있었다. 이에 대해 본인은 아주 겸허한 태도로 이 세상을 떠나는 것이 신의 뜻이라면 그것은 자기가 지상에서 보잘것없는 사명마저 수행할 가치가 없기 때문이라고 분명히 말하고 있었다.

목사가 쇠약해진 원인에 대해서는 이와 같이 의견이 각각 달랐지만 쇠약해져 있다는 사실에는 의문의 여지가 없었다. 몸이 아주 수척해 있었다. 목소리는 아직 힘이 있고 다정함을 잃고 있지 않았지만 어쩐지 죽음을 생각케 하는 불길한 울림이 있었다. 사소한 일에 놀라기도 하고 무언가 뜻밖의 일이 있거나 하면 별안간 얼굴을 붉히고 고통을 말하는 듯 창백해지며 가슴에 손을 얹는 모습을 볼 수 있었다.

젊은 목사가 이와 같은 건강 상태로 생명의 빛이 촌각에 달려
있을 때 로저 칠링워스의 모습이 이 고장에 나타난 것이다. 이 남
자의 등장은 하늘에서 내려왔는지 땅속에서 솟아났는지 누구 하
나 아는 사람이 없었기 때문에 어딘가 모르게 수수께끼에 싸이게
되고, 이것이 기적으로 보이기에 이르렀다.

그는 지금까지 유능한 의사로서 세상에 알려졌는데, 보통 사람
의 눈에는 아무 가치도 없는 약초나 들꽃을 수집하기도 하고 숲
의 나무에서 작은 가지를 꺾어 그 속에 있는 효능을 추출해 내는
재능이 있었기 때문이다. 이 남자가 케넬름 딕비경(1603~1665,
외교관·해군 사령관·철학자·저술가로서 르네상스 시대의 이상
인, 즉 완전한 인간상을 구현한 사람으로 알려짐)이나 과학적인 업
적이 신기(神技)에 가깝다고 일컬어지는 유명인 등과 편지를 주
고받는다든가 교제가 있다는 등의 이야기를 들은 사람도 있었다.

그처럼 높은 지위를 학회에서 차지하고 있는 인물이 왜 미국 같
은 곳으로 왔을까? 큰 도시에 본거지를 두어야 할 인물이 황야에
서 무엇을 찾고 있는 것일까? 이런 의문의 해답처럼 날로 퍼져간
이야기는 —— 실로 터무니없이 생각되기는 하지만, 매우 사리 분
별이 있는 사람들 중에도 믿는 자가 있을 정도로 —— 신이 놀라운
기적을 보여주어, 독일에 있는 어떤 대학에서 저명한 의학박사를
몸째 하늘로 운반해 와 딤즈데일의 서재 입구에 내려 놓았다는
내용이었다.

사실 신은 이와 같은 극적인 방법이 아니더라도 목적을 충분히

수행할 수 있다고 믿고 있는 보다 현명한 사람들마저도 로저 칠링워스가 그렇게도 알맞는 시기에 등장한 것은 신의 섭리가 작용했다는 생각이 들었다. 이러한 생각은 의사가 젊은 목사에게 깊은 관심을 보여주는 것으로 뒷받침되었다.

그는 교구민의 한 사람으로서 목사에게 접근해서, 천성적으로 조심성 있는 신경의 소유자에게 친구로서의 호의와 신뢰를 얻으려고 애쓰고 있었다. 의사는 목사의 건강 상태에 몹시 놀랐지만 서둘러서 치료하고 열심히 간호하면 회복될 수도 있다고 했다. 딤즈데일에게 교회의 장로, 집사, 아기 있는 부인, 젊고 아름다운 미혼 여성 등 모두가 의사의 능력을 시험할 겸 약을 써보는 것이 어떠냐고 귀찮게 진정해 왔다. 딤즈데일은 부드러운 어조로 그런 탄원을 물리치고,

"내게는 약 따위는 필요없습니다."
라고 되풀이했다.

그러나 일요일이 돌아올 때마다 얼굴이 창백하게 야위고 목소리는 전보다도 더 심하게 떨렸다. 가슴에 손을 얹는 것이 무심한 동작이라기보다는 일상의 습관이 되어 버렸는데도, 어째서 목사는 약 먹기를 거부하는 것일까? 목사의 직무에 권태를 느꼈기 때문일까? 죽음을 바라고 있기 때문일까? 이런 의문을 진지하게 딤즈데일에게 제기한 보스턴의 원로 목사나 교회 집사들은, 신의 구원의 손길을 함부로 물리치는 것도 죄악이라고 말했다. 목사는 말없이 듣고 있다가 가까스로 의사와 상의해 보겠다고 약속했다.

이 약속을 이행하기 위해 로저 칠링워스 노인에게 의사로서의
조언을 구할 때 딤즈데일 목사는 말했다.

"이것이 신의 뜻이라면 당신의 의술을 내게 시험하지 않아도,
내 일과 슬픔과 고통이 즉시 내 죽음과 함께 끝나 버리는 것에 난
만족하고 있습니다. 속세적인 것은 묘 속에 묻히고, 정신적인 것
이 나와 함께 내세로 가게 될 테니까요."

"아!"

로저 칠링워스는 가식인지 진심인지 알 수 없지만 언제나와 같
은 상냥한 태도로 대답했다.

"젊은 목사들은 그렇게 말씀하시죠. 젊은 분은 뿌리를 깊이 내
리고 있지 않기 때문에 인생을 체념하는 것이 지나치게 빠릅니
다. 기꺼이 이 세상을 떠나 천국에서 황금보도를 신과 함께 산책
할 수 있기 때문이겠죠."

"당치도 않습니다!"

하고 대답한 젊은 목사는 가슴에 손을 얹었고, 한순간 이마에는
고통의 빛이 떠올랐다.

"내가 설사 그런 곳에서 산책하는 데 어울리는 인간이라고 해
도 나는 이 지상에서 땀흘려 일하는 데 만족할 것입니다."

"훌륭한 분은 언제나 자신을 너무도 과소평가하는 법입니다."
라고 의사가 말했다.

이와 같이 해서 수수께끼의 인물 로저 칠링워스 노인은 딤즈데
일 목사의 주치의가 되었다. 의사는 병의 증세에 흥미를 갖고 있

었을 뿐만 아니라 환자의 성격과 소질을 연구해 보고 싶은 생각
이 강했기 때문에, 나이 차이가 상당한 두 사람이 시간을 함께 보
내는 일이 차차 많아졌다. 목사의 건강을 위한다는 것과 병에 좋
은 약초를 채집한다는 두 가지 목적 아래 두 사람은 해안이나 숲
으로 장시간의 산책을 나가 파도 치는 소리나 나뭇가지의 바람이
부르는 엄숙한 찬송가 소리 등과 어울려 갖가지 대화를 나누었
다. 서로 남의 눈을 피한 면학의 장소를 방문하는 일도 있었다.

이 과학자와 함께하는 일에 목사가 매력을 느낀 것은 보통 아닌
깊이와 폭을 지니고 있는 지적 교양뿐만이 아니고 다른 목사에게
서는 발견할 수 없는 사상의 폭과 자유스러움을 상대에게서 확인
했기 때문이다. 사실 이와 같은 특징을 의사에게서 발견하고 쇼
크에 가까운 놀라움의 기분을 맛보았다. 딤즈데일은 참된 목사이
며 참된 종교가여서 신을 공경하는 마음이 강하며, 당당히 신앙
의 길을 계속 걸어서 시일이 지남에 따라 보다 깊은 길을 끝까지
가려는 그런 정신의 소유자였다. 어떤 사회가 와도 이 사람이 소
위 자유주의적 의견들을 품게 되는 일은 없을 것임에 틀림없다.
자신을 지탱해 줌과 동시에 쇠틀 속에 갇히게도 한 신앙의 무게
를 자기 주변에 느끼고 있는 것이 이 사람의 평화에는 절대로 불
가결한 것이었다. 그럼에도 불구하고 평소 이야기를 나누는 사람
들과는 다른 지성의 소유자를 통해 이 우주를 바라보는 즐거움
을, 가슴 두근거리는 기쁨을 가끔 느꼈다. 별안간 창이 활짝 열리
고, 지금까지 등잔 불빛이나 희미한 햇빛 아래 책에서 토해내는

곰팡이 냄새에 범벅된 채 된 생명이 소모될 뿐이었던, 비좁아 숨이 막힐 것 같은 방안에 자유스러운 공기가 밀려 들어오는 것 같았다. 그러나 이 공기는 지나치게 신선했기 때문에 너무 오래 들이마시면 기분이 나빠질 염려가 있었다. 그래서 다시 목사는 의사와 함께 일상 생활에 발을 디디면 교회에서 인정하는 공인된 범위 안으로 물러서는 것이었다.

이와 같이 해서 로저 칠링워스는 환자가 일상 생활에 익숙해 있는 사상의 영역 안에서 환자를 면밀히 관찰했다. 외형뿐만이 아니라 무언가 새로운 세계에 던져졌을 때 나타나는 성격의 다른 면, 즉 두 면에서 관찰했다. 치료에는 먼저 상대를 아는 것이 첫 걸음이라고 생각했던 모양이다. 감정이라든가 지성 등을 지니고 있는 한, 육체의 병은 그 감정이나 지성의 특징을 반영하는 것이다. 아더 딤즈데일의 경우에는 사고력과 상상력이 매우 활발하고, 감수성 또한 강렬했기 때문에 신체의 병이 정신에 근원하는 것이라고 생각하였다.

그래서 로저 칠링워스는 기술이 뛰어날 뿐만 아니라 친절하고 친구를 생각하는 의사였기 때문에, 어두운 동굴 속에서 보물을 찾는 사람과 같이 환자의 가슴속에 깊이 들어가서 사상을 음미하고 기억을 엿보며 온갖 것을 주의 깊은 손길로 만지작거렸다. 이와 같은 탐색의 기회와 자유의 혜택을 받고, 게다가 그것을 다룰 만한 기술을 익힌 탐구자의 눈을 피할 수 있는 비밀이란 없을 것이다. 비밀에 괴로워하고 있는 사람은 특히 담당의사와 친해지는

것을 피하는 것이 현명한 일이다.

의사는 천성적으로 머리가 빨리 돌아가고, 이름 붙일 수 없는 어떤 것(임시로 직관력이라고 불러 두자)을 지니고 있었다. 그리고 눈에 거슬리는 멋대로의 행동이나 불유쾌할 정도로 눈에 띄는 버릇을 나타내지 않고, 환자의 마음과 자기 마음을 완전히 일치시켜서 환자의 머릿속으로나 떠오르는 생각들을 알아낼 수 있는 타고난 힘을 지니고 있었다. 또한 어떤 것을 들어도 조금도 당황하지 않고, 동정을 표시하기보다는 침묵이나 거친 호흡, 짧은 이야기 정도로 죄다 알았다는 것을 암시했다. 이런 성격에 더하여 공인된 의사로서 얻을 수 있는 이점까지 있다면, 언젠가는 반드시 환자의 마음도 풀리기 시작하여 까맣지만 투명한 물처럼 녹아내려 모든 수수께끼를 백일하에 드러낼 것이 틀림없다.

로저 칠링워스는 위에서 열거한 특징을 전부라고는 할 수 없지만 거의라고 할 정도로 지니고 있는 의사였다. 그러나 시간이 흐름에 따라 인간의 사상과 학문의 전 영역에 걸쳐 폭넓은 공통의 장을 갖고 있는 두 사람은 앞서도 말한 바와 같이 일종의 친근감이 싹트게 되었다. 두 사람은 윤리와 종교의 공적인 면과 사적인 면에 걸쳐 이것 저것 이야기하고, 개인적이라고 생각되는 문제에 대해서까지도 서로 많이 이야기했다. 그러나 의사가 틀림없이 있으리라 믿고 있는 비밀이 목사에게서 새어나와 의사의 귀에 들어오는 일은 전혀 일어나지 않았다. 의사는 딤즈데일의 병명마저도 전혀 파악하지 못한 게 아닌가 하는 의심이 들었다. 실로 이상한 침묵 행위가 아닌가.

오래지 않아 로저 칠링워스가 제의한 바도 있어서 딤즈데일의 친구들은 두 사람이 한지붕 밑에서 지낼 수 있도록 준비했다. 조수의 밀물 썰물과 같은 목사의 건강 상태를 하나도 남김 없이 우정 어린 의사의 눈에 띄게 하기 위해서였다. 이 뜻밖의 일이 실현되었을 때 그 고장은 기쁨으로 들끓었다. 이것이 목사의 생명을 건지는 데 가장 좋은 방법이었다. 이외에는 지금까지 그를 염려하는 사람들이 기회 있을 때마다 권한 바와 같이, 목사를 사모하고 있는 소녀 중에서 누군가를 골라 사랑하는 아내로 삼는 것이 있을 뿐이었다. 그러나 이 방법은 아무리 아더 딤즈데일에게 권해도 그럴 가망은 전혀 없었다. 마치 아내 얻는 것을 거부하는 것이 계율의 하나이기나 한 것처럼 계속 거절하고 있었다. 아무리 보아도 딤즈데일 목사는 스스로 좋아서 변변찮게 남이 만든 식사를 들고, 남의 집 난롯가에서 몸을 녹이는 것을 바라는 인간에게 따르게 마련인 고난의 운명을 자진해서 일생 동안 참고 견디기로 작정한 것 같았다.

그래서 이 학식과 경험이 다같이 풍부하고 동정심이 있는 노의사는 젊은 목사에 대한 부성애와 경애의 정을 둘 다 갖고 있었기 때문에, 목사의 목소리가 미치는 곳에 항상 대기하고 있는 인물로서는 가장 적합하다고 생각되기에 이르렀다.

두 사람의 새로운 거처는 사회적으로 상당한 지위에 있는 신앙심 깊은 미망인의 집이었는데, 그 집은 현재 킹스 교회의 고색창

연한 건물이 서 있는 부지를 대부분 차지하고 있었다. 한쪽에는 원래 아이작 존슨의 땅이었던 묘지가 있었는데, 목사와 의사라는 두 사람이 그 직업에 어울리는 진지한 상념을 펼 수 있기에 알맞는 환경이었다. 이 훌륭한 미망인은 어머니 같은 배려로서 딤즈데일에게는 바깥쪽 방을 배정했는데, 양지 바른 데다가 필요하면 낮에는 햇빛을 가릴 수 있는 두꺼운 커튼이 있었다. 벽에 둘러친 벽걸이는 고블랭(파리의 국립 고블랭 공장에서 만드는 벽걸이 장식용 융단) 직이라는 소문도 있었는데, 어쨌든 진위는 알 수 없고 다윗과 밧세바와 예언자 나단에 대한 성경 이야기(《사무엘 후서》 12~13장 참조)가 주제가 되어 있었다. 바래지 않은 빛깔 때문인지 밧세바의 어쩐지 으스스할 정도로 아름다운 모습은 재난을 예언하는 나단에게도 뒤지지 않았다. 창백한 얼굴의 목사는 이 방에 양피지로 장정한 초기 교회 교부의 2절판 책들과 유태 법학자의 학문과 수도사의 박식에 넘친 장서를 쌓아 올렸는데, 프로테스탄트의 신학자들은 이런 유의 저술을 몹시 비난하면서도 가끔 이용하지 않을 수 없었다.

반대쪽 방에는 로저 칠링워스 노인이 서재 겸 실험실을 마련했는데, 현대 과학자의 눈에는 인사 치레로라도 완전하다고 할 수 없는 것이었지만 그 당시 능숙한 연금술사가 충분히 사용할 수 있는 증류 장치와 약 종류, 화학약품을 조합하는 도구류들이 갖춰져 있었다. 이와 같은 좋은 환경에서 두 학자는 각기 자기 성에 정착하게 되었고, 허물없이 서로의 방을 왕래하면서 적잖은 호기심을 가지고 상대의 일을 엿보았다.

이미 이야기해 둔 바와 같이 딤즈데일 목사의 아주 통찰력이 있는 친구들은 앞서도 말했듯이 이 모든 일은—— 공공 장소나 가정 안, 남이 모르는 곳에서 수없이 기도로 탄원해 온 바와 같이—— 젊은 목사의 건강을 회복시키기 위해 신이 이루어놓은 것이라고 생각했다. 그러나—— 여기서 말해 두는 것을 잊어서는 안 될 일이지만—— 최근에 보스턴 시민의 일부에서는 딤즈데일과 불가사의한 의사와의 관계에 대해 달리 보기 시작했다. 무지한 대중이 자기들 눈만으로 보려 하면 잘못 보기 쉬운 법이다. 그러나 지금까지 대중이 흔히 그런 것처럼, 크고 따뜻한 마음의 직관에 의거해서 판단을 내릴 때에는 실로 깊이있고 틀림이 없는 결론을 얻을 수 있으며, 명백한 진리와 같은 성격을 띠는 일마저 흔히 있다.

지금 화제로 하고 있는 로저 칠링워스의 경우, 보스턴 대중이 그에 대해서 품고 있는 편견은 그들 나름대로의 타당성이 있으나 진지하게 반론을 펼 가치가 있을 정도의 사실이나 이론으로 뒷받침할 수 있는 것은 아니었다. 그러나 30년이나 이전에 일어났던 토머스 오버베리(1581~1613, 친구 로버트 카의 결혼에 반대했기 때문에 런던탑에 유폐되어 독살되었는데 죽은 후에 음모가 발각됨) 경의 살인사건 무렵 런던에 살고 있었다는 직공 출신의 노인이 한 사람 있었는데 이 남자의 증언에 따르면, 그 의사가 이제 기억에는 남아 있지 않지만 어쨌든 다른 이름으로 오버베리 사건에

연루되어 있던 악명 높은 마술사인 포먼 박사(1553~1611, 평판이 좋지 않은 점성가. 돌팔이 의사였는데 오버베리 사건 때 가해자 측에 가담함)와 한자리에 있는 것을 본 적이 있다는 것이다. 이 의사는 인디언의 포로가 되어 있는 동안에 영험한 요술사로서 널리 알려지고, 마술로서 기적적이라고도 할 수 있는 치료를 하는 그 야만인의 주술 의식에 참가해서 의학적인 능력을 기른 것이라는 사람도 두셋 있었다.

대부분의 사람은 —— 그들은 다른 문제에 관한 한 경청할 가치가 있는 의견을 내놓는 진지한 정신 자세와 냉철한 관찰력의 소유자들이었지만 —— 로저 칠링워스의 얼굴 표정이 보스턴에 정착하고 나서, 특히 딤즈데일과 같이 살게 되고 나서 놀랄 만큼 변했다고 단언하고 있었다. 처음에는 표정도 온화하고 명상적이어서 참으로 학자다웠다. 그런데 지금의 얼굴에는 전에 미처 깨닫지 못했던 보기 흉한 사악한 것이 있어서 보면 볼수록 더욱 분명해진다는 것이다. 세상의 소문에 의하면 의사의 실험실에 타오르고 있는 불은 땅속에서 가져온 것으로서, 지옥의 연료로 피우고 있기 때문에 의사의 용모가 연기로 그을리기 시작한 것도 당연한 일이라는 것이었다.

이런 이야기를 종합해 보면 기독교 세계의 어느 시대에나, 특히 신성한 인물에게 흔히 있는 것같이, 악마나 악마의 사자가 로저 칠링워스 노인으로 모습을 바꿔 목사를 따라다닌다는 소문이 세상에 퍼지기 시작한 것이다. 이 악마의 사자는 잠시 동안 목사의 마음속으로 들어가 그 혼에게 나쁜 일을 하는 허가를 신에게서 얻고 있었던 것이다. 그러나 승리가 어느 쪽에 미소 지어 보일는 지는 분별있는 사람이라면 누구나 알 수 있었다. 사람들은 확고한 희망을 갖고 목사가 악마와의 싸움을 극복하고 의심할 여지가 없는 거룩한 모습으로 변할 것을 기다리고들 있었다. 그러나 목사가 승리를 향해 싸우는 동안에 경험하지 않으면 안 될, 치명적이라고도 할 수 있는 고뇌를 생각하면 슬픔이 넘치는 것이었다.

아아, 가엾은 목사의 눈 밑에 드리우는 공포의 검은 그림자로 미루어 이 싸움은 치열한 것이어서 승리의 행방도 확실치가 않았던 것이다.

의사와 환자

　로저 칠링워스 노인의 지금까지의 성질은 온화하고, 따뜻하다고까지는 말할 수 없어도 어쨌든 친절한 애정의 소유자였으며, 세상과의 모든 교섭에 있어서 항상 순수하고 곧은 남자였다. 그런 남자가 탐색을 추구하기 시작했다. 그가 진실을 탐구하는 모습은 재판관과 같은 엄정하고 중립적인 성실함이 있어서, 인간적인 정열이나 자신에게 가해진 모욕 등에 관련된 문제가 아니고 그저 공간의 선이나 도형 등 기하학의 영역을 다루는 것 같았다. 그러나 점점 깊이 들어감에 따라 굉장한 매력이, 어딘가 온화한 것같이 보이지만 어쩔 수 없는 필연성이 노인을 사로잡고 놓아주지 않게 되고, 그것이 뜻대로 될 때까지는 자유로운 몸이 될 수 없었다.

　노인이 가엾은 목사의 마음속을 파헤치는 모습은 금덩어리를 찾는 광부와 흡사했다. 죽은 자의 가슴에 붙은 채 매장된 보석을 찾으려고 묘를 파헤쳐 보았는데 찾아낸 것은 그저 죽음과 부패뿐이었다는 사나이와 같았는지도 모른다. 노인이 찾고 있던 것이 그와 같은 죽음과 부패였다고 한다면 그 혼이야말로 불쌍하다고 하지 않을 수 없다. 가끔 의사의 눈에서 광채가 나는 일도 있었지만 파랗고 불길하게 타오르는 모습은 용광로에서 반사하는 빛 같기도 했고, 어쩌면 번연이 묘사한 것과 같이(존 번연 작《천로 역정》에서 지옥의 출입구가 천국에 이르는 산의 중턱에 있다고 묘사한 것을 뜻함) 산허리의 출입구에서 쏟아져 나와 순례자의 얼굴에 어른거리는 그 기분 나쁜 빛 같기도 했다. 이 음울한 광부가 일하고 있는 토양에는 마음을 격려하는 조짐이 여러 가지 있었는지도 모른다.

한 번은 그와 같은 때에 의사는 이렇게 혼자말을 했다.

"이 남자는 남들로부터 순수하다고 생각되고 아주 정신적인 인간으로 보이기는 하지만 아버지나 어머니 어느 쪽으로부터 강렬한 동물성을 이어받고 있어. 이 흐름을 따라 좀더 파헤쳐 보아야겠어."

이와 같이 해서 의사는 목사의 어두운 내면을 오랫동안 계속 탐색했는데, 파헤쳐진 수많은 귀중한 요소는 인류의 행복에 대한 높은 이상이나 영혼에 대한 따뜻한 애정, 순수한 감정, 타고난 신앙심 등의 형태를 취하여 사고나 연구에 의해 강화되고, 계시의 빛을 받아 반짝이고 있는 것들뿐이었다. 그러나 이러한 값비싼

황금은 추적자에게는 한푼의 값어치도 없는 물건이었으므로 실망해서 방향을 바꾸고는 다시 다른 방향을 조사했다.

살금살금 좌우를 경계하면서 살살 더듬으며 나아가는 모습은 마치 소중히 관리하고 있는 귀중품을 훔치려고 주인이 자고 있거나, 어쩌면 완전히 눈을 뜨고 있을지도 모르는 방으로 잠입해 들어가는 도둑과 흡사했다. 미리 조심은 하고 있어도 방바닥은 가끔 삐걱거리고 입고 있는 옷이 맞스치는 소리가 들리기도 했으며, 위험한 곳까지 이르면 그의 그림자가 상대방 위로 드리우기도 했다. 달리 말하면 과민한 신경의 딤즈데일 목사는 정신적 직관으로 희미하기는 하지만 무언가 자신의 평화에 위험한 존재가 자신에게 다가오고 있음을 깨달았던 것이다. 그러나 로저 칠링워스도 직감에 가까운 지각을 갖추고 있었기 때문에, 목사가 깜짝 놀란 듯한 시선을 던져도 친절하고 주의 깊게, 동정은 해도 간섭하는 일이 없는 친구와 같은 얼굴을 하고 앉아 있는 것이었다.

그러나 딤즈데일이 앓는 사람에게 있기 쉬운 울적함으로 인해 인간 전체를 의심하는 기분이 되어 있지 않았다면 이 의사의 성격을 더욱 완전히 꿰뚫어 볼 수 있었을 것이다. 그런데 누구도 친구로서 신용하고 있지 않았기 때문에, 정작 적이 모습을 나타냈을 때에도 그것이 적이라는 사실을 알 수 없었다. 그 결과 목사는 노의사와 아주 친한 관계를 계속하여 매일같이 서재에 불러들이기도 하고, 상대의 실험실을 방문하여 약초가 효력이 있는 약으로 바뀌는 과정을 지켜보며 기분 전환을 하는 것이었다.

어느 날 목사는 묘지 쪽으로 열려 있는 창문턱에 팔꿈치를 세우고 손으로 이마를 받친 자세로 로저 칠링워스와 이야기를 나누고 있었다. 노인은 지저분한 식물의 묶음을 조사하고 있었다.

"선생님!"

목사는 그 식물을 곁눈으로 바라보면서 물었다. 최근에 목사는 사람이나 물건을 정면으로 보지 않는 습관이 생겼다.

"어디서 이런 까맣고 축 늘어진 약초를 수집했습니까?"

"저 묘지에서요."

의사는 일을 계속하면서 대답했다.

"내가 처음 보는 종류의 것인데, 비석도, 죽은 자에 대한 기록도 아무 것도 없는 묘에서 자라고 있는 것을 발견했어요. 이 볼품없는 잡초만이 죽은 자를 생각나게 하는 역할을 맡고 나왔다는 느낌이었어요. 죽은 자의 심장에서 생겨난 것이겠지만 살아 있을 때 고백했으면 좋았을 것을 아마 숨긴 채 매장되었기 때문에 비밀이 이런 모습으로 나타난 것이겠죠."

"고백하고 싶은 생각은 태산 같았겠지만 할 수 없었겠죠."
하고 목사가 말했다.

"어째서일까요?"

의사가 되물었다.

"왜 고백하지 않았을까요? 자연이 모든 죄의 고백을 요구하는 힘은 대단해서, 이렇게 매장된 사람의 심장에서도 까만 잡초가 나서 말하지 않고 지나 버린 범죄를 나타내고 있지 않습니까?"

"그러나 선생님, 그건 선생님의 공상에 지나지 않습니다."
하고 목사가 대답했다.

"내 생각이 잘못되어 있는지는 모르겠지만, 인간의 마음속에 매장된 비밀을 말이나 상징 등으로 폭로하는 힘은 신의 자비 이외에는 없습니다. 그와 같은 비밀을 숨기고 있는 마음은 모든 세상의 비밀이 폭로될 날까지 계속 숨길 것임에 틀림없습니다. 내가 성경을 읽고 해석한 견해에서는, 설사 인간의 생각과 행동이 밝혀지는 그날이 오더라도 그것을 인과응보의 결과라는 식으로 이해할 수는 없는 것입니다. 그와 같은 생각은 어떻게 보아도 천박하다는 비난을 면할 수 없을 것입니다. 모든 비밀이 밝혀지는 것은 이 세상의 어두운 수수께끼가 풀어지는 것을 보려고 기다리는 사람들의 지적인 만족을 증대시키기 위한 것에 지나지 않는다고 말해도 큰 잘못은 없을 것입니다. 이 어두운 문제를 완전무결한 형태로 해결하는 데 필요한 것은 인간의 마음에 대한 이해입니다. 게다가 선생님이 말씀하시는 바와 같이 비참한 비밀을 마음속에 지니고 있는 인간은 이 최후의 날에 훌쩍이기는커녕 말할 수 없을 정도의 기쁨을 가지고 비밀의 고백을 할 것이라고 나는 생각합니다."

"그럼 왜 지금 이 세상에서 그 비밀을 털어 놓아 버리지 않습니까?"
하면서 로저 칠링워스는 곁눈으로 슬쩍 목사의 모습을 보고 있었다.

"어째서 죄인은 그 말할 수 없을 정도의 위안을 보다 빨리 자신의 것으로 하지 않는 것입니까?"

"대부분의 사람이 그러고 있습니다."

목사는 뿌리칠 수 없는 고통의 발작에 괴로운 듯 가슴을 꼭 잡고 있었다.

"실로 많은 불쌍한 영혼의 소유자들이 죽음의 침상에 있을 때뿐만 아니라 원기 발랄하게 명성을 얻고 있을 때에도 내게 고백하였습니다. 모든 것을 털어 놓은 뒤에는 언제나 커다란 안도감이 그 죄 많은 동포들을 휘감습니다. 자기가 토해낸 더러운 숨으로 오랫동안 질식할 듯하다가 신선한 공기를 겨우 마시게 되는 사람들 같기도 합니다. 그렇게 되는 이외의 것은 생각할 수 없지 않습니까? 예컨대 살인을 한 불행한 인간이라도 마음속에 시체를 묻어 두려고는 생각하지 않고, 즉시라도 밖으로 내보내 대우주에 모든 것을 맡기고 싶은 생각이 드는 것은 당연할 것입니다."

"그렇지만 말입니다, 비밀을 마음속에 묻어 버리는 사람도 있지 않습니까?"

하고 의사는 부드러운 어조로 말했다.

"말씀하시는 바와 같이 그와 같은 사람이 없는 것은 아닙니다."

하고 딤즈데일은 대답했다.

"좀더 정확한 이유를 들지 않더라도 타고난 성질 때문에 침묵을 지키는지도 모릅니다. 어쩌면 —— 이렇게도 말할 수 있지 않을까요 —— 죄를 범하기는 했지만 신의 영광과 인간의 행복에 대한

열정도 사라지지 않아, 결국 남에게 상처 입고 더러워진 자신의
모습을 드러내는 것을 꺼리는 것은 아닐까요? 그런 짓을 해 버리
면, 선행을 할 수도 없게 되고 과거의 죄를 보다 나은 봉사로 속
죄할 수도 없게 되어 버리기 때문입니다. 그러므로 말할 수 없이
괴롭더라도 막 내린 순백의 눈처럼 가장하고 주위의 사람들 사이
를 돌아다니지만, 마음속에는 지울래야 지울 수 없는 죄악이 거
무칙칙하게 얼룩져 있는 것입니다."

"그런 사람들은 자신을 속이고 있는 겁니다."

로저 칠링워스의 말에는 평상시와는 다른 힘이 담겨 있었다. 그
는 집게손가락을 가볍게 움직이며 다시 말했다.

"그런 사람들은 도망칠 수도 없고 숨길 수도 없는 치욕에 정면
으로 맞서는 것이 무서운 겁니다. 인간에 대한 사랑이라든가 신
에게 봉사하는 열의라든가 ── 이런 깨끗한 충동과, 저지른 죄 때
문에 둑이 무너져 나쁜 씨를 번식시키지 않고는 배겨나지 못하는
사악한 충동이 그런 사람들 마음속에 공존하는지 않는지 무어라
고 말할 수 없습니다만, 그들이 아무리 신을 찬양하고 싶다고 해
도 말입니다, 더러워진 손이 천국 쪽으로 향하는 것을 용서해서
는 안 됩니다. 그들이 동포에게 봉사하고 싶다면 먼저 겸허한 태
도로 죄를 뉘우치고 양심의 힘과 존재를 분명히 하는 것부터 시
작되어야 하지 않겠습니까? 참으로 현명하고 경건한 친구인 당신
입니다만, 설마 속임수가 신의 진실보다 훌륭하며 신의 영광과
인간의 행복에 유익하다는 것을 이 나에게 믿게 하려는 것은 아

니겠지요? 그런 사람들은 자신을 속이고 있습니다. 반드시 그렇습니다."

"그럴지도 모릅니다."

젊은 목사의 쌀쌀한 대답은 부적당하다고 생각되는 토론을 빨리 끝내려는 것 같았다. 목사는 너무나도 민감해서 신경질적인 자신의 성격을 교란시키는 화제를 솜씨있게 얼버무리는 요령을 알고 있었다.

"그런데 솔직히 말해서 내 쇠약한 몸이 당신의 친절한 간호로 좋아졌다고 생각하십니까, 선생님?"

로저 칠링워스가 대답을 하기 전에 아이의 새된 높은 웃음소리가 옆 묘지 근처에서 분명히 들려왔다. 열어 놓은 창을——여름이었다——목사가 본능적으로 바라보니 헤스터 프린과 그녀의 딸 펄이 묘지를 가로지르고 있는 오솔길을 걸어가는 것이 보였다. 펄은 눈부실 정도로 예뻤지만 언제나처럼 심술꾸러기 같은 쾌활함이 있었다. 이런 때의 펄은 동정이라든가 인간적인 접촉이 있는 세계와는 멀리 떨어져 있는 것같이 보였다.

그때 마침 아이는 버릇없게도 묘에서 묘로 뛰어다니고 있었는데, 아이작 존슨 그 사람이 누군지는 모르지만 어쨌든 거물의 묘로 보이는, 넓고 편편한 문장이 있는 비석 있는 데까지 와서는 그 위에서 춤추기 시작했다. 좀더 얌전히 하라는 어머니의 말에 따라 펄은 춤추는 것을 그만 두었지만, 그 묘 옆에 솟아 있는 키 큰 우엉에서 가시 달린 열매를 따기 시작했다. 손에 가득히 모이자 어머니 가슴에 붙어 있는 주홍 글씨의 가장자리 선에 따라 그 열매를 늘어 붙였는데 가시가 있기 때문에 떨어지지 않았다. 헤스터도 떼어 버리려고 하지 않았다.

로저 칠링워스는 이때에 창가로 와서 소름 끼치는 듯한 웃음을 띠면서 밑을 내려다보고 있었다.

"법률이나 권위에 대한 존경도, 선하든 악하든 인간의 습관이나 의견에 대한 관심도 무엇 하나 저 아이의 성질에는 섞여 있지 않거든."

의사는 자신에게인지 상대에게인지 알 수 없는 말을 했다.

"지난번에는 스프링 거리에서 지사에게 구유에 있는 물을 끼얹는 것을 보았으니까요. 도대체 저 애는 무엇일까요? 저 작은 여자애가 정말로 악일까요? 저 애에게도 무언가 분명한 생활태도가 있을까요?"

"아무 것도 없습니다. 있는 것은 무법 상태의 자유뿐입니다."

딤즈데일의 대답은 부드러웠지만 이 문제를 자신이 오랫동안 생각해 온 것 같았다.

"선을 행할 수 있는지 없는지도 모르겠습니다."

펄은 두 사람이 말하는 소리를 들었음에 틀림없었다. 밝고 심술궂기는 했지만 쾌활함과 영리함이 가득찬 웃음을 띠고서 창 쪽을 쳐다보더니 그 열매를 하나 던졌다. 감수성이 예민한 목사는 깜짝 놀라 이 가볍게 날아오는 물건에 몸을 움찔했다. 이 목사의 허둥대는 모습을 보고 펄은 작은 손으로 손뼉을 치며 우스워 못 견디겠다는 표정을 지었다. 헤스터 프린도 엉겹결에 눈을 들었다. 남녀노소 네 사람이 말없이 얼굴을 마주 대한 격이 되었는데, 곧 아이가 큰 소리로 웃으면서 외쳤다.

"도망쳐요, 엄마! 도망치지 않으면 저기 있는 악마에게 붙잡혀요. 벌써 목사님은 붙잡혀 있으니까요. 도망쳐요, 엄마! 붙잡혀요. 그래도 펄은 걱정없어요!"

이렇게 말하면서 펄은 어머니의 손을 끌고 갔는데, 죽은 자의 무덤 사이를 날뛰며 돌아다니는 모습은 그곳에 매장되어 있는 과거의 세대와 아무런 공통성이나 유사성들을 가지고 있지 않은 것 같았다. 새로운 요소에서 처음으로 만들어진 인간이며, 자기 멋대로의 생활을 보내는 것이 허용되고 자신이 스스로를 다루는 법이 되지 않을 수 없으며, 도가 지나쳐도 그것이 죄악으로 여겨지지 않는 아이 같았다.

잠시 후 로저 칠링워스가 말했다.

"저기 가는 여인은 어떤 과실이 있는지는 모릅니다만, 어쨌든 당신이 괴로워서 참을 수 없다고 말씀하시는 것 같은 죄의 비밀 따위는 무엇 하나 없을 겁니다. 헤스터 프린의 비참함은 가슴에 주홍 글씨가 붙어 있는 덕택에 얼마간 가벼워졌다고 생각하십니까?"

"그렇게 믿습니다."
하고 목사가 대답했다.

"그러나 저 여인의 처지가 되어 보지 않고서는 뭐라고 말할 수 없군요. 저 여인의 얼굴에는 형언할 수 없는 고통의 빛이 있으니까 말입니다. 그래도 죄로 괴로워하는 인간보다는 저 가엾은 헤스터같이 고통을 드러내는 편이 훨씬 편할 것임에 틀림없다고 생각합니다."

다시 잠시 동안 이야기가 끊어졌다. 의사는 수집해 온 약초를 조사하며 정리하기 시작했다.

"아까 당신의 건강에 대한 진단 결과를 물으셨지요?"
하고 의사가 입을 열었다.

"네, 그렇습니다."
목사가 대답했다.

"꼭 알려 주셨으면 합니다. 아무쪼록 기탄없이 말씀해 주세요. 설사 생사에 관계된 것이 있다고 해도 말입니다."

"그럼, 바로 말씀드리겠습니다."

의사는 약초를 바삭거리면서 말했지만 시선은 유심히 딤즈데일을 향해 있었다.

"목사님 병은 좀 이상합니다. 적어도 내가 관찰한 증세에 따르면 병 자체가 어떻다고 할 수 없고, 겉으로 봐서도 역시 그렇습니다. 몇 달 동안 매일 당신을 바라보고, 당신의 몸 상태를 지켜본 결과 당신이 중환자인 것은 분명합니다. 하지만 능력 있고 실수 없는 의사라면 치료 불가능이라고 체념할 정도의 병세는 아닙니다. 그렇지만 뭐라고 할까요, 아무튼 알 것 같으면서도 알 수 없는 병입니다."

"무슨 퀴즈 같군요, 선생님."

얼굴이 핼쑥해진 목사가 창 밖을 내다보며 대답했다.

"그럼 더 깊이 말씀드리겠습니다."

하고 의사가 이야기를 계속했다.

"아무래도 당돌하게 말씀드려야 할 필요가 있기 때문에 실례되
는 점을 용서 바랍니다. 친구로서…… 신의 명령을 받은 당신의
생명과 건강을 맡고 있는 자로서 묻고 싶습니다만, 당신은 이 병
의 증세를 숨김 없이 죄다 나에게 말씀해 주셨겠지요?"

"새삼스럽게 무얼 말씀하시는 겁니까?"

목사가 말했다.

"의사를 모셔다가 아픈 곳을 숨기다니, 어린애 장난 같지 않습
니까?"

"내게 모든 것을 말했다는 거죠?"

로저 칠링워스는 천천히 강한 지성이 집중된, 빛이 번뜩이는 눈
으로 목사를 응시하면서 말했다.

"그렇다고 해둡시다. 그렇지만 말입니다, 글쎄 들어보세요. 외
면적인 증상을 본 의사가 중요한 병에 대해 반도 모르는 수가 흔
히 있습니다. 신체의 병은, 그것만으로 완전한 하나의 것으로 보
기 쉽습니다만, 실은 정신적인 병의 한 증세에 지나지 않는 것입
니다. 내 말이 조금이라도 당신의 기분을 상하게 한다면 용서해
주십시오. 내가 알고 있는 인간 중에서 정신의 도구라고 할 수 있
는 육체가 그 정신과 밀접하게 연결되어 얽혀서, 말하자면 심신

이 일체가 되어 있는 사람이 있습니다."

"그 이상 들을 필요는 없습니다."

라고 목사는 말하면서 일어섰지만 좀 당황한 듯했다.

"당신이 영혼에 대한 전문가는 아니니까."

로저 칠링워스도 일어섰다. 작고 기분 나쁜 불구의 몸으로 얼굴이 파래진 목사와 마주서더니, 상대가 말을 가로막은 것 따위는 개의치 않고 조금도 변함 없는 어조로 말을 계속했다.

"이렇게 해서 병이라고 할까요, 정신이 앓고 있는 곳은 금세 육체에 나타나는 법입니다. 신체의 병을 의사에게 고쳐 달라고 할 땐 먼저 영혼의 상처라든가 괴로움 등을 털어 놓아야 합니다. 그렇지 않으면 의사는 어떻게 할 방법이 없습니다."

"거절합니다, 당신에게는! 이 지상의 의사에게는 거절합니다!"

딤즈데일은 흥분한 듯 큰 소리를 지르더니, 거친 눈초리로 로저 칠링워스를 노려보았다.

"당신에게는 싫습니다! 그러나 병이 영혼의 병이라 한다면, 난 영혼의 병을 고쳐 주는 오직 한 의사에게 몸을 맡기겠습니다. 고치든 죽이든 그의 뜻대로 되는 것이니까, 그의 바른 판단이라면 난 어떻게 되어도 좋습니다. 그러나 당신은 도대체 무엇입니까, 이런 문제에 참견하다니! 죄로 괴로워하는 자와 신과의 사이에 끼여들다니!"

미친 듯한 기세로 목사는 방에서 뛰쳐 나갔다.

기분 나쁜 미소를 띠고 목사를 보내면서 로저 칠링워스는 혼자 중얼거렸다.

"이렇게까지 되었으니 잘된 일이야. 무엇 하나 실수는 하지 않았고 곧 화해하게 될 거야. 그런데 말이야, 저 남자는 격정이 일어나면 본심을 드러내게 되는군. 그렇담 어떤 격정도 마찬가지란 말이지. 딤즈데일 목사도 마음의 열정에 몰려, 옛날에 옳지 않은 일을 저지른 적이 있다는 거야."

두 친구의 친밀함을 이전과 같은 관계, 같은 정도로 되돌리는 것은 어렵지 않은 일이었다. 젊은 목사는 두세 시간 동안 혼자 있는 동안에 보기 흉하게 짜증을 내 버린 것은 자신의 신경이 어떻게 되었던 때문이며, 의사의 이야기에서 구실 같은 것은 무엇 하나 찾아볼 수 없다는 것을 깨달았다. 의사로서는 당연할 뿐만 아니라 목사 자신이 바란 충고를 해줬을 뿐인데 너무도 과격하게 뿌리친 것에 그 스스로 놀라 버렸다. 이런 후회스런 생각이 들어 목사는 곧 할 수 있는 말을 다해 사과를 했고, 건강이 회복되지는 못했어도 오늘날까지 목숨을 이어 오는 방법대로 치료를 계속해 주도록 부탁했다. 로저 칠링워스도 기분 좋게 이 부탁에 응해서 목사의 간호를 계속하고 성심성의를 다했지만, 진찰이 끝나고 환자의 방을 나올 때에는 언제나 입술에 알 수 없는 기이한 미소를 띠고 있었다. 이 표정은 딤즈데일 앞에서는 볼 수 없었지만 의사가 문지방을 넘는 순간 분명히 눈에 띄는 것이었다.

"참으로 이상한 병이군!"

하고 의사는 중얼거렸다.

"더욱 파고 들며 조사할 필요가 있어. 정신과 육체와의 사이에 기묘한 연결이 있어. 그저 의학을 위해서만이라도 이 병을 끝까지 알아보아야겠어."

지금 말한 바와 같은 사건이 있은 지 얼마 되지 않아 딤즈데일 목사는 한낮인데도 의자에 앉은 채 정신없이 깊이 잠들었다. 목사 앞의 테이블 위에 펼쳐진 채 있는 큰 고딕 활자의 책은 대개의 보통 사람이라면 잠을 부르는 문학 작품으로, 실로 대단한 대작임에 틀림없었다. 목사는 평소에 나뭇가지에서 뛰고 있는 작은 새처럼, 가볍고 침착성이 없으며 금세 겁나서 도망쳐 버리는 새처럼 선잠을 잤기 때문에 이와 같이 푹 잠들고 있는 모습은 아주 드문 일이었다. 그러나 정신이 완전히 자신의 껍질 속 깊숙히 틀어박혀 있었기 때문에 로저 칠링워스 노인이 발짝 소리를 죽이지 않고 방에 들어와도 의자에 앉은 채 꼼짝도 하지 않았다. 의사는 환자 앞으로 거침없이 다가가서 가슴에 손을 얹고, 그때까지 의사의 눈으로부터 죽 그 가슴을 감추고 있던 의복을 풀어헤쳤다.

그때 딤즈데일은 별안간 몸을 떨면서 약간 좌우로 움직였다.

잠시 후 의사는 방을 나갔다.

그러나 의사의 놀라움과 기쁨과 두려움에 넘친 표정은 참으로 대단했다. 몹시 기뻐하는 모습이 눈이나 입으로는 표현할 수 없을 정도로 강렬하게 볼품없는 몸 전체에서 뿜어져 나왔다. 그는 힘껏 천장을 향해 팔을 내두르고 방바닥에 발을 쿵쿵 구르며 요란스럽게 기쁨을 나타냈다. 이렇게 기뻐서 어쩔 줄 모르는 순간

의 로저 칠링워스 노인을 본 자가 있었다면, 고귀한 인간의 혼이
천국으로 가는 길이 막혀서 지옥으로 끌려갔을 때 악마가 어떤
행동을 취하는지 물을 필요도 없었을 것이다.

그러나 악마가 기뻐 날뛰는 것과 다른 것이 있다면, 의사가 기
뻐하는 것에는 놀라움과 호기심의 요소가 있다는 사실이었다.

마음 속

　지금 말한 사건 후에도 목사와 의사와의 관계는 외면적으로는
변함이 없었지만 실은 이전과 다른 성격의 것이 되었다. 로저 칠
링워스는 탐색하고자 하는 분명한 진로를 손에 넣은 것이다. 그
러나 그것은 스스로 준비해서 걸어가려던 길 그대로는 아니었다.
참으로 온화하고 다정하며 격정 같은 것과는 관계가 없는 노인으
로 보였지만, 이 불행한 남자에게는 지금까지 악의의 숨은 열정
이 있어서 그것이 지금 막 활동을 개시하고, 이전의 어느 누구도
적에게 가한 일이 없는 강렬한 복수를 생각케 하였다. 공포와 양
심의 가책, 고뇌, 쓸데없는 후회, 뿌리쳐도 역류해오는 죄 많은
생각 등 모든 것을 털어놓을 수 있는 목사의 유일한 친구가 되는
것이 그 복수인 것이다. 어떤 것이든 불쌍히 여겨 용서해 주는,
저 큰 마음을 가진 세상에게도 숨기고 있는 죄 많은 슬픔을 자비

를 모르는 남자에게, 용서할 줄도 모르는 남자에게 털어놓게 하는 것이다. 복수가 이처럼 완벽하게 행해진 예는 달리 없을 것이라는 정도의 고통을 그에게 줄 것이다.

이 계획은 목사의 내성적이고 민감한 태도 때문에 잘 진척되지 않았다. 그러나 로저 칠링워스는 신이 —— 복수자도, 희생자도 다 같이 자신의 목적을 위해 사용하고 벌해야 마땅할 때 용서하는 일도 있는 신이 —— 노인의 사악한 수단 대신에 내려주신 이와 같은 사태에 결코 만족하지 않는 것도 아니었다. 하나의 계시가 내려졌다고 해도 좋았기 때문이다. 그 계시가 천국에서 온 것이든 어떤 다른 세계에서 온 것이든, 목적에는 별 상관이 없는 것이었다. 이 계시의 도움을 받아, 의사와 딤즈데일의 모든 관계에서 목사의 외관뿐만 아니라 영혼의 내부까지도 파헤쳐지게 되어 모든 움직임을 하나도 남김 없이 알게 될 것 같았다.

그후부터 노인은 가엾은 목사의 관찰자일 뿐만 아니라, 그 세계의 주역이 되어 있었다. 그는 마음대로 목사를 다룰 수 있었다. 목사를 번뇌의 아픔에 빠지게 하고 싶으면, 희생자는 항상 고문대 위에 서 있는 셈이었기 때문에, 장치를 움직이는 손잡이를 알고 있기만 하면 되었다. 의사는 그것을 잘 알고 있었다. 돌연한 공포로 목사를 위협할 생각이 들면, 마법사의 지팡이를 한 번 휘두를 때 나타나는 기분 나쁜 환상처럼 죽음이라든가 더욱 심한 치욕의 모습을 취한 환상이 수없이 나타나 목사의 주위를 떼지어 둘러싸고 그 가슴에 손가락을 들이대는 것이었다.

　이런 모든 것이 완벽할 정도로 교묘하게 행해졌기 때문에 목사
는 끊임없이 무시무시한 어떤 힘이 자기를 노리고 있는 것을 희
미하게나마 알아차리고는 있었지만, 그것이 도대체 무엇인지는
도무지 알 수 없었다. 노의사의 불구의 모습을 수상쩍게, 어떤 때
는 두렵게, 때로는 심한 증오의 감정을 갖고 바라본 것은 확실했
다. 그의 태도, 걷는 모습, 희끗한 턱수염, 약간 거침없는 듯한 행
동, 입고 있는 옷차림마저 목사의 눈에는 지긋지긋하게 보였는
데, 그것이 목사의 가슴속에 자신이 인정하려는 것 이상으로 의
사에 대한 깊은 반감이 있음을 분명히 보여주는 증거였다. 이와
같은 불신이나 혐오의 원인을 찾지 못한 채, 딤즈데일은 그저 한
곳에만 머물던 독이 마음 전체를 침범하고 있는 것을 깨닫고, 모
든 예감의 원인은 그 독 이외에는 없다고 생각했다.

　목사는 로저 칠링워스에 반감을 품은 자신을 책하고 그 반감에
서 끄집어낼 수 있는 교훈을 뿌리쳤을 뿐만 아니라, 그 반감을 뿌
리째 뽑아 버리려고 전력을 다했다. 그것은 불가능한 일이었지만
그래도 원칙적인 면에서는 노인과 교제하는 지금까지의 습관을
계속했는데, 그 결과 고독하고 불쌍한 인간이며 희생자보다도 더
욱 비참하다고 할 수 있는 복수자가 필사적으로 매달리는 목적
달성의 기회를 끊임없이 제공하게 된 것이다.

　이와 같이 육체의 병에 고통을 받고 영혼의 어두운 고뇌에도 시
달려 적의 최악의 술책에 빠져 들어가면서도 딤즈데일은 목사로
서 빛나는 명성을 얻고 있었다. 명성의 태반은 그 슬픔에 의해 얻

은 것이라고 해도 과언이 아니었다. 타고난 재능이나 정신적인 통찰력, 나아가서 정서를 경험하고 전달하는 능력에 이르기까지 일상 생활의 찌르는 듯한 고통 때문에 끊임없는 이상(異常) 상태에 놓여 있었다. 아직 명성이 오르는 도중에 있었지만, 이 명성 때문에 같은 목사들 중 우수한 몇몇에 대한 평판은 아주 시들어 버렸다.

목사들 중에는 딤즈데일이 태어나기 전부터 성직과 관련있는 깊은 학문의 습득에 세월을 보내고, 이 젊은 목사보다 더 견실하고 학식이 풍부한 학자도 있었다. 또한 이 목사보다 강건한 정신의 소유자로서 날카롭고, 쇠나 대리석같이 탄탄한 이해력을 풍부하게 갖고 있는 자도 없는 것은 아니었지만, 이와 같은 이해력에 교의라는 요소가 상당한 정도까지 합쳐지면 아주 훌륭하고 유능하기는 하지만, 재미있지도 이상하지도 않은 부류의 목사가 되는 것이었다. 게다가 또 책에 파묻혀 끊임없이 공부하고 참을성 있게 단련된 재능에다 하늘과 정신적 교감을 나누는 성자라고 부를 만한 목사도 있었는데, 깨끗한 생활 덕택에 인간 세계의 옷을 입은 채 천국으로 인도되어 가 버린다고 해도 이상할 것이 없는 성자 같았다.

그저 이 사람들에게 결여되어 있는 것은 성신강림절(〈사도행전〉 2장 1~4절. 성령이 제자 위에 내린 것을 기념하는 기독교의 축제)에 선출된 사도들에게 부여된 불의 혀뿐이었다. 그것은 방언 따위가 아니라 태어나면서부터 마음속에 갖추고 있는 언어로 전

인류의 동포에게 말하는 능력을 상징했다. 그밖의 점에서는 사도에 뒤지지 않는 목사들이었지만, 신이 그 역할에 대해 부여한 최후의 가장 드문 증명이라고 할 수 있는 불의 혀를 갖고 있지 않았던 것이다. 평범한 이야기나 비유로 전 인류의 동포에게 최고의 진리를 말하는 것은 이룰 수 없는 바람이었을 것이다. 이 사람들의 목소리는 언제나 멀리 희미하게 들려올 뿐이었다.

대부분의 특징으로 미루어 딤즈데일이 태어나면서부터 이 최후의 그룹에 속해 있다고 생각해도 이상할 것은 없었다. 이 사람들이 차지하고 있는 신앙과 존엄에 넘치는 높은 봉우리까지 올라갈 수 있었겠지만, 범죄나 고뇌라는 무거운 짐 때문에 방해받고 있었다. 이 무거운 짐 때문에 인생의 맨 밑바닥에 있는 사람들과 같은 위치에 끌려 내려져 있었지만, 그 무거운 짐만 없었다면 그의 목소리에 천사도 귀를 기울이고 대답을 했을지도 모를 정도로 영묘한 성질의 인물이었다. 그러나 이 무거운 짐 때문에 오히려 죄를 범한 인간에 대한 친밀한 동정이 우러나게 되었다. 이 죄인들의 마음에 공명하여 떨리는 마음은 죄인의 고통을 자기 것으로 받아들이고, 슬프고도 설득력 풍부한 웅변으로 쏟아져 나와 수많은 다른 사람의 마음속에 자신의 아픈 고통을 전하게 되었다. 설득력은 있었지만 때로는 무서운 것이기도 했다. 사람들은 이렇게까지 감동시키는 힘을 이해하지 못했다.

사람들은 젊은 목사를 신의 기적이라 생각하고, 지혜와 질책과 애정을 전하는 신의 대변자라고 생각하게 되었다. 사람들의 눈에는 목사가 걷는 땅 그 자체가 성스러운 것같이 생각되었다. 목사 주위에 모이는 교회 처녀들은 얼굴빛이 창백해지곤 했는데, 종교적 감정에 넘쳐 있는 자신들의 흰 가슴속 정열을 종교 그 자체라고 생각하고서 제단에 바칠 가장 적합한 제물로 여겼다. 늙은 신자들은 보기 싫게 늙어 버린 자신을 잊고서 딤즈데일의 쇠약한 몸이 먼저 천국으로 갈 것이라 생각하고 늙은 몸을 목사의 성스러운 묘 가까이에 묻어 달라고 자식들에게 이르는 것이었다. 전날에도 가엾은 딤즈데일은 자신의 묘에 대해 생각하고, 저주받은 자가 묻힌 묘에도 과연 풀이 자라는 일이 있을까, 하고 스스로 자문해 보았다.

이 일반 대중의 존경이 목사에게 준 고뇌는 이루 말할 수 없는 것이었다. 진실을 동경하고, 생명 속의 생명으로서 신성한 실체를 가지고 있지 않은 것은 모두 그림자 같아 일체의 무게나 가치가 없다고 생각하는 것이 목사의 진심이었다. 그렇다면 목사 자신은 도대체 무엇인가? 실체가 있는 자인가, 그렇지 않으면 그림자인가? 설교단에서 소리를 높여 말하며 자신의 본성을 고백하고 싶어 견딜 수 없었다.

'지금 당신들 앞에 목사의 까만 옷을 입고 있는 나, 성단에 올라서서 창백한 얼굴을 하늘로 향하고 당신들을 대신해서 전능하신 신과 왕래하는 것을 직무로 하는 나, 일상 생활에서 당신들이 에녹처럼 신성함(〈창세기〉 5장 22~24절 참조)을 보여준다고 하는 나, 내가 이 지상의 길을 걸은 후에 남는 빛으로 나중에 오는 순례자들이 축복 받는 나라로 인도된다고 생각되고 있는 나, 당신들의 자녀들에게 세례의 손을 얹은 나, 막 하직한 세계의 아멘 소리를 들을 수 있도록 임종의 침상에 있는 당신들의 친구에게 이별의 기도를 드린 일도 있는 나, 당신들이 진심으로 존경하고 있는 목사로서의 나, 이 내가 실은 타락한 인간이며 어처구니없 는고 겉만 번드레한 자입니다.'

이와 같은 말을 해 버리기까지는 결코 계단을 내려오지 않겠다고 각오를 하고 설교단에 오른 적이 한두 번이 아니었다. 기침을 하고 오래 떨리는 심호흡을 한 뒤 그 숨이 토해질 때는 영혼의 어두운 비밀이 나와 있으리라고 생각한 적도 한두 번이 아니었다.

사실 분명히 입 밖에 내서 말한 적도 한두 번, 아니 백 번 이상이나 되었을 것이다. 틀림없이 말하기는 했다. 그러나 도대체 어떤 식으로 말했던 것인가? 자신이 아주 용렬한 인간이고, 가장 용렬한 인간보다도 더욱 저열한 인간이고, 극악한 인간, 혐오해야 할 존재, 생각할 수 없을 만큼의 악의 화신이라고 교인들에게 말했다. 신의 타는 듯한 분노로 이 더러워진 몸이 이곳에서 아주 말라 버리는 것을 볼 수 없는 것이 이상할 정도라고 이야기하기도 했다. 이처럼 명백한 말이 또 있을까? 그러나 사람들은 일제히 의자에서 일어나 설교단을 더럽힌 자를 끌어내려는 기색조차도 보이지 않았다. 그러기는커녕 목사의 말을 더욱 경청하고 그를 더욱 존경할 뿐이었다. 자기 자신을 책하는 말 뒤에 얼마나 무서운 뜻이 숨겨져 있는가를 알지 못했던 것이다.

"젊은데도 신 같은 분이야!"

라고 사람들은 서로 말했다.

"지상의 성자야. 그분의 순결한 영혼 속에서마저 저처럼 죄 많음을 인정하는데 하물며 우리들의 영혼 속에서는 얼마나 가증할 모습을 찾아내고 계실 것인가!"

목사는 그 애매한 고백이 어떻게 받아들여질 것인가를 충분히 알고 있었다. 후회하고 있다고는 하지만 교묘한 위선자에 지나지 않았다. 죄 많은 마음을 공개함으로서 자신을 속이려고 노력했지만, 거기에서 안도감은 조금도 얻지 못한 채 다시 새로운 죄를 거듭 지어 치욕을 스스로 인정하게 될 뿐이었다. 분명 진실을 말했지만 틀림없는 허위로 바뀌어 버린 것이다. 그러나 이 사람만큼 천성적으로 진실을 사랑하고 거짓을 미워하는 사람은 그 예가 없었음에 틀림없다. 그래서 무엇보다도 더욱 비참한 자기 자신의 모습이 불쾌하게 생각되었던 것이다.

목사는 마음의 고뇌 때문에 태어나서 자란 교회의 훌륭한 빛보다도 타락한 옛 로마 신앙의 수행으로 기울어졌다. 딤즈데일이 자물쇠까지 잠그고 있는 비밀의 벽장에는 피가 묻은 채찍이 들어 있었다. 가끔 청교도이며 프로테스탄트인 목사가 이 채찍으로 어깨를 때리며 자신을 조소했는데, 그 조소 때문에 더욱 심하게 채찍을 내리치곤 했다. 대부분의 신앙심 깊은 청교도들과 마찬가지로 단식을 하는 것도 목사의 습관이었다. 그러나 다른 사람들처럼 하늘의 계시를 받는 데 적합한 매체가 되기 위해 몸을 정결하

게 하는 것이 아니라, 고행으로서 무릎의 힘이 빠질 때까지 하는 엄격한 단식이었다. 또 매일 밤 어둠 속이나 희미한 등잔불 밑에서 철야 기도를 하기도 했다. 때로는 강렬한 불빛 아래 거울을 들여다보며 밤을 새우기도 했다.

이와 같이 끊임없는 자기 반성이 목사의 특징이 되었는데 몸을 괴롭힐 수는 있었지만 정화할 수는 없었다. 장시간에 걸치는 철야 기도로 머리가 종종 몽롱해지고 온갖 환상이 눈앞을 지나가는 것 같았는데, 그것은 어두컴컴한 방 한쪽 구석에 희미하게 떠오르는 일도 있었고, 거울에 비쳐서 가깝고 분명히 보이는 수도 있었다. 창백해진 목사를 보고 히죽히죽 조롱하며 함께 가자고 손짓하는 악마의 떼가 되는 일도 있었으며, 번쩍번쩍 빛나는 천사의 무리가 되어 슬픔에 몹시 지쳐 있는 표정으로 힘없이 천상으로 날아 올라가며, 올라감에 따라 신비를 더하는 일도 있었다. 어떤 때는 이미 죽은 청년 시절의 친구들이라든가 성자와 같이 얼굴을 찌푸리고 흰 턱수염을 기르고 있는 아버지, 게다가 외면하고 지나가는 어머니의 모습도 되었다. 망령과 같은 어머니······ 아주 덧없는 환상 같은 어머니였지만 자식에게 동정의 시선을 던져 주어도 좋았을 텐데······. 마지막에는 정장 차림의 펄의 손을 잡은 헤스터 프린이 미끄러지듯 지나갔는데, 그녀의 집게손가락은 먼저 자기 가슴의 주홍 글씨를, 그리고 목사 자신의 가슴을 가리키고 있었다.

이런 환상 어느 것 하나도 완전히 목사를 혼란에 빠뜨릴 수는

없었다. 언제 어떠한 때에도 의지의 힘을 부여함으로써, 목사는
실체가 없는 아지랑이 같은 환상의 정체를 간파하고, 그것들이 참
나무로 조각된 테이블이라든가 크고 네모진 가죽을 씌운 신학서
적들과 같은 실체를 갖춘 것이 아니라고 확신했다. 그럼에도 불구
하고 그 환상은 어떤 의미에서는 가엾은 목사가 손에 넣을 수 있
는 가장 진실하고 가장 실체에 가까운 것이라고 할 수 있었다.

  목사와 같이 거짓에 찬 생활에서 볼 수 있는 가장 큰 비참함은,
우리 인간 현실에서 신이 정신의 기쁨과 자양으로 삼으라고 내려
준 진실의 모습을 빼앗겨 버리는 것이다. 정직하지 않은 인간에
게 있어 전 우주는 거짓이며 실체가 없고 잡으면 즉시 사라져 버
리는 것이다. 그와 같은 인간은 허위의 빛 속에 모습을 보이고 있
는 한 그림자와 같은 허상일 뿐이다. 딤즈데일을 이 세상에 계속
존재시키고 있는 유일한 진실은 영혼 깊숙히 있는 고뇌와 그 얼
굴에 분명히 나타나는 고뇌의 표정이었다. 단 한 번이라도 미소
짓거나 명랑한 얼굴이 되는 힘을 찾아낸다면 이를 마지막으로 딤
즈데일이라는 인물은 사라져 버리는 것이다.

  이 불길한 밤의 일에 대해서는 지금까지 간단히 말했을 뿐 상세
하게 묘사하는 것은 피해 왔지만, 그런 어느 날 밤 목사는 갑자기
의자에서 일어섰다. 새로운 생각이 떠올랐기 때문이다. 한순간이
나마 마음의 평온을 얻을 수 있을는지도 모른다. 교회에 예배 보
러 갈 때와 똑같은 복장으로 차분하게 준비를 끝내고는 가만히 발
짝 소리를 죽이고 계단을 내려서 문을 열고 밖으로 나왔다.

철야 기도

　꿈속을 배회하는 것처럼, 그러나 실제로는 몽유병의 일종에 걸려 있던 딤즈데일이 찾아간 곳은 훨씬 이전에 헤스터 프린이 처음으로 사람들 앞에서 구경거리가 되어 치욕의 시간을 보냈던 장소였다. 처형대는 7년이라는 오랜 세월의 비바람과 햇빛에 검게 더러워지고, 그 동안 그곳에 올라섰던 수많은 죄인들의 발에 닳기는 했지만, 예배당 발코니 밑에 옛날과 같이 자리 잡고 있었다. 목사는 계단을 올랐다.

　5월 초순의 어두운 밤이었다. 틈새도 없이 새까만 구름이 하늘을 온통 뒤덮고 있었다. 헤스터 프린의 형벌을 목격했던 그 군중을 지금 이곳으로 불러낸다 해도 한밤중의 짙은 회색의 어둠 속에서는 처형대 위에 있는 사람의 얼굴은커녕 그림자마저도 알아낼 수 없었을 것이다. 그러나 이 거리는 깊이 잠들어 있어서 남의 눈에 띌 염려는 없었다. 동녘 하늘이 희뿌옇게 밝아오기 시작할 때까지 서 있는다 해도 밤의 차갑고 축축한 공기가 목사의 몸에 스며들어 류머티즘으로 고생을 하든가, 감기나 기침으로 목이 잠겨 다음날 예배와 설교를 진심으로 기다리고 있는 교인들을 낙담시키는 것 이외에는 아무런 위험도 없었다. 목사가 몰래 피 묻은 채찍을 휘두르고 있는 것도 잠자는 법이 없는 신 외엔 아무도 볼 수 없었다.

목사는 도대체 무엇 때문에 이런 곳에 왔을까. 단지 회개의 흉내에 지나지 않는 것일까? 분명히 영혼이 스스로를 농락하는 흉내임에 틀림없었다. 천사들이 얼굴을 붉히며 울고 악마들이 웃으며 기뻐하는 회개의 흉내에 지나지 않았다. 목사를 이곳으로 몰고 온 것은 어디를 가나 따라다니는 '양심의 가책'이라는 충동이었다. 이 충동 때문에 고백의 한 걸음 앞에서 쫓겨나기는 했지만, 그 순간 '양심의 가책'의 누이동생이자 꼭 붙어서 떨어지지 않는 친구이기도 한 '두려움'이 떨리는 힘으로 달라붙으면 뒷걸음 칠 것은 뻔한 노릇이다.

구제될 길이 없는 가엾은 사나이였다. 이렇게도 약한 마음의 소유자가 죄의 무거운 짐을 짊어지다니, 이 무슨 인과인가! 범죄는 무쇠와 같은 신경의 소유자가 저지르는 것이어서, 이들이라면 죄의 무거운 짐을 견디든가 너무도 압박이 심할 때는 겁없는 마음으로 순식간에 그것을 던져 버리든가, 그 어느 쪽이든 간에 자유를 찾을 것이다. 목사와 같이 연약하고 감수성만 발달한 인간은 그 어느 쪽도 할 수 없어, 끊임없이 어느 한쪽에 손을 내밀게 되고 끝내는 하늘을 기만한 죄와 헛된 회개와 고뇌를 하나의 풀 수 없는 매듭으로 얽어 버리는 것이다.

때문에 처형대에 서서 헛된 시늉만으로 죄를 털어 버리고 있는 동안 딤즈데일은 우주 전체가 알몸의 심장 바로 위 가슴의 주홍색 표지에 시선을 집중하고 있는 것 같은 맹렬한 공포에 휩싸였다. 실제로 그곳은 훨씬 전부터 육체적인 고통이 있어서 독 묻은 이빨에 물려 시달리고 있었다. 자신을 억제할 힘도 없이, 그런 의지의 노력도 없이 목사는 소리를 크게 질렀다. 이 큰 소리는 밤의 어둠을 뚫고 울려퍼지고, 집집에 메아리 친 후 뒷산에서 산울림이 되어 돌아왔다. 이것은 마치 악마의 무리가 그 외침 소리에서 비참과 공포의 냄새를 맡고 서로 이곳 저곳으로 던지고 받으며 놀림감으로 하고 있는 것 같았다.

"이제 됐어!"

목사는 그렇게 중얼거리더니 얼굴을 양손으로 가렸다.

"거리의 사람들이 깨어서 뛰어나올 것이다. 그들은 곧 나를 발견하게 되겠지!"

그러나 그렇게 되지는 않았다. 그 외침은 목사의 겁먹은 귀에 실제 이상으로 큰 힘이 담겨 있는 것같이 들렸을 뿐이었다. 거리는 눈을 뜨지 않았다. 설사 눈을 떴다 해도 잠이 덜 깬 주민들은 그가 외치는 소리를 꿈속의 무서운 것이나 마녀들의 소동으로 착각해 버릴 것이다. 이 시대에는 식민지나 초라한 오두막 위를 마왕과 함께 지나가는 마녀의 목소리가 들렸기 때문이다. 이 때문에 목사는 떠들썩한 울림을 듣지 못한 채 눈을 가리고 주위를 둘러보았다.

　좀 떨어진 거리에 있는 벨링햄 지사 저택의 창으로 노지사가 손에 등불을 들고서 머리에 흰 나이트캡을 쓰고, 길고 흰 가운을 걸치고 있는 모습이 들어왔다. 갑자기 묘지에서 불러낸 유령과 같았다. 또한 같은 저택의 다른 창에서는 지사의 누이동생인 히빈즈 노부인이 모습을 나타냈다. 그녀 또한 등불을 갖고 있었는데, 꽤 떨어져 있는데도 불쾌하게 찌푸린 얼굴까지 선명히 떠올랐다. 부인은 격자창으로부터 머리를 내밀더니 불안한 듯 하늘을 쳐다보았다. 딤즈데일의 외침을 들은 노마녀는 수없는 울림과 반향 등으로 보아, 항상 숲속을 걷고 있다고 소문 나 있는 악마나 유령이 떠드는 소리임에 틀림없다고 생각했을 것은 의심의 여지가 없었다.

　벨링햄 지사가 갖고 있는 등불을 보고 노부인은 곧 등불을 꺼버려서 모습이 보이지 않게 되었다. 구름 속으로 날아갔는지 모를 일이었다. 목사는 부인의 움직임을 알 수 없었다. 지사는 어둠 속을 주의 깊게 살펴보고 있었으나, 코를 잡혀도 모를 정도의 어둠이었기 때문에 창에서 멀어져 갔다.

　목사는 조금 침착을 되찾았다. 그러자 오래지 않아 점차 이쪽을 향해 오고 있는 작고 깜빡이는 등불이 눈에 띄었다. 이 등불에 비쳐 기둥과 울타리, 격자창의 유리, 아치형의 참나무 문, 쇠고리,

대충 다듬어 통나무로 만든 계단 등이 잇따라 어둠 속에서 떠올랐다. 딤즈데일 목사는 이런 자잘한 것을 놓치지 않았는데, 동시에 또 발짝 소리가 들려왔다. 목사는 등불이 곧 자기 모습을 비추기 시작할 때 이 세상은 최후의 날이 되어 오랫동안 숨겨 왔던 비밀이 폭로되는 때라고 각오하고 있었다. 등불이 더욱 가까워졌을 때 그 불빛 속에서 같은 목사의 모습이 —— 더 정확히 말하면 직무상 아버지라 생각하고 마음속으로 존경하며, 친구이기도 한 윌슨 목사의 모습이 떠올랐다. 누군가 저세상으로 부름받은 사람 곁에서 기도 드리고 있었음에 틀림없다고 딤즈데일은 생각했다.

사실 그랬다. 이 노목사는 방금 전 천국으로 떠난 윈드럽 지사(1588~1649, 전후 십수 년에 걸쳐서 보스턴 지사로 일함. 실제는 3월에 죽었으나 작가는 5월로 하고 있음)의 방에서 막 나온 참이었다. 그 목사가 지금 옛 성자와 같이 빛나는 후광에 둘러싸여 죄 많은 밤의 어둠 속에 선명하게 떠올랐다. 죽은 지사에게서 영광의 유산을 이어 받았는지, 순례자인 지사가 득의만면해서 천국의 문으로 들어가는 것을 전송하는 동안 목사 자신이 먼 천도의 광명을 몸에 띠게 되었는지, 좌우지간 지금 윌슨 목사는 등불로 앞을 비추면서 서둘러 집으로 가고 있었다. 그 등불을 보고 딤즈데일은 후광이 비추는 것 같다는 기이한 생각이 들었는데, 입가에 슬며시 웃음이 지어졌다. 아니, 오히려 조소하고 싶은 생각이 들어, 자신의 머리가 이상해진 것이 아닌가 했다.

윌슨이 한쪽 손으로 설교용 가운을 꼭 여미고 한 손으로는 등불을 가슴에 안은 채 처형대 옆을 지나갈 때 딤즈데일은 말을 걸지 않을 수 없었다.

"윌슨 목사님, 이리로 올라오셔서 저와 즐거운 시간을 보내지 않으시렵니까?"

이 무슨 일인가, 딤즈데일은 정말 그런 말을 한 것일까? 그러나 그것은 목사가 상상 속에서 말했을 뿐이었다. 윌슨 목사는 조심스럽게 발 밑의 진창길을 바라보면서 천천히 발걸음을 옮기며, 한 번도 흉한 처형대로는 얼굴을 돌리지 않았다. 빛나는 등불이 완전히 보이지 않게 되었을 때 목사는 별안간 현기증을 느끼며 지금까지의 단 몇 분간이 아슬아슬한 위기였다는 것을 깨달았다. 동시에 그는 무언가 실없는 생각으로 아픔을 줄이려고 무의식중에 몸부림쳤다.

잠시 후에 머릿속의 심각한 환상 속에 기분 나쁜 실없는 생각이 다시 떠올랐다. 목사는 익숙하지 않은 밤의 찬 공기 때문에 손발이 점차 굳어지기 시작하는 것을 느끼고 처형대의 계단을 내려갈 수 없게 되지나 않나 걱정하기 시작했다. 아침이 되어도 이대로 처형대에서 꼼짝할 수 없게 되는 것은 아닐까? 근처 사람들이 잠을 깨기 시작하면 희미하게 밝아오는 여명 속에서 처형대 위에 어렴풋이 떠오르는 사람의 그림자를 발견하겠지. 놀람과 호기심으로 미친 듯 집집의 문을 두드려 깨우며, 누군지는 모르겠지만 아무튼 죽은 죄인의 망령이라고 생각할 것임에 틀림없다. 그것을 보러 오도록 모두를 불러 모을 테지.

어둠 속의 소동이 이집 저집으로 번지고 오래지 않아 아침이 점점 밝아오는 동안에 늙은 가장들은 플란넬의 가운 차림으로 허둥대며 자리에서 일어나고, 아낙네들은 잠옷을 여유있게 벗을 시간마저 없을 것이다. 지금까지 머리카락 한 올 흐뜨린 일이 없는 단정한 사람들까지도 얼굴에 악몽과 같은 당황한 빛을 띠고 사람들 앞에 모습을 나타낼 것이다. 벨링햄 노지사는 제임스 왕조풍의 주름깃을 느슨히 붙인 채 언짢은 얼굴을 하고 나올 테지. 히빈즈 부인은 스커트에 숲의 잔나뭇가지를 붙인 채 밤하늘을 뛰어 돌아다닌 다음 한잠도 자지 못한, 지금까지 보지 못한 떨떠름한 표정으로 모습을 보일 것이다. 윌슨 목사는 임종의·침상 옆에서 자정이 넘도록 지낸 후 영광된 성자의 꿈을 꾸고 있는데 이렇게 일찍부터 일어나야 하는 것은 아주 못마땅하다는 모습일 것이다. 또한 딤즈데일의 교회 장로와 집사들도 달려올 것이고, 목사를 우상시하고 순결한 가슴속에 목사를 위한 신전을 만들어 놓고 있는 처녀들도 흰 가슴을 목도리로 감쌀 겨를도 없을 정도로 허둥대며 달려올 것이다. 요컨대 너나 할 것 없이 문지방에 걸려 넘어지면서 처형대 주위로 몰려와 놀람과 공포에 싸인 얼굴로 쳐다볼 것임에 틀림없다.

그렇다면 처형대 위에서 이마에 빨간 동녘 햇빛을 받고 있는 자는 과연 누구이겠는가? 다름 아닌 아더 딤즈데일 목사이며, 그는 치욕에 떨며 말도 없이 일찍이 헤스터 프린이 서 있던 장소에 거의 얼어 죽기 직전의 모습으로 서 있는 것이다.

이와 같이 자신이 상상한 괴기할 정도의 무시무시함에 압도되어, 목사는 무의식중에 킬킬 웃으면서 스스로도 놀라 버렸다. 그 순간 목사의 웃음소리에 답하듯, 아주 경쾌한 어린이 웃음소리가 들려왔다. 그 소리의 주인공이 펄이라는 것을 알고 목사는 마음의 아픔을 느꼈는데, 강렬한 고통 때문인지 이에 못지 않은 격렬한 기쁨 때문인지 알 수 없었다.

"펄, 펄이군!"

하고 잠시 후 목사가 외쳤다. 그리고 목소리를 죽이며,

"헤스터, 헤스터 프린, 당신도 거기 있소?"

"네, 헤스터 프린이에요."

놀란 듯한 대답이었다. 목사는 그때 보도 쪽에서 다가오는 여인의 발짝 소리를 들었다.

"저와 펄이에요."

"어디 갔다 오는 길이오?"

하고 목사가 물었다.

"왜 이리로 왔소?"

"임종하는 분의 옆에 있었어요."

헤스터가 대답했다.

"윈드럽 지사가 돌아가셨기 때문에 수의 치수를 재고 왔어요. 이제 집으로 돌아가는 길이에요."

"이리 와요, 헤스터. 당신도 펄도."

딤즈데일 목사가 말했다.

"당신들 두 사람은 전에 여기 선 적이 있지만 그때 난 함께가 아니었어. 다시 한번 이리로 올라와요. 셋이서 같이 섭시다."

헤스터 프린은 펄의 손을 잡고 계단을 올라와 처형대 위에 섰다. 목사는 아이의 다른 한쪽 손을 더듬어 잡았다. 손을 잡은 순간 새로운, 자기 것이라고는 생각되지 않는 생명력이 거친 폭포처럼 넘쳐서 목사의 마음속으로 쏟아져 들어가, 모든 혈관을 통해 마비되려는 몸의 구석구석까지 모녀의 따뜻한 생기가 전해 오는 것 같았다. 세 사람은 이를테면 전기가 통하는 쇠사슬과 같았다.

"목사님!"

펄이 작은 소리로 말했다.

"왜 그러지, 펄?"

목사가 물었다.

"내일 낮에 말예요, 엄마랑 나와 함께 여기 서 주시지 않겠어요?"

라고 펄이 말했다.

"펄, 그건 안 돼요."

하고 목사가 대답했다. 그때까지 끓어올랐던 새로운 힘에도 불구하고 오랫동안 생애의 괴로움이 되어 있던, 사람들 앞에서의 고백을 두려워하는 기분이 되살아났기 때문이다. 목사는 기묘한 기쁨을 맛보면서 지금 이렇게 세 사람이 있는 것에 대해 벌써 전율을 느끼기 시작했다.

"안 돼요, 착한 애야. 내일은 안 되지만 틀림없이 언젠가는 엄마와 너랑 셋이서 서게 될 거야."

펄은 웃으면서 잡힌 손을 뿌리치려 했다. 그러나 목사는 꼭 쥐고 놓지 않았다.

"조금만 더 이대로 있자. 착하지?"
라고 목사가 말했다.

"그래도요, 내 손과 엄마 손을 내일 낮에 잡아 준다고 약속해야 해요."

"내일 낮은 안 돼요. 하지만 앞으로 언젠가는 그럴 거야."

"언제예요, 언제죠?"

아이가 끈덕지게 물었다.

"최후의 심판날이야."

목사는 작은 소리로 대답했다. 기묘하게도 진리를 가르치는 인간이라는 직업 의식에서 그렇게 대답하지 않을 수 없었다.

"그날에는 심판석에 엄마와 너와 셋이서 함께 서기로 하지. 그러나 이 세상의 빛이 빛나고 있는 동안에는 셋이 같이 만날 수 없는 거야."

펄은 다시 소리 내어 웃었다.

그러나 딤즈데일이 말을 끝내기 전에 검은 구름에 덮인 하늘의 끝에서 한 줄기 빛이 비쳤다. 허공 저 멀리서 타 없어지는 유성임에 틀림없었다. 그 빛은 너무나 강렬해서 하늘과 땅 사이에 있는 두터운 구름층까지도 선명히 떠올랐다. 하늘이 거대한 램프의 둥

근 갓처럼 빛났다고 해도 상관없었다. 거리의 낯익은 풍경도 한 낮같이 명확하게 드러났는데, 그 이상한 빛에 낯익은 것들을 공포스럽게 하는 무서움이 담겨 있었다. 튀어나온 2층 발코니와 기묘한 박공이 붙어 있는 목조가옥, 둘레에 풀이 일찍 싹트고 있는 계단과 문지방, 막 뒤엎은 흙 때문에 꺼멓게 보이는 채소밭, 광장 언저리까지 양쪽에 풀이 나 있는 차도 등이 보였는데, 이 세상의 온갖 것이 모두 새롭게 보였다.

목사는 가슴을 손으로 누른 채 서 있었으며, 헤스터 프린의 가슴에는 수놓은 글씨가 빛나고, 펄은 상징으로서 두 사람을 연결하는 걸쇠라고도 할 수 있는 모습이었다. 이렇게 기묘할 정도로 엄숙한 빛으로 만들어진 낮과 같은 밝음 속에서 세 사람은 나란히 서 있었다. 그 빛은 모든 비밀을 드러내는 빛이며 관련 있는 사람들을 맺어 주는 여명 같은 것이기도 했다.

펄은 장난기 서린 표정으로 목사 쪽을 힐끗 쳐다보았는데, 그 얼굴은 간혹 짓곤 하는 작은 요정과 같이 고집스러운 미소를 띠고 있었다. 아이는 딤즈데일이 잡고 있는 손을 뿌리치더니 거리의 건너편을 가리켰다. 그러나 목사는 두 손으로 가슴 언저리를 꼭 쥔 채 하늘을 쳐다보고 있었다.

이 당시만 해도 유성의 출현이나 별의 출몰처럼 규칙적으로 일어나지 않는 자연 현상은 모두 초자연적인 원인에서 생기는 묵시로 해석하는 것이 아주 예사로 되어 있었다. 따라서 깊은 밤하늘에 솟아오르는 창이나 불꽃의 칼, 활이나 화살을 넣는 전동 등은 인디언과의 싸움의 전조로 생각했다. 또 악성 돌림병은 쏟아지듯 내리비치는 진홍색의 빛으로 예언되는 것으로 알고 있었다. 길흉을 막론하고 식민지 시대에서 혁명 시대에 이르기까지 유명한 사건 치고 주민들이 이런 종류의 광경으로 예고를 받지 않은 예가 없었다. 대부분의 경우 수많은 사람이 그와 같은 광경을 목격하였다. 그러나 그 진실성을 뒷받침하는 것은 오직 목격자 한 사람의 증언인 경우가 훨씬 많았다. 이런 목격자들은 신비한 광경을 상상력이라는 확대, 왜곡, 윤색의 삼박자를 갖춘 매개체를 통해서 바라보며, 게다가 실제보다도 나중에 생각해 내서 명확한 형태로 완성시켰다.

한 나라의 운명이 하늘 가득히 멋진 상형문자로 나타난다는 것은 아주 장엄한 생각이기는 했다. 이처럼 거대한 화면이지만 신이 국민의 운세를 써넣는 데는 그리 넓지 않으리라 선조들은 생각했다. 밤하늘의 초자연적 현상들은 건국한 지 얼마 안 된 미국이 신의 특별한 친밀함과 엄격함에 넘치는 보호를 받고 있다는 뜻으로 해석했다. 그러나 일개인이 이런 화면에 나타나는 계시를 보고 자기 혼자만에게 내린 것이라고 생각했다면, 도대체 어떻게 될 것인가. 그와 같은 경우에는 극도로 혼란한 정신 상태를 말하는 하나의 증거에 지나지 않는다. 오랫동안 심한 비밀의 고통 때문에 병적일 정도로 자기 반성적이 된 남자가 자기 중심적인 태도를 자연의 전역에까지 미친 결과, 하늘 그 자체가 자기 영혼의 역사와 운명을 기록하는 지면에 지나지 않는다고 생각하기에 이르렀기 때문이다.

따라서 하늘을 쳐다본 목사가 그곳에서 희미한 주홍색 선으로 그려진 A라는 글자를 발견했다고 해도 그것은 모두 목사의 마음의 병 탓이라고 볼 수 있다. 유성이 구름의 베일을 통해 거무스름하게 타면서 그 지점에 모습을 나타내지 않았다고 하는 것은 아니다. 그러나 목사의 죄 많은 상상력이 생각해 낸 형태는 아니었으며, 다른 죄 많은 사람이라면 다른 상징을 보았을는지도 모를 정도로 막연한 형태밖에 하고 있지 않았다는 것이다.

이때의 딤즈데일의 심리 상태를 특징 짓는 기묘한 사정이 하나 있었다. 목사는 하늘을 쳐다보고 있는 동안에도 펄이 처형대에서 별로 멀지 않은 곳에 서 있는 로저 칠링워스 노인을 가리키고 있는 것을 분명히 알고 있었다. 목사는 기적의 글자를 하늘에서 찾아낸 것과 같은 시선으로 노인을 바라보았다. 유성의 빛은 이 남자의 얼굴에도 다른 모든 것과 마찬가지로 새로운 표정을 부여하고 있었다. 그렇다기보다는 다른 경우와 달리 의사는 희생자인 목사를 볼 때의 악의를 숨기려고 하지 않았다고 해야 옳을지도 모른다. 유성이 헤스터 프린과 목사와의 최후의 심판날을 생각케 하는 무시무시한 기세로 하늘을 비추고 지상을 노출시켰다면, 로저 칠링워스의 모습이 이 두 사람에게 권리를 주장하기 위한 무서운 웃음을 띠고 있는 마왕으로 보였을지도 모른다는 것은 틀림없다. 상대의 표정이 참으로 선명했는지, 그렇지 않으면 목사의 눈에 보인 느낌이 그처럼 강렬했는지, 어쨌든 거리나 그밖의 것

전부가 한꺼번에 싹 지워져 버린 느낌이었는데, 유성이 보이지 않게 된 후에도 의사의 표정은 그대로 어둠 속에 그려 놓은 것처럼 드러나 있었다.

"저 남자는 어떤 사람이오, 헤스터?"

하고 물으며 딤즈데일은 공포에 싸여서 허덕였다.

"저 남자를 보면 몸이 떨려. 저 남자를 알고 있소? 헤스터, 난 저 남자가 아주 싫어요."

헤스터는 의사와 맹세한 말을 상기하고 입을 열지 않았다.

"저 남자를 보면 영혼이 떨려."

목사는 다시 작은 소리로 말했다.

"도대체 저 남자는 누굴까. 어떻게 좀 해줄 수 없소? 어째선지는 모르겠지만 저 남자가 두려워."

"목사님, 누군지 알려 드리겠어요."

펄이 말했다.

"빨리 알려 줘, 착한 애야."

하고 목사는 귀를 펄의 입술에 댔다.

"빨리 말이야, 될 수 있는 대로 작은 소리로."

펄은 목사의 귀에 대고 무언가 속삭였다. 그것은 인간의 이야기 같은 울림이기는 했지만 흔히 아이들이 놀고 있을 때 들을 수 있는, 뜻도 알 수 없는 중얼거림에 지나지 않았다. 로저 칠링워스 노인에 관한 비밀 정보이기는 했지만, 학문으로 이름 높은 목사도 알 수 없는 말이었기 때문에 정신적 혼란만을 증대시킬 뿐이었다. 곧 요정과 같은 아이는 큰 소리로 웃기 시작했다.

"이번엔 날 놀리는군."

목사가 말하자,

"목사님은 용기가 없었요. 정직하지 못해요."

라고 아이가 말한 후, 이어서,

"내일 낮에 나와 엄마의 손을 잡는다고 약속해 주지 않았잖아
요."

라고 가만히 말했다.

그때 처형대 밑까지 터벅터벅 다가온 의사가 말을 걸었다.

"딤즈데일 선생, 역시 당신이었군요. 우리들 학자는 언제나 책
속에 머리를 파묻고 있기 때문에 적당한 시중을 받지 않으면 안
됩니다. 눈을 뜨고 있으면서도 꿈을 꾸고, 잠든 채 걸어다니게 되
니까요. 자, 선생, 친구인 나에게 댁까지 안내하도록 해주시오."

"내가 여기 있는 걸 어떻게 알았습니까?"

하고 목사는 몸을 떨면서 물었다.

"솔직히 말씀드리자면, 이 일을 조금도 몰랐습니다."

로저 칠링워스가 대답했다.

"오늘 밤은 죽 윈드럽 지사 각하의 머리맡에 있었어요. 그분을
편안하게 해드리기 위해 있는 실력을 다 내보았습니다. 그분은
천국으로 가시고, 나도 다시 집으로 서둘러 가고 있다가 저 이상
한 빛이 번쩍이는 것을 보게 된 것입니다.

자, 가십시다, 목사님. 그러다간 내일의 주일 예배를 잘 인도할

수 없을 것입니다. 아, 알겠습니다. 책이군요, 당신의 머리를 괴롭히는 것이. 무엇보다 공부 양을 줄여야 합니다. 좀 마음 편히 해야 합니다. 그렇지 않으면 밤중의 이런 배회가 버릇이 되어 버리니까요."

"당신과 같이 가겠습니다."

목사가 말했다.

목사는 악몽에서 깨어난 사람처럼 완전히 기력을 잃고 축 늘어져 있었기 때문에 의사 말에 따랐다.

이튿날은 안식일이었기 때문에 설교를 하게 되었는데, 지금까지 목사의 입에서 나온 설교 중에서 가장 내용이 풍부하며 박력이 있고, 성스러울 정도의 설득력에 넘쳐 있었다는 소문이었다. 이 설교의 힘으로 진리를 깨닫게 된 영혼은 한두 사람에 그치지 않았으며, 그들은 평생 딤즈데일에 대해 신성한 감사의 생각을 바칠 것을 마음속으로 맹세했다고 한다. 그러나 목사가 설교단을 내려왔을 때 흰 턱수염의 교회지기가 다가와서 까만 장갑 한짝을 내밀었다. 보니까 목사의 장갑임에 틀림없었다.

"오늘 아침 죄인들이 구경거리가 되는 처형대 위에서 발견했습니다. 목사님에게 비열한 장난이라도 걸 작정으로 마왕놈이 떨어뜨린 모양입니다. 그건 그렇고, 마왕놈은 언제나 앞을 내다보지 못하는 어리석은 잡니다. 깨끗한 손은 장갑 같은 것으로 감추지 않아도 되실 겁니다."

"고마워요."

목사는 침착하게 대답했지만 마음속은 편안하지 못했다. 기억이 아주 혼란스러워서 전날 밤에 일어난 일 모두가 꿈이나 환상처럼 여겨졌다.

"정말, 아무래도 내 장갑 같군요."

"그런데 마왕놈이 장갑을 훔쳐야겠다는 생각이 들었으니까 앞으로는 장갑을 벗고 다니셔야겠습니다."

하고 교회지기 노인은 두려운 듯한 얼굴을 하며 웃었다.

"그런데, 목사님. 어젯밤 나타난 전조에 대해 들으셨습니까? 하늘에 나타난 큰 주홍 글씨였는데, A자였으니까 천사(angel)의 A를 나타낸다고들 합니다. 그 훌륭한 윈드럽 지사님이 어젯밤 천사가 되었기 때문에, 무언가 알리는 것도 이상하지 않다고 생각됩니다만……."

"아니, 듣지 못했어요."

목사가 대답했다.

헤스터의 결심

일전에 기이한 상황에서 딤즈데일을 만났을 때, 헤스터 프린은 목사의 수척한 모습을 보고 몹시 충격을 받았다. 목사의 신경은 몹시 지쳐 있는 것 같았고, 정신력도 어린이들보다도 더 연약해져 있었다. 지능만은 이전의 힘을 유지하고 있었는데, 병 탓이라고밖에 생각할 수 없는 이상한 활력을 지니고 있는 것 같았다. 그러나 정신력은 맥없이 땅에 떨어지고 있었다.

헤스터는 남들이 모르는 일련의 사정을 알고 있었기 때문에 목사가 양심의 가책 때문에 괴로워하고 있는 것뿐만 아니라, 어떤 무서운 조종 장치가 딤즈데일의 평온한 행복에 압력을 가하고 있고 그것이 지금도 여전히 작용을 멈추지 않는 것을 즉시 알아차렸다. 이 가엾은 죄인의 옛날을 알고 있으므로 직감적으로 발견한 적으로부터 지켜 달라고 지금은 세상에서 추방당한 신세가 되어 있는 여인에게 호소할 때의 그 부들부들 떠는 듯한 공포의 모습이 헤스터의 마음을 몹시 흔들어 놓았다. 게다가 목사에게는 가능한 한의 도움을 자기에게 요구할 권리가 있음에 틀림없다고도 생각했다. 오랫동안 세상으로부터 격리되어 있었기 때문에 자기 이외의 기준으로 선악의 개념을 판단하는 것에는 익숙지 않아서, 헤스터는 목사에 관해서는 어느 누구에게도, 세상 전체에 대해서도 가진 일이 없는 책임이 있음을 깨달았다. 아니, 적어도 깨달은 것같이 생각되었다. 헤스터를 다른 인간과 연결하는 사슬은 —— 비단이나 황금, 그밖의 어떤 재료의 사슬이든 —— 모두 끊어지고 말았다. 있는 것은 두 사람 다 죄인이라는 쇠사슬이며 이것만은 목사도 헤스터도 부술 수 없었다. 그 사슬이 다른 모든 굴레와 마찬가지로 온갖 의무를 동반하고 있었다.

지금의 헤스터 프린은 치욕의 생활을 시작한 무렵과는 전혀 다른 처지에 있었다. 세월이 지난 것이다. 펄도 일곱 살이 되었다. 색다른 자수의 주홍 글씨를 가슴에 붙인 어머니의 모습은 훨씬 전부터 보스턴 사람들에게는 낯익은 것이 되어 있었다. 남의 눈에 띄는 입장에 있으면서도 공적으로나 사적으로 욕심을 부리지 않을 때 흔히 있는 예이지만, 헤스터 프린에게도 세상의 일반적인 호의라고 할 수 있는 것이 싹트기 시작했다. 이기심이 개입하지 않는 한 미움보다도 사랑하는 마음이 빨리 솟는 인간성에 대해 기뻐해야 할 일이다. 증오는 서서히 온화한 과정을 지나면 사랑으로마저 바뀔 수 있는 것이지만, 원래의 적의가 끊임없이 새

롭게 자극되어 이런 변화에 방해가 될 때는 다시 이야기는 달라
진다.

헤스터 프린의 경우에는 새로운 자극이나 성가심이 무엇 하나
없었다. 대중과 다투는 일도 없고 아무리 심한 처사에도 불평하
지 않고 따르고 있었다. 고통의 대가를 구하지도 않았고 동정을
바라지도 않았다. 게다가 세상에서 따돌림을 받고 있는 몇 년 동
안 나쁜 소문 하나 내지 않은 깨끗한 생활을 한 것이 크게 일반의
호감을 사고 있었다. 세상 사람의 눈으로 보면 무엇 하나 잃을 것
이 없는 데다가, 무엇을 얻으려는 꿈도 희망도 없는 것같이 보였
기 때문에, 그 가엾은 유랑자를 본래의 바른 길로 다시 데려온 것
은 덕행에 대한 순수한 열의라고밖에 생각할 수 없었다.

게다가 헤스터는 남들처럼 공기를 마시고 성실한 바느질로 펄
과 자신을 위한 나날의 생활비를 버는 것 이외에는 남들처럼 권
리를 주장하지 않았을 뿐만 아니라, 남에게 도움이 되는 기회가
오면 자기도 같은 인간의 한 사람이라는 것을 인정하는 데 인색
하지 않았던 것도 세상 사람들의 눈에 띄었다. 또한 그녀는 자신
의 어려운 처지에도 불구하고 가난한 사람들에게 자기 것을 나눠
주었는데, 이런 선행에 어느 누구도 그녀를 따를 자가 없었다. 그
러나 문 앞까지 매일 날라다 주는 음식물이나 왕후와 귀족의 옷
에 수놓는 솜씨로 만든 의복을 받고서도 비웃는 말을 던지는 불
쾌한 빈민도 있었다. 거리에 질병이 만연했을 때에도 헤스터만큼
헌신적인 사람은 없었다.

사실 일반적으로 재해가 있을 때는 언제나 이 사회에서 따돌림을 받는 인간이 자기가 해야 할 일을 먼저 발견하는 것이다. 걱정거리로 시름에 잠겨 있는 가정에 드나들 때에는 손님이라기보다는 당연한 권리를 지닌 가족의 일원 같았다. 그 집의 음침하고 희미한 빛으로 인해 자신과 같은 인간과 교제하는 자격이 생기는 것 같았다. 그곳에서는 수놓은 글자가 번쩍이고 지상의 것이라고 생각되지 않는 그 번쩍임에 위안이 담겨 있는 것 같았다. 다른 데서는 죄의 표지였지만 여기서는 병자의 방을 밝게 비추는 촛불이었다. 병자가 숨을 거두려고 할 때에는 이승을 지나 시간의 저쪽까지 빛을 던지는 일이 있었다. 이 세상의 빛이 급속하게 희미해져 가는 때, 내세의 빛이 아직 도달하고 있지 않은 때 어디로 발을 옮겨야 할지를 가르쳐 주는 촛불이기도 했다.

이런 위급한 경우에 헤스터는 따뜻하고 부드러운 성격을 발휘하여 온갖 현실의 요구를 충족시켰을 뿐만 아니라, 아무리 큰 요구에도 고갈되어 버리는 일이 없는 인간적인 다정함을 나눠 주었다. 치욕의 표지가 붙은 가슴이 베개를 찾고 있는 사람의 머리에는 다시없는 부드러운 베개가 되었다. 헤스터는 자진해서 자선 수녀회의 일원이 되었다기보다는, 세상이나 본인 어느 쪽도 이와 같은 결과를 바라지 않았는데 걱정 많은 세상의 일들이 임명했다고 하는 편이 좋을 것이다.

주홍 글씨는 그런 천직의 상징이었다. 헤스터는 유익한 존재이며, 일을 하는 능력이나 동정심에 부족함이 없었기 때문에 많은 사람들은 주홍 글씨의 A를 본래의 뜻으로 해석하려 하지 않고 '유능(able)'이라는 뜻으로 생각했다(원래 주홍 글씨 A는 간통을 뜻하는 adultery의 머릿글자임). 헤스터 프린의 여성다운 힘은 이렇게 강했다.

이 여인이 드나들 수 있는 곳은 빛이 들지 않는 집뿐이었다. 태양이 얼굴을 내밀면 벌써 헤스터의 모습은 보이지 않았다. 그 그림자는 문지방을 넘어 사라져 버리는 것이었다. 가족의 일원처럼 노력을 아끼지 않아서 열심히 돌봐 준 사람들의 마음에 감사의 생각이 있을 때에도 그 감사라는 보수를 모으기 위해 힐끗 뒤돌아보는 일마저도 하지 않는 헤스터였다. 이 사람들을 거리에서 만나는 일이 있어도 마주보고 인사를 교환하는 일 따위는 결코 없었다. 무리하게라도 말을 걸려고 하면 주홍 글씨에 손가락을 대면서 가 버리는 것이었다. 이것은 교만하다고 생각될 수도 있었지만 겸손과 같은 것이었기 때문에, 사람들의 마음을 부드럽게 했다.

대중은 폭군과 같이 변덕쟁이다. 권리, 권리 하고 너무 집요하게 요구하면 당연한 공평함까지도 거부하기 쉬운데, 관대함을 바라고 호소하면 공평함 이상의 것이 주어지는 수가 흔히 있다. 헤스터 프린의 태도를 이런 유의 호소라고 생각했기 때문에 세상은 그녀에 대해 본인이 바라고 있지 않는, 때로는 그 이상의 정도로 친절한 표정을 보여주려는 생각이 들었던 것이다.

일반 대중과 비교하면 보스턴의 지배자나 학식 있는 경험자들은 헤스터의 선행을 인정하는 것이 늦었다. 모든 인간이 공통으로 지니고 있는 편견이 이 사람들의 경우에는 이성이라는 쇠틀로 굳어져 있었기 때문에 그것을 녹이는 것은 일반인의 경우보다도 훨씬 어려운 일이었다. 그러나 나날이 이 사람들의 불쾌하게 찌푸린 얼굴에서 주름도 펴지고 몇 년 후에는 자비에 넘치고 있다 해도 좋을 표정으로 바뀌기 시작했다. 높은 지위에 앉아서 공중 도덕을 지키게 하는 것을 직무로 하고 있는 훌륭한 신분의 사람들도 헤스터에 대해 이와 같은 상태였다.

한편 평범한 생활을 하고 있는 사람들은 헤스터 프린의 여인으로서의 죄악을 완전히 용서하고 있었다. 아니, 그뿐만 아니라 주홍 글씨를 헤스터가 오랫동안 괴로운 심정으로 보상해 온 하나의 죄의 표지가 아니고, 수많은 선행의 표지라고까지 보게 되었다.

"저 자수 표지를 붙인 여인이 보이죠?"

사람들은 다른 고장에서 온 사람에게 말을 했다.

"저 사람이 우리들의 헤스터 씨, 이 고장의 헤스터 씨예요. 가난한 사람에게 친절하고 병자에게는 힘이 되어 주고, 괴로워하는 자에게는 위로가 되어 주는 헤스터 씨예요."

물론 어떤 나쁜 일이라도 남의 일일 때에는 태연히 입밖에 내는 인간의 버릇으로, 지난 옛날의 어두운 얘기들을 속삭이는 자가 없는 것은 아니었다. 그러나 아무리 욕을 하고 있는 자들의 눈에도 주홍 글씨가 수녀들의 가슴에 걸려 있는 십자가와 같은 힘을 지니고 있었던 것은 사실이다. 주홍 글씨의 덕택으로 일종의 신성함이 몸에 배어 헤스터는 어떤 위험 속에서도 유유히 걸을 수 있었다. 도둑떼에 둘러싸였다고 해도 주홍 글씨로 안전이 보장되었을 것이다. 인디언이 이 표지를 향해 활을 쏘았는데 상처 하나 내지 않고 땅에 떨어져 버렸다는 등의 소문을 수많은 사람들은 믿고 있었다.

　이 상징, 아니 이 상징에 의해 나타나는 사람들과의 관계가 헤스터 프린 자신의 마음에 미치는 영향은 크기도 했고 또 기묘한 것이기도 했다. 밝고 기품 있는 나뭇잎과 같은 헤스터의 성격은 이 빨갛게 타고 있는 낙인 때문에 무참히 타 버리고 훨씬 옛날에 시들어 떨어져 버렸기 때문에, 남은 것이라고는 앙상한 가지뿐이었다. 그래서 설사 친구로 사귀는 사람이 있다고 해도 혐오감을 일으킬 것이었다. 외모의 매력마저도 마찬가지의 변화를 맞고 있었다. 옷차림을 일부러 수수하게 한 탓도 있었겠지만, 행동거지에 남의 눈을 의식한 데가 없었기 때문이다. 멋질 정도로 풍부한 머리를 잘랐는지, 모자로 푹 가리고 있었기 때문에 윤기 흐르는 머리가 한 번도 햇빛에 드러난 일이 없었던 것도 슬픈 변화임에 틀림없었다. 그밖에도 여러 표정이 뒤얽혀서 헤스터의 얼굴에는 사랑의 여신이 머물 여유가 없어지고, 위엄에 찬 동상과 같은 헤스터의 몸에는 열정이 끓어오를 만한 무엇 하나 없었다. 또한 사랑의 여신이 베개로 삼았을 풍만한 가슴도 자취를 감춰 버렸다. 여성이기 때문에 언제나 없어서는 안 될 어떤 성질이 헤스터에게는 없어져 버렸던 것이다.

여인이 특히 가혹한 시련을 극복하며 살아갈 때 그 여인의 여성다운 성격이나 자태는 이와 같은 운명을 맞게 되며, 그것은 어찌할 수 없는 변화이기도 하다. 온순한 것만으로는 살아갈 수 없었다. 살아가기 위해서는 온순함이 여성에게서 사라져 버리든가, 설사 외견상으로는 변함없어 보여도 온순함은 마음속 깊이까지 밀려 들어가 버려 두번 다시 모습을 보이는 일이 없든가 어느 쪽인 것이다. 아마도 나중의 경우가 진실에 가까운 견해일 것이다. 일찍이 여성이면서 여성다움을 죄다 잃어버리고 만 여인이라도, 변신을 가능하게 하는 마법에 걸린다면 한순간에 아름다운 여성으로 되돌아갈 수 있을 것이다. 헤스터 프린이 오래지 않아 그와 같은 마법에 걸려 변신을 이룩하게 되었는지 어떤지는 나중에 이야기하게 될 것이다.

헤스터가 주는 대리석 같은 차가운 인상은 그 생활이 정열이나 감정 등에서 사색의 생활로 크게 전환했다는 데 있다. 이 넓은 세상에서 홀로였기 때문에 —— 사회적 관계로 보아도 혼자이며, 오로지 이끌고 지켜 주지 않으면 안 될 펄이 있을 뿐이었다 —— 고독한 처지인 데다가, 설사 그럴 생각이 있다고 해도 사회적 지위를 되찾을 가망은 전혀 없었기 때문에 헤스터는 끊어진 사슬의 조각을 던져 버렸다. 세상의 법률 따위가 헤스터의 마음속 법률은 아니었다. 당시는 인간의 지성이 새로이 해방되어, 그때까지의 여러 세기에 이룩한 것보다도 더욱 폭넓은 활동을 할 수 있는 시대였다. 칼로 일어선 자는 왕후 귀족을 타도하고 있었으며, 그것보다도 더욱 용기있는 자는 구식주의와 연결되어 있는 편견에 찬 사회 조직 전체를 —— 사실적인 문제가 아니라 이론의 영역에 서 —— 부수고 재편성하고 있었다.

헤스터 프린은 이 정신을 흡수하고 있었다. 헤스터의 몸에 밴 사상의 자유는 당시 대서양 저쪽 대륙에서는 아주 흔해 빠진 것 이었는데, 미국인 조상들이 알면 주홍 글씨가 상징하는 죄보다도 훨씬 더 심한 죄악이라고 생각했을 것이다. 해변의 쓸쓸한 오두 막 속에는 뉴잉글랜드의 어떠한 집에도 찾아 들려고 하지 않는 사상이 찾아들고 있었다. 이 그림자와 같은 손님이 문을 두드리 고 있는 것을 보기만 해도, 그것을 맞는 헤스터에게는 악마의 방 문처럼 두려운 것이었음에 틀림없다.

극히 대담한 사상의 소유자가 사회의 외면적인 규칙에는 다시 없는 유순한 태도로 복종하는 수가 있는 것은 주목할 만한 일이 다. 이 사람들에게는 사상만 있으면 충분하며, 사상에 행동이라 는 살과 피를 붙일 필요는 없었다. 헤스터 프린도 마찬가지였다. 만약 펄이 없었다면 결과는 정반대가 되어 있었을지도 모른다. 이와 같은 경우에는 어느 종파의 창설자로서 앤 허친슨 같은 사 람과 손을 잡고 역사에 이름을 남겼을지도 모른다. 또 경우에 따 라서는 예언자가 되어 있었을지도 모른다. 청교도 사회를 뿌리째 뒤집어 엎으려고 했다 해서 당시의 엄격한 재판관들로부터 사형 선고를 받았을 가능성도 없는 것은 아니었다. 그러나 어머니의 과격한 사상은 아이의 교육에서 그 배출구를 발견하고 있었다.

소녀라는 형태로 신에게서 위탁받은 여성의 싹과 꽃을 수많은 곤란 속에서 소중하게 기르지 않으면 안 되었다. 그녀는 모든 것에게 배반당하고 세상의 눈에는 여전히 악의가 담겨져 있었다. 아이의 성격에도 어딘가 이상한 데가 있어서, 덜된 아이가 아닌가, 어머니의 무절제한 정열의 사생아가 아닌가 하는 생각이 끊이질 않았다. 이 가엾은 작은 것이 이 세상에 태어난 것은 과연 좋은 일이었는지 나쁜 일이었는지 자문하지 않을 수 없었다.

실제로 여성 전체의 삶에 대해서도 이같은 어두운 의문이 헤스터의 마음속에서 가끔 일어났다. 아무리 행복한 여성이라도 인생이라는 것이 살 만한 가치가 있는 것일까? 자기 혼자 사는 데 대해서는 훨씬 이전에 부정적인 대답이 나와서 이 문제는 이미 해결된 것이었다. 사색은 남성의 경우와 마찬가지로 여성의 마음을 가라앉게 하지만 동시에 슬픈 생각이 들게도 했다. 사색하는 여성이 결국 눈앞에 발견하는 것은 언제나 절망적인 상황이었다. 그렇지 않으려면 무엇보다도 먼저 사회 조직 전체를 파괴하고 재건하지 않으면 안 된다. 다음으로 남성의 성질 그 자체나 본성처럼 되어 버린 오랫동안의 유전적인 습관 등을 본질적으로 바꿔 버리지 않고서는, 여성은 정당하고 적절하다고 생각되는 지위에 오르는 것이 허용되지 않는다. 최후로 다른 모든 곤란이 제거되었다고 해도, 여성이 첫째와 둘째의 개혁을 활용할 수 있기 위해서는 더욱 강대한 변화를 여성 자신이 경험하지 않으면 안 된다. 이 결과 여성에게 가장 여성다운 생명을 부여하고 있는 좋은 본질을 없애 버리는 상태가 되지 않을 수 없다.

여성의 두뇌로서는 이와 같은 문제를 뛰어 넘을 수 없다. 문제 해결에는 오직 하나의 방법밖에는 없다. 여성의 마음이 제일 첫째로 놓여질 때만이 모든 문제가 깨끗이 해결될 것이다. 그렇기 때문에 마음이 규칙적이고 건강하게 고동 치는 것을 중지한 헤스터 프린은 의지할 것 하나 없는 채로 마음의 어두운 미로를 방황하였다. 때로는 넘기 어려운 낭떠러지를 만나 방향을 바꾸는 일도 있는가 하면, 심연 때문에 뒷걸음질을 칠 때도 있었다. 주위 일대는 황량한 풍경뿐이며 위안을 받을 수 있는 집은 어디에도 보이지 않았다. 때로는 차라리 펄을 천국으로 보내 버리고, 자기 자신은 정의의 여신이 마련해 주는 내세에 맡겨 버리는 것이 좋지 않을 것인가 하는 소름 끼치는 의심에 사로 잡히는 수도 있었다. 주홍 글씨도 그 역할을 다하고 있지 않았던 것이다.

그런데 철야 기도를 계속하는 딤즈데일을 만난 후에 헤스터에게는 새로운 사색이 생겨났고, 어떠한 노력과 희생을 치르고라고 달성할 가치가 있다는 목적이 나타나게 되었다. 고통에 발버둥치고 있는, 더 정확히 말하면 발버둥치는 것마저 중지하고 있는 목사의 극심한 비참함을 눈앞에 보았던 것이다. 아직 그렇지는 않았다고 해도 발광 일보 직전까지 와 있는 것은 분명했다. 숨겨 둔 회개의 바늘에 어떤 효과가 있었는지 모르지만, 거짓으로 내밀어진 의사의 구원의 손길에 더욱 무서운 독물이 주입되고 있었던 것은 이제 의심의 여지가 없었다.

원조를 아끼지 않는 친구의 모습으로 둔갑한 적이 몰래 옆에 달라붙어, 부서지기 쉬운 딤즈데일의 성격에 손을 대고 있었다.

헤스터는 이와 같은 재앙이 닥칠 것을 알면서도, 좋은 일은 무엇 하나 기대할 수 없는 입장에 목사가 처해 있는 것을 가만히 보고 있었던 것은, 원래 자기에게 용기나 진실이 부족한 탓이 아니었을까 자문하지 않을 수 없었다. 자신의 신분을 감추려는 로저 칠링워스의 계획에 동의하는 것만이 파멸에서 목사를 구해 낼 방법이라고 여겼다는 것이 그녀의 유일한 변명이었다. 자신이 취해야 할 길을 정한 것도 그런 자책 때문이었는데, 지금 생각하면 두 가지 중에서 더욱 비참한 길을 택한 격이 되어 버린 것 같았다. 헤스터는 할 수 있는 범위내에서 이 실패를 보상하지 않으면 안 되겠다고 결심했다.

오랜 세월 괴롭고 가혹한 시련에 단련되어 있었기 때문에 감옥에서 이야기했을 때처럼 로저 칠링워스와 이제 맞겨룰 수 없는 것도 아니라고 생각했다. 그날 밤은 죄로 인해 지치고 또 생생한 치욕으로 미칠 것같이 되어 있었지만, 시간이 흐른 지금은 훨씬 안정된 상태에 놓여 스스로를 높여왔다. 반면 노인은 복수를 위해 몸을 굽히고 있었기 때문에 당시 헤스터와 같은 정도의 수준이나 그 이하로 타락하고 있었던 것이다.

결국 헤스터 프린은 전 남편을 만나, 그 손아귀에 꼼짝없이 잡혀 있는 목사의 구조를 위해 가능한 한의 일을 하려고 마음 먹었다. 오래지 않아 그런 기회가 찾아왔다.

어느 날 오후, 펄을 데리고 반도의 외딴 곳을 걷고 있을 때 팔
에 바구니를 걸친 노의사가 지팡이를 끌면서 땅에 웅크리고 기는
모습으로 약의 재료가 되는 나무뿌리나 약초를 찾고 있는 것을
발견했다.

헤스터와 의사

헤스터는 펄에게 저쪽에서 풀을 뜯어 모으고 있는 사람과 이야기가 끝날 때까지 물가에 가서 조개껍질이나 뒤얽힌 해초들과 놀고 있으라고 일렀다. 아이는 작은 새처럼 뛰어 작고 흰 발을 드러낸 채 젖은 해변으로 갔다. 펄은 이곳 저곳에서 발을 멈추고는 조수가 쓸고 나간 후에 얼굴을 비추는 거울처럼 남아 있는 웅덩이를 들여다 보기도 했다. 그곳에 번쩍번쩍 빛나는 곱슬머리가 보였고, 눈에는 요정과 같은 미소를 띤 작은 여자아이가 펄을 바라보고 있었다. 다른 놀이 친구가 없는 펄은 그 여자애의 손을 잡고 뜀박질하자고 불렀다. 그러나 물에 비친 그림자의 소녀도 똑같이 손짓을 하며,

"여기가 재미있어, 웅덩이로 들어와."

라고 말하는 것 같았다.

그래서 펄은 다리 중간까지 차는 물에 들어서서 웅덩이 바닥에
있는 흰 발을 바라보았다. 그때 더 깊은 곳에서는 토막난 미소가
흔들리는 수면의 이곳 저곳에서 떠올라 번쩍번쩍 빛났다.

그 동안 어머니는 의사에게 말을 걸었다.

"잠깐 할 얘기가 있어요. 우리와 깊은 관계가 있는 거예요."

"저런, 이 로저 칠링워스에게 말하고 싶다는 분이 헤스터 씨군
요."

라고 대답하면서 의사는 굽히고 있던 허리를 폈다.

"기꺼이 듣겠소. 그런데 헤스터, 어디를 가든 당신에 대한 평판
은 좋더군. 어제의 일인데 어떤 높으신 양반이 당신에 대한 얘기
를 하고 있었어요. 실로 훌륭한 분인데 말씀이야, 당신에 관한 것
이 회의에서 문제가 되었다고 알려 주었소. 그 주홍 글씨를 당신
의 가슴에서 떼면 사회 질서에 안전하겠는가 어떤가 하는 토론이
었던 모양이오. 헤스터, 난 그 높은 양반에게 즉시 그렇게 해주었
으면 좋겠다고 말했소. 정말이오."

"이 표지를 떼는 것은 높은 양반들 마음대로 할 수 있는 것이
아니에요."

헤스터는 침착하게 대답했다.

"내가 이것을 떼도 좋을 때가 오면 저절로 떨어져 버리든가 다
른 의미의 것으로 바뀌어 있든가, 어느 쪽일 테니까요."

"그럼 당신 좋을대로 붙여 두지 뭐."

하고 의사는 대답했다.

"여자들은 몸에 붙이는 장식품에 대해 유달리 집착하는 경향이 있는 것 같더군. 그 글씨에는 화려한 자수가 있어서 당신 가슴에 잘 어울리긴 하지."

이 사이 헤스터는 노인을 뚫어지게 바라보고 있었는데, 과거 7년 동안 일어난 상대방의 변화를 보고 몹시 놀랐다. 늙었다고 하는 것은 아니었다. 물론 늙었다는 느낌이 들지 않는 것은 아니었지만, 나이에 비해 젊게 보이며 강인한 체력과 민첩함은 잃지 않고 있는 것 같았다.

그러나 헤스터의 기억에 가장 선명하게 남아 있는 아주 조용하고 지적인 학자다운 옛 모습은 열심히 무언가를 탐색하는 듯하고 무언가 음흉한 것을 숨기고 있는 표정으로 바뀌어 있었다. 이 표정을 미소로 속이려고 하는 것 같았는데, 미소가 뜻대로 되지 않고 비웃는 듯한 웃음이 어른거리고 있었기 때문에, 그 음흉함이 더욱 두드러지는 것이었다. 가끔 두 눈에서 빨간 빛이 번쩍거렸는데, 그것은 노인의 혼에 불이 붙어 가슴속이 부지직 타는 동안에 일시적인 정열이 확 타오른 듯했다. 노인은 이 불꽃을 황급히 억제하고 아무 일도 없었던 것처럼 태연을 가장했다.

한마디로 말하면 로저 칠링워스 노인은 인간이 상당한 기간에 걸쳐 악마의 일에 손을 대기만 하면 악마로 변신할 수 있음을 보여주는 분명한 증거였다. 이 불행한 남자가 이와 같이 변한 것은 7년 동안이나 계속 고뇌에 찬 사람의 마음을 끊임없이 분석하는 데 몰두하고, 그 일에서 즐거움을 찾고 있었을 뿐 아니라 상대의 불꽃과 같은 고뇌에 기름을 붓는 짓을 하고 있었기 때문이다.

주홍 글씨가 헤스터 프린의 가슴 위에서 타는 것 같았다. 여기에도 한 인간이 파멸되고 있으며, 그 책임이 그녀 자신에게도 어느 정도 있음을 절실히 느꼈기 때문이다.

"내 얼굴을 유심히 바라보는데 무엇이라도 묻었소?"
하고 의사가 물었다.

"흘릴 눈물이 있다면 울고 싶은 심정이에요."
하고 헤스터가 대답했다.

"그러나 그 이야기는 그만 두겠어요. 내가 말하고 싶은 것은 또 한 사람의 비참한 분에 대한 것이니까."

"그 남자가 어쨌다는 거요?"

로저 칠링워스가 다그치듯 큰 소리를 질렀다. 마치 이 화제가 대단히 신나는 얘깃거리로서, 털어놓고 이야기할 수 있는 유일한 상대와 대화할 수 있는 기회가 온 것을 기뻐하는 듯했다.

"솔직히 말하면 헤스터, 난 지금 막 그 남자에 대해서 이것 저것 생각하고 있었소. 그러니 말이오, 하고 싶은 얘기가 있으면 말해요. 대답을 해줄 테니."

"마지막으로 말한 것이 7년 전의 일이지만, 그때 당신은 우리의 옛날 관계에 대해서는 비밀로 해두자고 나로 하여금 무리하게 약속토록 했어요. 나는 그분의 생명과 명예가 당신의 손아귀에 있다고 여겨 당신의 명령대로 입을 다물고 있는 도리밖에 없다고 생각했어요. 그러나 내가 그런 맹세를 한 것은 결코 경솔한 생각

으로 한 것은 아니에요. 다른 인간에 대한 의무는 하나도 남김 없이 집어 던져 버린 나지만, 그분에 대한 의무만은 남아 있었기 때문이에요.

그런데 당신과 한 약속은 그 의무를 배신하는 것이라고 누군가 속삭였어요. 그날부터 당신만큼 그 사람 옆에 있었던 사람은 없어요. 당신은 그분의 뒤를 쫓아다니고 있어요. 자나깨나 당신이 옆에 있는 거예요. 당신은 그분의 생각을 탐색하고 마음속으로 들어가 영혼을 파먹고 있어요. 그분의 생명을 움켜쥐고 매일같이 조금씩 목을 조르고 있는 거예요. 그런데도 그분은 당신의 정체를 모르고 있어요. 이대로 내버려 두면 난 내가 성실하게 대할 수 있는 오직 한 분을 배신하는 역할을 한 셈이 되는 거예요."

"다른 방법이 당신에게 있었던가?"

로저 칠링워스가 물었다.

"내가 노리기만 했다면 이 손가락으로 설교단에서 감옥으로, 감옥에서 다시 교수대로 쫓아 버릴 수도 있었어."

"차라리 그 편이 좋았을 텐데요."

하고 헤스터 프린이 말했다.

"내가 그 남자에게 무얼 어쨌다는 거요?"

로저 칠링워스는 거듭 질문했다.

"이봐요, 헤스터 프린. 왕이 의사에게 지불하는 최고의 사례금으로도 내가 그 비참한 목사를 위해 해준 치료를 살 수 없을 거요. 내 간호가 없었다면 그 남자의 생명 따윈 당신들이 죄를 범한

지 2년도 되기 전에 괴로워하고 고민한 끝에 다 타 버렸을 거요. 그 남자의 정신은 말이지, 헤스터, 당신과는 달라서 주홍 글씨와 같은 무거운 짐을 버티는 힘이 부족해. 아, 난 엄청난 비밀을 폭로할 수 있어요. 그렇지만 그건 그것으로 좋아. 의사로서 할 수 있는 일은 죄다 그 남자에게 해주었으니까. 그 남자가 지금 숨을 쉴 수 있는 것도, 지상을 기어다닐 수 있는 것도 모두 내 덕택이니까 말이지."

"그분은 차라리 진작 죽어 버린 편이 나았을 거예요!"

헤스터 프린이 말했다.

"그렇겠지. 당신이 말한 대로라는 건 틀림없어!"

로저 칠링워스는 그렇게 외치고 기분 나쁜 마음의 불꽃을 헤스터의 눈앞에서 태웠다.

"빨리 죽는 편이 나았겠지. 그 남자만큼 고통받아 온 사람도 없을 거요. 그것도 아주 최악의 적의 눈앞에서. 그 남잔 나에 대해 눈치 채고 있어. 언제나 저주처럼 붙어다니고 있는 압박을 느끼고 있어요. 직감으로——그 남자만큼 감수성이 강한 인간을 신이 만들어 낼 수는 없을 거야——자신의 마음을 조종하고 있는 것이 악의를 가진 자의 손이며, 악만을 구해 찾아다니는 눈이 찬찬히 자신을 엿보고 있다는 것을 깨달았거든. 단지 그 눈, 그 손이 내 것이라는 것을 눈치 채지 못했을 뿐이야. 목사들에게 흔히 있는 미신이지만, 이미 자신이 악마에게 인도되어 무서운 꿈, 절망적인 생각, 회한의 가시, 그리고 구원에 대한 절망 등으로 지옥의 시련을 겪고 있다고 생각하는 거요. 묘 저쪽에서 기다리고 있는 것을 벌써 맛보고 있는 셈이지.

그런데 실은 그것은 언제나 사라지는 일이 없는 내 그림자였어. 그 남자 때문에 무참히도 상처받고, 이 끝없는 복수라는 무서운 독으로밖에 더 살아갈 수 없게 된 사나이가 밤낮 붙어 있었단 말이야. 그렇지, 확실히 그 남자는 잘못 본 것이 아니야. 나라는 악마가 역시 눈앞에 있었으니까. 전에는 인간다운 마음의 소유자였지만 그 유별난 고통 때문에 악마가 되어 버린 사내가 말이야."

이와 같은 말을 하면서 불행한 의사는 소름 끼치는 모습으로 두 손을 쳐들었는데, 그것은 거울에 비친 자기 모습이 정체 불명의 귀신처럼 변한 것을 보고 놀라는 듯한 모습이었다. 몇 년에 한 번쯤밖에 일어나지 않는 일이지만, 그것은 인간의 정신이 마음의 눈에 가리는 일 없이 비쳐 나온 순간이었다. 지금과 같이 분명히 자기 자신의 모습을 볼 수 있었던 적은 예전에 없었던 것임에 틀림없었다.

"이제 충분히 그분을 괴롭힌 거 아닌가요?"

헤스터는 노인의 표정을 눈여겨 보면서 물었다.

"그분은 이미 모든 것을 보상한 것이 아닙니까?"

"어림도 없어. 오히려 빚이 늘어났을 뿐이지."

라고 의사가 대답했다. 이렇게 말하고 있는 동안에 그 태도에서는 먼저만큼의 무시무시함이 사라지고, 그늘에 묻힌 어두운 모습이 보이기 시작했다.

"헤스터, 9년 전의 날 기억하고 있소? 그 무렵에도 난 인생의 가을을 맞고 있었지. 그것도 겨울에 가까울 정도였소. 그런데 그 때까지의 내 생활은 성실하고 학문적이며, 사색에 잠기는 평온한 세월이었소. 내 학문의 진보를 위해, 그리고 인류의 행복을 추진 시키기 위해 충실히 바친 세월이었소. 인류의 행복은 내 지식 축 적의 부산물이었지만 말이오. 내 생활만큼 평화롭고 깨끗한 생활 이 또 있었을까? 내 생활만큼 혜택받은 생활은 다시 없었을 거야.

그 무렵의 날 기억하고 있소? 당신의 눈으로 보면 차가운 남자 였을는지도 모르지만, 난 남에게는 인정있고 자신을 위해서는 조 금도 바라는 것이 없는 인간으로서, 친절하고 성실하며 설사 따 뜻하지는 않았을지 모르지만 변함없는 애정을 지닌 남자가 아니 었을까? 이 말에 이의가 있소?"

"당신은 그 이상의 분이었어요."
라고 헤스터가 말했다.

"그런 내가 지금은 도대체 어떻게 되었다는 거요?"

의사는 헤스터의 얼굴을 들여다보며 자신의 몸 안에 깃든 악을 얼굴 가득히 나타냈다.

"지금의 내가 무엇이라는 건 이미 말한 대로요. 악마인 거야. 도대체 누가 이런 악마로 되게 했소?"

"나예요!"

헤스터가 몸을 떨면서 외쳤다.

"나예요! 그분과 마찬가지로 왜 내게는 복수하지 않는 거예요?”

“당신에 대해선 이 주홍 글씨에 맡겨 두었소.”

하고 로저 칠링워스는 대답했다.

“그 주홍 글씨가 할 수 없다면 나도 할 수 없는 거야.”

노인은 주홍 글씨에 손가락을 대고 빙긋 웃었다.

“확실히 복수했어요.”

라고 헤스터 프린은 대답했다.

“내 판단이 틀림없었지.”

의사가 말했다.

“그런데 그 남자에 대한 이야기란 뭐요?”

“우리 비밀을 털어놓아야겠어요.”

헤스터가 분명한 어조로 말했다.

“그분에게 당신의 정체를 알려 주어야겠어요. 그 결과가 어떻게 될지는 몰라요. 그러나 오랫동안 그분의 신뢰를 받아왔고 그분의 파멸의 원인이 된 나니까, 그 책임만은 아무래도 지지 않으면 안 되겠어요. 그분의 높은 명성이나 이 세상에서의 지위, 나아가서 생명까지도 멸망시키든지 도와주든지 모두 당신 마음대로 하세요. 게다가 주홍 글씨에 의해 진실을, 영혼을 파먹는 것같이 새빨갛게 달군 쇠의 낙인 같은 진실을 알게 된 나로서는, 비참할 정도로 그분이 덧없는 인생을 살아 보았댔자 아무 희망도 없을 것이기에, 무릎 꿇고 당신의 자비를 애원하지 않겠어요. 그분에 대해서는 마음대로 하세요! 그분이나 나나 당신 모두 구원은 없

어요! 펄에게도 구원은 없어요! 이 어두운 미로에서 우리가 빠져
나갈 길은 없으니까요!"

"당신이 불쌍하게 생각되지 않는 것도 아니야."

로저 칠링워스는 감동을 억제할 수 없는 것 같았다. 헤스터의
절망 섞인 이야기에 어딘가 기품 있는 데가 있었기 때문이다.

"당신은 훌륭한 자질을 소유했지. 나보다도 더 좋은 남자의 사
랑을 받게 되었다면 이런 불행한 처지는 되지 않았을 텐데. 당신
이 가엾소. 당신의 좋은 성질이 헛되이 되어 버렸으니까 말이오."

"나도 당신이 가엾다고 생각해요."

헤스터 프린이 대답했다.

"증오 때문에 훌륭한 학자가 악마로 변해 버렸으니까요. 그 미
움을 털어 버리고 다시 한번 인간이 되고 싶은 생각은 없으신가
요? 그분 때문이 아니고, 두 배나 더 당신을 위해서요. 그분을 용
서해 주고 그분에 대한 응보는 그런 권리가 있는 전능하신 신에
게 맡기세요. 이 어두운 미로를 헤매며, 서로가 길 위에 뿌린 죄
에 걸음을 옮길 때마다 넘어지고 있는 그분이나 당신, 그리고 내
게 좋을 일이란 없다고 지금 막 말씀드린 거예요. 아니, 사실은
그렇지 않아요. 당신에게는, 당신에게만은 구원이 있어요. 깊이
상처받은 당신은 당신의 의지로 용서를 할 수 있기 때문이에요.
그 유일한 권리를 쉽게 버리려고 하시는 거예요? 그 둘도 없는 특
전을 거절하시려는 거예요?"

"이제 그만, 헤스터!"

노인은 어둡고 엄격한 표정을 지으며 말했다.

"용서 따윈 나에게 없어! 당신이 말하는 그런 힘이 있는 것도 아니야! 지금도 아주 옛날에 잊고 있던 옛 신앙이 되살아나 인간이 하고 있는 모든 것을, 인간의 모든 괴로움을 해명해 주고 있어. 당신이 첫걸음을 실수했기 때문에 악의 씨가 뿌려지게 된 거요. 그러나 그후에는 모두가 필연적인 운명이었던 거요. 내게 상처를 입힌 당신들에게 죄가 있다고 하는 것은 전형적인 일종의 환상에 지나지 않고, 악마의 일을 악마에게서 빼앗은 나도 악마는 아니야. 모두가 운명인 거지. 악의 꽃은 멋대로 피게 하는 수밖에 없어요. 당신은 당신의 길을 가는 거요. 그 남자에 관해선 생각하지 않는 게 좋소."

의사는 손을 내젓더니 다시 약초 수집을 시작했다

헤스터와 펄

　이렇게 해서 기이한 표정의 불구 노인 로저 칠링워스는 헤스터 프린과 헤어져 땅을 기듯하면서 멀어져 갔다. 여기저기서 약초를 뜯고 나무뿌리를 파내서는 팔에 걸친 바구니 속에 넣고 있었다. 흔들흔들하며 나아가고 있는 남자의 회색 턱수염은 땅에 닿을 듯했다. 그 뒷모습을 잠시 바라보면서 헤스터는 이른 봄의 허약한 어린 풀이 노인의 발에 밟혀서 시들어, 유쾌한 그 일대의 풀밭 위에 불그스름한 갈색으로 말라 버린 발자국 길이 비틀비틀 나는 것은 아닌가 하는 어리석은 생각이 일었다.

　도대체 저 노인이 저렇게 열심히 수집하고 있는 약초는 어떤 종류의 것일까? 노인의 눈길에 사악해진 대지에서 지금까지 본 적도 없고 들은 적도 없는 약초가 싹터, 노인의 손에 뜯기는 것을 환영하고 있는 것은 아닐까? 그렇지 않으면 건강한 식물을 조금

건드려서, 어떤 해롭고 독성이 강한 식물로 변하게 하는 것만으로 노인은 만족하고 있는 것일까? 도처에서 눈부시게 빛나고 있는 태양은 참말로 저 노인 위에도 비추고 있는 것일까? 어쩌면 저 남자가 가는 곳마다 저 불구의 몸과 같이 움직이는 불길한 그림자의 원이 있는 것이 아닐까? 게다가 도대체 어디로 가려고 하는 것일까? 별안간 땅속으로 들어가 버리고 그 자리에는 황무지가 남을 뿐이어서, 그곳에는 오래지 않아 그 지방 기후에 알맞는 벨라도나, 산딸기나무, 싸리풀 등의 독성을 지닌 식물이 빽빽하게 뒤덮는 것은 아닐까? 그렇지 않으면 박쥐같이 날개를 펴서 날아올라, 하늘 높이 오르면 오를수록 보기 흉한 모습으로 변하는 것이나 아닐까? 노인의 뒷모습을 뚫어지게 바라보면서 헤스터 프린은 과격한 어조로 말했다.

"죄 되는 일이겠지만, 아무리 해도 저 사람을 좋아할 수 없어!"

헤스터는 이런 생각을 갖는다고 자신을 질책했지만 그 생각을 버리거나 잠재울 수는 없었다. 그렇게 하려고 노력하고 있는 동안에 먼 나라에서의 먼 옛날 일을 회상했다.

서재에 틀어박혀 있던 저 남자는 저녁때가 되면 모습을 나타내서 따뜻한 난로와 헤스터의 젊고 아내다운 미소의 빛 속에 자리 잡았다. 책에 파묻혀 있던 오랜 고독한 시간의 차가움을 제거하기 위해서는 그 미소로 몸을 따뜻하게 하는 게 제일이라고 그는 여겼다.

이런 장면이 그 무렵에는 행복이라 생각했는데 지금에 와서는 어느새 가장 추악한 추억의 하나가 되어 버렸다. 어째서 저런 남자와 결혼할 생각이 들었던 것일까? 저 남자의 뜨뜻미지근한 손에 잡히는 것을 허락했을 뿐만 아니라, 자진해서 그 손을 잡고 저 남자의 입술과 미소에 뒤얽혔던 것이 천형의 죄처럼 생각되었다. 아직 세상 물정을 몰랐을 때에 자기 옆에 있는 것이 행복하다고 믿게끔 한 저 남자의 회유는 그후 남자가 입은 어떤 피해와도 비교할 수 없는 더 큰 죄악이 아니었을까?

"역시 저 사람은 좋아할 수가 없어!"

헤스터는 전보다도 더욱 심한 어조로 되풀이했다.

"저 사람은 날 속였으니까, 내가 저 사람에게 한 것보다 저 사람의 행위가 훨씬 가혹해."

결혼 승락의 표시로서 여인의 손만 얻었을 뿐, 그 손과 함께 마음에 넘치는 정열까지 얻을 수 없는 남자는 긴장할지어다. 상대의 여인이 누군가 더욱 힘찬 남성을 만나 여성으로서의 감수성이 눈뜨게 되면 로저 칠링워스와 같은 비참한 운명을 더듬게 될 것이니까. 기분 좋은 현실이라고 생각되었던 평온한 행복이나 대리석과 같은 행복의 이미지가 이제는 비난의 대상이 되지 않을 수 없게 되었다.

그러나 헤스터와 같은 여인이 이런 잘못된 생각을 훨씬 이전에 버리지 못했다니, 이것은 도대체 무엇을 말하고 있는 것일까? 주홍 글씨의 괴로운 시련을 겪고 있던 7년 간이라는 오랜 세월 동안 아무런 뉘우침이 일어나지 않았단 말인가?

로저 칠링워스 노인의 불구의 뒷모습을 지켜보고 있는 짧은 시간에 떠오른 갖가지 생각은 헤스터의 심리 상태에 어두운 빛을 던지며, 그야말로 헤스터 자신도 모르고 있던 많은 것을 분명히 해주었던 것이다.

노인이 가 버렸기 때문에 헤스터는 아이를 불렀다.

"펄, 펄, 어디 갔니?"

정신 활동이 조금도 쉬는 일이 없는 펄은 어머니가 약초를 수집하는 노인과 이야기를 나누고 있는 동안 놀이 상대에는 부족함을 느끼지 않았다. 처음에는 이미 말한 바와 같이 웅덩이에 비친 자기 모습과 재미있는 듯 장난 치기도 하고 나오라고 손짓해 보이기도 했지만 나올 것 같지 않았기 때문에, 웅덩이가 장난 칠 수 없는 대지나 손에 잡을 수 없는 하늘의 세계로 들어가려 했다. 그러나 곧 자기와 그림자 중 어느 하나는 현실에 존재하지 않는다는 것을 알았기 때문에 다른 곳에서 더욱 재미있는 놀이를 찾아 내려고 했다.

자작나무 껍질로 작은 배를 만들어서는 뉴잉글랜드의 상인도 따를 수 없을 정도의 조개껍질을 가득 싣고 선뜻 넓은 바다로 내보냈는데, 작은 배의 대부분은 물가 언저리에서 가라앉아 버렸다. 살아 있는 참게의 꼬리를 잡기도 하고 불가사리를 여러 개 잡기도 했으며, 따뜻한 햇볕에 해파리를 녹이기도 했다. 이번에는 밀려오는 파도에 이는 거품을 잡아 산들바람에 던지고 깃처럼 가벼운 발걸음으로 쫓아가서는 큰 눈과 같은 거품이 땅에 떨어지기 전에 붙잡으려 했다. 물가에서 먹이를 쪼아 먹으며 종종거리고 있는 작은 새떼를 보고서는 앞치마에 가득 작은 돌을 주워 바위에서 바위로 기어가듯 쫓아가 훌륭한 솜씨로 던졌다. 가슴이 희고 작은 회색의 바다새 한 마리가 돌에 맞아 부러진 날개를 퍼덕이면서 날아갔다.

그러나 이 아이는 한숨을 쉬며 그 장난을 그만두어 버렸다. 바닷바람과 같이 생기있고 펄 자신과 같이 길들여지지 않은 작은 생물에게 상처를 입혔다는 것으로 마음이 아팠기 때문이다.

마지막으로 펄이 한 것은 여러 가지 해초를 끌어 모아서 스카프나 망토나 머리장식을 만들어 작은 인어 분장을 하는 것이었다. 이 아이의 이런 솜씨는 어머니의 재능을 이어받은 것이었다. 인어의 모습에 최후의 손질을 하기 위해 펄은 미끈거리는 해초를 긁어모아 어머니의 가슴에 있는 장식과 같은 모양을 자기 가슴에도 비슷하게 만들려고 했다. 그것은 A자였는데 주홍색이 아니고 싱싱한 녹색이었다. 아이는 가슴에 턱을 붙이듯 머리를 숙이고 이 멋진 장식물을 뚫어지게 바라보았는데, 이 세상에 태어난 유일한 목적이 이 글자의 숨은 뜻을 파악하는 것인 양 대단한 흥미를 보였다.

'엄마에게 이 뜻을 물어 볼까?'
하고 생각했다.

바로 이때 어머니의 목소리가 들렸기 때문에, 펄은 작은 바다새 못지않게 경쾌하게 깡충깡충 뛰면서 헤스터 프린 앞에 모습을 보

이더니 깔깔대며 가슴에 붙인 장식을 가리켰다.

"아니, 펄, 넌!"

헤스터는 잠시 입을 열지 못했다.

"녹색 글씨 따윈, 아이들 가슴에 있다고 해도 아무 뜻이 없는 거야. 그래도 엄마가 붙이지 않으면 안 되는 이 글씨의 뜻은 펄도 알고 있겠지?"

"알고 있어요, 엄마."

하고 펄이 말했다.

"대문자 A, 책에서 엄마가 가르쳐 줬잖아요."

헤스터는 펄의 작은 얼굴을 뚫어지게 들여다 보았다. 까만 눈에서 지금까지 자주 보아온 그 기묘한 표정이 떠오르고는 있었지만, 펄이 과연 어떤 뜻을 이 가슴의 글자에서 알아내고 있는지는 알 수 없었다. 헤스터는 이 점을 확인해 보고 싶은 강한 욕망을 느꼈다.

"그런데 엄마는 어째서 이 글자를 붙이고 있는지 알고 있어?"

"잘 알고 있어요."

펄은 어머니의 얼굴을 생기 있는 표정으로 한동안 바라보면서 대답했다.

"목사님이 가슴에 손을 얹는 것과 같은 이유겠죠."

"그 이유란 뭐야?"

헤스터는 터무니없는 어린애의 관찰에 웃었는데, 다시 생각해 보고는 안색이 싹 변했다.

"이 글자가 엄마 이외 다른 사람의 가슴과 관계가 있단 말이야?"

"몰라요, 엄마. 내가 아는 건 죄다 얘기했어요."

펄의 대답이 여느 때보다 훨씬 진지했다.

"지금까지 엄마가 말하고 있던 저 할아버지에게 물어보세요. 가르쳐 줄지도 몰라요. 그런데 참, 엄마, 그 주홍 글씨의 뜻은 도대체 뭐예요? 왜 엄마는 가슴에 붙이고 있어요? 왜 목사님은 가슴에 손을 얹고 있어요?"

펄은 어머니의 손을 두 손으로 꼭 잡더니, 여느 때의 변덕스럽고 난폭한 성격에서는 별로 볼 수 없는 진지한 태도로 꼼짝 않고 어머니의 눈을 들여다보는 것이었다. 이 아이는 아이답게 본심을 털어놓고 나에게 접근하려는 것이 아닌가, 모녀의 생각이 하나가 되는 세계를 만들기 위해 최대한의 분별력을 구사하여 말하려는 것이 아닌가, 하는 생각이 헤스터에게 떠올랐다. 그렇기 때문인지 펄은 여느 때와 달라 보였다.

지금까지 어머니는 오로지 뜨거운 애정으로 딸을 사랑하고는 있었지만, 4월의 산들바람 이상의 애정은 기대하지 않도록 자신을 타일렀다. 4월의 훈풍은 경쾌하고 상큼하게 불다가도 설명을 할 수 없을 정도로 정열적인 돌풍으로 변하는가 하면, 기분 좋은 때에도 까다로워서 가슴에 안아 주어도 응석은커녕 서먹서먹한 모습을 보여주는 어린애와 같았다. 그런가 하면 아무런 목적도 없는 듯 속셈을 알 수 없을 정도로 다정하게 뺨에 입맞춰 주거나 머리를 쓰다듬어 주고, 사람 마음에 꿈과 같은 포근함을 남긴 채 사라져 버렸다. 4월의 훈풍과 같은 느낌이 이 아이에 대한 어머니의 평가였다. 다른 사람이라면 펄을 붙임성 없는 성질 외에는 눈여겨 보지 않고 실제보다도 훨씬 어두운 성격으로 보았을지도 모른다.

그러나 지금 헤스터의 마음속에는 깜짝 놀랄 정도로 펄이 조숙하고 예민해서 자신의 말상대가 되고, 슬픔을 털어놓아도 서로 어색하지 않을 나이가 된 게 아닌가 하는 생각이 강하게 떠올랐다.

펄의 혼돈스런 성격 속에는 꺾이는 일이 없는 용기라든가 지기 싫어하는 강한 의지, 자존심으로까지 끌어올릴 수 있는 긍지에 찬 태도, 게다가 거짓으로 보이는 많은 일에 보여주는 격렬한 경멸심 같은 자기 나름의 주의·주장이 싹트기 시작하고 있었다. 아니, 처음부터 싹트고 있었던 것이 아닐까? 게다가 지금까지는 익지 않은 과일에서 볼 수 있는 쏩쏠하고 떫은 것이긴 했지만 아주 풍부하고 향기로운 애정도 소유하고 있었다. 이런 훌륭한 성질이 모두 갖춰져 있기 때문에, 이 요정과 같은 아이가 훌륭히 제구실을 하는 여성으로 성장하지 않는다면 어머니에게서 이어받은 나쁜 요소는 실로 강한 힘을 갖게 될 것이라고 헤스터는 생각했다.

펄이 주홍 글씨의 수수께끼에 집착하고 있는 것은 타고난 성질 때문인 것 같았다. 철이 들기 시작할 무렵부터 줄곧 마치 정해진 사명이기나 한 것처럼 주홍 글씨에 집착하는 것이었다. 이 아이에게 이런 특별한 성격을 부여함으로써 신이 정의와 천벌에 대한 계획을 수행하는 것이라고 헤스터는 생각하고 있었다. 그러나 지금 처음으로 이 계획 속에는 정반대가 되는 자비와 은혜의 계획이 있는 것이 아닌가라고 생각해봤다. 만약 펄이 보통 아이가 아니고 천사의 사자로서 신념과 신뢰를 갖고 태어났다면, 차가운 묘지로 가슴속에 자리 잡은 어머니의 슬픔을 덜어주는 것이 펄의 사명은 아닌가?

이런 생각들이 헤스터의 마음속에 떠올랐는데, 그것은 마치 누군가가 속삭이는 것처럼 선명한 인상을 남기고 있었다. 그 동안 펄은 죽 어머니의 손을 두 손으로 꼭 잡고 얼굴을 든 채 세 번이나 같은 질문을 되풀이했다.

"엄마, 이 주홍 글씨의 뜻은 뭐예요? 왜 엄마는 가슴에 붙이고 있어요? 어째서 목사님은 가슴에 손을 얹고 있어요?"

'뭐라고 대답해야 좋을까?'

하고 헤스터는 생각했다.

'안되지. 말해 버려서 이 애의 동정을 산다고 해도 도저히 할 수 없는 이야기야.'

이윽고 헤스터는 이렇게 말했다.

"펄은 바보 같아. 뭐 그런 걸 다 물어? 아이들이 들어선 안 되는 것이 이 세상에 얼마든지 있어. 엄마가 목사님의 가슴 같은 것에 대해 알 리가 없잖아? 그리고 이 주홍 글씨 말인데, 엄마가 가슴에 붙이고 있는 건 금색 실이 아름답기 때문이야."

지금까지 7년 간 헤스터 프린은 가슴에 붙인 상징을 단 한 번도 배반한 일이 없었다. 이 상징은 아주 엄격한 수호 천사의 부적 같은 구실을 하고 있었는데, 그것이 지금은 헤스터를 돌보지 않고 있었다.

그러나 엄격히 헤스터의 마음을 감독하고 있었음에도 불구하고 무언가 새로운 악이 들어왔든지, 그렇지 않으면 옛 악이 쫓겨나지 않은 채 그대로 있는 것 같았다. 펄의 얼굴에는 이미 아까 같은 진지한 표정은 사라지고 없었다.

그러나 이 아이는 문제를 그대로 덮어 둘 생각은 조금도 없었다. 어머니에 이끌려 집으로 돌아오는 도중에도 두세 번, 저녁 식사 때와 잠자리에 드는 동안에도 두세 번, 이제 아주 잠들어 버렸을 것이라고 생각한 후에도 한 번 까만 눈을 장난스럽게 빛내면서 얼굴을 들고 묻는 것이었다.

"엄마, 그 주홍 글씨의 뜻은 뭐예요?"

다음날 아침, 펄은 잠을 깨자마자 베개에서 머리를 쓰윽 들더니, 주홍 글씨에 대해 이것 저것 생각할 때 반드시 함께 연결 짓는 또 하나의 질문을 하는 것이었다.

"엄마, 왜 목사님은 가슴에 손을 얹고 있어요?"

"입 다물어. 넌 못 쓰겠어!"

어머니는 지금까지 입밖에 낸 일이 없는 엄한 말투로 꾸짖었다.

"엄말 놀리는 건 집어쳐! 그렇지 않음 어두운 광 속에 가둬 버릴 테니까!"

숲속 산책

지금의 고통이나 악의 결과가 어떻게 되든 딤즈데일에게 그의 비위를 맞추며 교묘하게 신용을 얻고 있는 남자의 정체를 알려주어야겠다는 헤스터 프린의 결심에는 변함이 없었다. 목사가 반도의 해안이나 주변의 숲속 깊은 언덕에서 명상에 잠기는 습관이 있음을 알고 있었기 때문에 그때를 잡아 말할 수 있는 기회를 노렸지만 며칠은 허사로 끝나 버렸다.

서재로 방문한다고 해도 나쁜 소문이 날 리는 없었으며, 목사의 아주 깨끗한 명성에 흠이 갈 염려도 없었다. 그때까지 그 서재에서 많은 사람들이 주홍 글씨가 나타내는 죄와 다름없을 만큼의 극악한 죄를 고백했다. 그러나 로저 칠링워스 노인이 몰래, 아니 어쩌면 당당히 방해하지나 않을까 하는 염려를 했고, 아무런 의심스러운 점도 없는데 남들에게 의심받지나 않을까 하고 신경을

썼으며, 나아가서 목사나 자기도 적어도 이야기를 나누는 동안만
은 넓은 세계에서 호흡할 필요가 있다고 생각했다. 이런 이유들
때문에 헤스터는 넓은 하늘 밑 이외의 비좁은 장소에서 몰래 만
나려는 생각은 하지 않았다.

　마침내 헤스터는──딤즈데일 목사가 전부터 기도해 주기 위
해 방문했던──어느 병자의 방에서 간병을 하고 있을 때, 목사
가 그 전날 인디언 개종자들과 지내고 있는 엘리엇(1604~1690,
인디언의 개종에 노력하여 성경을 그들의 말로 번역했음) 전도사를
만나러 갔다는 것을 알았다. 다음날 오후까지는 돌아올 것이라는
이야기를 듣고 다음날 헤스터는 알맞은 시간에 맞추어 펄을 데리
고 출발했다. 펄이 있는 것이 아무리 방해가 되어도 어머니가 외
출할 때는 언제나 따라다니는 것이 습관이 되었다.

　두 사람이 반도에서 외진 쪽으로 들어가니 길은 오솔길과 마찬
가지였다. 신비스런 태고의 숲이 죽 이어져 있었다. 이 숲은 길 양
쪽에 어두컴컴하게 나무들이 꽉 들어차서 하늘이 머리 위로 보일
까 말까 할 정도였기 때문에, 헤스터는 지금까지 오랫동안 방황해
온 정신의 황야가 생생하게 생각났다. 그날은 쌀쌀하고 음산했다.
머리 위에는 회색 구름이 온통 덮여 있었는데 그래도 바람으로 조
금은 움직이고 있었다. 때문에 흔들리는 한줄기 빛이 가끔 오솔길
위에서 상대도 없는데 장난 치고 있었다. 이 깜빡깜빡 빛나는 밝
은 빛은 숲 저쪽 끝에서 항상 자리 잡고 있었다. 이 장난스러운 빛
은──그날도 장소가 모두 몹시 음산했기 때문에 약하디 약한 장

난스러움이긴 했지만 —— 모녀가 접근하면 앞으로 도망쳐 가서 방금 전까지 춤추고 있던 곳이 더욱 음울한 느낌을 주었으며, 다가가면 다시 양지 바른 곳으로 나갈 수 있다는 듯이 기를 썼다.

"엄마!"

하고 펄이 말을 걸었다.

"햇님은 엄말 좋아하지 않나봐. 도망치며 숨는 것은 엄마 가슴에 있는 것이 무섭기 때문이에요. 저것 보세요, 훨씬 저쪽에서 놀고 있거든요. 엄만 여기서 기다려요. 내가 뛰어가서 붙잡아 볼 테니까. 난 아이란 말이에요. 내게서 도망치거나 하지는 않을 거예요. 내 가슴엔 아직 아무 것도 붙어 있지 않으니까요."

"언제까지나 붙이지 않도록 해."

라고 헤스터가 말했다.

"왜요?"

펄은 막 뛰어가려다 발을 딱 멈추었다.

"내가 커서 어른이 되면 절로 붙는 게 아니에요?"

"자, 어서 달려가서 햇님을 붙잡아라. 곧 사라져 버릴 테니까."

하고 어머니가 말했다.

펄은 뛰어가더니, 헤스터가 웃으면서 지켜보는 동안에 참말로 햇빛을 붙잡고 그 한가운데 서서 웃고 있었다. 몸 전체가 햇빛을 받아서 활기가 엿보였다. 햇빛은 마치 놀이 상대가 나타난 것을 기뻐하고 있는 듯 홀로 서 있는 아이의 주위에 언제까지나 사라지지 않고 남아 있었다. 마침내 어머니가 그 빛의 마법 같은 원

안에 발을 들여 놓으려고 다가섰다.

"햇빛이 사라져 버려요!"

하고 펄은 머리를 가로 흔들었다.

"아니."

헤스터는 웃으면서 대답했다.

"엄마도 손을 뻗치면 조금은 붙잡을 수 있어."

헤스터가 그렇게 하려고 하자, 햇빛은 싹 사라져 버리고 말았다. 펄의 얼굴에 번득이는 밝은 감정으로 미루어 보아, 이 아이가 광선을 흡수해서 오래지 않아 더 어두운 그늘에라도 들어가면 다시 토해내 주위의 길을 밝게 비춰 주는 것은 아닌가 하고 헤스터는 생각했다. 펄의 성격 중에서 헤스터가 가장 깊은 인상을 받은 것은 자신에게서 이어받았다고 할 수 없는 지칠 줄 모르는 기력과 활발함이었다. 최근의 거의 모든 아이들이 선조에게서 이어받은 선병(腺病)과 슬픔이라는 병과는 펄은 전혀 관계가 없었다. 아니, 이것 자체가 일종의 병으로서, 펄이 태어나기 전 헤스터가 온갖 슬픔에 맞서 싸웠던 반동으로 그렇게 된 것인지도 모른다. 어느 쪽이든 그것이 이 아이의 성격에 금속 같은 광택을 주는 기묘한 매력이었던 것임에는 틀림없다. 이 아이에게는 —— 부족한 것은 일생 동안 부족한 채 보내는 사람도 있기는 있지만 —— 사람의 마음을 깊이 흔들어서 인간다운 감정을 일으키거나 동정심을 심어 주기도 하는 슬픔의 감정이 부족했다. 그러나 어린 펄에게는 충분한 시간의 여유가 있었다.

"자, 이리 와."

헤스터는 햇빛에 싸여 꼼짝 않고 서 있는 펄의 언저리에서 주위를 둘러보며 말했다.

"숲속으로 조금 들어가 쉬자."

"나 지치지 않았어요, 엄마."

라고 소녀가 대답했다.

"그래도 엄마가 이야기를 해주신다면 앉겠어요."

"이야기라니, 무슨 이야기 말이지?"

"저, 악마 얘기 말이에요."

펄은 엄마의 옷자락을 붙잡더니 진담인지 농담인지 알 수 없는 눈초리로 엄마의 얼굴을 쳐다보았다.

"악마가 이 숲에서 살고 있는데 책을 갖고 있대요. 철사로 묶은 크고 무서운 책이래요. 게다가 말이죠, 이 흉한 악마가 그 책과 쇠로 만든 펜을 숲에서 만나는 사람 모두에게 내민대요. 그러면 말이죠, 모두가 자기 피로 이름을 써넣지 않으면 안 된대요. 그렇게 하면 악마가 가슴에 표지를 붙여 준대요. 엄만 악마를 만난 일 있어요?"

"누가 그런 말을 했지, 펄?"

어머니는 그것이 그 무렵 유행하고 있던 미신이라는 것을 깨닫고 물어 보았다.

"엄마가 어제 저녁 문병 갔던 집에서요. 난로 옆 구석에 있던 할머니가 말해 줬어요. 그런데 이 얘기를 할 때 할머니는 내가 잠

들어 있다고 생각했나봐요. 이 숲으로 악마를 만나러 와서, 책에 이름을 쓰고 가슴에 표지를 붙인 사람이 몇천 명이나 있다던데요. 저 보기 싫은 히빈즈 아주머니도 그중 한 사람이라고 했어요. 게다가 말이에요, 엄마, 그 할머니의 얘기로는, 이 주홍 글씨도 악마가 붙인 표지라고 했어요. 한밤중에 어두운 숲에서 엄마가 악마와 만날 때는 빨간 불꽃처럼 빛난대요. 정말인가요, 엄마? 밤중에 악마를 만나러 가기도 하나요?"

"네가 잠에서 깨었을 때 엄마가 없었던 적이 있었어?"
하고 헤스터가 물었다.

"생각나지 않아요. 날 집에 두고 가는 것이 걱정된다면 데려가도 좋아요. 기쁘게 따라갈 거예요. 그런데, 엄마, 이것만은 지금 알려 줘요. 악마란 있어요? 엄만 만난 적이 있어요? 이건 그 표지예요?"

"한 번 알려 주면 엄마에게 귀찮게 안 굴 거지?"
하고 어머니가 물었다.

"응, 죄다 알려 주면요."
펄이 대답했다.

"지금까지 꼭 한 번 엄마가 악마를 만난 적이 있어. 이 주홍 글씨도 그 표지야."

이런 말을 주고 받으면서 두 사람은 오솔길을 지나는 다른 사람의 눈에 띄지 않으리라 생각되는 곳까지 깊이 들어갔다. 이윽고 모녀는 이끼가 소복이 끼여 있는 나무 밑동에 앉았는데, 그것은 태고의 언제쯤에 뿌리와 줄기를 어두컴컴하게 가리고 꼭대기를 창공에 드러내던 큰 소나무의 잔해였을지도 모른다. 두 사람이 앉은 일대는 얕은 골짜기였는데, 나뭇잎이 쌓여 있는 둑 사이를 작은 개울이 흐르고 있었고 그 개울 바닥에는 낙엽이 잠겨 있었다. 개울 위를 뒤덮으며 우거져 있는 나무들이 곳곳에 큰 가지를 늘어 뜨려 흐름을 막고 있었기 때문에, 할 수 없이 소용돌이가 생기기도 하고 여기 저기 물이 깊이 괴기도 했다. 흐름이 빠르고 힘찬 곳에는 자갈과 갈색으로 빛나는 모래 바닥이 보였다.

　개울의 흐름을 따라 바라보니, 숲에서 좀 들어간 곳의 빛이 반짝거렸는데, 곧 나무 밑동이나 잡초들, 게다가 회색 지의류에 뒤덮인 큰 바위 등이 여기 저기 흩어져 있는 곳까지 가면 빛은 그림자도 없이 사라져 버렸다. 이 거목이나 화강암의 둥근 돌 등은 모두 개울의 흐름을 신비스럽게 하는 데 열중하고 있는 것같이 보였다. 언제 그칠지 모르는 개울의 수다가 태고의 숲속 이야기를 속삭이기도 하고, 늪의 매끄러운 표면이 모든 것을 반사시키고 있지나 않나 하고 걱정하는 것 같았다. 사실 개울은 흐르면서 다정하고 온순하게, 들으면 마음이 누그러질 듯한 우울한 얘기를 끝없이 계속하고 있었다. 유년 시절을 재미있게 보내지 못했기 때문에 어떻게 하면 슬픔에 잠긴 사람들이나 침울한 사건 속에서 쾌활해질 수 있는지를 모르는 아이의 목소리 같기만 했다.

"시냇물아! 왜 그렇게 어리석고 힘이 없니?"

펄은 개울의 졸졸 흐르는 소리에 잠시 귀를 기울이고 나서 말을 이었다.

"어째서 그렇게 슬프니? 기운을 내! 언제나 한숨을 쉬거나 투덜대기만 해서는 안 돼!"

그러나 개울은 숲의 울창한 나무 사이를 흐르는 짧은 일생 동안에 몹시 엄숙한 경험을 하여 왔기 때문에 그 이야기를 하지 않을 수 없었으며, 그밖에 이야기할 것은 아무 것도 없는 것같이 보였다. 신비에 싸인 샘에서 솟아나고, 답답하고 음침한 그늘 속을 여럿 통과해 온 점에서는 이 개울과 펄은 닮은 것 같았다. 그러나 이 개울과 달리 펄은 인생의 길이 즐거운 듯 춤추며 재잘재잘 지걸이면서 걸어가고 있었다.

"이 슬픈 듯한 개울은 뭐라고 하고 있어요, 엄마?"

"너만의 슬픔이 생길 무렵이 되면 개울이 가르쳐 줄 거야."
하고 어머니가 대답했다.

"지금 엄마에게 가르쳐 주고 있는 것과 같이 말이야. 그러나 펄, 지금은 엄마에게 누군가 걸어오는 발짝 소리와 나뭇가지들을 헤치는 소리가 들리는구나. 넌 저쪽에 가서 놀고 있어라. 엄마가 저기 오는 사람과 이야기하게."

"그건 악마야?"

펄은 물었다.

"저쪽에서 놀라니까!"
하고 엄마가 거듭 말했다.

"너무 깊이 들어가선 안 돼. 엄마가 부르면 곧 뛰어올 수 있는 가까운 곳에 있어."

"알았어요, 엄마."

라고 펄이 대답했다.

"그래도 말예요, 만약 그것이 악마라면 좀더 여기 있게 해주세
요. 책을 갖고 있는 것을 보고 싶으니까."

"저리 가! 바보 같은 소리 말고."

하고 어머니는 화난 듯이 말했다.

"악마가 아니야. 이제 나무 사이로 보여. 목사님이지?"

"정말이군요. 어머, 엄마, 가슴에 손을 얹고 계세요. 목사님이
악마의 책에 이름을 쓰고 표지를 붙인 것은 아닌가요? 그런데 왜
엄마처럼 가슴 위에 붙이지 않았을까요?"

"자, 이제 저리 가! 나중에 마음껏 엄마에게 심술 부리게 해줄
테니까!"

하고 헤스터 프린은 목소리를 높였다.

"그러나 멀리 가선 안 돼. 시냇물이 얘기하는 것이 들리는 곳에
있어야 해."

아이는 노래를 부르며 시냇물을 따라 위쪽으로 걷기 시작하면
서 우울하게 흐르는 시냇물 소리에 보다 밝은 노랫소리를 어울리
게 하려고 했다. 그러나 시냇물은 위로받는 것을 싫어했고, 이 쓸
쓸한 숲속에서 일어난 서글픈 수수께끼 같은 비밀을 인간이 알
수 없는 말로 이야기를 계속하고 있었다. 아니, 여기서 일어나려
는 일에 대한 예언을 하듯 슬픈 노래를 부르고 있었는지도 모른

다. 짧은 인생 경험이지만 지나칠 만큼 어두운 그림자를 몸에 지니고 있는 펄은 불평만 하고 있는 시냇물과 친하지 않겠다고 마음 먹었다. 그래서 제비꽃과 할미꽃, 게다가 높은 바위 틈새에 나 있는 빨간 매발톱꽃 등을 꺾기 시작했다.

아이가 가 버렸기 때문에 헤스터 프린은 숲속 오솔길 쪽으로 한두 걸음 나아가다가, 그대로 울창한 나무 그늘에 숨었다. 오솔길을 홀로 걸어오고 있는 목사가 보였는데, 도중에서 꺾은 듯한 나뭇가지에 몸을 의지하고 있었다. 수척한 모습에 어딘가 모르게 기운이 없어 맥이 풀린 듯했는데, 보스턴의 거리를 걷고 있을 때나 남의 눈에 띄는 곳에서는 절대로 볼 수 없는 모습이었다. 숲속에서 완전히 혼자만이 되었을 때 그것이 애처로울 정도로 두드러져 보인다는 것은 혼자 있는 것 자체가 커다란 정신적 시련이기 때문인지도 몰랐다. 걷는 것도 귀찮은 듯했는데, 발을 앞으로 내밀 이유나 의욕도 없는 것 같아서 무언가 기쁜 일이 있다면 그대로 가까이에 있는 나무 밑으로 몸을 던져 일생 꼼짝 않고 누워 있을 듯한 느낌을 들게 했다. 나뭇잎이 쌓이고, 체내에 생기가 남아 있든 없든 상관 없이 또다시 흙이 쌓여 작은 무덤이 될 것이다. 죽음은 스스로 원하거나 피하거나 할 여지가 없을 만큼 가까이 있는 것임에 틀림없었다.

헤스터의 눈에는 딤즈데일 목사가 분명하고 생생한 고뇌에 잠겨 있다는 증세를 무엇 하나 발견할 수 없었다. 단지 펄이 말하고 있는 바와 같이 가슴에 손을 얹고 있을 뿐이었다.

목사와 교인

　목사는 천천히 걷고 있었는데, 자신의 곁을 거의 지나칠 때까지 헤스터 프린은 목사의 발걸음을 멈추게 할 수 없었다. 가까스로 마음을 다잡고 헤스터는 그를 불렀다.

　"아더 딤즈데일!"

　처음은 약한 목소리였으나 다음은 더욱 목소리를 높였는데, 쉬어 있었다.

　"아더 딤즈데일!"

　"누구십니까?"

　목사는 별안간 기운을 내고, 남에게 보이고 싶지 않은 것을 들키기나 한 것처럼 허리를 죽 펴고 발을 멈추더니 불안한 듯 소리가 난 쪽을 보았다. 나무 그늘에 사람 그림자가 어렴풋이 보였지만 수수한 옷차림이었고, 하늘이 보이지 않을 정도로 울창한 숲이었기 때문에 한낮의 햇빛이 잿빛처럼 희미해져 버려 여인인지 무슨 그림자인지 확실치 않았다. 목사의 인생 행로에는 이와 같이 갖가지 생각에서 몰래 빠져나온 망령이 따라붙고 있었는지도 몰랐다.

목사가 한 발짝 다가서니 주홍 글씨가 눈에 띄었다.

"헤스터, 당신이오? 헤스터 프린, 살아 있는 당신이오?"

"맞아요!"

라고 헤스터가 대답했다.

"지금까지의 7년 간과 변함없는 생활이지만요. 아더 딤즈데일, 당신이야말로 살아 있는 거예요?"

두 사람은 이와 같이 서로를 확인했는데 이렇게 자기 존재에 불안을 지니고 있었다고 해도 이상할 것이 없었다. 어두컴컴한 숲 속에서 기묘하게 만났기 때문에, 현세에서는 친하고 사이 좋게 지내던 두 영혼이 묘 저쪽의 세계에서 처음으로 얼굴을 대하게 되면 서로의 망령에 서로 두려워하고 덜덜 떠는 것과 같은 느낌이었다. 자신들이 망령이라는 사실을 잊은 채 상대의 망령에 놀라며 허둥대고 있는 셈이었다. 이 뜻하지 않은 만남이 두 사람에게 의식을 되살리고 서로의 마음에 그 과거와 경험을 생생하게 보여주었기 때문이지만, 이런 일은 죽음과 같은 순간 이외에는 사람에게 있어서 일어나지 않는 것이었다. 영혼의 모습이 사라지려는 순간 거울에 비친 것과 같았다.

아더 딤즈데일은 두려움에 몸을 떨며, 싫어도 할 수 없다는 듯한 태도로, 천천히 죽은 사람처럼 차디찬 손을 내밀어 헤스터 프린의 차가운 손을 잡았다. 차갑기는 했지만 이와 같이 손을 맞잡음으로써 두 사람이 만난 순간의 어색함이 제거되었다. 적어도 같은 세계에 살고 있다는 생각이 들었던 것이다.

그 다음 한마디도 꺼내지 않은 채로 —— 어느 쪽이 먼저라고 할 것 없이 이심전심으로 마음이 통해서 —— 둘은 헤스터가 모습을 나타냈던 숲의 나무그늘로 돌아가서는 헤스터와 펄이 좀 전까지 앉아 있던, 나무 밑동에 앉았다. 두 사람은 음산한 하늘과 비바람이 칠 것 같은 기미, 그리고 서로의 건강에 대한 이야기나 질문을 이것 저것 나눌 뿐이었다. 이렇게 함으로써 두 사람은 서로의 마음속 깊이 뿌리를 내리고 있는 화제를 향해 아주 조심스럽게 한 발짝 한발짝 다가가는 것이었다. 운명과 환경으로 인해 오랫동안 떨어져 있었기 때문에 우선 무언가 무난한 화제로 대화의 문을 열어 두 사람의 진짜 생각이 거리낌없이 드나들 수 있도록 하지 않으면 안 되었다.

잠시 후 목사는 헤스터 프린의 눈을 뚫어지게 들여다 보면서 말했다.

"헤스터, 당신의 마음은 편안함을 찾았소?"

헤스터는 가슴을 바라보면서 쓸쓸히 미소 지었다.

"당신은 어때요?"

"아니오. 절망뿐이오. 나 같은 인간이 현재와 같은 생활을 하면서 절망 이외의 것을 바라는 건 우스워요. 내가 무신론자거나 양

심이 없는 남자거나, 거친 동물적인 본능으로 살아가는 천한 남자였다면 훨씬 옛날에 마음의 평안을 찾았을 것이오. 그러나 한번 잃은 평안을 되찾을 수는 없는 것 같소. 원래 내게 부여되어 있던 훌륭한 능력도, 비할 데 없는 천부의 재능도 모두가 영혼을 괴롭히는 힘으로 변해 버렸소. 헤스터, 나같이 비참한 인간은 없을 거요."

"이 고장 사람들은 당신을 존경하고 있고, 당신도 훌륭히 해나가시고 있어요. 그런데도 당신은 마음의 평안을 얻을 수 없으신가요?"

"점점 비참해질 뿐이야. 헤스터, 오히려 비참해져요."

목사는 쓰디쓰게 웃었다.

"내가 훌륭한 일을 하는 것처럼 보일지도 모르지만 그런 것 따윈 난 신용하지 않아요. 그런 것은 그저 환상일 뿐이오. 나처럼 타락한 영혼이 다른 사람의 영혼을 구제하기 위해 무엇을 할 수 있단 말이요? 더러워진 영혼이 남의 영혼을 깨끗하게 해주다니, 말도 안 되지. 이 고장 사람들의 존경도 차라리 경멸과 증오로 바뀌어 버렸으면 하고 바라고 있어요. 설교단에 서면 마치 내 얼굴에서 천국의 빛이라도 나는 양 쳐다보고 있는 수많은 눈을 마주 대해야 하고, 교인들이 진리를 갈망해서 내 이야기에 귀를 기울이는 것을 바라보지 않으면 안 되는데, 마음속을 들여다보면 검은 실체가 싫어도 눈에 띈단 말이오. 이것이 당신에겐 위안이 된다고 할 수 있소, 헤스터? 남의 눈에 비치는 내 모습과 진짜 내 모습의 차이에, 내 마음을 책하면서 비웃은 적도 있소. 그걸 본 악마도 비웃고 있다오."

"그건 당신이 잘못 생각하신 거예요."

헤스터는 상냥하게 말했다.

"당신은 진심으로 회개한 게 아닌가요? 당신의 죄는 당신에게서 멀리 떨어진 배후에 버려지고 먼 과거의 일로 되어 있는 거예요. 당신의 현재 생활은 참으로 이 고장 사람들의 눈에 비친 것과 다름없이 신성 그 자체예요. 이와 같이 훌륭한 봉사로 회개한 것이 진짜가 아닐 리가 없잖아요? 그런데 왜 당신의 마음에 평안을 가져오지 못한다는 말인가요?"

"그렇지 않소. 헤스터, 그런 것은 진짜가 아니오. 차갑게 죽어 버린 것이어서 내겐 아무런 도움도 되지 않소. 하긴 심한 고행을 해오긴 했지만, 그러나 회개는 조금도 하지 않은 거요. 만약 하고 있었다면 이런 거짓 목사옷 같은 거는 진작 벗어 던지고 최후의 심판날에 있을 그대로의 모습을 사람들 앞에 보여 주었을 거요.

헤스터, 당신은 행복해요. 가슴에 당당히 주홍 글씨를 붙이고 있으니까 말이오. 내 주홍 글씨는 누구에게도 알려지지 않고 계속되고 있소. 7년 간의 괴로운 거짓 생활 후에, 내 정체를 알고 있는 당신의 눈을 바라보는 것이 내게 얼마나 평안을 가져다 주는지 당신은 도저히 알 수 없을 거요. 내게 친구라도 있어서 —— 최악의 적이라도 좋아 —— 남의 칭찬을 괴롭게 생각할 때 매일같이 찾아가서 내 정체가 얼마나 밑바닥 죄인인가를 말할 수 있다면, 그렇게 한다면 내 영혼은 더 살 수 있지 않을까 생각해요. 그러나 지금은 모든 것이 거짓이오. 모든 게 공허요. 죽음뿐이란 말이오.”

헤스터 프린은 목사의 얼굴을 응시했으나, 입을 여는 것을 주저했다. 목사는 오랫동안 쌓여 있던 감정을 토로하고 있었기 때문에, 헤스터가 뜻한 바 얘기를 할 수 있는 절호의 기회를 제공해 주었다. 헤스터는 불안한 생각을 억제하면서 입을 열었다.

“당신이 바라고 계시는 친구, 당신의 죄에 대해 함께 울어 줄 친구로 공범자인 제가 있는걸요.”

다시 망설였지만 마음 먹고 이야기를 계속했다.

“말씀하시는 바와 같은 적도 훨씬 전부터 당신과 같은 지붕 밑에서 살고 있어요.”

목사는 깜짝 놀라 숨이 막히는 듯 벌떡 일어서더니 심장을 도려내기라도 하려는 듯 가슴을 쥐어 뜯었다.

“아니, 뭐라고?”

목사가 외쳤다.

“적이라니, 게다가 한지붕 밑이라니, 무슨 소리요?”

헤스터 프린은 이제야 비로소 이 불행한 남자에게 깊은 상처를 입힌 데 대한 책임을 마음속으로 통감했다. 오랜 세월 동안, 아니 그저 한순간이든, 악의에 찬 복수심을 지닌 남자가 하는 대로 내버려 두었기 때문이다. 어떤 가면으로 몸을 숨기고 있었든, 적이 바로 옆에 있었다는 것만으로 아더 딤즈데일같이 감수성이 강한 인간의 경우 그 마음이 교란되기가 쉬웠다.

헤스터가 이런 것에 별로 생각이 미치지 못할 무렵이 있었다. 그렇다기보다도, 자기만의 고통으로 남의 일 같은 것에 마음을 쓸 수 없었고, 헤스터의 눈으로 보면 훨씬 참을 수 있는 운명에 목사가 있는 것 같았기에 그대로 내버려 두었다고 해도 상관없다. 그러나 목사의 철야기도를 목격한 이래 요즘은 목사에 대한 동정의 감정이 강하게 일어나고 있었다. 지금은 목사의 마음을 정확히 알 수 있었다. 목사 곁에 항상 붙어 있는 로저 칠링워스가 주위의 공기를 더럽히는 악의가 담긴 비밀의 독을 흘리고, 목사의 정신적·육체적인 병에 의사로서 공공연히 간섭하는 모든 행위가 잔인한 목적을 위해서였다는 것을 의심치 않았다. 때문에 고뇌에 허덕이는 목사의 양심은 언제나 흥분 상태에 놓이고, 건전한 고통으로 정신을 치유하기는커녕 혼란과 타락의 경향을 띠게 했던 것이다. 이 결과는 현세에서는 광기라는 형태를 취하고 내세에서는 선이나 참됨으로부터의 영원한 소외라는 형태를 취할 수밖에 없게 되는데, 이 내세에서의 소외가 지상에서는 정신 이상으로 나타나는 것이다.

헤스터는 이와 같은 파멸 상태에 일찍이 사랑했던, 아니 분명히 단언해도 좋겠지만, 아직도 열렬히 사랑하고 있는 사람을 몰아넣은 것이었다. 차라리 목사의 명성이나 지위, 목숨을 희생하는 것이 전날 로저 칠링워스에게도 이야기한 바와 같이, 자진해서 선택한 침묵의 길보다도 훨씬 바람직한 것은 아니었을까 하고 헤스

터는 생각했다. 지금 중대한 사실을 고백하지 않으면 안 될 처지
라면, 차라리 숲의 낙엽 위에 쓰러져 아더 딤즈데일 발 밑에서 죽
어 버리는 것이 낫겠다는 심정이었다.

"오, 아더!"

헤스터가 외쳤다.

"날 용서해 주세요! 다른 일에서는 항상 진실하려고 애써 왔어
요. 진실이야말로 내가 틀림없이 지킬 수 있는 유일한 미덕이었
고, 또한 아무리 어려울 때에도 지킬 수 있었어요. 그러나 당신의
행복과 생명, 당신의 명성이 위태롭게 되었을 때에는 예외였던
거예요. 그런 때만은 나도 거짓말을 하고 싶은 생각이 들었어요.
그러나 거짓말을 하지 않기 위해서 죽음의 위협을 받는 일이 있
다고 해도, 역시 거짓말은 나빠요. 내가 말하는 것을 이해하시겠
죠? 그 노인, 그 의사, 로저 칠링워스라 불리고 있는 그 남자는
내 남편이었던 사람이에요!"

한순간 목사는 헤스터를 뚫어지게 바라보았는데, 그 거친 격정
은 갖가지 모습으로 보다 높고 순수하고 부드러운 성질과 뒤엉켜
있었다. 그러나 그것은 악마가 당연한 것으로 요구하고 나아가서
목사의 모든 것을 정복하기 위한 시작에 지나지 않았다. 이처럼
험상궂고 분노한 목사의 얼굴을 헤스터는 일찍이 본 적이 없었
다. 그 표정은 시간으로 따지면 아주 짧았지만 그 모습은 무시무
시했다. 그러나 목사의 성격은 고뇌로 몹시 약해져 있었기 때문
에 그런 보잘것없는 정력조차도 오래가지 못했다. 목사는 이윽고

땅으로 푹 쓰러지더니 두 손으로 얼굴을 가렸다.

"진작 알았어야 했는데……."

목사가 중얼거렸다.

"실은 느끼고 있었는데…… 그 남자를 처음 만났을 때부터, 계속 그의 모습을 볼 때마다 내 마음이 절로 떨렸는 것은 그 비밀을 느끼고 있었기 때문이 아니었을까? 왜 그것을 깨닫지 못했을까? 오! 헤스터 프린, 당신은 이것이 얼마나 무서운 일이었는지 도저히 알 수 없을 거요. 죄로 인해 병든 마음이 복수의 칼을 갈고 있는 인간의 눈앞에 놓여지다니, 잔인하고도 흉한 일이야! 소름 끼치는 추악한 일이야! 당신을 용서할 수 없소!"

헤스터는 울면서 목사 옆의 낙엽 위로 몸을 던졌다.

"벌은 신에게서 받겠어요! 당신에게선 용서를 받아야 하겠어요!"

헤스터는 별안간 격정에 몰려, 양팔을 벌리고 달려들어 목사의 머리를 가슴에 힘있게 안았다. 목사의 뺨이 주홍 글씨에 닿는 것도 개의치 않았다. 목사는 뿌리쳤지만 소용없었다. 헤스터는 놓아 주려고 하지 않았다. 험악한 눈으로 바라보는 것을 참을 수 없었기 때문이다. 세상에서 싫어하는 얼굴을 수없이 대해 왔지만 ──7년이라는 오랫동안, 세상은 이 고독한 여인을 눈의 적으로 삼아 왔지만 ── 그래도 꾹 그것을 참았을 뿐만 아니라 슬픈 듯한 눈을 한 번도 그들로부터 돌린 적은 없었다. 신 또한 찌푸린 얼굴을 보여주었지만 헤스터는 죽지 않았다. 그런데도 이 창백하고 연약하고, 죄의 슬픔에 지친 사람에게서 무서운 얼굴을 본다는 것은 헤스터에게는 참을 수도 없고 앞으로 살아갈 수도 없는 일이었다.

“용서해 주시겠죠?”

같은 말을 몇 번이고 되풀이했다.

“무서운 얼굴을 하지 마세요. 용서해 주시겠죠?”

“용서해요, 헤스터.”

목사는 간신히 그렇게 대답했다. 슬픔의 구렁텅이에서 울려나오는 듯한 괴로운 목소리였지만 분노는 담겨져 있지 않았다.

“이제 진심으로 용서하겠소. 신이 우리 두 사람을 용서해 주시도록 빌어야겠소. 헤스터, 우리들이 이 세상에서 가장 악한 죄인인 것은 아니야. 더러워진 목사보다도 더욱 악한 인간이 하나 있기 때문에. 그 노인의 복수는 내 죄보다도 훨씬 더하오. 그 남자는 냉혈 동물같이 신성한 인간의 마음을 짓밟았으니까 말이오. 당신이나 난 그런 짓은 하지 않았소, 헤스터.”

“절대로 하지 않았어요.”

헤스터가 속삭였다.

“우리들이 한 일은 그 나름으로 신성한 것이었는걸요. 그렇게 생각하고 있었고, 그렇게 둘이서 얘기한 적도 있잖아요. 벌써 잊으셨어요?”

“목소리가 커요, 헤스터.”

아더 딤즈데일은 땅에서 일어섰다.

"아니, 잊지 않았소."

두 사람은 쓰러진 이끼 낀 나무 밑동에 나란히 앉아, 서로 손을 꼭 잡았다. 두 사람의 인생에서 이처럼 음울한 시간이 찾아든 일은 없었다. 이 순간을 향하여 두 사람의 걷는 길은 전부터 죽 계속된 것이었지만 몰래 앞으로 나아감에 따라 점점 더 어두워질 뿐이었다. 그래도 두 사람은 움직일 줄을 몰랐고 더욱더 시간이 오래 지속되었으면 하고 바랐다. 두 사람 주위의 숲은 어두컴컴하고 지나가는 바람이 우우 소리를 내고 있었다. 나무의 큰 가지는 머리 위에서 묵직하게 흔들리고, 오래된 나무가 서로 슬픈 듯 잉잉거리고 있는 모습은 그 밑에 앉아 있는 두 사람의 슬픈 이야기에 관해 말을 주고받는 것 같기도 하고 장래의 재난을 예언하는 것 같기도 했다.

그래도 두 사람은 그곳을 떠나는 것을 망설이고 있었다. 보스턴으로 돌아가는 길이 그 얼마나 쓸쓸하게 보였는지 몰랐다. 헤스터 프린은 다시 오욕의 무거운 짐을 짊어져야 하며, 목사에게는 명성이라는 공허한 모조품이 기다리고 있는 것이다.

때문에 그들은 발걸음을 뗄 수가 없었다. 금빛의 햇빛마저도 지금의 이 음산한 숲속의 어둠만큼 소중하지는 않았다. 오로지 목사만이 있었기에 주홍 글씨도 타락한 여인의 가슴에 타 들어갈 필요는 없었다. 그리고 헤스터 이외의 누구도 없었기에 신과 인간을 배반한 아더 딤즈데일 목사 또한 아주 한순간이라도 진실할 수 있었다.

목사는 문득 떠오른 생각에 별안간 큰 소리를 질렀다.

"헤스터, 야단 났소! 로저 칠링워스가 당신이 정체를 폭로하려는 것을 알고 있다면, 우리들의 비밀을 그냥 숨겨 두고 있을까? 이번엔 어떤 형태로 복수해 올 것 같소?"

"그 사람의 성질에는 묘하게도 비밀을 좋아하는 데가 있어요."

헤스터가 생각하면서 대답했다.

"그것이 남 모르게 복수하고 있는 동안에 더욱 심해지고 있어요. 그 사람이 비밀을 폭로하는 일 따위는 하지 않으리라고 생각해요. 틀림없이 다른 방법을 생각해 내서 어두운 격정을 만족시키려 할 거예요."

"그럼 나는, 무서운 적과 같은 공기를 호흡하고 있는 난 어떻게 살아가면 좋을까?"

아더 딤즈데일은 몸을 웅크리면서 외치고, 모르는 사이에 버릇이 된 동작으로 근심스러운 듯 손을 가슴에 얹었다.

"생각해 봐요. 헤스터, 당신은 강해. 내 대신 결정해 줘요."

"그 사람과 같이 지내는 것을 그만 두세요."

헤스터는 천천히 힘있게 말했다.

"당신의 마음을 더 이상 그 사악한 눈앞에 드러내 놓아선 안 돼요."

"그러기보다는 죽는 게 낫겠지."

목사가 대답했다.

"피할 길은 없을까? 어떤 길이 내게 남겨져 있소? 그 남자의 정체를 알려주었을 때 내가 몸을 던졌던 이 마른잎 위에 다시 한 번 쓰러지라는 말이오? 여기 쓰러진 채 죽어야 한단 말이오?”

“슬퍼요. 당신이 그렇게도 약해지셨다니!”

헤스터의 눈에 별안간 눈물이 괴었다.

“몸이 쇠약해져서 그렇게 약해지신 거예요? 그밖엔 원인이 없잖아요?”

“신의 심판이야.”

양심의 가책을 받고 있는 목사의 대답이었다.

“내가 도저히 맞설 수 없는 강력한 심판이오.”

“신에게도 자비스러운 마음은 있어요.”

헤스터가 대답했다.

“다만 당신에게 그걸 붙잡을 힘이 있는가가 문제예요.”

“날 위하여 당신은 굳세 주었으면 해요. 어떻게 하면 좋소? 알려 줘요.”

“세상이 그렇게 좁은 것일까요?”

헤스터 프린은 목사의 눈을 뚫어지게 들여다 보면서 외치더니, 바로 서 있을 수 없을 정도로 수척하고 황폐해진 남자의 정신에 본능적으로 자력을 불어넣고 있었다.

“이 세계가 저 마을 속에만 있는 것일까요? 저 고장도 얼마 전까지는 나뭇잎이 쌓인 황야로서 지금 우릴 둘러싸고 있는 숲속과 마찬가지로 쓸쓸한 곳이었지 않았나요? 저 숲의 오솔길은 어디로 이어진 것일까요? 당신이라면 보스턴으로 돌아가는 길이라고 말

쓸쓸하시겠죠. 그건 틀림없이 그래요. 그러나 더 멀리까지 계속되어 있어요. 점점 황야 깊숙히 들어가서 발걸음조차 사람 눈에 띄지 않을 거예요. 여기서 몇 마일 가면 노란 낙엽 위에 백인의 발자국 따윈 그림자도 없을 테니까요. 그곳까지 가면 당신은 자유의 몸이 될 수 있어요. 조금만 걸어가면 당신은 비참했던 세계로부터 해방되어 다시 행복해질 수 있는 세계가 열려 있는 거예요. 이 광대한 숲속에, 로저 칠링워스의 눈을 피해서 당신의 마음을 숨길 수 있는 나무 그늘이 없다고 말씀하시는 거예요?"

"있기는 있소, 헤스터. 그러나 그것은 낙엽 밑뿐이오."

목사는 서글픈 미소를 띠면서 대답했다.

"또한 바다라는 드넓은 길도 열려 있어요."

헤스터가 계속했다.

"당신은 바다를 건너 여기 왔어요. 당신이 그럴 생각만 있다면 바다가 다시 데려다 줄 수 있어요. 태어난 고향으로 돌아가서 어느 벽촌이나 큰 도시인 런던, 또는 독일이나 프랑스, 유쾌한 이탈리아에라도 가 버리면, 그 사람의 힘도 미치지 못하고 알지도 못할 거예요. 게다가 저런 쇠붙이같이 냉혹한 보스턴 사람들과 부딪칠 필요도 없을 거예요. 그 사람들 때문에 지금까지 당신은 속박돼 있었던 거예요."

"그렇게는 할 수 없소."

마치 꿈을 실현시키라는 말이나 들은 것처럼 귀를 기울이고 있던 목사가 대답했다.

"내겐 갈 힘이 없소. 죄를 지어 비참한 몸이 됐지만 신이 날 있게 해주신 세계에서 일생을 마칠까 하오. 내 영혼이 방황하고는 있지만 남의 영혼을 위해 할 수 있는 한 해볼 작정이오. 나는 영혼의 파수꾼으로서는 불충실한 인간이며, 어려운 그 직무가 끝났을 때는 죽음과 불명예의 형벌을 받을 각오를 하고 있지만 지금의 임무를 내던질 생각은 없소."

"당신은 7년 간이나 비참하고 무거운 짐에 짓눌려 왔어요."

헤스터는 자신의 정력으로 상대의 기운을 북돋으려는 듯 강렬한 어조로 자신있게 말했다.

"당신은 이 무거운 짐을 벗어던지고 가지 않으면 안 돼요! 숲의 오솔길을 걸을 때 그것들이 거치적거려서는 안 돼요! 바다를 건너기를 원한다면 그런 것들이 뱃길에 방해가 되어서는 안 돼요! 비참한 잔해는 그것이 일어난 곳에 두고 가면 되는 거예요. 이제 구애받을 건 없어요. 죄다 새로이 시작하는 거예요! 한 번 실패했다고 해서 꿈까지 잃어 버렸다는 말씀인가요? 그건 말도 안 되는 일이에요. 미래는 아직도 기회와 성공이 가득찬 채 당신을 기다리고 있어요. 행복해질 수도 있어요! 선행을 쌓을 수도 있어요! 이 거짓 생활을 진실의 생활로 바꾸는 거예요!

인디언의 교사나 전도사가 되는 것도 좋을 거예요. 당신의 마음이 그와 같은 사명을 느낀다면 말이죠. 그렇지 않으면 문명사회의 현인이나 명사들처럼 학자나 현인이 되는 건 어때요? 당신 성격에 어울린다고 생각해요. 설교를 하세요! 책을 쓰세요! 행동을 하는 거예요! 쉽사리 죽어 버리는 일 외에는 무어든 하세요! 아더 딤즈데일이란 이름을 버리고 다른 훌륭한 이름, 공포도 치욕도 느끼지 않고 사용할 수 있는 이름을 붙이면 되는 거예요! 당신의 생명을 들볶는 괴로움 속에서 왜 단 하루라도 우물쭈물해야만 합니까? 당신의 의지와 행동은 이렇게도 연약하게 되었는데요. 회개할 힘마저 없을 정도로 되었어요. 자, 마음을 다잡고 기운을 내세요!"

"오, 헤스터!"

하고 아더 딤즈데일은 외쳤는데, 그의 눈에 헤스터가 온 정열을 다해 일으켰던 약하디 약한 불빛이 한순간 타오르는가 하더니 이내 다시 꺼져 버렸다.

"무릎조차 가눌 수 없어 후들거리는 사람더러 지금 뛰라고 하는 거요? 난 이곳에서 죽을 작정이야. 넓은 미지의 험한 세계를 돌진해 갈 기력도 용기도 내게는 남아 있지 않아요, 혼자서는."

극도로 쇠약해져 마치 패배자가 되어 버린 듯한 목사의 이야기였다. 목사에게는 손을 뻗으면 닿는 곳에 행복이 있더라도 붙잡을 힘이 부족했다.

목사는 다시 같은 말을 되풀이했다.

"혼자서는 말이오, 헤스터!"

"혼자서는 보내지 않겠어요!"

낮고 속삭이는 듯한 헤스터의 대답이었다.

이렇게 해서 모든 것이 이야기된 것이다.

빛의 홍수

아더 딤즈데일은 헤스터의 얼굴을 희망과 환희에 빛나는 눈으로 응시했는데 불안한 빛은 감출 수 없었다. 자신은 분명하게 말할 수 없었던 것을 명확하게 결정 지어 버린 헤스터의 대담함에 두려움 같은 감정을 품고 있었다.

헤스터 프린은 타고난 용기를 바탕으로 자신이 뜻한 바 일을 실행하는 성격이었으며, 오랫동안 세상에서 멀어져 있었을 뿐만 아니라 따돌림을 받았던 관계로 목사는 생각할 수도 없는 자유로운 사고방식에 익숙해져 있었다. 이 여인이 안내자도 없이 방황해 온 정신의 황야는 지금 두 사람의 운명을 결정하고 있는 울창하고 인적이 드문 숲에 뒤지지 않을 만큼 광대하고 복잡하며 그림자가 짙은 것이었다. 헤스터의 머리와 마음은 말하자면 사막을 거처로 하여 숲속의 인디언처럼 자유로이 방황하고 있었다. 지금까지 수년 간 목사나 당국자가 설정한 인간 사회의 제도와는 거리가 먼 국외자의 입장에서 그것들을 비판하며 살아왔으며, 목사의 가운에 늘어뜨린 폭 넓은 깃, 법복, 처형대, 교수대, 난롯가, 교회 등에 대해서도 인디언이 느끼는 정도의 존경심밖에 갖고 있지 않았다. 이 세상에서의 운명의 흐름이 헤스터를 자유로운 여인으로 만들고 있었다. 주홍 글씨는 다른 여인이 발을 들여 놓지 못하는 곳까지 드나들 수 있는 통행증이었다. 치욕, 절망, 고독! 이것들이 헤스터에게는 준엄하고 과격한 교사로서 굳센 인간으로 만들어 주었지만 잘못된 것도 대단히 많이 가르쳐 주었던 것이다.

이에 반해 목사는 세상의 일반적인 규범을 일탈하는 행위와는 관계가 없는 인간이었다. 극히 신성한 규범의 하나를 두려움에 떨면서 어긴 것이 꼭 한 번 있을 뿐이었다. 그것은 정열에 못 이겨 범한 죄이지 주의나 주장에 따라 범한 죄는 아니었다. 그때부터 비참함을 느끼던 목사가 병적일 만큼 열심히, 그리고 면밀하게 지켜온 것은 행위가 아니라 —— 행위라면 고치기가 쉬웠겠지만 —— 모든 감정의 희미한 흔들림이었으며 자신의 모든 생각이었다.

당시의 목사가 그랬던 것처럼, 딤즈데일 목사도 사회 조직의 정점에 자리 잡고 있었기 때문에 그만큼 더욱 사회 규범이나 여러 주의·주장, 편견에 의해 자유를 빼앗기고 있었다. 목사이기 때문에 그가 소속된 사회의 틀 속에 갇히는 것은 피할 수 없는 일이었다. 죄를 범하고서 치유할 수 없는 상처의 아픔 때문에 양심이 편안하지 못할 뿐 아니라, 애처로울 정도로 민감해져 있는 인간이기 때문에 죄를 범한 일이 없는 경우보다도 더욱 안전하게 도덕의 영역에 몸을 두고 있다 해도 좋을 정도였다.

7년 간에 걸친 따돌림을 받은 헤스터 프린의 치욕의 세월은 지금 이 순간을 위한 준비 기간에 지나지 않았다고 생각해도 좋을 것이다. 그러나 아더 딤즈데일은 어떤가? 이와 같은 남자가 지금 다시 한번 죄를 범하게 되면, 도대체 어떤 구실로 그 죄의 정상참작을 주장할 수 있을 것인가. 구실 따위는 있을 리가 없었다. 오랫동안 심한 고뇌로 쇠약해졌다든가, 마음을 괴롭히는 가책 때문에 정신 상태가 어둡게 혼란스러울 뿐이었다. 스스로 죄인인 것을 인정하고 피해 다닐 것인가, 그렇지 않으면 위선자로서 그대로 머물 것인가, 양심도 어느 쪽이라고 정하지 못하였다.

죽음과 치욕의 위험을 피하고 적의 알 수 없는 책략을 피하려는 것이 인간의 상정인데 쇠약해져 병에 걸린 비참한 모습으로 쓸쓸한 사막 같은 길을 헤매고 있는 이 가련한 순례자는 지금 속죄하고 있는 가혹한 운명 대신 인간적인 애정과 동정, 새롭고 진실된 생활이 한순간 그 모습을 나타낸 것 등을 당당한 이유로 들 수가 없었다. 죄가 인간의 영혼에 만들어 버린 상처는 이 지상의 생활에서 절대로 원상대로 회복될 수 없다는 가혹하고도 슬픈 진리를 이야기해 두지 않으면 안 되겠다. 그 상처는 감시인을 붙여서 굳게 지킬 수는 있다. 적이 영혼이라는 성채로 무리하게 밀고 들어

오지는 않을지도 모르지만, 다음에 습격해 올 때는 이전에 성공했던 길과는 다른 길을 선택할지도 모른다. 그러나 무너진 벽은 아직도 남아 있고, 잊혀지지 않는 승리의 맛을 다시 한번 맛보려는 적이 발소리를 죽이고 다가오고 있는 것이다.

설사 이러한 갈등이 있었다고 해도, 여기서는 상세하게 기록할 필요는 없다. 목사가 도망칠 결심을 한 것, 그것도 단독은 아니라는 것만으로 충분할 것이다.

목사는 생각했다.

'지난 7년 간의 한순간이라도 평화롭고 행복했던 일을 생각해 낼 수 있다면 천국에서의 구원이라는 그 보증을 믿고 계속 참을 수 있을지도 모른다. 그러나 이와 같은 어쩔 수 없는 운명의 신세이므로 처형 전의 사형수에게 허용되는 위안을 붙잡아도 좋은 것이 아닐까? 혹 헤스터가 설득하는 것처럼 이 길이 지금보다 행복한 생활로 이어지는 길이라면, 가령 이 길을 취한다고 해도 훌륭한 장래를 포기하는 것은 아니다. 어쨌든 이 여인과 떨어져서는 조금도 살아갈 수 없다. 이렇게 힘차게 격려해 주고, 이렇게 다정하게 위로해 주고 있지 않는가? 아, 신이여, 눈을 치뜰 용기마저 없는 저를 용서해 주십시오.'

"가는 거예요!"

두 사람의 눈이 마주쳤을 때 헤스터가 결연히 말했다.

일단 결심해 버리니까 기묘한 기쁨의 빛이 목사의 괴로움에 반짝이듯 얹어졌다. 자신의 마음의 토굴에서 막 도망쳐 나온 죄수

가 아직 구원받지 못한, 기독교와는 상관 없는 무법 지대의 거칠
만큼 자유로운 공기를 호흡하듯 들뜬 기분이었다. 말하자면 정신
이 탄력적으로 튀어 올라, 비참함 때문에 지상에서 움츠리고 있
을 때보다도 훨씬 가깝게 하늘을 엿보는 듯한 느낌이었다. 원래
종교심이 강한 기질이었기 때문에, 목사의 반응이 어딘가 광신적
인 데가 있다고 해도 할 수 없는 일이었다.

목사는 놀라고 의심스러워하면서 큰 소리를 질렀다.

"다시 한번 기쁨을 맛볼 수 있을까? 기쁨의 싹 따윈 멸종해 버
렸다고 생각하고 있었는데. 오, 헤스터! 당신은 나의 구원의 천사
요! 나는 병들고 죄로 더러워지고 슬픔으로 까맣게 된 몸을 숲속
낙엽 위에 던졌는데, 당신 때문에 모든 것이 새로워지고, 신비스
러운 신의 영광을 찬미할 수 있는 새로운 힘을 얻은 기분이야! 이
것이 행복이란 거겠지. 왜 이것을 좀더 빨리 발견하지 못했을
까?"

"뒤돌아보는 일은 그만 둬요."

헤스터 프린이 대답했다.

"과거는 사라졌어요! 새삼스럽게 과거를 이러쿵저러쿵 말해서
무슨 소용이 있겠어요? 이 가슴의 표지와 함께 내 과거를 모두 집
어 던지고, 과거 같은 건 없었던 것으로 하겠어요!"

이렇게 말하면서 헤스터는 주홍 글씨를 가슴에서 떼어 멀리 마
른 잎들 사이로 던져 버렸다. 그 신비스런 표지는 개울의 한쪽 기
슭에 내려앉았다. 한 뼘 정도만 더 날아갔어도 물 속에 떨어져 버

려, 시냇물이 지금껏 속삭이고 있는 알 수 없는 이야기 외에 또 하나의 다른 슬픔이 합쳐져 흘러가게 되었을 것이다. 그러나 주홍 글씨는 기슭에 머물러 잃어버린 보석처럼 번쩍이고 있었는데, 누군가 불운한 사람이 지나가다 줍거나 한다면 이상한 죄의 환상과 마음의 쇠약, 끝내는 설명할 수 없는 불행이 따라다니게 되었을 것이다.

오욕의 표지가 없어지고 헤스터가 긴 한숨을 쉬니까 치욕과 고뇌의 무거운 짐이 정신으로부터 싹 사라져 버렸다. 아, 얼마나 유쾌한 해방감인가! 자유를 느끼고서야 비로소 지금까지 자신을 짓눌렀던 중압감을 실감하게 되었다. 새로운 충동이 일어나 헤스터는 머리를 가리고 있던 답답한 모자를 벗어 버렸다. 그 순간 까맣고 윤기 나는 머리카락이 어깨 위까지 쏟아졌다. 그것은 음영을 풍부하게 지녀서 그녀의 얼굴에 부드러운 매력을 더해 주었다. 참으로 여자다운 여인에게서 흘러나오는 밝고 다정한 미소가 입가에 떠올라 눈 언저리에 빛나고 있었다. 오랫동안 창백했던 뺨은 연지를 찍은 것같이 수줍음으로 붉어졌다. 여자로서의 개성과 젊음에 넘치는 아름다움 모두가 과거로부터 되살아나, 처녀 시절의 희망과 지금까지 맛보지 못한 행복과 함께 지금 이 순간 마법의 울타리 속에서 뒤얽혀 있었다.

하늘과 땅의 어둠은 이 두 인간의 마음속에서 흘러나온 것에 지나지 않는 것처럼 슬픔과 함께 사라져 버렸다. 별안간 마치 하늘이 갑자기 미소라도 지은 것같이 햇빛이 비치기 시작해서 어두컴컴한 숲속 깊숙히 넘쳐흘렀다. 그 빛은 푸른 나뭇잎 하나하나를 어루만지고, 누렇게 마른 잎을 황금빛으로 변화시키며 고목의 회색 줄기를 빛내는 것이었다. 지금까지 그림자를 만들고 있던 것이 지금은 모두 빛 그 자체가 되었다. 개울의 흐름은 밝은 광선으로 신비한 숲 깊숙히 이를 수 있는 것 같았는데, 그 어둡고 음울하던 신비도 지금은 기쁨에 넘쳐 있었다.

이와 같이 인간의 규범을 따르는 일도 없고, 보다 높은 진리의 광휘를 받아본 일도 없는 거칠고 이교도적인 대자연은 두 인간의 영혼을 축복해 주었다. 사랑이라는 것은 막 태어난 것이든, 죽음 같은 잠에서 깨어난 것이든 언제나 햇빛을 만들어 내는 것이어서, 마음을 빛으로 넘쳐흐르게 할 뿐만 아니라 바깥 세계도 환히 비추었다. 설사 숲이 이전과 마찬가지로 음울함을 띠고 있었다고 해도 헤스터의 눈에는 빛나 보이고, 아더 딤즈데일의 눈에도 빛나 보였다.

헤스터는 새로운 기쁨에 몸을 떨면서 상대를 응시했다.

"펄과 서로 알아야 할 텐데요. 우리들의 펄인걸요. 그 애와 만난 적은 있어요? 아, 보셨죠. 그러나 이번엔 다른 눈으로 보세요. 그 앤 이상한 애예요. 나도 잘 모를 정도예요. 나와 마찬가지로 그 앨 귀여워해 주세요. 그 애를 어떻게 다뤄야 할지를 가르쳐 주세요."

"그 앤 나와 알게 되는 것을 좋아할까?"

목사는 불안한 듯 물었다.

"난 오랫동안 아이들을 피해 왔소. 그들은 의심하는 듯한 태도를 취하고 나와 친해지는 것을 꺼리거든. 펄을 대하는 것이 조금은 두렵소."

"어머, 가엾게도!"

헤스터가 대답했다.

"그래도 그 앤 당신을 아주 좋아하게 될 거예요. 불러 오겠어요. 펄! 펄!"

"저기 있군."

목사가 말했다.

"저쪽 기슭 햇빛이 비치는 곳에 서 있소. 그럼 당신은 저 애가 나와 사이 좋게 사귈 수 있다고 생각하오?"

헤스터는 생긋 웃고는 다시 펄의 이름을 불렀다. 펄은 목사가 말한 대로, 아치형의 큰 나뭇가지 사이로 햇빛을 받아 마치 환상처럼 빛나고 있었다. 광선의 흔들림에 따라 펄의 모습도 희미해지는가 하면 선명해졌고, 빛의 농도에 따라 현실의 아이가 되는가 하면 요정이 되기도 했다. 펄은 어머니의 목소리가 들려왔기 때문에 천천히 숲을 헤치며 다가왔다.

펄은 어머니가 목사와 이야기하고 있는 동안 지루하지 않았다. 시꺼먼 숲은 속세의 죄나 괴로움을 가지고 들어온 자에게는 준엄하게 보이겠지만, 혼자 있는 아이에게는 최대한으로 놀이 상대가 되어 주었다. 음산하기는 했지만 다시없을 정도의 친절한 표정으로 펄을 맞아 주었다. 덩굴호도나무 열매는 지난해 가을에 열려 새해 봄이 되어야 겨우 익는데, 지금은 마른 잎 위에서 핏방울처럼 빨개져 있었다. 펄은 그 열매를 모아 자연의 정취를 즐겼다. 황야의 작은 동물들도 펄을 위해 일부러 길을 비켜 주지는 않았지만 적대감을 갖지도 않았다. 열 마리쯤의 새끼를 거느린 반시(牛翅)가 펄을 위협하듯 앞으로 뛰어 나왔다가 곧 그런 난폭한 행동을 후회하고, 새끼들에게 무서워하지 않아도 된다는 듯 구구하며 울었다. 낮은 나뭇가지에 앉아 있던 한 마리의 비둘기는 펄이 그 밑에까지 오니까 환영인지 경고인지 알 수 없는 소리로 울었다. 가지가 우거진 높은 나무에 집을 짓고 있던 다람쥐는 화났는지 좋아 날뛰는지 알 수 없는 표정으로 소리를 질렀다. 다람쥐는 화를 잘 내고 익살스런 작은 동물이기 때문에 그 기분을 분간하기는 어려운 일이었다. 어쨌든 펄을 보고 소리를 지르더니, 나무 열매를 하나 머리 위로 던졌다. 이것은 지난해의 것으로서, 벌써 옛날에 날카로운 이빨로 갉아 먹은 것이었다. 낙엽을 밟는 가벼운 발짝 소리에 잠을 깬 여우 한 마리가 수상 쩍은 듯 펄을 바라보았는데, 슬슬 달아나야 하는지 그곳에서 한잠 더 자도 좋은지 갈피를 못 잡는 것 같았다. 늑대도 한 마리 나타나서 펄의 옷 냄새를 맡으며 주위를 맴돌다가 곧 사나운 머리를 내밀어 펄이 가볍게 쓰다듬어 주었다는 이야기도 전해지지만 좀 의심스러운 내용이다. 그러나 어머니인 숲과 거기서 자란 야생 동물들은 이 인간의 자식에게 무언가 야생의 성질을 느꼈다는 것이 이야기의 본질인 것 같다.

게다가 펄은 이 숲속에 있을 때 양쪽에 풀이 자라는 보스턴의 거리나 어머니의 오두막에 있을 때보다도 얌전했다. 꽃도 그것을 알고 있는 모양이어서 펄이 지나가니까,

"나를 가지고 곱게 치장하세요. 귀여운 아가씨, 나를 아가씨의 장식물로 해줘요."

라고 속삭였다. 펄도 꽃을 기쁘게 하기 위해 제비꽃, 아네모네, 매발톱꽃, 게다가 고목이 눈앞에 내민 싱싱한 녹색 나뭇가지 등을 뜯어 모았다. 이것들로 펄은 머리와 가냘픈 허리를 장식해서, 요정과 같은 소녀라고나 할까 어린 나무의 요정이랄까, 어쨌든 태고의 숲과 꼭 호흡이 맞는 모습이 되어 있었다. 펄이 이와 같은 모습으로 몸을 꾸미고 있을 때, 어머니의 목소리가 들렸기 때문에 천천히 돌아왔다. 서두르지 않고 천천히 돌아온 것은 목사의 모습이 보였기 때문이다.

개울가의 아이

"저 애를 몹시 귀여워하게 될 거예요."

헤스터 프린은 목사와 나란히 서서 펄을 바라보며 되풀이했다.

"예쁜 애죠? 대단찮은 꽃들로 저렇게 멋있게 꾸미고 있잖아요. 숲에서 진주와 다이아몬드, 루비를 모았다고 해도 저렇게 꼭 어울리지는 않을 거예요. 멋있어요. 그런데 저 애의 이마가 누굴 닮았는지 난 잘 알고 있어요."

"그런데 말이오, 헤스터."

아더 딤즈데일은 불안한 듯한 미소를 띠면서 말했다.

"당신 옆에 항상 붙어 다니는 저 귀여운 애가 날 얼마나 흠칫흠칫 놀라게 했는지 당신은 모를 거요. 아, 헤스터, 지금 생각해 보면 아주 잘못된 생각이었고, 그것을 두려워하다니, 정말 고통스런 일이었소. 내 이목구비가 저 애의 어딘가에 나타나서, 세상 사람들이 알아차리는 것은 아닐까 하는 생각을 했었소. 그러나 저 애 당신을 꼭 닮았소.”

“아니, 아니에요. 꼭 닮았다니.”

어머니는 부드러운 미소를 띠면서 대답했다.

“좀더 시간이 지나 보세요. 저 애가 누구 자식인지를 파고든다고 해도 두렵지 않을 거예요. 그런데 저 애는 참말 이상할 정도로 예뻐요. 저렇게 꽃을 머리에 꽂으니 마치 저 그리운 영국에 두고 온 요정이 멋지게 치장하고 우리들을 맞고 있는 것만 같군요.”

두 사람은 지금까지 맛보지 못한 감정으로 펄이 천천히 다가오는 것을 바라보고 있었다. 이 아이에게서 두 사람을 맺어 주는 끈이 보였던 것이다. 7년 동안 이 아이는 살아 있는 상형문자로서 세상 사람들 앞에 나타나 있었는데, 거기에는 두 사람이 숨기려고 노력해온 어두운 비밀이 드러나 있었다. 그 상징은 숨길 수 없을 정도로 분명했다. 불꽃의 글자를 읽을 능력이 있는 예언자나 마법사가 있었다면 하는 말이긴 하지만. 펄은 두 사람의 생명이 하나로 융합된 모습이기도 했다. 과거의 죄가 어떤 것이었든, 두 사람이 만나 영겁의 세월을 함께하게 될 육체적인 결합인 동시에 정신적인 표현이기도 한 펄을 눈앞에 보고 있는데, 두 사람의 지상에서의 생명과 내세에서의 운명이 꼭 합쳐지고 있다는 것을 어떻게 의심할 수 있을 것인가. 이런 생각을 아마도 두 사람은 깨닫지 못하고 있었고, 뭐라 단정할 수 없는 다른 생각과 합쳐서 이쪽으로 오고 있는 아이에게 어떤 기품 있는 느낌을 던져 주고 있었다.

"저 애에게 이야기할 때에는 정열이라든가 열성 등 보통과 다른 색다른 태도를 보여주지 마세요."

헤스터가 속삭였다.

"우리들의 펄은 가끔 작은 요정처럼 변덕쟁이고 괴상한 짓을 하는 아이니까요. 특히 이유를 충분히 이해하지 못할 때에는 남이 가까이하는 것을 아주 싫어해요. 그러나 그 애에게는 강한 애정이 있어요. 날 사랑하고 있는 것과 같이 당신을 틀림없이 좋아하게 될 거예요."

목사는 옆의 헤스터 프린을 보면서 말했다.

"당신은 생각도 못할 일이지만, 내 마음은 이런 만남을 아주 두려워하면서도 고대하고 있었소. 그런데 사실 좀 전에도 말한 바와 같이 아이들은 날 잘 따르지 않아요. 내 무릎에 기어오르거나 귀에 대고 얘기하거나, 내 미소에 답하거나 하지는 않는단 말이오. 멀리한 채 이상한 눈으로 날 보고 있어요. 아주 어린애들마저도 내가 안으면 불이 붙은 것처럼 울어대요. 그러나 펄은 아직 어린데도 두 번이나 날 다정하게 대해 주었어. 처음은 당신도 잘 알거요. 두번째는 당신이 그 앨 데리고 완고한 노인인 지사 댁에 왔을 때요."

"그때 당신이 저 애와 날 위해 아주 과감한 변호를 해주셨어요."

어머니가 대답했다.

"잘 기억하고 있어요. 틀림없이 펄도 그럴 거라 생각해요. 조금도 무서워하지 않을 거예요. 처음엔 서먹서먹하고 수줍어하겠지만, 곧 따르게 될 거예요."

이 시간에 펄은 개울가까지 와서 맞은편 기슭에 선 채, 이끼 긴 나무 밑동에 앉아 있는 헤스터와 목사를 꼼짝 않고 바라보고 있었다. 펄이 서 있는 곳의 개울은 마침 물이 깊은 곳이어서 매끄럽고 잔잔한 수면에는 작은 아이의 모습이 그대로 비쳐 있었다. 꽃과 풀로 화환을 만들어 장식한 모습은 아름다운 그림처럼 빛나서, 실제보다도 훨씬 세련되게 보여 이 세상의 존재가 아닌 듯했다. 살아 있는 펄의 모습이었지만, 그 모습에 따르는 짙은 그림자가 이해할 수 없는 느낌을 아이에게 전하고 있는 것같이 보였다. 펄은 어떤 공감의 힘에 뿌리 박힌 듯 햇빛 속에서 빛나고 있었다. 숲의 희미한 빛 사이로 꼼짝 않고 두 사람을 응시하며 서 있는 모습은 어쩐지 이상한 느낌이 들었다. 발 밑의 개울에는 또 하나의 아이가 —— 또 하나 아주 꼭 같은 아이가 —— 황금색 빛에 싸여 있었다.

헤스터는 무언가 분명치 않은 애타는 기분이 들며 펄에게서 멀어지는 듯한 느낌이 들었다. 숲속을 혼자 돌아다니던 아이가 지금까지 어머니와 단둘이 살고 있던 세계에서 길을 잃고 방황하며, 먼저 있던 곳으로 돌아가려고 헛되이 허위적거리고 있는 것같았다.

이런 느낌은 맞기도 했고 틀리기도 했다. 모녀 사이가 멀어지기

는 했지만 그것은 어머니 탓이지 펄 때문은 아니었다. 펄이 어머
니 곁을 떠나 산책에 나선 사이에, 둥근 울타리처럼 되어 있는 어
머니의 애정 속에 다른 인간이 맞아들여져 자신의 자리가 없어져
버렸기 때문이다. 그래서 서서히 돌아온 펄이 항상 있던 자기 자
리를 찾아낼 수 없게 되어 당황하고 있었던 것이다.

"이상한 느낌인지는 모르겠지만 말이오."

예민한 목사가 말했다.

"저 개울은 두 세계의 경계선이어서 당신은 두번 다시 펄을 만
날 수 없을 것 같은 생각이 들어요. 그렇지 않으면 저 아이는 어
린애들 동화에 나오는 요정으로, 개울을 건너는 것이 금지되어
있는지도 몰라. 저 애를 빨리 오라고 해줘요. 이렇게 시간을 끌면
내 신경이 예민해지기 시작하니까."

"이리 와, 착하지."

헤스터는 재촉하듯이 말하며 두 팔을 벌렸다.

"왜 우물쭈물하지? 이렇게 꾸물댄 적은 지금까지 없었잖아? 여
기 계신 분은 엄마의 친구야. 네 친구도 되는 거야. 앞으론 엄마
혼자 때보다 두 배나 더 귀염을 받을 거야. 그 개울을 뛰어 넘어
서 이리 와요. 작은 사슴처럼 뛰어 넘을 수 있지?"

펄은 이와 같이 달콤한 말에 대답하려고도 하지 않고 개울 맞은
편에 서 있었다. 밝고 생기 있는 눈으로 어머니와 목사를 번갈아
바라보다 둘을 동시에 바라보기도 했는데, 두 사람의 관계를 알
아내서 자기 자신에게 이해시키려는 것 같았다. 아더 딤즈데일은

주홍 글씨

아이의 시선이 자신에게 쏠리는 것을 느꼈을 때 어째서인지는 몰랐지만, 무의식적일 정도로 습관이 되어 버린 동작으로 손으로 가슴을 눌렀다. 이때 펄은 기묘하게도 위엄 있는 태도로 팔을 뻗치더니 둘째손가락으로 어머니의 가슴을 분명히 가리켰다. 발 밑 수면에는 이런 모습이 햇빛을 받아 빛나고 있었다.

"참, 이상하네. 왜 엄마한테로 오지 않지?"

헤스터가 외쳤다.

펄은 눈살을 찌푸린 채 여전히 손가락으로 헤스터의 가슴을 가리켰다. 그것은 갓난애와도 같은 표정이어서 더욱 인상적이었다. 어머니가 손짓을 하면서 점잔 빼는 듯한, 언제나와 다른 미소를 얼굴 가득 띠고 있었기 때문에 더욱더 아이는 화난 듯한 표정과 태도로 발을 굴렀다. 개울에도 눈살을 찌푸린 채 팔을 내뻗고 있는 아이의 모습이 환상적으로 선명히 나타났다.

"빨리 와, 펄! 엄마 화나요!"

헤스터는 소리 질렀다. 아이의 이런 행동에 익숙해져 있었지만 때가 때인 만큼 보다 나은 태도를 바랐다고 해도 무리는 아니었다.

"개울을 건너 이리로 뛰어와! 참말 못 쓰겠어! 그렇잖음 엄마가 그리로 갈 거야. 알아듣겠니?"

그러나 펄은 아무리 어머니가 달래도 마음이 풀어지지 않는 것 같았고, 아무리 위협해도 꼼짝도 안하다가 별안간 분노를 터뜨리더니 난폭하게 두 팔다리를 버둥거리며 작은 몸집을 마구 비틀었

다. 이 격렬한 발작과 함께 무엇에 찔리는 듯한 비명을 질렀기 때
문에 숲속 곳곳에 울려퍼졌다. 영문을 알 수 없는 분노에 날뛰고
있는 것은 펄 혼자였지만, 어딘가 숨어 있는 무수한 자들이 이 아
이에게 동정과 격려를 보내고 있는 것 같았다. 개울에는 아직 꽃
의 왕관을 쓴 펄이 발을 구르며 거친 몸짓으로 날뛰고 있는 모습
이 비치고 있었는데, 그 속에서도 작은 손가락은 헤스터의 가슴
을 가리킨 채였다.

"저 애가 언짢아 하는 까닭을 알았어요."

헤스터는 목사에게 속삭였는데, 당황함을 숨기려고 힘껏 노력
했에도 불구하고 안색이 창백해져 있었다.

"아이들이란 낯익은 모습이 조금만 바뀌어도 용납하지 못해요.
펄은 내가 항상 붙이고 있던 것을 떼 버린 것을 알아차린 거예
요."

"헤스터, 부탁해요."

목사가 말했다.

"저 애를 달랠 수 있는 방법이 있다면 즉시 해줘요. 히빈즈 부
인처럼, 나이 먹은 마녀의 보기 흉한 분노처럼 아이가 저렇게 성
내는 것은 보기 힘든 일이야. 펄과 같이 귀여운 애에게도 주름투
성이 마녀와 다름없는, 초자연이라고 할 수 있는 힘이 있거든. 날
사랑하고 있다면 저 앨 달래 줘요."

하고 억지로 웃으면서 덧붙였다.

헤스터는 얼굴을 붉힌 채 옆의 목사를 힐끗 보고서 깊은 한숨을

쉬며 펄 쪽으로 돌아섰다. 그러나 입을 열기 전에 뺨의 홍조는 죽
은 사람처럼 창백해져 있었다.

"펄!"

하고 슬픈 듯 부르더니,

"네 발 밑을 봐. 거기야, 네 바로 앞에 말이야. 개울 이쪽이야."

아이는 일러준 곳을 보았다. 주홍 글씨는 개울 흐름에 닿을 듯
한 곳에 떨어져 있었으므로 금실 자수가 물에 비쳤다.

"그걸 이리로 가져와."

헤스터가 말했다.

"엄마가 가지러 와요."

펄이 대답했다.

"무슨 애가 저럴까."

헤스터는 옆의 목사에게 말했다.

"아, 저 애에 대해 하고 싶은 얘기가 많아요. 어쨌든 사실 저 보
기 싫은 표지에 관해서는 역시 저 애가 옳은 거예요. 난 앞으로
얼마 동안 저 괴로움을 참지 않으면 안 되겠어요. 며칠이면 되겠
죠. 이 고장을 꿈의 세계같이 회상할 수 있게 되기까지는 말이에
요. 이 표지는 숲에 숨기거나 할 수는 없군요. 넓은 바다라면 내
손에서 빼앗아 영원히 삼켜 버릴 수 있을 텐데."

이렇게 말하면서 헤스터는 개울가까지 걸어가더니 주홍 글씨를
집어들어 다시 가슴에 붙였다. 바로 전까지 헤스터는 주홍 글씨
를 깊은 바다 속에 집어넣을 희망에 부풀어 있었는데, 운명의 손

에서 이 지긋지긋한 표지를 받은 지금은 피할 수 없는 숙명감에 사로잡혀 있었다. 무한한 공간에 던져 버리고 모처럼 자유스러운 공기를 마시고 있는데, 이제 다시 주홍 글씨의 비참함이 원래의 장소에서 번쩍이고 있는 것이다. 어쨌든 죄악은 이렇게 분명한 형태를 취하든, 그렇지 않든 숙명과 같은 성격을 띠고 있는 것이다. 곧 헤스터는 윤기 흐르는 머리를 쓸어올려서 모자 밑에 틀어넣어 버렸다. 이 슬픈 글자에 힘을 빼 버리는 마법이라도 숨겨져 있는 것처럼, 따뜻하고 풍요한 여자다움이 희미해지는 햇빛처럼 사라져 버리고 잿빛 그림자가 쏟아지는 것 같았다.

이 울적한 변화가 일어났을 때 헤스터는 펄에게 손을 내밀었다.

"이제 엄마를 알겠지, 펄?"

하고 책망하는 것같이 물었지만 어조는 부드러웠다.

"개울을 건너와서 엄마라고 불러 줘. 이 치욕의 표지를 붙였기 때문에…… 엄마는 슬프니까."

"좋아요. 그렇게 할게요."

아이가 대답하더니 개울을 단번에 뛰어 넘고서 헤스터를 양팔로 껴안았다.

"내 엄마예요, 난 엄마의 펄이에요."

보통 때는 볼 수 없는 다정한 모습으로 펄은 어머니의 얼굴을 끌어 당기더니 이마와 두 뺨에 입맞추었다. 그러나 어머니를 기쁘게 할 때에도 괴로움의 아픔도 함께 주지 않을 수 없다는 듯 펄은 주홍 글씨에도 입맞춤을 했다.

“엉뚱한 짓을 하는구나.”

헤스터가 말했다.

“엄마를 좀 사랑하는가 했더니 이젠 놀리는군.”

“왜 목사님은 저기 앉아 있어요?”

펄이 물었다.

“널 만나려고 기다리고 있어.”

어머니가 대답했다.

“자, 축복해 달라고 해. 목사님은 말이야, 펄이 아주 좋대. 그리고 엄마도 말이야. 너도 목사님이 좋아지겠지? 자, 너와 이야기하고 싶어하셔요.”

“목사님은 우릴 좋아하나요?”

펄이 영리한 눈으로 어머니의 얼굴을 쳐다보았다.

“우리와 손잡고, 셋이 같이 거리로 돌아가 주시겠죠?”

“지금은 안 돼, 펄.”

헤스터가 대답했다.

“그러나 앞으로 얼마 안 있으면 우리와 같이 걸어 주실 거야. 우리들 셋의 따뜻한 집이 생기는 거야. 무릎에 앉아도 돼. 많은 것을 가르쳐 주시고 귀여워해 주실 거야. 너도 목사님을 좋아하겠지?”

“왜 항상 가슴에 손을 얹고 있을까요?”

펄이 물었다.

“바보 같으니! 그런 걸 다 묻게.”

어머니가 외쳤다.

"자, 빨리 축복해 달라고 해."

그러나 귀염을 받고 있는 아이가 예외없이 자기 입장을 위태롭게 하는 상대에게 본능적으로 나타내는 질투심이 작용했는지, 괴상한 성질의 변덕 탓인지, 펄은 목사에게 다가갔으나 뒷걸음질치며 싫어서 견딜 수 없다는 기분을 갖가지로 얼굴에 나타냈다. 펄은 어린애 때부터 참으로 많은 표정을 지어 보였는데, 얼마든지 마음대로 표정을 바꿀 수 있었으며 그 하나하나에 각기 다른 악의가 담겨져 있었다.

목사는 몹시 당황했다. 그러나 키스라도 해주면 아이가 좀더 다정해질 것이라고 생각했기 때문인지 허리를 굽혀 펄의 이마에 키스해 주었다. 그런데 펄은 어머니의 손을 뿌리치고 개울로 달려가더니, 거기서 웅크리고 기분 나쁜 키스가 씻겨지도록 이마를 물로 씻어 버리고, 물의 흐름을 타고 멀리까지 흩어질 때까지 이마를 적시고 있었다. 그러고 나서 목사를 뚫어지게 바라보며 꼼짝 않고 서 있었다. 그 동안 두 사람은 이야기를 진행시키며 앞으로 필요한 여러 준비물과 당장 해결해야 할 일 등에 대해 의논했다.

이렇게 해서 두 사람의 운명적인 만남은 끝나 버렸다. 작은 골짜기는 어두운 고목들 사이에 쓸쓸하게 남겨졌다.

고목은 수많은 혀로 그곳에서 일어난 일을 언제까지나 이야기하겠지만, 인간은 누구 하나 알 수 없을 것이다.

우울한 개울은 그 작은 마음에 가득 짊어지고 있는 수수께끼에
다 이 새로운 이야기를 하나 더 첨가하게 되었는데, 구슬프게 속
삭이던 그때까지의 오랜 세월에 비해서 아주 조금도 명랑해지지
않았다.

미로에 선 목사

    헤스터 프린과 펄보다 한발 먼저 출발한 목사는 뒤를 돌아 보았다. 어렴풋이 보이는 어머니와 아이의 얼굴 모습이나 윤곽이 숲의 희미한 빛 속으로 영원히 사라지는 것은 아닐까 하는 염려도 들었다. 이처럼 커다란 인생의 변화를 현실로 받아들일 수 없었기 때문이다. 그러나 잿빛 옷을 입은 헤스터는 여전히 나무 밑동 옆에 서 있었다. 이 먼 옛날의 돌풍에 쓰러져 오랜 세월 이끼만이 잔뜩 긴 고목에서 두 숙명적인 인간이 현세의 가장 무거운 짐을 짊어진 채 앉아 잠시의 휴식과 위안을 찾을 수 있었던 것이다. 게다가 방해가 되는 제3자인 펄이 없었기 때문에 더 많은 이야기를 나눌 수 있었다. 그러나 곧 펄은 개울가에서 경쾌하게 깡충깡충 뛰어와서는 어머니 옆에 언제나와 같이 서 있는 것이 보였다. 그러니까 목사는 잠들어 꿈을 꾼 것은 아니었다.

이와 같이 이중 촬영된 것처럼 희미해진 인상이 마음을 기묘한 불안으로 괴롭히는 것을 털어 버리기 위해 목사는 헤스터와 함께 세운 출발 계획을 떠올리고 더욱 정성껏 검토했다. 사람도 많고 큰 도시가 있는 구대륙이 인디언의 오두막이나 유럽인의 개척지가 해안을 따라 드문드문 흩어져 있는 데 지나지 않는 뉴잉글랜드, 그리고 미국 각지의 황야보다는 더욱 적절한 피난처가 될 것이라고 두 사람 사이에 결정되어 있었다. 목사의 건강이 숲속 생활의 고난을 견디기에는 너무 나빠져 있는 것은 물론이고, 그의 타고난 재능과 교양, 모든 인격으로 보아서도 문명과 진보 속에서만 안주의 땅을 찾아낼 수 있음에 틀림없었다. 이 문명과 진보의 상태가 높으면 높을수록 두 사람이 적응하기 쉬울 것이다.

이런 결단을 돕기라도 하듯 한 척의 배가 머물고 있었다. 그것은 당시 흔히 볼 수 있는 정체가 수상한 순항선으로서, 범법선은 아니었지만 그래도 꽤 무책임하게 해상을 배회하고 있었다. 이 배는 카리브해 연안 부근에서 최근에 왔는데, 사흘 후에는 브리스틀을 향해 출항하게 되어 있었다. 헤스터 프린은 자선 간호회원이라는 직무상 선장 및 선원들과 안면이 있었기 때문에, 어른 둘과 아이 하나의 배편을 부탁하면서 비밀을 지켜줄 것을 간청했다.

목사는 배가 출항하는 정확한 시산을 헤스터에게 물을 때 아주 흥미있는 듯한 태도를 보여주고 있었다. 나흘 후에 떠난다는 대답을 듣고 목사는,

"아주 다행이야."

라고 혼자 중얼거렸다. 딤즈데일 목사가 이렇게 생각한 이유는 말하기가 망설여진다. 그러나 독자에게 무엇 하나 숨기지 않기 위해 말한다면, 이날부터 사흘째 되는 날에 목사는 지사 취임 축하 설교를 하게 되어 있었던 것이다(1648년경까지 매사추세츠의 지사 선거는 매년 5월이나 6월에 행해지고 그 축하 설교를 하는 것이 목사로서 최고의 명예였음). 이것은 뉴잉글랜드의 목사에게는 아주 큰 명예였기 때문에, 성직을 떠나려고 함에 있어서 이처럼 적절한 사임 방법, 적절한 시기를 만나기는 어려울 것임에 틀림 없었다. 사람들에게서 적어도 목사로서의 의무를 소홀히 하거나 잘못한 일은 없었다는 소리를 듣고 싶은 것이 이 모범적인 목사의 생각이었다. 이 가엾은 목사만큼 깊고 날카로운 자기 반성을 하는 사람이 이처럼 비참하게 기만당한다는 것은 실로 슬픈 일이라 하지 않을 수 없다. 이 남자에 대해 지금까지 이것 저것 고통스런 이야기를 해왔고, 또 앞으로도 하지 않으면 안 된다.

그러나 지금 목사의 이 생각만큼 불행을 초래한 적은 없을 것이다. 훨씬 옛날부터 이런 성격의 근본이 미묘한 병의 침식을 받아왔는데, 이것이 이처럼 미약하면서 동시에 부정하기 어려운 증거로 된 일은 없을 것이다. 누구나 아주 오랜 기간에 걸쳐 자신에게 보이는 얼굴과 남에게 보이는 얼굴을 구별하다 보면 어느 쪽 얼굴이 진실인지 당황할 때가 있다.

헤스터와 헤어져서 돌아오는 도중 딤즈데일의 감정은 흥분되

어, 보통 때는 볼 수 없는 힘이 솟아나 빠른 걸음으로 길을 갈 수 있었다. 숲속의 길을 갈 때 보다도 훨씬 거칠고 울퉁불퉁한 방해물이 많은 데다가 사람들의 발자취도 적은 것 같았다. 그러나 목사는 물이 괸 웅덩이를 뛰어넘고 거치적거리는 잡초들을 헤치며 언덕길을 오르고, 움푹 팬 곳에 뛰어들었다. 결국 자기도 놀랄 정도의 지칠 줄 모르는 기력으로 험한 길을 헤쳐나갔다. 바로 이틀 전, 같은 이 길을 힘없이 몇 번이고 쉬고, 숨을 돌리면서 터벅터벅 걸어갔던 것을 생각하지 않을 수 없었다.

보스턴의 거리에 가까이 왔을 때 눈앞에 나타나는 수많은 낯익은 풍경이 아주 낯설게 느껴졌다. 이 풍경을 뒤로 한 것이 하루 이틀 전이 아니고 며칠 또는 몇 년 전의 일같이 생각되었다. 확실히 거리의 모습이 그대로이고 박공이 붙은 집마다의 특징도 그대로며, 분명히 이곳이었지 하고 생각해 낸 곳에는 반드시 바람개비도 붙어 있었다. 그럼에도 불구하고 모든 것이 변해 버렸다는 느낌이 집요하게 머리를 들었다. 도중에서 만난 사람들이나 작은 거리의 낯익은 인간 생활의 갖가지 모습에 대해서도 같은 말을 할 수 있었다. 사람들이 나이를 더 먹거나 젊거나 해서가 아니었다. 노인의 흰 턱수염이 늘어난 것도 아니고 어제 기어 다니던 어린애가 오늘은 걸어 다니는 것도 아니었다. 바로 어제 헤어질 때 인사를 한 사람들과 어떻게 다른지 설명하기는 불가능했다. 그러나 목사의 뿌리 깊은 위화감은 사람들이 변해 버렸다는 것을 알리는 것 같았다.

자기 교회의 벽을 지나갈 때도 마찬가지 인상을 받아 놀라 버렸
다. 건물 그 자체가 낯선 모습을 하고 있음과 동시에 낯익은 모습
도 하고 있었기 때문에 딤즈데일의 마음은 두 생각 사이에서 흔
들리고 있었다. 지금까지 꿈속에서만 교회를 보았던가, 그렇지
않으면 지금 꿈을 꾸고 있는 것인가?

이런 현상은 갖가지 형태를 취하여 나타났는데, 외계의 변화가
아니라 언제나와 같은 장면을 바라보는 인간의 마음에 중대한 변
화가 일어났기 때문에, 그 사이의 단 하루가 마치 몇 년이 흐른
것처럼 작용을 하는 것이었다. 목사의 의지와 헤스터의 의지, 그
두 의지 사이에서 태어난 운명이 이와 같은 변화를 가져온 것이
다. 전과 같은 거리였지만 숲에서 돌아온 목사는 딴사람이 되어
있었다. 친구들을 만났다면 이렇게 말했을지도 모른다.

"나는 자네들이 생각하는 그런 인간은 아니네. 그놈은 숲속 깊
숙히 있는 골짜기에 두고 왔네. 이끼 긴 큰 나무 밑동의 음산한
개울 옆에 말이네. 자네들이 생각하고 있는 목사를 찾으려면 그
곳에 가는 게 좋을 걸세. 그놈의 야윈 몸과 수척한 뺨, 창백하고
고통에 일그러진 이마 따위는 마치 벗어 던진 의복처럼 그곳에
버려져 있을 걸세."

물론 친구들은,

"당신이 바로 그 사람이 아닌가!"

라고 주장하겠지만, 틀린 쪽은 그들이지 목사는 아니었다.

집에 도착할 때까지 딤즈데일은 자신의 사고와 감정의 영역에

253

서 커다란 변화가 일어나고 있음을 많은 증거로 보여주고 있었다. 사실 목사의 마음속 왕국에서 왕조와 도덕관이 완전히 변해 버렸다는 것 외에, 불운과 놀라움에 허둥대는 이 남자에게 일어나는 여러 충동을 적절하게 설명할 길이 없었다. 한발짝을 옮길 때마다 목사는 이상 야릇한 장난을 하고 싶은 생각이 일었다. 그것은 또한 발작적인 동시에 의도적인 것이며, 자신에게는 생각할 수도 없는 것이면서 그 충동을 억제하려는 자신과는 다른, 보다 뿌리 깊은 곳에 있는 자신에게서 나온 것이라는 느낌이 들었다.

예를 들면 교회의 집사 한 사람을 만났다. 정직한 노인은 부친과 같은 애정과 집사로서의 특권을 가지고 목사에게 인사를 했다. 나이나 인격, 지위 면에서 그건 당연한 일이었다. 그 태도에는 목사의 지위나 인격에 당연히 보여주어야 하는 공손하고 숭배에 가까운 존경이 나타나 있었다. 사회적 지위라든가 재능이 떨어지는 자들이 보다 높은 자를 대하는 경우에 흔히 있는 바와 같이, 노령의 예지와 위엄이 복종과 존경에 일치할 수 있는 것을 보여주는 가장 훌륭한 한 예였다.

그런데 딤즈데일 목사는 이 훌륭하고 흰 턱수염을 가진 집사와 두세 마디 말을 주고받는 동안에 성찬에 대해 마음에 떠오른 불경스러운 생각을 말하고 싶어 견딜 수 없었지만 애써 자신을 억제함으로써 가까스로 참을 수 있었다. 혀가 멋대로 움직여서 이런 끔찍한 일을 말하지 않을까? 본심으로는 동의할 리가 없는 것을 혀가 멋대로 찬성한다고 지껄이는 것이나 아닌가 하고 덜덜 떨며 얼굴이 잿빛처럼 창백해졌다. 그러나 마음속으로는 이와 같이 두려워 떨면서도 눈앞에 있는 신앙심 깊은 노집사가 목사의 아주 불경스런 말을 듣고 돌처럼 굳어져 버릴 모습을 그려 보고서는 웃음을 참을 수 없었다.

이밖에도 이와 비슷한 사건이 있었다. 거리를 서둘러 가고 있을 때, 딤즈데일 목사는 교회에서 가장 나이 든 여신도를 만났다. 실로 신앙심 깊은 모범적인 노파로서 가난하게 홀로 살고 있었는데, 죽은 남편과 자식들, 훨씬 옛날에 세상을 뜬 친구들의 추억을 가슴속 가득히 간직하고 살아가는 모습은 비문이 가득한 묘지와 흡사했다. 이런 사정은 보통은 안타까운 슬픔이 되었겠지만 30년 이상이나 지나는 동안 끊임없이 마음의 양식이 되어 온 종교적인 위안과 성경의 진리 덕택으로, 신앙심 깊은 노파에게는 엄숙한 기쁨으로 바뀌어져 있다고 해도 좋았다. 그리고 딤즈데일의 교회에 다니게 된 이후 이 노파의 속세에서의 유일한 위안은 —— 그것이 또한 천국에서의 위안이기도 했기 때문에 정말 위안이 될 수 있었던 것이지만 —— 목사를 가끔 길거리에서 만나거나 일부러 만나러 가거나 했을 때 목사가 복음의 말씀을 해주시는 것이었다. 잘 들리지 않는 귀로 목사의 입술에서 쏟아지는 따뜻하고 향기로우며, 천국의 입김이 서린 복음의 진리를 듣고 힘을 얻곤 했다.

그러나 오늘만은 노파의 귓전으로 입술을 가져가는 순간까지 딤즈데일은 성경의 한 구절도 생각해 낼 수 없었고, 오히려 인간

의 영혼 불멸에 대해 이의를 제기하는, 짧지만 강렬하며 반론의 여지마저 없다고 생각되는 주장만이 떠오를 뿐이었다. 이것은 영혼의 큰 적인 악마의 짓이었을지도 모른다. 이와 같은 주장이 노파의 마음속으로 스며들게 되면, 즉시 이 늙은 교인은 지독한 독이 전신에 퍼지기나 한 것처럼 그 자리에서 숨을 거두어 버렸을 것이다. 도대체 무엇을 실제로 말하였는지 목사는 나중에도 생각해 낼 수 없었다. 아마도 목사의 이야기가 다행히도 횡설수설하고 혼란스러워 선량한 미망인이 나름대로 이해했든지, 아니면 신이 독특한 방법으로 설명하는 역할을 맡고 나섰든지 아무튼 어느 쪽이었을 것이다. 목사가 뒤돌아 보았을 때 주름투성이고 잿빛처럼 창백한 노파의 얼굴에서 하늘나라의 광채라고도 생각되는, 신에 대한 감사와 무한한 기쁨의 표정을 볼 수 있었다.

또 하나의 다른 예, 이 노교인과 헤어진 후 목사는 이번에는 교회에서 가장 나이 어린 여성을 만났다. 아주 최근, 그것도 철야한 다음날 안식일에 딤즈데일 목사의 설교를 듣고 속세의 덧없는 쾌락을 천국의 희망으로 바꾸기 위해, 그리고 인생의 어둠을 한층 빛나는 것으로 밝히려고 교회에 들어온 소녀였다. 아름답고 깨끗해서 천국에서 피는 백합 같았다. 목사는 이 소녀의 마음속 더럽혀지지 않은 신전에 모셔졌고, 그 주위에는 눈과 같이 흰 커튼을 쳐서 종교에는 사랑의 따스함을, 사랑에는 종교의 깨끗함을 부여해주고 있음을 목사는 잘 알고 있었다.

가엾게도 이 소녀가 이날 오후 어머니의 곁을 떠나서 비참하게

도 유혹되었다고 할까, 이 갈팡질팡하며 절망적이라고도 할 수
있는 목사가 지나는 길에 오게 된 것은 악마의 짓임에 틀림없었
다. 소녀가 다가오니까 악마는 목사에게 속삭여서, 검은 꽃을 피
우고 때가 되면 검은 열매를 맺는 악의 씨를 작게 만들어 소녀의
부드러운 가슴에 던지도록 했다. 진심으로 믿고 있는 이 청순한
소녀의 영혼에 대해 목사는 강력한 지배력을 지니고 있었으므로,
악으로 흐려진 눈으로 힐끗 보기만 해도 죄없이 깨끗한 영혼을
말려 죽이고, 단 한마디로 사악한 영혼으로 만들어 버릴 것 같았
다. 그래서 —— 지금까지의 싸움보다 더 격렬한 싸움을 마음속에
서 계속하며 —— 목사는 까만 옷으로 얼굴을 가리고, 상대를 못
본 척 빠른 걸음으로 지나쳤다. 이 때문에 이 어린 교인은 목사의
쌀쌀한 태도를 혼자 애써 삭이지 않으면 안 되었다. 소녀는 자신
의 양심을 —— 호주머니나 반짇고리 못지않게 자잘한 순진한 것
이 가득 들어 있는 양심의 주머니를 샅샅이 뒤져, 가엾게도 이것
저것 자기가 저질렀을지도 모르는 잘못을 들추어서 자신을 책망
하는 것이었다. 다음날 아침에는 눈이 부어오른 채 집안일을 하
고 있었다.

이 마지막 유혹을 이겼다는 기쁨을 누리기도 전에 목사는 다시
다른 충동을 느꼈는데, 그것은 더욱 어리석고 두려운 것이라고
해도 상관없을 정도였다. 그것은 —— 여기 쓰는 것만으로도 얼굴
이 붉어지는 생각이 들지만 —— 행길 한가운데서 발걸음을 멈추
고 거기서 놀고 있는, 이제 겨우 말하기 시작한 청교도의 아이들

무리를 붙잡고, 아주 몹쓸 말을 몇 개 가르쳐 주고 싶다는 충동이었다.

이와 같은 변덕이 성직에 어울리지 않는다고 억제하고 있는 동안 목사는 카리브해 근처에서 온 만취한 선원 한 사람을 만났다. 지금까지의 다른 나쁜 일은 실로 훌륭할 정도로 참아 왔기 때문에 적어도 타르로 더럽혀진 취객과 악수 정도는 교환하고, 불량한 선원들이 아주 많이 알고 있는 점잖지 못한 농담을 지껄이며, 가슴이 후련해질 만큼 신에 대한 욕지거리를 연발하여 기분 전환을 해보고 싶은 생각이 들었다. 이 위기도 어떻게든 잘 극복할 수 있었던 것은 훌륭한 도덕심 때문이 아니고, 천성적으로 취미가 고상했던 탓과 그 이상으로 틀에 박힌 목사로서의 습관 덕택이었다.

"이렇게도 내게 달라붙어 나를 유혹하고 있는 것은 무엇일까?"

목사는 발걸음을 멈추고 손으로 이마를 치면서 큰 소리로 자문해 보았다.

"미친 것일까? 그렇지 않으면 내 영혼이 완전히 악마의 손으로 넘어가 버린 것일까? 숲속에서 악마와 계약하고, 피로 서명을 했던 것일까? 악마의 추악한 상상력으로밖에 생각해 낼 수 없는 사악한 일들이 내 마음속에 떠오르는 것은 그 계약의 실행을 재촉받고 있기 때문일까?"

딤즈데일 목사가 이와 같이 이마를 치면서 심사숙고하고 있을 때, 저 유명한 마녀 히빈즈 노부인이 지나갔다. 높은 머리 장식에

화려한 비로드 차림은 사치스럽고 호화로워 보였는데, 장식 깃은
친우인 앤 터너(실재 인물로서 오버베리 사건에 관련됨)가 토머스
오버베리경 살해 사건으로 교수형을 받기 전에 비결을 전수해 주
었다는 유명한 노란 풀(노란 풀을 먹인 장식 깃은 앤 터너가 고안했
다고 하는데, 이 여인의 나쁜 짓과 동의어로 간주됨)로 만들었다.
목사의 마음속까지 꿰뚫어 보았는지 어떤지는 알 수 없으나 어쨌
든 이 마녀는 쓱 발걸음을 멈추더니, 상대의 얼굴을 빈틈없는 태
도로 들여다보고 교활하게 웃고 나서 보통 때는 목사들과 이야기
를 나누는 일이 없는데도 말을 걸었다.

"목사님, 숲에 갔다 오신 것 같군요."

마녀는 높은 머리 장식을 끄덕여 보였다.

"다음에는 미리 알려 주세요. 기꺼이 동행해 드릴 테니까요. 자
랑은 아니지만 내가 얘기하면 아무리 처음인 분이라도 목사님도
알고 계시는 대왕님을 뵈올 수 있으니까요."

"부인!"

하고 목사는 입을 열었는데, 그 진지하고 예의 바른 태도는 그 부
인의 신분에도 어울리고 목사의 처지로서도 할 수 없는 일이었
다.

"내 양심과 인격을 걸고 말씀드립니다만, 부인이 하시고자 하
는 말씀의 뜻을 이해할 수가 없어 당황스럽습니다. 내가 숲에 갔
던 것은 대왕을 찾기 위해서가 아니었으며, 앞으로도 그런 분의
대접을 받기 위해 방문하거나 할 생각은 전혀 없습니다. 내 목적

은 다른 것이 아닙니다. 내 친구인 엘리엇 전도사를 만나 보고, 그분이 이교도로부터 개종시킨 수많은 거룩한 영혼을 함께 축복해 주기 위해서였습니다."

"하하하!"

늙은 마녀는 높은 머리 장식을 목사 쪽으로 끄덕이면서 소리 높이 웃었다.

"그렇죠. 대낮에는 그런 식으로 말하지 않으면 안 돼죠. 매우 솜씨있게 말씀하시는군요. 그러나 한밤중 숲속에서는 함께 딴 이야기를 합시다."

부인은 노인 특유의 위엄을 가지고 사라져 갔는데, 가끔 뒤돌아보며 비밀을 알고 있다는 듯 히죽히죽 웃고 있었다.

목사는 생각했다.

'결국 악마에게 나 자신을 팔아 버린 것일까? 사람들의 소문에 따르면, 저 노란 풀을 먹인 비로드 옷을 입은 노파가 대왕이나 주인으로 받들고 있는 악마에게?'

가엾은 목사여! 목사는 영혼을 팔아 넘기는 것과 같은 거래를 했던 것이다. 행복의 꿈에 눈이 멀어 극악의 죄라고 스스로 알고 있으면서 자진해서 몸을 맡긴 것이다. 그것은 목사로서는 처음 겪는 경험이었다. 그리고 그 죄의 독이 순식간에 정신의 전역에 퍼졌던 것이다. 이 독은 모든 순결한 충동을 마비시키고, 온갖 더러운 충동을 생생하게 눈뜨게 하는 것이었다. 경멸, 독설, 이유없는 악의, 악을 찾는 충동, 선량하고 신성한 모든 것에 대한 조소

──이런 것이 모두 눈을 떴고, 목사는 두려움에 떨면서도 유혹 받게 되었던 것이다. 히빈즈 노부인을 만나게 된 것이 만약에 사실이라면, 목사가 극악무도한 인간과 사악한 영혼의 세계와 일맥상통하는 사이가 되어 있었다는 것을 보여주는 것이다.

이때 목사는 묘지 밖에 있는 거처로 돌아와서 계단을 뛰어 올라 그대로 자기 서재에 틀어박혔다. 거리를 지나올 때 끊임없이 일어나던 엉뚱하고 사악한 충동 때문에 사람들 앞에서 정체를 폭로하는 처지가 되지 않고 무사히 안주할 곳에 돌아온 것을 기쁘게 생각했다. 낯익은 방에 들어가서 책과 창, 난로, 색무늬 융단으로 장식한 차분한 벽 등을 둘러 보았는데, 모두가 낯설게 보이는 것은 숲에서 거리로, 거리에서 이곳으로 걸어오는 동안 죽 달라붙어 떨어지지 않던 느낌과 흡사했다.

이 방에서 연구도 했고 책도 썼다. 단식과 철야기도를 한 후 반죽음이 되었던 것도 이 방이었고, 기도 드리려고 노력하면서 수많은 고뇌를 견디었던 곳도 이 방이었다. 뜻깊은 히브리어로 씌어진 성경에서는 모세와 예언자들이 말을 걸고 신의 목소리가 들려오고 있었다. 테이블 위에는 잉크로 더러워진 펜 옆에 쓰다가 버려 둔 설교 원고가 있었는데, 이틀 전 원고를 쓰다 중단된 곳에서 문장이 끊어진 채로 있었다. 여러 가지 일을 하며 괴로워하면서, 지사 취임 축하의 설교를 여기까지 써온 것이 수척하고 창백한 얼굴의 자신이었다는 것을 알고 있었다.

그러나 지금은 한발짝 물러선 위치에서 옛날의 자신을 경멸과

연민과 선망 같은 것들이 뒤섞인 호기심으로 바라보고 있었다. 옛날의 자신은 사라지고 없었다. 숲에서 돌아온 사람은 다른 사람으로 더욱 현명한 인간이 되어 있었다. 단순하고 소박한 옛날의 자기로서는 도저히 도달할 수 없는, 미지의 세계에 관한 지식을 가진 현명한 인간이었다. 그러나 그것은 참으로 쓰디쓴 지식이었다.

이와 같은 생각에 잠겨 있을 때, 서재의 문을 노크하는 소리가 들렸다. 목사는,

"들어오세요."

라고 대답하면서 악마를 만나게 되는 것은 아닌가 하는 느낌이 들었다. 이 예감은 적중했다. 들어온 사람이 로저 칠링워스 노인이었기 때문이다. 목사는 새파랗게 질린 채, 한마디도 하지 못하고 서 있었다. 한쪽 손은 히브리어 성경에 대고 다른 한 손은 가슴에 얹은 채였다.

"아, 다녀오셨군요."

의사가 말했다.

"그 훌륭한 전도사 엘리엇 선생은 안녕하시던가요? 그런데 당신 안색이 좋지 않군요? 황야의 여행이 고됐던 것 같습니다. 심신이 건강해야 축하 연설을 할 수 있을 텐데, 나의 솜씨가 필요치 않으십니까?"

"아니, 괜찮습니다."

하고 딤즈데일 목사가 말했다.

"여행을 하고, 그곳에서 성인 같은 전도사님을 뵙고, 게다가 전에 없이 자유스러운 공기를 마신 것 등이 그 동안 서재에 틀어박혀 있던 끝이라 훨씬 유익했습니다. 이제 당신의 약은 필요없을 것 같습니다. 선생님께서 좋은 약을 주셨던 것은 사실이지만 말입니다."

이렇게 말하는 동안에도 로저 칠링워스는 의사가 환자를 대할 때에 흔히 보이는 진지하고 유심한 눈으로 뚫어지게 목사를 바라보고 있었다. 그러나 이 아무렇지 않은 표정에도 불구하고, 헤스터 프린을 만난 것을 노인은 이미 알고 있든가, 적어도 충분히 눈치 채고 있음에 틀림없다고 목사는 확신하였다.

의사 또한 목사의 눈에 비친 자신이 이미 옛날의 신뢰를 받던 친구가 아니라 증오하는 원수로 바뀌어져 있는 것을 깨달았다. 사실이 그렇다면 모르는 척 그냥 넘어가는 것이 당연하다고 생각될지도 모른다. 기묘한 일이지만, 말로 사물의 구체적인 것을 나타내기에는 오랜 시간이 걸리며, 어떤 문제를 피하려 하고 있는 두 인간은 그 바로 가까이까지 접근하면서도 그것을 전혀 건드리는 일 없이 안전무사하게 물러나는 법이다. 따라서 목사는 로저 칠링워스가 그들의 비밀에 대해 분명한 말로 언급할지도 모른다는 따위의 염려는 조금도 하지 않았다. 그러나 의사는 독특하고 음험한 방법으로 무섭게 접근하고 있었다.

"오늘 밤은 나의 서투른 의술을 이용하는 편이 좋지 않을까요? 사실 축하 연설이라는 중요한 일에 대비해서 건강하게 오래 사시

도록 애쓰고 있습니다만, 이 고장 사람들도 당신에게는 대단한 기대를 걸고 있으니까요. 내년이 되어 목사님이 안 계시면 어쩌나 하고 걱정을 많이 하고 있습니다.”

“그렇죠. 딴세계로 가 버리면 말이군요.”

목사의 말에는 경건한 체념의 울림이 있었다.

“신이 더욱 좋은 곳으로 보내주신다면 좋겠습니다만, 사실 앞으로 사계절의 변화를 교회의 여러분과 함께 지낼 수 있으리라는 생각이 들지 않는군요. 그러나 선생님의 치료 말씀입니다만, 지금의 건강 상태로는 필요없을 것 같습니다.”

“그거 다행입니다.”

의사가 대답했다.

“아주 오랫동안 효과가 없던 내 약이 이제 겨우 본래의 효능을 보이기 시작한 모양입니다. 당신을 건강하게 할 수 있다면 나도 다행으로 생각하고, 뉴잉글랜드의 모든 사람의 감사를 받을 가치가 있을 겁니다.”

“참으로 세심한 친구인 당신에게 진심으로 감사드립니다.”

딤즈데일 목사의 미소는 딱딱한 느낌이 들었다.

“참으로 감사합니다. 당신의 친절에 기도로 보답할 수밖에 없습니다.”

“훌륭한 분의 기도는 황금 같은 사례이지요.”

로저 칠링워스 노인은 방을 나가면서 말했다.

“그렇고 말고요. 그런 기도는 신의 화폐와도 같아 천상의 예루

살렘에서 통용되는 금화와 같죠."

혼자 남은 목사는 하숙집 하인에게 식사를 가져오게 하여 왕성한 식욕으로 마구 먹어 버렸다. 그러고 나서 쓰다가 버려 둔 축하용 설교 원고를 불속에 집어 넣어 버리고 즉시 새 원고를 쓰기 시작했는데, 사상과 정감이 충동적으로 흘러나왔기 때문에 영감을 받았는가 하고 생각될 정도였다. 신이 자기와 같은 더러운 파이프 오르간의 음관을 통해 숭고하고 장엄한 신탁의 음악을 전해주려는 데 그저 놀랄 뿐이었다. 그러나 그 수수께끼는 자연적으로 풀리도록 놔두든가 영원히 미해결인 채로 남겨 두기로 하고 목사는 모든 것을 잊고 열심히 일을 해나갔다. 이렇게 해서 그날 밤은 날개 돋친 말처럼 날아가고, 목사 자신도 그 말을 타고 질주하는 것만 같았다.

아침이 되어 커튼 사이로 장밋빛 햇살이 새어 들어오고, 오래지 않아 아침 해의 황금빛이 서재로 쏟아지며 목사의 눈을 부시게 했다. 목사는 손가락에 펜을 낀 자세 그대로 있었고, 그 옆에는 헤아릴 수 없는 방대한 원고더미가 쌓여 있었다.

뉴잉글랜드의 경축일

　새 지사가 시민의 손으로 임명되는 날 아침 일찍, 헤스터 프린과 그녀의 딸 펄은 거리의 광장으로 나왔다. 광장에는 벌써 장인(匠人)들과 일반 시민들이 꽤 많이 모여 떠들썩했다. 그 중에는 시골 사람들의 모습도 많이 보였는데, 사슴 가죽의 복장은 보잘 것없지만 식민지의 중심인 보스턴을 둘러 싸고 있는 숲의 개척지에 살고 있는 사람들이라는 것을 말해 주고 있었다.

　이런 축제일에도 과거 7년 동안의 다른 경우와 마찬가지로 헤스터는 초라한 회색 천으로 만든 옷을 입고 있었다. 그 옷은 빛깔보다는 무언가 말할 수 없을 정도의 기묘한 스타일 때문에 헤스터를 송두리째 사람들의 눈에 띄지 않는 희미한 존재로 보이게 하였다. 그렇지만 주홍 글씨가 있기 때문에 이 희미한 상태에서 되살아나 도덕적인 빛 속에 선명히 떠오르는 것이었다. 그곳 사람이 오랫동안 낯익혀 온 헤스터의 얼굴은 언제나와 같이 대리석 같은 고요함을 보여주고 있었다. 가면과도 같았다. 아니, 그렇다 기보다도 죽은 여인의 얼굴에서 볼 수 있는 얼어붙은 듯한 조용함과 비슷했다. 이와 같이 어쩐지 기분 나쁜 연상이 되는 것은, 헤스터가 남의 동정을 얻을 수 없다는 점에서는 죽은 사람과 마찬가지이며, 사람들과 섞여 살고 있는 현실 세계에서도 여전히 고립된 채 혼자였기 때문이다.

특히 이날에는 지금까지 볼 수 없었던 표정이 있었다. 그렇다고 특히 눈에 띌 정도로 선명한 것은 아니었다. 누군가 초자연의 힘을 지닌 관찰자가 있어서 그녀의 마음을 알아차리고 용모나 태도에서 다시 찾으려고 하지 않는다면 말이다. 이런 눈을 가진 사람이라면, 7년이라는 비참한 세월 동안 군중의 시선을 숙명으로써, 회오로써, 또 준엄한 신앙으로써 참아 왔던 헤스터가 최후로 자진해서 군중의 시선에 맞서며, 오랫동안의 고뇌였던 것을 승리 비슷한 것으로 바꾸려 한다는 사실을 알아차렸음에 틀림없다.

'주홍 글씨와 주홍 글씨가 붙은 여인을 마지막으로 보세요.'

사람들의 희생물이자 종신 노예라고 생각되어 오던 헤스터는 이렇게 말했을지도 모른다.

'앞으로 얼마 안 있으면 당신들의 손이 미치지 않는 곳에 가 버리지요. 앞으로 몇 시간만 있으면 깊고 신비로운 바다가 당신들이 내 가슴 위에 불타오르게 했던 이 표지를 떼어내 영원히 삼켜 버릴 거예요.'

동시에 또 이와 같이 가슴에 깊이 뿌리를 박고 있던 고통에서 해방되려는 순간 헤스터의 마음속 한편에서는 후회의 생각도 떠올랐는데, 인간으로서 어쩔 수 없는 일이었다. 여인으로서 한창 시절의 대부분을 통해 맛보아야 했던 쓰디쓴 향쑥과 노회즙의 잔을 차라리 단숨에 죄다 쭉 들이켜 버리고 싶다는, 억제하기 어려운 욕망이 있었던 것은 아닐까? 앞으로 입술에 댈 인생의 술은 정교하게 조각된 황금의 큰 술잔에 들어 있고, 감칠맛이 있으며 향기롭고, 상쾌할 것이다. 그렇지 않으면 지금까지 쓰디쓴 것을 마셨던 뒤끝이라 강렬한 효능이 있는 코디얼과 같은, 피할 수 없는 나른한 권태감을 남기게 될 것임에 틀림없다.

펄은 경쾌하고 고운 몸차림을 했다. 태양과 같이 밝은 환상의 소녀가 칙칙한 잿빛을 띤 여인에게서 태어났다고는 도저히 믿을 수 없는 일이었다. 또한 아이의 복장을 고안한 호화롭고 섬세한 공상력이 헤스터 자신의 수수한 옷에 선명한 특이성을 주던 그 공상력과 같은 것이라고는 도저히 믿을 수 없었다. 드레스는 펄에게 잘 어울렸는데 이는 이 아이의 성격에서 흘러 나왔다고나 할까, 아이의 성격이 필연적으로 밖으로 넘쳐흐른 느낌이었다. 예컨대 나비의 날개에서 여러 가지 빛깔의 광채를 분리할 수 없고, 환한 꽃잎에서 오색 광채를 분리할 수 없는 것과 같이 펄도 복장과 성격이 하나가 되어 있었다.

게다가 떠들썩한 축제일이었기 때문에 펄의 모습에는 어딘가 기묘하게 차분함을 잃고 흥분한 데가 있었는데, 이는 마치 가슴

에 장식된 다이아몬드가 가슴의 두근거림에 따라 갖가지 광채를
발하는 모습과 꼭 같았다. 아이들은 자신과 관계가 있는 사람들
의 감정에 영향을 받기 때문에, 특히 가정 안의 근심이라든가 큰
일 등이 닥쳤을 때에는 어떤 종류의 것이든 반드시 감지하게 된
다. 따라서 어머니의 불안에 찬 가슴에 장식되어진 보석 같은 존
재인 펄이었기 때문에, 이 아이의 마음 들뜸 그 자체가 헤스터의
무표정한 대리석 같은 얼굴에서는 누구도 찾아낼 수 없는 동요를
은연중에 이야기하고 있는 것이었다.

　이런 흥분 때문에 펄은 어머니의 곁에 붙어서 걸어 다니는 것이
아니라, 작은 새처럼 주위를 깡충깡충 뛰며 좋아했다. 끊임없이
큰 소리를 지르고 격렬하고 뜻을 알 수 없는, 때로는 주위를 꿰뚫
는 것 같은 노래로 소란을 떨었다. 광장에 도착해서는 주위 일대
의 떠들썩함 때문에 더욱 침착성을 잃었다. 이곳은 평상시에는
상업의 중심지라기보다는 마을의 교회 앞에 있는 폭넓은 풀밭 같
았기 때문이다.

　"참말, 무슨 일이 있어요. 엄마?"

　펄은 큰 소리로 물었다.

　"오늘은 왜 일을 안 하고 쉬나요? 온 세상이 다 휴일인가요?
어머 대장장이도 있어요. 그을은 얼굴을 씻고 나들이 양복을 입
고 있어요. 즐거운 듯 신난 얼굴이지만, 누군가 친절한 사람이 신
나는 방법을 가르쳐 주지 않으면 안 되겠어요. 게다가 감옥의 브
래킷 할아버지도 있어요. 날 보고 머리를 끄덕이며 웃고 있어요.

왜 그럴까요, 엄마?"

"너의 갓난아기였던 때를 알고 있기 때문이야."

"그러나 저런 사람이 나보고 아는 척하며 웃는 건 싫어요. 음침하고 기분 나쁜 눈초리의 할아버지니까요."

펄이 말했다.

"엄마에게라면 아는 척해도 좋을 거예요. 엄만 회색 옷을 입었으며, 주홍 글씨를 붙였으니까요. 그런데 엄마, 보세요, 모르는 사람들이 너무 많아요. 인디언도, 뱃사람도 있어요. 이 광장에 뭘 하러 왔을까요?"

"행렬이 지나가는 걸 기다리고 있어."

헤스터가 말했다.

"지사님이랑 판사님들이 지나가실 거야. 목사님이랑 높은 사람, 그리고 훌륭한 사람도 모두 말이야. 악대와 군인들이 앞서서 행진하는 거야."

"그럼 그 목사님도 있겠군요?"

펄이 물었다.

"엄마가 날 개울가에 데려갔을 때처럼 목사님은 내게 양손을 내밀어 줄까?"

"글쎄, 목사님도 오시지."

어머니가 대답했다.

"그래도 말이야, 오늘은 네게 인사하지 않을 테고, 너도 인사해선 안 돼."

"어두운 밤에는 우리들에게 말을 걸고, 엄마와 내 손을 잡아 주 겠죠. 지난번 저기 처형대 위에 섰을 때처럼 말이에요. 그리고 숲 속에서 고목만이 귀를 기울이고, 좁은 하늘만이 보고 있을 때에 는 엄마와 소복이 쌓인 이끼 위에 앉아서 애기하시는 거예요. 내 이마에 키스해 주셨지만, 개울물로는 잘 씻어 버릴 수 없었어요. 그런데 여기처럼 해가 나고 많은 사람이 있는 곳에서는 우리들과 모르는 척해야 하는군요. 언제나 가슴에 손을 얹는 이상하고 슬 픈 목사님이에요."

"조용히 해, 펄. 그런 건 아직 네가 이해할 수 있는 게 아니다." 어머니가 말했다.

"지금은 목사님 생각은 말고, 주위를 둘러봐. 오늘은 모두의 얼 굴이 즐거운 듯하잖아. 아이들은 학교 공부를 일찍 끝냈고, 어른 들도 일터나 밭에서 일찍 돌아와 즐기려고 하고 있는걸. 오늘은 말이야, 새로운 분이 지사가 되는 날이야. 그래서 모두가 쾌활하 게 즐기는 거야. 모두가 모여 나라를 세우고 나서 인간은 이런 관 습을 가졌단다. 지금까지의 가난하고 낡은 세계가 가고 살기 좋 은 시대가 막 찾아들기나 하는 듯이 말이야."

사람들의 얼굴을 밝게 하고 있는 보기 드문 명랑함은 헤스터가 말한 대로였다. 1년 중에서 이 축제 때 —— 옛날부터 그랬고, 2백 년 가까이나 계속되고 있지만 —— 청교도들은 마음 약한 인간에 게 허용되는 즐거움과 공적인 기쁨을 모두 집중시켜 버렸다. 이 렇게 함으로써 평소에 품고 있던 우울한 구름을 죄다 걷으려 했

고, 단 하루의 축제일 동안에 그 까다로운 얼굴 표정도 완화되는
것이었다. 그래도 다른 대부분의 사회의 사람들이 어려울 때 보
이는 정도의 경직된 표정은 남아 있었다.

그러나 설사 회색이나 검은색이 그 시대의 기풍과 풍속의 분명
한 특징이었다고 해도 지나치게 과장하여 생각하는 것인지도 모
른다. 지금 보스턴 광장에 있는 사람들은 태어날 때부터 청교도
적인 어둠을 이어받은 것은 아니었다. 이 사람들은 원래 영국인
이며 그 부친들은 엘리자베스 여왕의 밝고 풍요한 시대에 살고
있었다. 이 시대야말로 영국인의 생활 전체적으로 보아 지금까지
세상에 알려지지 않았을 정도로 장엄하고 웅대하며 기쁨이 가득
찬 시대였다. 이러한 조상 전래의 취미를 따르고 있었다면 뉴잉
글랜드의 이민들은 공적인 중요성이 있는 행사를 모두 큰 횃불과
연회, 게다가 구경거리와 행렬 등으로 장식했을 것이다. 엄숙한
의식을 거행함에 있어서도 장엄함과 즐거운 레크리에이션을 연결
시키고, 국민이 입는 복장에 어떤 기괴할 정도로 화려한 자수를
놓는 것이 실행 불가능한 것은 아니었다. 정치적으로 새로운 해
가 시작되는 날을 축하하는 이 행사에서 이런 종류의 시도가 희
미하게 그 모습을 남기고 있었다.

지사 임명이라는 연중행사에 관련해서 뉴잉글랜드의 조상이 시
작한 관습에는, 화려한 서울 런던에서 치러지는 대관식과 비교할
수 없어도, 비록 본모양은 색이 바래서 몇 배나 희미해지기는 했
지만 그대로 반영되어 있는 흔적을 볼 수 있었다. 이 공화국의 선

조는 창건자인 정치가나 목사나 군인들이 위풍당당한 외관을 갖추는 것을 의무로 생각하고 있었지만, 이런 외관은 옛날식으로 말하면 정치적·사회적으로 높은 지위에나 알맞는 차림이었다. 이런 사람들이 대중의 눈앞에 모습을 나타내고 행진해서, 새로 구성된 정부의 단순한 체제에 위엄을 지니게 했던 것이다.

더욱이 이날만은 일반 대중도 다른 때라면 종교와 동일시되는 많은 어려운 일을 열심히 하지 않고 게을리했다. 그것은 허용해 준다기보다 묵인하는 형태로 되어 있었다. 물론 엘리자베스 여왕 시대나 제임스 왕 시대의 영국에서 흔히 볼 수 있던 일반 대중을 위한 오락 설비 등은 무엇 하나 눈에 띄지 않았다. 연극을 흉내 낸 대중적인 구경거리도 없었고, 하프로 전설의 발라드를 이야기하는 음유 시인도 없었으며, 음악에 맞추어서 춤추는 원숭이를 동반한 방랑 연예인도 없었다. 마법 같은 요술을 보이는 마술사도 없었으며, 아마도 몇백 년이나 되는 옛날 이야기겠지만 즐긴다는 인간 공통의 감정에 호소하는 점에서는 별다를 바 없는 재담과 익살로 갈채를 받는 어릿광대도 없었다. 이와 같이 여러 분야의 광대들은 엄격한 법적 제재뿐만 아니라, 법에 생명을 부여하고 있는 일반 대중에 의해서도 엄격하게 통제당하고 있었다. 그렇지만 대중들은 웃고 있었다. 딱딱하기는 했지만, 큰 웃음임에는 틀림없었다.

게다가 이주민들이 먼 옛날 영국 시골에서의 축제일이나 마을의 풀밭에서 보거나 참가한 적이 있는 스포츠 같은 것도 없지는

않았고, 이것들은 필요 불가결한 용기와 남자다움을 위해 신천지에서도 보존하는 것이 중요하다고 생각되었다. 레슬링 시합은 콘월과 데본셔의 방식과는 달랐지만 광장의 여기 저기서 볼 수 있었다. 한쪽 구석에서는 육척봉(六尺棒) 시합이 부드러운 분위기 속에서 진행되고 있었다. 특히 사람들의 흥미를 끈 것은 이미 말한 바 있는 처형대 위에서 두 호신술 사범이 둥근 방패와 날이 넓은 칼로 모범 시합을 하는 것이었는데, 실망스럽게도 그 마을 관리의 간섭으로 중지되어 버렸다. 처형대와 같은 신성하며 중요한 장소가 그와 같이 오락적인 장소로 전락하여 법의 위엄이 손상되는 것을 묵인할 수 없었기 때문이다.

일반적으로 말해서 당시의 대중은 축제일을 즐긴다는 점에서는 오늘날의 사람들과 비교해도 전혀 손색이 없었다. 이 사람들의 2세, 즉 초기 이주민들의 다음 세대에는 청교도주의가 가장 검은 그림자를 띠고 국민의 얼굴빛을 모두 어둡게 해 버렸기 때문에, 그후 몇십 년이 걸려도 그 흔적을 완전히 씻어 버릴 수 없었다. 현대의 인간은 잊혀진 놀이 방법을 다시 한번 익히지 않으면 안 될 것이다.

광장에서 볼 수 있는 인생은 전체적으로 영국서 온 이주민들이 지닌 쓸쓸한 회색이나 갈색, 또는 흑색 빛깔을 띠고 있었는데, 그 중에는 갖가지 색다른 색채가 섞여 있어 활기를 띠고 있었다. 좀 떨어진 곳에 서 있는 한 무리의 인디언은 화려하게 수놓은 긴 사슴 가죽 옷에 조개 껍질로 만든 띠를 두르고 얼굴에는 빨갛고 노

란 색칠을 하였으며, 머리에는 깃털을 꽂은 야만인 특유의 몸차
림으로 활과 석창으로 무장하고 있었다. 그 딱딱할 만큼 엄숙한
표정은 청교도들마저도 흉내 낼 수 없는 것이었다. 이와 같이 물
감을 많이 칠한 야만인은 세련되어 있지 않았지만, 이 광장에 모
인 사람들 중에서 가장 거친 모습이라고는 할 수 없었다.

 지사 취임일의 축제를 구경하기 위해 상륙해 있던 카리브해에
서 온 선원들이 더 거칠어 보였다. 그들은 얼굴은 새까맣게 햇볕
에 그을리고 수염이 텁수룩한 아주 난폭한 자들뿐이었으며, 짧고
통이 넓은 바지를 허리 부분에서 벨트로 졸라 매고 있었다. 그 중
에는 세공을 하지 않은 금으로 버클을 한 자도 있었는데, 언제나
길거나 짧은 칼을 차고 있었다. 기분 좋아 떠들 때에도 폭넓은 야
자잎의 모자 밑에는 동물적이고 잔인한 눈빛이 번쩍이고 있었다.
다른 사람들을 구속하고 있는 행동의 규범 따위는 의식하지 않고
아무런 불안이나 거리낌이 없이 분위기를 짓밟고 있었다. 관리의
눈앞에서 그 고장 사람이라면 한 번 피우는 데 1실링의 벌금을 물
게 될 담배도 피우고, 호주머니에서 포도주와 독주를 꺼내 꿀꺽
꿀꺽 안하무인의 태도로 들이켜고서는 어처구니없어 하는 군중에
게 선선히 그 술병을 내밀기도 했다. 선원들에게 육지에서의 무
법자적인 이런 행위뿐만 아니라 본래의 영역이라고 할 해상에서
의 더욱 형편없는 행위에 관해서도 자유가 허용되어 있었다는 사
실은, 당시의 도덕심이 아무리 엄격했다고 해도 역시 불완전했다
는 사실을 말해 준다.

옛날의 선원들은 지금으로 생각한다면 해적으로 간주하여 처벌하지 않을 수 없는 존재들이었다. 예컨대 지금 화제에 올리고 있는 선원들만 해도 당시 선원치고는 그리 나쁜 표본도 아니었는데, 스페인 무역선을 약탈한 것에는 의문의 여지가 없었으며, 현대의 법정이라면 전원이 목이 날아갔을 것이다.

그러나 이 먼 옛날의 바다는 멋대로 파도를 치거나 거품을 일으킬 뿐이며, 맹렬한 바람이 하는 대로 내버려 둘 수밖에 없었기 때문에 인간의 법칙으로는 달랠 수 없었다. 바다의 무법자도 그 직업을 그만 두고, 그럴 생각만 있다면 즉시라도 육지에서 성실하고 신앙심 깊은 인간으로 변신할 수 있었다. 일생 동안 무모한 일을 계속하는 그들과 거래나 교제를 한다 해서 명예에 흠이 가는 일은 없었다. 따라서 까만 망토에 풀 먹인 넓은 깃, 게다가 끝이 뾰족한 모자 차림의 청교도 장로들도 뱃사람들의 법석이나 난폭한 행동을 보면서 반드시 불쾌하다고는 할 수 없는 미소를 띠고 있었다. 의사인 로저 칠링워스 노인 같은 훌륭한 시민이 별로 달갑게 생각되지 않는 선장과 다정하게 밀담을 나누며 광장으로 들어오는 것을 보았다고 해도 놀라거나 비난하는 일은 없었다.

선장은 아주 화려하고 당당한 차림이어서 군중 속 어디에 있어도 눈에 띄었다. 양복 위에 많은 리본을 붙이고 모자에는 금실 레이스를 감고 끝에는 깃털을 달고 있었다. 허리에는 칼을 차고, 이마의 칼자국을 머리카락으로 솜씨있게 가리려고 하기보다는 오히려 자랑스럽게 내보이는 데 열을 올린 것 같았다. 육지에 사는 인

간이 이와 같은 옷을 입고, 이와 같은 얼굴을 남들에게 드러내 보
인 채 활보한다면 즉시 재판관 앞에서 엄한 문초를 받게 되고, 경
우에 따라서는 벌금이나 금고형, 혹은 수갑을 차고 사람들의 구
경거리가 되었을 것이다. 그러나 이 선장의 경우는 번쩍번쩍 빛
나는 비늘이 물고기에 있는 것과 같이 모두 그에게 합당한 것으
로 생각하고 있었다.

의사와 헤어진 후 브리스틀 행 배의 선장은 어슬렁어슬렁 광장
을 돌아다녔는데, 오래지 않아 헤스터 프린이 서 있는 근처까지
와서는 상대를 알아차린 듯 거리낌없이 말을 걸었다. 헤스터가
서 있을 때는 항상 그렇지만 주위는 마법의 원처럼 작은 빈터가
생기고, 좀 떨어진 곳에서는 밀고 밀리고 있는 군중이 누구 하나
그곳으로 들어오려 하지 않았으며, 그럴 생각을 하는 자도 없었
다. 그것은 주홍 글씨가 운명의 여인을 가둬 놓고 있는, 강제력이
강한 고독과 같은 것이었다. 그러나 이런 일이 생긴 것은 그녀 자
신이 사람들을 피했기 때문이기도 했지만, 사람들이 옛날처럼 그
녀를 불친절하게 대하지 않으면서도 역시 본능적으로는 멀리하려
는 경향이 있었기 때문이다.

지금까지는 어쨌든, 지금 비로소 이 빈터가 유용하게 되어 헤스
터와 선장은 남이 엿들을 염려 없이 이야기할 수 있었다. 이 고장
에서 가장 정조가 곧은 부인이라도 이 선장과 같은 사람과 접촉
하고 있다면 헤스터 프린 이상의 스캔들을 일으키지 않을 수 없
었다. 그러나 헤스터 프린에 관한 세상의 평판이 완전히 바뀌어

주홍 글씨

그녀는 별로 걱정하지 않았다.

"그런데 부인……."

선장이 말했다.

"부인이 부탁한 수보다도 침대를 하나 더 준비하도록 사환에게 일러야겠습니다. 이번 항해에선 괴혈병이나 발진티푸스의 걱정은 전혀 필요없게 되었습니다. 선의(船醫) 외에 또 한 명의 의사가 늘었으니까 말입니다. 걱정되는 것은 약뿐입니다. 스페인 배와 거래할 약품이 잔뜩 실려 있으니까, 더욱 그렇습니다."

"뭐라고요?"

헤스터는 깜짝 놀라면서 허둥댔다.

"배 타실 분이 또 한 분 계신가요?"

"아니, 모르고 계십니까?"

선장은 큰 소리로 말했다.

"이 고장의 의사인 로저 칠링워스라고 하면서 당신들과 같이 내 배로 가고 싶다고 얘기했는데 말입니다. 아니, 당신들이 모를 리가 없습니다. 당신의 친구이며, 당신이 이야기한 그분과도 친구라고 하던데 말입니다. 이곳의 무서운 관리들에게 쫓기고 있는 분이라던데."

"분명히 두 분은 가까운 사이예요."

헤스터는 아무렇지도 않은 태도로 대답했지만, 아주 당황하고 있었다.

"함께 오랫동안 지냈어요."

　　선장과 헤스터 프린 사이에는 더 이상의 이야기는 없었다. 그러
나 바로 이때, 로저 칠링워스 노인이 광장의 반대쪽 구석에 서서
웃고 있는 것이 보였다. 군중의 이야기 소리, 웃음소리, 온갖 생
각과 기분과 관심거리 등이 들끓고 있는 몹시 떠들썩한 광장을
넘어 무서운 비밀의 뜻을 전해 주고 있는 미소였다.

행 렬

　헤스터 프린이 생각을 정리해서 이 놀라운 사태에 어떻게 대처하는 것이 적절한가를 검토할 시간도 없이 근처의 거리에서 군악대가 점점 다가오는 소리가 들렸다. 행정관들과 시민들의 행렬이 교회로 향하고 있는 것을 알리는 음악이었다. 아주 초기에 정해져 그후 죽 지켜오고 있는 풍습에 따라 딤즈데일 목사가 지사 취임 축하의 설교를 하는 곳은 교회로 되어 있었다.

　오래지 않아 행렬의 선두가 천천히 위풍당당한 행진으로 모습을 나타내고, 모퉁이를 돌아 광장을 가로지르기 시작했다. 먼저 군악대가 왔다. 여러 종류의 악기로 구성되었지만, 전체의 가락은 잘 맞지 않았으며 솜씨도 대단치 않았다. 다만 드럼과 클라리온의 하모니가 군중에게 눈앞에 전개되는 광경을 보다 높고 보다 장중하게 보이려는 목적을 달성하고 있었다. 펄은 처음에는 손뼉

을 치고 있었는데, 이윽고 아침부터 계속 안절부절 들떠 있던 홍
분이 가라앉았다. 가만히 눈을 크게 뜬 채 높아졌다 낮아졌다 하
는 음악의 리듬에 몸을 맡기고 파도에 떠 있는 해초처럼 멀리 실
려 가는 것 같았다. 그러나 행렬의 호위 역을 맡아 악대를 뒤따라
온 보병 중대의 무기와 갑옷이 햇빛에 빛나자 다시 먼저 기분으
로 되돌아왔다.

　이 군대는 아직 해체되지 않고 옛날 그대로의 명예를 지닌 채
현재에 이르렀는데, 돈을 벌기 위한 용병으로 구성되어 있는 것
은 아니었다. 전원이 애국 정신으로 성당 기사단(1118년에 조직
되어 1312년까지 지속된 비밀결사단으로, 예루살렘의 성지와 그 참
배자를 보호하기 위해 조직되었음)을 본따 군사학을 배우고 평시
에는 기본 전략을 습득하는 군사 학교를 설립하려 하고 있었다.
이 군대에 대한 높은 평가는 중대 전원의 당당한 태도에서 엿볼
수 있었다. 사실 대원 중에는 현재의 베네룩스 지방을 위시한 유
럽 각지의 전투에서 용사라는 이름과 명예를 받을 만한 자격을
훌륭히 획득한 자도 있었다. 그래서 한점의 티도 없는 강철을 몸
에 걸치고 번쩍거리는 투구 위에 깃털이 나부끼고 있는 모습 자
체에서는 현대인이 아무리 이것 보라는 듯이 차려 입어도 비교할
수 없는 화려함이 배어나 있었다.

　그럼에도 불구하고 이 호위대의 바로 뒤를 따르는 상급 문관들
이 지각있는 사람들에게는 훨씬 더 가치있는 것처럼 보였다. 외
면적으로는 군인의 당당한 행진 모습이 우스꽝스럽다고는 할 수

없지만 어쩐지 좀 저속하게 보였다. 재능이 현재만큼 중시되지 않고 착실하고 위엄 있는 성격을 낳는 묵직한 요소가 훨씬 존중되던 시대의 일이다. 당시의 사람들이 선조로부터 이어받은 이런 존경심은 자손에게 전해졌다 해도 현대에서는 훨씬 농도가 약해지고, 공직자의 선출이나 평가에 있어서도 그 힘이 현저하게 약화되어 있다. 이런 변화가 좋은지 나쁜지는 모르겠지만, 아마도 비슷한 정도라고 할 수 있을 것이다.

옛날 미개의 해안선에 정착한 영국인은 왕과 귀족을 위시해서 존경해야 할 계급들을 모두 영국에 두고 오기는 했지만, 존경해야 한다는 생각만은 여전히 뿌리 깊었다. 노인의 백발이나 위엄 있는 얼굴, 오랜 시련을 거친 고결함, 충실한 지식이나 순수한 경험, 영구 불변이라는 느낌을 주는 데다가 일반적으로 관록이라는 정의에 들어맞는 그 근엄한 무게가 있는 성질들에는 존경의 정을 아끼지 않았다. 따라서 초기의 정치가인 브래드스트릿(1603~1697, 매사추세츠 주지사를 전후 10년 간 역임했음), 엔디콧(1589~1665, 전후 15년에 걸쳐 매사추세츠 주지사를 역임했음), 더들리(1576~1653, 매사추세츠 주지사로 네 번이나 선출되었음), 벨링햄, 그밖의 지사들은 대중에게서 선출되어 정권을 장악했다고는 하지만 반드시 수완가라고 할 수는 없었고, 뛰어난 지성이라기보다는 중후한 온건함으로 사람들의 존경을 받았던 것 같다. 그들은 용기와 독립 정신을 갖고, 곤란이나 위기에 부닥쳤을 때는 거친 파도에 맞서는 절벽과 같이 단호하게 국민의 복지를 위해 일어섰다. 이러한 특질은 새 식민지 행정관들의 딱딱한 표정이나 발달된 체격 등에 잘 나타나 있었다. 이 타고난 위엄 있는 태도에 관한 한 이들 실제적 민주주의 선구자들이 귀족원에 들거나 국왕의 추밀고문관으로 임명된다 해도 하등 손색이 없을 것이다.

행정관들의 뒤를 따르는 자는 그 고명한 청년 목사로, 이 사람의 입을 통해 기념일을 축하하는 설교를 듣게 되어 있었다. 이 당시는 정치가라는 직업보다도 목사라는 직업에서 훨씬 지적 능력이 발휘되고 있었다. 고매한 동기는 문제 밖이라고 쳐도 사회에서 숭배에 가까운 존경을 받고 있었기 때문에, 아주 격렬한 야심의 소유자도 이 목사라는 직에는 강렬한 매력을 느끼지 않을 수 없었다. 정치력마저 저 인크리스 매더(1639~1723, 보스턴의 목사. 1685~1701년까지 하버드 대학의 총장을 역임했을 뿐만 아니라 영국으로 가는 사절단의 일원이 되기도 했음)의 경우처럼 훌륭하게 수중에 넣을 수 있었던 것이다.

이때의 딤즈데일의 모습을 본 사람들의 말을 빌면, 이 목사가 뉴잉글랜드 해안에 처음으로 발자국을 남긴 이래 힘찬 모습을 보여준 것은 이것이 처음이라는 것이었다. 보통 때와 달리 힘없는 발걸음도 아니었고, 앞으로 굽은 자세도 아니었으며, 손이 무기력하게 가슴 위에 얹어지는 일도 없었다. 그러나 이 목사를 정확한 눈으로 본다면 그 기력이 육체적인 것이 아니라는 사실을 알 것이다. 그것은 오히려 정신적인 힘이었고 천사에게 부여받은 것 같았다. 오랜 시간 동안 몰두한 사고의 용광로, 그 백열 속에서만 증류될 수 있는 강력한 코디얼에 의해 초래된 흥분이었을지도 모른다. 어쩌면 목사의 민감한 기질이 천상을 향해 솟아 올라가는 듯한 고음의 음악에 자극되었는지도 모른다. 그러나 그 표정은 너무도 얼빠진 것 같았기 때문에 음악이 딤즈데일의 귀에 들렸는지마저가 의심스러웠다.

확실히 육체는 보통 때와 다른 기세로 전진을 계속하고 있었다. 그런데 정신은 어디에 있었을까? 정신은 그 영역 훨씬 깊은 곳에서 곧 쏟아져 나오게 될 당당한 사상의 흐름을 정리하기 위해 이상할 정도로 바쁘게 활동하고 있었다. 그러므로 목사에게는 주위의 것은 모두 보이지 않았고, 알 수도 없는 것이었다. 오로지 정신력이 쓰러지려는 육체를 받치고 그 무거운 짐을 느끼지 못한 채 걷게 하며, 그보다 더 나은 정신적인 것으로 전환시키고 있었다. 뛰어난 지성을 지닌 사람이 병적으로 되면 이런 위대한 힘을 갖는 수가 가끔 있으며, 이 힘을 얻기 위해 여러 날 모든 정력을 투입한 결과 다시 생기를 잃어 버리게 된다.

목사를 뚫어지게 바라보고 있는 동안 헤스터 프린은 무언가 쓸쓸한 생각에 사로잡혔는데, 그것이 왜 그렇고 어디서 오는지 알 수 없었다. 그저 이제 목사가 자기 세계에서 아주 멀리 떨어진 사람이 되어 손이 미치지 않는 곳에 있다는 느낌뿐이었다. 헤스터는 서로 상대를 알아보는 시선이 교환되어야 한다고 상상하고 있었다. 고독과 애정과 고뇌로 가득찬 작은 골짜기가 있는 숲을 상

기하고, 손을 잡은 채 앉아서 슬프고 정열적인 이야기를 개울의
우울한 흐름에 얽히게 했던 이끼 낀 나무 밑동을 생각했다. 그때
는 참으로 서로 깊이 알고 있었다. 그런데 저분이 바로 그 사람이
란 말인가? 지금은 다른 사람처럼 보였다. 이 사람은 당당하고 훌
륭한 교부들의 행렬과 함께 화려한 음악에 둘러싸여 자랑스런 모
습으로 지나가고 있었다. 세상의 지위로 보아도 손이 미칠 수 없
는 사람이며, 사상이라는 먼 거리를 두고 모습을 바라본다면 더
욱 그렇다. 모두가 꿈이나 환상이었음에 틀림없다. 그렇게도 확
실히 본 꿈이었는데, 목사와 자기 사이에 현실에서 이어질 수 있
는 끈이란 없는 듯싶었다.

　이렇게 생각하니 헤스터의 마음은 무거워졌다. 아주 여성다운
헤스터로서는, 특히 두 사람의 운명의 무거운 발짝 소리가 한걸
음씩 한걸음씩 다가오는 것이 들리는 지금에 이르러서 목사가 그
들 둘만의 세계에서 이렇게 완벽하게 빠져 나간다는 것은 용서할
수 없는 일이었다. 어둠 속에서 차가운 양손을 내밀어 더듬어도
상대를 잡을 수가 없었다.

　펄은 이런 어머니의 마음을 알아차리고 그 영향이라도 받았는
지, 목사 주위에 손도 댈 수 없는 서먹서먹함이 둘러싸고 있음을
깨달은 것 같았다. 행렬이 지나가는 동안 불안한 듯 당장이라도
날아가려는 작은 새처럼 여기저기를 돌아다녔다. 이윽고 행렬의
끝이 보이지 않을 때 헤스터의 얼굴을 쳐다보며 말했다.

　"엄마, 그 사람이 개울 있는 데서 내게 키스해준 분과 같은 목

사님이에요?"

"펄, 입 좀 다물고 있어."

어머니는 작은 목소리로 말했다.

"숲속에서 있었던 일을 광장에서 말하면 안 돼요."

"그 사람이 같은 목사님이라고는 생각지 않아요. 아주 이상한 얼굴이었어요."

아이는 말을 계속했다.

"그런 얼굴이 아니었다면 뛰어가서 모두 보는 앞에서 키스해 달라고 할 생각이었어요. 어두운 숲속에서 해주신 것처럼 말이에요. 목사님은 무어라고 말했을까요, 엄마? 가슴을 손으로 움켜잡으면서 날 노려보고 저리 가라고 했을까요?"

헤스터가 대답했다.

"아마도 말이야, 펄, 목사님은 '지금은 키스 같은 거 할 때가 아냐. 키스는 광장에서 해서는 안 돼요.' 라고 했을 게 틀림없어. 바보 같으니! 네가 목사에게 말을 걸지 않아서 참 다행이야."

딤즈데일을 둘러싼 이같은 생각을 조금 느낀 다른 한 사람이 있었다. 그 사람은 광기 탓으로 그랬는지 사람들 앞에서 주홍 글씨의 주인공에게 말을 거는, 다른 사람들이 할 수 없는 일을 하였다. 그 사람은 히빈즈 부인으로서 삼단으로 주름 잡은 치마에 자수 장식이 붙은 윗옷에다가 황금의 손잡이가 있는 지팡이를 든 아주 굉장한 차림으로 군중 속에 모습을 나타냈다. 이 노부인은 당시 빈번하게 일어나고 있던 마법을 쓰는 장본인이라는 한결같은 평판이 있었기 때문에 후에 목숨까지도 잃게 되었다. 군중은 길을 비키며 부인의 의상에 닿는 것을 두려워했는데, 이는 그 화려한 주름 옷깃에 돌림병이라도 감추기나 한 것 같았다. 게다가 헤스터와 어깨를 나란히 하고 있는 것을 보고는——헤스터에 대한 일반의 감정이 아무리 부드러워졌다고 해도——히빈즈 부인에 대한 공포감이 더 커져서 광장에 있던 사람들은 두 여인의 주변에서 슬슬 물러났다.

노부인은 헤스터에게 작은 소리로 이야기하기 시작했다.

"그런데 말이오, 아무리 상상력을 동원해도 보통 사람들은 잘 이해가 안 가겠지만, 저 목사 말이오, 세상에선 성인이다 어쩌다 하면서 존경하고 있다는데 실제로 그런 얼굴을 하고 있는 것도 확실하지요. 그런데 말이오, 저 남자가 행렬에 참가하고 있는 걸 보고, 서재를 빠져나가 숲속에서 숨을 돌리고 있었던 것이 얼마 전이었다는 걸 누가 알겠어요? 아무리 입으로는 히브리어의 성경 구절을 외고 있었다고 해도 말이오. 핫하하, 우리들은 그 뜻을 알고 있어요. 헤스터 프린, 그래도 말이오, 그 남자가 그때와 같은 인간이라고는 도저히 믿을 수 없어요. 지금 악대의 뒤를 걸어가고 있는 교회의 패들은 누군가(마왕)가 바이올린을 켜고 있을 때 나와 함께 가락에 맞추어 춤추고 있던 사람들이라오. 우리들과 손을 잡고 춤추고 있었던 건 인디언 기도사나 랩란드의 마법사였지. 그러나 세상을 속속들이 알고 있는 여인의 눈으로 보면, 그런 건 아무 것도 아니에요. 그러나 저 목사가 당신과 숲속의 오솔길에서 만난 사람과 같은 인간이라고 단언할 수 있어요, 헤스터?"

"부인, 부인의 이야기는 무슨 소린지 모르겠어요."

헤스터 프린은 히빈즈 부인이 미친 사람이라고 느끼면서 대답했는데, 수많은 인간 —— 자기 자신도 포함해서 —— 이 악마와 개인적인 연관을 맺고 있다는 것을 자신 있게 말하는 데는 놀랍고 이상하게 두려운 생각이 들었다.

"딤즈데일 목사님같이 학식이 많고 신앙심 깊은 목사님에 대해 난 도저히 가볍게 말할 수 없어요."

"쳇, 무슨 여자가 이래!"

노부인은 헤스터의 눈앞에서 손가락을 내저으면서 말했다.

"수없이 숲속에 간 적이 있는 내가 나 외에 누가 숲으로 갔는지 모른단 말이오? 춤추면서 붙이고 있던 화환의 잎에 머리카락이 남아 있지 않아도 알아요. 헤스터, 당신에 대해서도 알고 있어요. 그 증거가 눈에 보여요. 양지에서도 잘 보이고, 어두운 곳에서는 불꽃처럼 활활 빛나고 있으니까 말이오. 당신은 남이 보이도록 붙이고 있으니까 조금도 문제 되지 않아요. 그런데 저 목사는, 귀를 잠깐 이리 돌려요. 마왕은 말이오, 서명한 부하들 속에는 딤즈데일 목사처럼 계약을 인정하는 걸 부끄러워하는 자도 있다고 해요. 그러면 그 증거가 대낮에 세상 사람들 눈에 드러나도록 하는 거예요. 항상 가슴에 손을 얹고 그 목사가 숨기려고 하는 건 무어죠? 응, 헤스터 프린!"

"뭐예요, 히빈즈 아주머니?"

펄이 다그치듯 물었다.

"보았어요?"

"아무것도 아니야, 아가씨."

히빈즈 부인은 공손하게 인사하면서 말했다.

"오래지 않아 자신의 눈으로 확인하게 될 테니까요. 세상 소문에 의하면 아가씨가 하늘의 제왕이신 마왕님의 자손이라고 하더군요. 언제 맑은 밤, 나하고 함께 하늘로 날아가 아버님을 뵙지 않겠어요? 그러면 왜 목사님이 가슴에 손을 얹곤 하는지 알게 돼요."

그리고는 광장 안의 사람들 귀에 들릴 만큼 큰 소리로 웃으며 노부인은 가 버렸다.

그러는 동안에 교회에서는 식을 시작하는 기도를 마치고 설교를 시작한 딤즈데일 목사의 목소리가 들려오고 있었다. 헤스터는 억제하기 어려운 기분으로 그곳 가까이에 말뚝처럼 서 있었다. 성스러운 교회는 혼잡하고 발 디딜 틈이 없었으므로 처형대 바로 옆에 자리 잡았다. 분명치는 않지만 변화있고 중얼거리는 투의, 아주 특징있는 목사의 목소리가 들릴 만큼 가까운 위치였다.

목사의 음성 그 자체가 축복을 타고났다고 할 수 있어서, 설교자의 이야기를 하나도 알아들을 수 없다고 해도, 그 어조와 억양만으로 듣는 사람의 마음이 흔들리지 않을 수 없었다. 모든 음악과 같이 그 목소리는 인간의 정열과 비애를 높고 부드러운 어조로 속삭이고 있었다.

교회의 벽이 가운데 있어서인지 분명히 들리지 않았지만, 헤스터 프린은 열심히 귀를 기울이며 깊은 공감을 하고 있었다. 그 설교에는 알아듣기 어려운 이야기는 전혀 담겨져 있지 않았다. 더욱 분명히 들렸다면 그의 목소리가 오히려 조잡한 매개물이 되어 정신적인 공감을 방해했을지도 모른다. 바람이 점점 고요함을 띠는 것처럼 목사의 낮은 목소리가 들려오는가 하더니, 곧 부드러운 힘이 조금씩 묻어나왔다. 이에 따라 헤스터의 감정도 상승하고, 그 음량 덕택에 경외와 장엄함에 넘치는 분위기 속에 휩싸였다.

그러나 목사의 목소리는 때로는 무게가 있음에도 불구하고, 그 밑바닥에는 비애가 언제까지나 남아 있었다. 높고 낮은 고뇌의 표현은 괴로움에 허덕이는 인류의 속삭임이거나 비명이라고도 생각되어, 비애를 아는 사람들의 마음을 흔들었다. 때로는 이 깊은 비애의 어조만 귀에 들려오는가 하면, 황량한 침묵의 속삭임이 되어 들리지 않을 때도 있었다. 그러나 목사의 목소리가 높아져 낭랑하게 울려퍼질 때에도, 억제할 수 없이 장중하게 흘러나올 때에도, 끝없을 만큼 폭넓고 힘차며 튼튼한 벽에서 밖으로 넘쳐 흘러서 외계로 퍼지는 것이나 아닌가 생각될 정도로 교회 가득히 흐를 때에도 진지하게 가만히 귀를 기울이고 있는 사람들은 같은 고통의 외침을 들을 수 있었다. 그것은 도대체 무엇이었을까? 슬픔에 허덕이며, 죄를 범하고 있을지도 모르는 인간의 마음에 죄와 슬픔의 비밀을 이야기하고, 모든 순간에 온갖 어조로 동정과 용서를 구하고 있는 것이다. 또한 충분히 구할 만한 보람이 있는 호소였다. 목사에게 독특한 힘을 부여하고 있었던 것은 그 깊이 있는 내면에 깔린 비애였다.

설교가 진행되는 동안 헤스터 프린은 처형대 밑에 동상처럼 서 있었다. 목사의 설교 때문에 그런 것은 아니라고 해도, 역시 치욕의 첫걸음을 내디딘 장소에는 피할 수 없는 자력이 있었는지도 모른다. 그 이전의 생활도 모두가 이 장소와 관련되고 생활을 통일시키는 한 점이 되어 있다는 느낌이 들었는데, 이것은 확고한 생각이라기보다는 막연하게 자신의 마음을 짓누르고 있었다.

한편 펄은 어머니 곁을 떠나서 혼자 멋대로 광장을 돌아다니며 놀았다. 밝은 빛으로 우울한 군중의 기분을 유쾌하게 북돋아 주는 모습은 풀밭의 희미한 빛에 보였다 사라졌다 하면서 여기 저기 날아다니는 밝은 깃털을 가진 작은 새가 거무스레한 나무 전체를 환하게 비추는 것과 비슷했다. 이 아이의 동작은 파도 치는 것과도 같아서 불규칙한 일이 가끔 있었다. 그것은 시종 기분이 활발하다는 것을 보여주는 증거였다. 특히 오늘은 어머니의 마음에 동요되어 흥분해서 뛰어다니고 있었는데도 평소보다 지칠 줄을 몰랐다. 언제나 활기있고, 호기심을 일으키는 것이 눈에 띄면 그곳으로 달려갔으며, 갖고 싶은 것이 있으면 그것이 사람이든 물건이든 자신의 소유물인 양 움켜잡겠다는 기세로 자신의 동작을 조금도 억제하지 않았다. 그 모습을 보고 청교도들이 설사 미소 짓는 일이 있었다고 해도, 작은 몸집과 그 움직임에 빛나는 아름다움과 귀여운 매력을 느꼈다 해도, 이 아이가 악마의 자손이라는 생각에는 변함이 없었다.

펄이 뛰어가서 인디언의 얼굴을 찬찬히 들여다 보고 있으니까, 인디언은 자기보다도 훨씬 거친 성질의 소유자가 눈앞에 있음을 깨달았다. 그 다음에 펄은 독특한 조심스런 태도를 보이면서도 역시 타고난 대담함으로 선원들 속으로 뛰어들어갔다. 육지의 야만인이 인디언이라면 그들은 살갗이 거무스레한 바다의 야만인이었다. 그들은 펄의 모습을 보고 놀라거나 감탄하였는데, 바다의 거품이 소녀로 변해 밤마다 뱃머리에 번쩍이는 바닷불의 요정을 선사받았다고나 할 표정들이었다.

이 선원들 중의 한 사람이 바로 헤스터 프린에게 말을 걸었던 선장이었는데, 펄의 모습에 완전히 매혹되어 살짝 키스해 줄 생각으로 양손으로 붙잡으려 했다. 그러나 펄을 붙잡는 것은 하늘을 나는 벌이나 새를 잡는 것과 다름없을 만큼 불가능하다는 것을 알았기 때문에, 모자 둘레에 감았던 금으로 된 레이스를 떼어 아이에게 던져 주었다. 펄은 이것을 즉시 목과 허리 언저리에 감았는데, 몸의 일부처럼 일순간 솜씨 있게 감아 그것을 감지 않은 펄을 상상할 수 없게 되어 버릴 정도였다.

"네 엄만 저기 있는 주홍 글씨를 붙인 여인이지?"

선장이 말했다.

"내 말 전해 주지 않겠니?"

하고 선장은 다정한 미소를 띠었다.

“내 맘에 드는 전갈이라면 전해 드리겠어요.”

펄이 대답했다.

“그럼 부탁해. 얼굴이 거무스레하고 새우등의 늙은 의사와 다시 한번 상의했는데, 네 엄마도 알고 있는 친구를 배로 데려가는 일은 그 의사 선생이 하기로 했다고 말이야. 그러니까 네 엄마는 너와 둘만의 걱정을 하면 된다고 전해 줘, 이 마술사 애야.”

“내 아빠는 하늘의 제왕인 마왕님이라고 히빈즈 아주머니가 말했어요.”

펄이 장난스럽게 웃으면서 말했다.

“날 그렇게 부르면 아빠에게 이를래요. 그래서 아저씨네 배 같은 거 폭풍에 쫓기게 할 거예요.”

광장을 지그재그로 건너서 어머니에게로 돌아온 펄은 선장의 말을 전했다. 헤스터의 굳세고 강인하며 변함없이 인내할 수 있는 정신도 끝내 이 피할 수 없는 어둡고 냉혹한 운명의 눈앞에는 참을 수 없었다. 목사와 둘이서 미로와 같은 비참함에서 벗어날 수 있는 길이 가까스로 열렸다고 생각되는 순간에 운명이 잔인한 미소를 띠고 두 사람의 앞길을 가로막은 것이다.

선장의 전갈로 괴로워하고 있던 참에 헤스터는 또 다른 시련에도 맞서지 않으면 안 되었다. 보스턴 근처에서 온 사람들이 광장에 많이 모여 있었는데, 이들은 주홍 글씨에 대해 진작부터 밑도 끝도 없는 과장된 소문으로 놀라고는 있었지만 직접 본 적은 없는 자들뿐이었다. 이 패들은 더 이상 볼거리가 없었기 때문에 시골뜨기다운 무례하고 뻔뻔스러운 태도로 헤스터 프린의 주위에 울타리를 만들기 시작했다. 그러나 아무리 무례한 자들이라고 해도 몇 야드의 원을 만들며 둘러쌌을 뿐 그 이상 접근하려고는 하지 않았다. 주홍 글씨에 대한 혐오감이 작용해서 일정한 정도의 거리를 남기고 그 자리에 꼼짝 않고 서 있었다.

게다가 선원의 무리들도 새까맣게 사람이 모여든 것을 보고 주홍 글씨의 뜻을 알아차리고는 볕에 그을린 무법자 같은 얼굴을 사람들 사이로 들이밀었다. 인디언까지도 백인의 호기심이 던지는 차가운 그림자에 영향을 받아, 인파를 헤치고 뱀과 같이 새까만 눈으로 헤스터의 가슴을 쏘아보고 있었다. 인디언들은 이 멋진 자수를 붙인 여인이 백인들 사이에서는 고귀한 인간임에 틀림없을 것이라고 생각했을지도 모른다. 게다가 이 고장 주민들까지도——이미 익숙해져 호기심이 없던 그들도 남의 반응을 보고 흥미가 까닭없이 되살아났기 때문에——같은 방향으로 어슬렁어슬렁 와서는 신기하지도 않은 치욕의 표지를 차갑고 의기양양한 얼굴로 바라보기 시작해 다른 패들보다도 더욱 헤스터 프린을 괴롭혔다.

7년 전 감옥에서 나오는 것을 기다리고 있던 여인네들도 보였다. 단 한 사람, 제일 젊고 인정 있는 여인만은 보이지 않았다. 그녀가 죽었을 때 그 수의를 헤스터가 만들었던 것이다. 타들어가는 듯한 주홍 글씨를 얼마 안 있어 집어 던질 수 있는 마지막 순간에 가슴에 처음 붙이고 나서 지금까지 없었을 만큼의 주목과 흥분의 표적이 되고, 그것 때문에 더욱 아프게 가슴을 태우게 되었다는 것은 애처로운 운명이었다.

헤스터가 교활하고 잔인한 선고 때문에 그 치욕의 울타리 안에서 있을 무렵 목사는 신성한 단에서 청중을 내려다보고 있었는데, 청중의 정신은 목사에게 완전히 사로잡혀 있었다. 교회에서는 덕 높은 목사! 광장에서는 주홍 글씨의 여인! 아무리 불경한 인간이라도 이 두 사람의 가슴에 같은 치욕의 낙인이 타들어가고 있는 것을 상상하지는 못했다.

주홍 글씨의 발현

청중의 영혼을 큰 파도에 태운 듯이 높이 끌어올렸던 웅변도 이
젠 끝났다. 신탁이 이야기된 뒤에 오는 침묵이 한순간 흘렀다. 이
어서 속삭이는 소리와 억제할 수 없는 듯한 술렁거림이 일어났는
데, 남의 마음의 영역에 가 있던 청중이 강력한 주문에서 깨어나
두려움과 놀라움에 짓눌린 채 제정신이 든 것 같은 상태였다. 다
음 순간에 군중은 밖으로 밀려나가기 시작했다. 모든 것이 끝났
기 때문에 설교자의 불꽃 같은 이야기와 풍요한 사고의 향기로
충만해 있던 교회의 공기와는 다른, 이제 되돌아가야 하는 거친
속세의 생활을 지탱하는 데 어울리는 공기가 필요했던 것이다.

밖에 나와서 청중의 감격은 말이 되어 되살아났다. 거리나 광장
어느 곳에서나 목사에 대한 칭찬으로 그야말로 구석구석이 들끓
었다. 어떻게 표현할 수 없는 자신들의 마음을 서로 주고받지 않

고서는 마음이 가라앉지 않을 것 같았다. 이 사람들의 일치된 증언에 의하면, 오늘 설교를 한 목사만큼 박학하고 고매하며 신앙심 깊은 정신으로 이야기한 사람은 없다는 것이었다. 또한 이 목사만큼 의심할 여지가 없는 영감이 인간의 입술에서 나온 적도 없다는 것이었다. 영감은 목사에게 붙어서 떨어지지 않고 눈앞에 있는 원고로부터 더 높은 세계로 뛰어올라 청중뿐만 아니라 본인 자신도 경탄할 만한 갖가지 관념과 감동으로 가득차게 하였다.

목사는 신과 인간 사회와의 관계, 그리고 황야에 건설된 뉴잉글랜드에 대해 특히 언급하고 있었다. 설교가 끝나갈 무렵, 예언자와 같은 정신이 목사를 사로잡아 이스라엘의 옛날 예언자와 같은 격렬한 힘이 그에게 솟아올랐다. 유태인의 예언자들이 모국에 내려진 심판과 멸망을 예고한 데 반하여 목사는 새로 모인 선민들을 위해 높고 영광에 넘친 운명을 예시했다. 그러나 설교 전체에는 바야흐로 죽음을 눈앞에 둔 사람에게서 볼 수 있는, 비탄이라고밖에 해석할 수 없는 어떤 깊은 비애감이 밑바탕에 흐르고 있었다. 확실히 청중은 목사를 사랑하고 목사 역시 청중을 사랑하고 있었기 때문에, 한숨을 짓지 않고서는 천국으로 떠날 수 없는 목사는 자신에게 때아닌 죽음이 찾아드는 것을 예감했다. 이 지상에 언제까지나 머물 사람은 아니라는 이 생각이 설교자의 인상을 더 한층 강하게 하고 있었다. 천사가 하늘로 향하는 도중, 사람들의 머리 위에서 아름다운 날개를 한순간 그림자인지 빛인지 모르게 흔들고 황금의 진리를 빗발처럼 흩뿌린 것 같았다.

이와 같이 해서 딤즈데일 목사의 생애에서 가장 빛나는 시기가 찾아든 것이다. 세상 각 분야의 사람들 대부분 또한 이런 황금의 시기를 맞게 되지만, 그 시기가 훨씬 지난 후에야 비로소 깨닫게 된다. 이 순간 목사가 서 있는 최절정의 위치는 목사라는 직업 자체가 하나의 높은 지위였던 뉴잉글랜드에서조차도 지성이라든가 풍부한 학식, 설득력 있는 웅변과 아주 깨끗한 명성에 의해 비로소 오를 수 있는 곳이었다. 지사 취임 축하의 설교가 끝나고 설교단 위에서 머리를 숙였을 때 목사가 차지한 지위는 이와 같은 것이었다. 그때 헤스터 프린은 가슴에 주홍 글씨를 붙인 채 처형대 옆에 서 있었다.

곧 이어 다시 교회 입구에서 악대의 금속음과 호위대의 규칙적인 발소리가 들려왔다. 행렬은 엄숙한 연회로 이날의 의식을 끝낼 예정인 공회당으로 가게 되어 있었다.

이래서 다시 높은 덕과 위엄에 넘친 장로들의 행렬이 군중 속을 헤치고 들어가는 것이 보였다. 지사와 행정관, 현명한 장로들, 훌륭한 목사, 신분 높은 저명인사 등이 한가운데로 행진해올 때 군중은 공손히 길을 터 주었다. 행렬이 광장에 다다랐을 때 환성이 터졌다. 군중의 환호 소리는 —— 이 시대의 정치가에게 바치고 있던 순진할 정도의 충성심 때문에 더욱 힘찼다는 것은 부인할 수 없지만 —— 아직까지 귀에 쟁쟁히 울리고 있는 목사의 웅변에 대한 흥분이 자연적인 형태로 폭발한 것이었다. 모두가 외치고 싶은 충동을 느낌과 동시에 옆에 있는 사람들에게서도 같은 충동을 느낄 수 있었다. 교회 안에서 가까스로 억제하고 있던 열정이 푸른 하늘 아래에 서니 하늘에까지 미칠 것처럼 터져나왔다. 수많은 사람이 모여 있어서 돌풍이나 우뢰, 바다의 파도 소리보다도 훨씬 인상적인 소리가 울려 퍼졌는데, 흥분하고는 있었지만 조화를 이룬 감정이었다. 그 들끓는 듯한 수많은 사람들의 목소리가 큰 마음을 이루어 하나의 큰 소리로 합쳐지고 있었다. 뉴잉글랜드의 대지에서 이처럼 큰 외침 소리가 일어났던 적은 없었다. 뉴잉글랜드의 대지에 이 설교자만큼 사람들에게서 존경받은 인물도 없었다.

그런데 이 사람의 모습은 어떠했을까? 머리 주위에 빛나는 후광이 비추고 있지는 않았을까? 정신의 활동으로 영기마저 자아내고, 열렬한 숭배자에게는 신으로 숭앙되고 있는 사람이므로, 행렬 속으로 내딛는 발걸음은 정말로 땅을 딛고 있었던 것일까?

군인과 장로격인 문관의 행렬이 지나갈 때 목사가 다가오는 곳으로 모든 사람의 시선이 집중되었다. 군중의 눈에 목사의 모습이 보이기 시작함에 따라 환호성은 속삭임으로 바뀌어갔다. 모든 승리에 둘러싸이면서도 그 얼마나 수척하고 창백한 얼굴이었던가? 천국에서 부여한 힘으로 신의 말씀을 전할 때까지 목사를 북돋고 있던 영감은 그 역할을 훌륭히 수행한 지금은 흔적도 남기고 있지 않았다. 바로 전까지 얼굴에 띠고 있던 홍조도 덧없이 사그라지는 불씨처럼 꺼져 버리고 있었다. 이처럼 죽은 사람 같은 안색이어서 도저히 살아 있는 인간의 얼굴이라고는 생각되지 않았다. 쓰러지지는 않았지만 몹시 지친 듯 비틀비틀 걷는 목사의 모습에서 생기를 간직하고 있는 인간의 냄새는 느껴지지 않았다.

같은 목사의 한 사람—— 명망 높은 존 윌슨 목사—— 이 지성과 감성이 썰물처럼 밀려가는 딤즈데일의 상태를 알아차리고 빠른 걸음으로 다가가서 부축해 주려고 했다. 그러나 목사는 몸을 떨면서도 단호히 이 노인의 팔을 뿌리쳤다. 그대로 걸어가고는 있었지만, 그와 같은 동작이 걷고 있다고 묘사할 수 있을까 의심스러웠다. 마치 이리 오라고 하면서 양팔을 벌리고 있는 어머니를 목표로 비틀거리며 걷고 있는 어린 아이 같았다. 그후의 걸음걸이도 느린 것이었지만 가까스로 그 잊을 수 없는, 비바람에 낡아 빠진 처형대 맞은편까지 왔다. 옛날 헤스터 프린이 세상 사람들의 경멸의 눈초리를 받던 곳이었다. 지금 그곳에 헤스터가 펄의 손을 잡고 서 있었다. 가슴에는 주홍 글씨도 붙어 있었다. 여기서 목사는 별안간 발을 멈추었다. 악대는 당당하고 유쾌한 행진곡을 연주하며 목사를 연회장으로 재촉했지만, 목사는 여기서 발걸음을 딱 멈춰 버렸던 것이다.

벨링햄은 그 전부터 걱정스럽게 목사를 지켜보고 있었다. 그때 딤즈데일의 모습으로 미루어 그대로 두면 틀림없이 쓰러질 것이라고 생각했기 때문에, 행렬에서 벗어나 도와주기 위해 앞으로 나아갔다. 그러나 목사의 표정에는 이심전심으로 전해지는 막연한 암시 따위는 믿지 않는 지사마저도 망설이게 하는 무엇인가가 있었다. 한편, 군중도 두려움과 놀라움으로 목사를 지켜보고 있

었다. 이 사람들은 목사의 이런 지상에서의 허약함은 실은 천상
에서의 굳건함을 반영하는 것이라 생각하고 있었다. 설사 목사가
눈앞에서 승천하여 마침내 천상의 빛 속으로 사라져 버리는 일이
있다 해도, 이처럼 신성한 인간의 경우에는 있을 수 있는 기적이
라고는 생각했을 것이다.

목사는 처형대 쪽으로 몸을 돌리더니 양팔을 벌리면서 말했다.

"헤스터, 이리 와요. 당신도 펄도 함께 와요."

두 사람을 바라보고 있는 그의 얼굴은 소름 끼치는 표정이었다.
그러나 어딘가 부드럽고 묘하게 의기양양한 데가 있었다. 펄은
항상 그랬던 것처럼 작은 새와 같은 동작으로 목사 쪽으로 달려
가더니 무릎 근방을 양팔로 껴안았다. 헤스터 프린도 피할 수 없
는 운명에 몰려 자기의 강한 의지를 거역이라도 하는 것처럼 천
천히 다가왔는데, 목사에게로 채 가기 전에 발을 멈추었다. 이때
목사의 의도를 방해하려는 듯이 로저 칠링워스 노인이 인파를 헤
치고 모습을 나타냈다. 이 등장이 너무도 어둡고, 침착성을 잃고
있는 데다 사악했기 때문에 지옥의 바닥에서 솟아 나왔다고 해도
좋을 정도였다. 어쨌든 노인은 처형대 쪽으로 달려가더니 목사의
팔을 붙잡았다.

"기다려, 이 미친 사람아! 당신의 목적은 뭐야?"

노인이 작은 목소리로 말했다.

"저 여인을 쫓아 버려! 이 아이 따윈 내버려 둬! 모든 게 잘 되
어 가고 있는데, 명성을 손상하고 불명예스런 죽음을 할 필요는

없는 거야. 나는 아직 당신을 구할 수 있어. 성직에 먹칠을 하려는 거야?"

"더러운 악마! 이제 늦었어!"

목사가 대답했는데, 두려움에 떨면서도 당당한 눈길로 상대의 시선을 피하지 않았다.

"당신의 힘은 그전 같지 않아. 신의 도움을 받아 간신히 당신에게서 빠져나오는 거야."

목사는 다시 주홍 글씨의 여인에게 손을 내밀었다.

"헤스터 프린!"

가슴을 찌르는 듯 열렬하고 날카로운 목소리였다.

"7년 전 나의 무거운 죄와 비참한 괴로움에 대해 내가 단행하지 못했던 것을 이 최후 순간이 되어 마침내 하게 해주신 두렵고도 자비로우신 신의 이름으로 이곳에 와 줘요. 당신의 힘으로 말이오. 헤스터, 그리고 신이 나에게 내려 주신 의지대로 하게 해줘요. 이 비참하게도 배반당한 노인은 전력으로 자신의 힘과 악마의 힘으로 반대하려고 하고 있어요. 자, 헤스터, 이리 와요. 저 처형대까지 부축해 줘요."

군중은 당황하였다. 목사의 바로 곁에 있던 고위 고관들은 깜짝 놀라서 눈앞에 보이는 사태의 뜻을 이해할 수 없어 —— 분명한 사실을 받아들이기 어렵고, 그렇다고 달리 상상할 수 없는 채 —— 신이 내리려는 듯한 심판을 꼼짝도 않고 지켜볼 뿐이었다. 목사가 헤스터의 어깨에 기대어 허리를 그녀의 팔에 지탱한 채 처형대 계단을 올라가는 것이 보였다. 한 손은 죄가 낳은 자식의 작은 손을 꼭 쥔 채였다. 로저 칠링워스 노인이 뒤따랐는데, 이 세 사람이 등장 인물이었던 죄와 슬픔의 드라마에 밀접한 관계가 있으며, 이 마지막 장면에 입회할 자격을 충분히 갖추고 있다는 것 같았다.

노인은 험악한 눈초리로 목사를 노려보면서 말했다.

"세상의 어디를 찾아나서도 당신이 내게서 빠져나갈 비밀 장소는 없어! 하늘에도 땅에도 아무 데도 없어! 이 처형대만은 제외하고 말이야!"

"이리로 인도해 주신 신에게 감사할 뿐입니다."

목사가 대답했다.

그러나 목사는 떨고 있었다. 입술 언저리에 희미한 미소를 띠면서 헤스터를 돌아 보았는데, 그래도 눈에는 의혹과 불안의 표정이 역력히 떠올라 있었다.

"이러는 편이 더 좋지 않을까?"
라고 속삭였다.

"우리들이 숲속에서 꿈꾼 것보다도 말이오."

"모르겠어요. 난 모르겠어요."

헤스터는 가늘게 떨며 대답했다.

"좋지 않느냐고요? 그렇죠. 우리들 둘이서 죽을 수 있고, 펄도 우리들과 같이 죽을 거예요."

"당신과 펄은 말이오, 신이 명령하는 대로 해야 하오."

주홍 글씨

목사가 말했다.

"신은 자비로우시니까. 그러나 내게는 지금 내 눈앞에 신이 분명히 보여준 의지를 실행토록 해줘요. 헤스터, 난 남은 목숨이 얼마 안 되는 인간이야. 그러니까 내 죄를 고백하고 치욕을 당하려는 것을 말리지 말아 줘요."

헤스터 프린의 도움을 받으며 펄의 손을 잡은 채 딤즈데일 목사는 위풍당당한 행정관과 동직자인 목사, 그리고 군중 쪽으로 돌아섰다. 군중은 몹시 놀라고 있었지만 눈물 섞인 동정심이 흘러넘쳤다. 무언가 중대한 인생의 큰 일이 —— 죄가 넘치고 있다 해도, 동시에 또 고뇌와 후회도 넘치고 있는 큰 일이 —— 지금 눈앞에 드러나려 한다는 것을 깨닫고 있는 것 같았다.

정오를 조금 지난 태양은 목사를 내리비추어 정의의 여신의 법정에서 유죄의 진술을 하기 위해 대지에 버티고 서 있는 목사의 모습을 선명히 떠오르게 하고 있었다.

"뉴잉글랜드의 여러분!"

목사는 큰 소리로 말했다. 사람들 머리 위로 울려 퍼진 목소리는 크고 엄하고 당당했지만 가늘게 떨리고 있었으며, 양심의 가책과 헤아릴 수 없이 깊은 곳에서 우러나오는 절규로 인해 목이 잠기기도 했다.

"절 사랑해 주시고 절 깨끗한 인간이라고 생각해 주신 여러분! 저를 이 세상의 대죄인으로 보아 주십시오. 겨우 이제서야, 7년 전에 섰어야 했을 장소에 서 있습니다. 여기 같이 있는 여인의 팔

은 여기까지 내가 기어 오른 약하디 약한 힘보다도 훨씬 강한 힘
으로, 이 무서운 순간에도 그대로 땅에 엎드리려는 저를 지탱해
주고 있습니다. 헤스터가 붙이고 있는 주홍 글씨를 보십시오. 당
신들은 모두 이것을 보고 몸서리쳤습니다. 어디를 가나 —— 비참
하고 무거운 짐을 짊어지게 된 이 여인이 어디서 휴식 장소를 찾
으려 해도 —— 이 여인의 주위에 공포와 소름 끼치는 듯한 혐오감
을 일으키는 무서운 빛을 던지고 있었던 것입니다. 그러나 또 한
남자의 죄와 치욕의 낙인에는 당신들은 한 번도 몸서리치지 않았
습니다."

　여기서 목사의 비밀은 죄다 고백되지 않은 채 끝나 버리는 것이
나 아닌가 하고 생각되었다. 그러나 그에게 달려드는 신체의 허
약함, 특히 마음의 허약함에 목사는 이겼다. 헤스터의 부축을 뿌
리치고 모녀보다도 한 걸음 힘차게 나아갔다.

　"낙인은 남자에게도 붙어 있었던 것입니다."

　모든 것을 죄다 털어놓으려고 각오한 듯한 격렬함이 담겨 있다
고 해도 상관없을 어조였다.

　"신의 눈은 그것을 보고 계셨습니다. 천사들은 언제나 손가락
질하고 손가락으로 끊임없이 건드리고 괴롭히고 있었습니다. 그
러나 이 남자는 인간의 눈을 교묘하게 속이고, 죄 많은 속세에서
순결하기 때문에 마음이 슬프고, 천국의 동료가 없기 때문에 외
롭다는 태도로 당신들 사이를 돌아다녔던 것입니다. 죽음을 앞둔
지금 그 남자는 여러분 앞에 섰습니다. 다시 한번 헤스터의 주홍

글씨를 보아 주십시오. 여러분, 제 말을 들어 주십시오. 아주 신비스럽고 무서운 주홍 글씨도 그 남자 자신의 가슴에 붙이고 있는 것의 그림자에 지나지 않으며, 이 남자 자신의 빨간 낙인도 그의 가슴속에 불타오르는 상징에 지나지 않습니다. 죄인에 대한 신의 심판을 의심하는 분이 여기 계십니까? 보십시오! 이 심판의 무서운 증거를 보아 주십시오!"

목사는 발작하기 직전의 동작으로 성직자가 붙이는 가슴의 넓은 것을 찢어 버렸다. 그러자 마침내 표적이 모습을 드러냈다. 그러나 그 폭로된 모습을 이야기하는 것은 불경스런 일일 것이다. 한순간 공포에 질린 군중의 시선은 이 무서운 기적에 집중되었는데, 목사는 격렬한 고통 속에서도 승리를 거둔 사람처럼 얼굴에 자랑스러운 듯 홍조를 띠고 있었다. 그러고 나서 처형대 위에 푹 쓰러졌다. 헤스터는 안아 일으키듯 목사의 머리를 자기 가슴에 안았다. 로저 칠링워스 노인은 옆에서 무릎을 꿇고 얼빠진 사람처럼 공허하고 어두운 표정을 짓고 있었다.

"내게서 빠져나가 버렸어!"

이 노인은 같은 말을 몇 번이고 되풀이했다.

"내게서 도망쳐 버렸어!"

"신이 당신을 용서하기를."

목사가 말했다.

"당신도 큰 죄를 범한 것이 되었으니까 말이오."

목사는 임종 직전의 시선을 노인에게서 헤스터와 펄 쪽으로 돌리고 뚫어지게 바라보았다.

"펄!"

힘없는 목소리였다. 영혼이 깊이 잠들려고나 하는 것처럼, 목사의 얼굴에는 부드럽고 편안한 미소가 떠오르고 있었다. 아니, 무거운 짐을 벗어 버린 지금 아이와 함께 장난치고 있다고 해도 좋을 정도였다.

"착한 애지, 펄. 이젠 키스해 주겠지? 숲에서는 싫다고 했는데, 이젠 키스해 주겠지?"

펄은 목사의 입술에 키스했다. 펄에게 걸렸던 주문은 풀려 버렸다. 이 야성적인 아이도 커다란 슬픔의 장면을 지켜보고는 보통 사람과 똑같은 감정을 갖게 되었다. 아버지의 뺨에 떨어뜨린 눈물은 인간 세상의 기쁨과 슬픔 속에서 성장해서, 언제까지나 세상과 싸우는 일 없이 훌륭한 여성이 되겠다는 약속이기도 했다. 어머니에 대해서도 고뇌를 가져온 자로서의 역할을 완전히 끝냈다.

"잘 있어요, 헤스터!"

목사가 말했다.

"다시 한번 우리가 만날 일은 없을까요?"
라고 속삭이면서 헤스터는 얼굴을 목사의 얼굴 가까이 가져갔다.

"함께 영원의 생활을 보낼 수는 없을까요? 이처럼 심한 슬픔으로 서로의 죄를 보상한 것이 아닐까요? 당신도 그 밝은 임종의 눈으로 내세를 바라보고 계시겠죠. 알려 주세요, 무엇이 보여요?"

“쉿, 헤스터, 쉬잇!”

목사는 떨면서도 엄한 어조로 말했다.

“우리들이 깨뜨려 버린 규범 —— 지금 이렇게 무참하게도 폭로된 죄 —— 이것만은 당신 머릿속에 넣어 둬요. 난 잘 모르겠지만 이런지도 모르겠소. 우리들이 신을 잊어 버렸을 때, 서로 영혼에 대한 존경을 외면해 버린 그때 이미 우리가 언제까지나 깨끗하게 맺어져 내세에서 다시 만나고자 하는 염원은 모두 소용이 없었는지도 몰라. 신은 모든 것을 알고 계시며, 자비심을 갖고 있어요. 특히 우리가 고뇌의 밑바닥에 있을 때 자비로움을 보여주셨어. 내 가슴에 이 타들어가는 듯한 시련을 주신 것도 그래요. 거기 있는 음침하고 무서운 노인을 보내서 그 시련을 항상 빨갛게 타오르게 한 것도 그렇고, 날 이곳으로 데려다가 모든 사람들 앞에서 승리와 치욕에 넘친 죽음을 주신 것도 그렇고. 이런 고뇌가 어느 하나라도 없었다면 난 영원히 파멸되었을 것이오. 신의 이름을 찬송할지어다. 신의 뜻이 이루어지어다. 잘 있어요!”

이 최후의 말은 목사가 숨을 거두는 순간에 들려왔다. 그때까지 죽은 듯 조용했던 군중에게서 두려움과 경탄이 담긴 이상할 정도로 낮은 소리가 터져나왔는데, 그들의 감정은 죽은 자의 영혼을 따라 실로 엄숙하게 흘러나오고 있는 이 웅성임으로 비로소 표출되었다.

끝맺음

머칠 후, 사람들이 지금 말한 광경에 관한 의견을 정리할 때가 되었을 무렵 처형대에서 목격한 것에 대해 여러 갈래의 설명이 들려왔다.

관중의 대부분은 불행한 목사의 가슴 맨살에 헤스터 프린이 붙이고 있던 것과 조금도 다름없는 주홍 글씨가 새겨져 있는 것을 보았다고 증언했다. 그 유래에 대해서는 여러 가지 해설이 있었는데, 모두 상상의 영역을 벗어나지 못했다는 것은 두말할 나위도 없다.

헤스터 프린이 처음으로 치욕의 표지를 붙인 날, 딤즈데일 목사도 자신에게 가혹한 고통을 가하는 것으로 고행을 시작하고, 그 후 온갖 방법으로 그 고행을 부질없이 실행하고 있었다고 단언하는 자도 있었다. 아니, 그 목사의 낙인은 훨씬 후에 나타난 것이라는 주장도 있다. 유능한 마법사인 로저 칠링워스 노인의 마법의 독약으로 비로소 나타났다는 것이다. 한편 목사의 특이한 감수성이라든가 정신이 육체에 미치는 경이적인 작용 등에 실로 정통해 있는 사람들은 그 무서운 상징은 한시도 쉴새없이 작용하고 있는 양심의 가책이라는 이빨이 마음속에서 바깥으로 나와, 마침내 주홍 글씨라는 눈에 보이는 형태를 취한 것이라고 하며, 신의 무서운 심판을 보여준 결과임에 틀림없다고 수군거렸다.

독자들은 이런 여러 가지 의견 중에서 어느 하나만을 골라 잡으면 된다. 작가로서는 이 기적에 대해 입수할 수 있는 한의 설명을 다 했고, 게다가 기적의 역할도 끝난 지금에 이르러서는 오랫동안 숙고한 결과 그것이 불쾌할 정도로 선명히 새겨져 있는 뇌리에서 차라리 지워 버리고 싶은 생각이 든다.

그럼에도 불구하고 목사의 마지막 장면을 목격하고, 또 한순간도 딤즈데일 목사에게서 눈을 뗀 일이 없다고 주장하는 사람들이 목사의 가슴에는 갓태어난 어린애의 가슴과 같이 아무런 표지도 붙어 있지 않았다고 우기는 것은 기묘한 일이다. 이 사람들이 전하는 바로는, 목사의 임종 이야기는 헤스터 프린이 오랫동안 주홍 글씨를 붙이게 되었던 죄와 조금도 관련이 없으며, 또한 막연히 암시하는 일조차도 없다는 것이다.

이들 매우 훌륭한 목격자에 의하면, 목사는 목숨이 얼마 남지 않았다는 것을 깨닫고, 게다가 군중의 존경으로 이미 성자나 천사의 경지에 이르렀음을 알고 있었으므로 그 타락한 여인의 팔에

안겨 숨을 거둠으로써, 인간의 미덕 따위가 아무리 선택된 것이
라고 해도 아주 하찮은 것이라는 사실을 세상 사람들에게 보여주
려고 했다는 것이다. 인류의 정신적인 행복을 위해 애쓰며 생애
를 바친 목사는 영원히 순결한 신의 눈으로 보면 어떤 인간도 모
두 죄인이라는 슬프고도 위대한 교훈을 숭배자들의 마음에 명심
시키기 위해 스스로 죽는 순간을 하나의 우화로 만들었다는 것이
다. 아무리 덕이 높은 인간이라도 지상을 내려다 보고 계시는 신
의 자비를 분명히 인식하는 정도에 불과하며, 천상을 동경하는
인간이 지상에서 가치있다고 믿는 것들이 실은 하나의 환상에 지
나지 않고, 자신은 이것들을 완전히 거부할 수 있다는 것을 알려
주기 위해서였다는 것이다.

　이처럼 중대한 진리에 대해 이러쿵저러쿵 하는 것은 그만 두고,
다만 딤즈데일 목사의 사건에 대한 이와 같은 해석은 죽은 친구
를 보호하려는 우정어린 변명이라 생각되는데, 그렇지 않다면 용
서하기 바란다. 목사의 친구들은 주홍 글씨에 쏟아지는 분명한
증거가 있어, 그 남자가 거짓과 죄로 더러워진 흙으로 돌아가야
할 인간임을 입증하고 있는데도 끝까지 그를 옹호하고 있는 것이
다.

　지금까지 우리가 주로 더듬어 온 자료는 —— 헤스터 프린을 알
고 있든가, 당시의 목격자에게서 이야기를 들은 적이 있는 사람
들의 증언에 의해 작성된 고문서인데 —— 작가가 여지껏 취해 온
견해를 분명히 뒷받침하고 있다. 가엾은 목사의 비참한 경험이

남긴 수많은 교훈 중에서 다음 것만을 문장에 남기기로 하겠다.

'진실해라! 최악의 모습은 아니라고 해도 최악의 모습을 짐작케 하는 성질만은 숨김없이 세상에 보여주어라!'

딤즈데일이 죽은 직후, 로저 칠링워스라는 노인에게 나타난 변화만큼 놀라운 것은 없었다. 생명도, 지력도 모두가 한꺼번에 빠져 버려서 뿌리 뽑힌 잡초가 햇볕에 시드는 것처럼 그야말로 사그라들어 사람 눈에 띄지 않게 되어 버렸다. 이 불행한 남자는 인생의 지침을 복수와 그 실행에 두고 있었다. 그러나 이 완전한 승리와 목적 달성의 결과 사악한 지침을 지탱할 대상이 없어져 버리자, 이 지상에서 수행해야 할 악마적인 일이 죄다 사라져 버렸다. 때문에 이 인간성을 잃어 버린 남자가 할 수 있는 일이란 주인인 악마가 좋은 일을 찾아 주고 응분의 대가를 지불해 주는 곳으로 옮겨 가는 것뿐이었다.

그러나 우리가 지금까지 오랫동안 가까이 접해 온 이들 그림자 같은 사람들에 대해서는 —— 로저 칠링워스와 그 동료에게도 마찬가지로 —— 동정을 하고 싶다. 사랑과 미움이 근본적으로 같은 것인지 어떤지는 재미있는 관찰과 연구의 대상임에 틀림없다. 어떠한 경우에도 마침내는 고도의 친밀함과 마음의 소통이 필요하게 된다. 어떤 경우에도 애정과 정신 생활의 양식을 상대에게서 구하지 않을 수 없게 되어 있다. 게다가 어떤 경우에도 그 대상이 없어져 버리면, 격렬하게 사랑하고 있던 사람도이나 이에 못지않게 격렬하게 미워하고 있던 사람 모두 고독이라는 지옥에 떨어져 버리게 되는 것이다. 따라서 철학적으로 생각하면 애증이라는 두 격정은 본질적으로는 동일한 것이다. 다만 사랑은 천국의 광명 속에서 볼 수 있음에 반해, 미움은 희미하고 무시무시한 빛 속에서 볼 수 있는 점이 다를 뿐이다. 영혼의 세계에 가 버리면 다같이 상대의 희생자가 되어 있던 노의사나 목사 모두 지상에서 품고 있던 증오나 반감이 어느 사이에 충만한 애정으로 바뀌어 있는 것을 깨닫게 될 것이다.

이런 토론은 내버려 두고, 독자에게 전해야 할 한 이야기가 남아 있다. 로저 칠링워스 노인이 죽었을 때(그 해에 일어난 일이었지만), 벨링햄 지사와 윌슨 목사가 집행인이 되어 있던 유언장에 영국과 미국 양국에 걸쳐 있는 노인의 막대한 재산이 헤스터 프린의 딸 펄에게 유산으로 물려 주도록 돼 있었다.

이래서 요정 같은 아이였을 뿐만 아니라, 그때까지 악마의 자손이라고 주장하는 사람도 있던 펄이 신세계에서 당대 제일의 유산 상속자가 되었다. 어쩌면 이 사실이 세상의 평가에 커다란 변화를 가져오게 했을지도 모른다. 이들 모녀가 뉴잉글랜드에 머물러 있었다고 한다면, 결혼 적령기에 이른 펄이 그 자유분방한 피를 가장 열렬한 청교도 가문의 피와 섞였을지도 모른다. 그러나 의사가 죽은 후 얼마 안 있어 주홍 글씨의 여인은 펄과 함께 모습을 감추어 버렸다.

여러 해 동안 마치 사람 이름의 머릿글자를 붙이고 해변으로 밀려 올라온 나무토막처럼, 가끔 바다 건너에서 믿기 어려운 소문이 들려오는 수도 있었지만 두 사람에 대해 신용할 수 있는 것은 하나도 없었다. 주홍 글씨의 전말은 옛이야기가 되어 버렸다. 그러나 그 마력은 여전히 상실되지 않고 가엾은 목사가 숨진 처형대나 헤스터 프린이 살고 있던 해변의 오두막 등은 무서운 장소로 알려지고 있다.

어느 날 오후, 이 오두막 주위에서 놀고 있던 아이들은 긴 회색 옷을 입은 키가 큰 한 여인이 오두막 입구로 다가오는 것을 보았다. 지난 여러 해 동안 한 번도 열린 적이 없는 입구였지만 여인이 자물쇠를 열었는지, 썩은 나무와 녹슨 쇠가 손을 대는 것만으로 무너져 버렸는지, 그렇지 않으면 여인이 그림자처럼 그런 방해물을 빠져 나갔는지, 어쨌든 여인은 오두막 안으로 들어갔다. 문지방에서 여인은 발을 멈추더니 잠시 뒤돌아 보았다. 일찍이 그처럼 지독한 생활을 보낸 집 안으로 홀로, 그것도 옛날과 아주 다른 모습으로 들어간다는 것이 견딜 수 없을 정도로 쓸쓸하고 비참했을지도 모른다. 그런 망설임은 한순간의 일이었지만, 가슴에 주홍 글씨를 붙일 만한 시간적 여유는 있었다.

이렇게 헤스터 프린은 옛집으로 돌아와 오랫동안 버려 두었던 치욕의 표지를 몸에 붙이게 되었다. 그런데 펄은 어디에 있을까? 살아 있다면 이제 탐스러운 한 송이 꽃 같은 아가씨가 되었음에 틀림없다. 그 요정 같은 아이가 요절해서 소녀 때 묻혔는지, 자유 분방한 성질이 고쳐지고 부드러워져서 여성다운 차분한 행복에 어울리는 인간이 되었는지 아무도 아는 자가 없었고 확실한 것을 들은 자도 없었다.

단지 헤스터가 조용히 여생을 끝마칠 때까지 어딘가 외국에 사는 사람의 애정과 관심의 대상이 되어 있던 흔적이 남아 있을 뿐이었다. 봉투에 문장(紋章)이 붙은 편지가 오곤 했는데, 영국의 계보 기록에는 있지 않은 가문이었다. 오두막에 있는 오락품과 사치품들은 헤스터가 사용하지 않는 것이었지만, 큰 돈을 치르지 않으면 살 수 없는 것들이거나 애정을 담아 일부러 고안한 듯한 물건들이었다. 게다가 작은 장식품들이나 영원히 기억에 남을 아름다운 물건 등 자잘한 것들도 있었는데, 이것들은 사랑하는 마음으로 구상하고 섬세한 손으로 만들었음에 틀림없었다. 그리고 한 번은 헤스터가 아기 옷에 수놓고 있는 모습을 볼 수 있었는데, 그 옷을 입은 아이를 뉴잉글랜드의 어두컴컴한 사회로 데려온다면 그야말로 한 소동을 일으키지 않을 수 없을 정도로 화려하고 사치스런 것이었다.

결국 펄은 살아 있을 뿐만 아니라 행복한 결혼 생활을 하며 어머니에게 효도를 하고, 이 슬픈 어머니를 자기집 난롯가에서 위로해주고 싶은 생각으로 가득차 있을 것이라고 당시의 말하기 좋아하는 사람들은 생각하고 있었다. 그후 1백 년쯤 후에 이것 저것 조사한 세관 검사관 퓨(호손은 《주홍 글씨》의 소재를 퓨의 수기에서 얻었다고 《세관》이란 수필에 기록하고 있다. 퓨는 실재 인물이지만 호손의 이야기는 물론 허구임)도 그와 같이 믿고 있었고, 최근의 그의 후임자(호손 자신을 말함. 호손은 1846년에서부터 1849

년까지 세이렘의 세관원이었음)도 진심으로 그렇게 믿고 있었다.

그러나 헤스터 프린에게는 펄이 가정을 이루고 있는 미지의 나라보다 이 뉴잉글랜드에 참된 생활이 있었다. 이곳에는 자신이 범한 죄와 그에 따르는 슬픔이 있었다. 참회도 아직 남아 있었다. 그러므로 헤스터는 누구의 강요에 의해서가 아니라 그 스스로 돌아온 것이다. 강철과 같이 가혹한 시대의 냉혹한 지사마저도 그와 같은 것을 강요할 수는 없었다. 그리고 지금까지 말해 온 아주 어두운 이야기의 상징을 다시 가슴에 붙인 것이다. 그것이 두번다시 가슴에서 떨어지는 일은 없었다.

그러나 외로운 사색에 잠기고, 봉사적이며 헌신적인 세월이 지나가는 동안에 주홍 글씨는 세상 사람의 모욕과 비웃음을 자아내는 부정의 것이 아니라 무언가 눈물을 흘리는 것, 두려움과 존경의 생각을 가지고 바라보아야 할 것의 전형으로 바뀌어 있었다. 게다가 헤스터 프린은 이기적인 목적이나 사리사욕을 위해 생활하는 일이 없었으므로, 사람들은 슬픈 일이나 어려운 일을 가지고 와 스스로 고난을 극복한 일이 있는 사람으로서의 조언을 청했다. 특히 여성은 사랑의 상처를 받았을 때 —— 헛된 사랑이나 외면받은 사랑, 잘못된 사랑이나 죄 많은 사랑으로 괴로워할 때 —— 또는 아무도 생각해 주지 않고 원하지 않기 때문에 누구에게도 부탁한 일이 없는 가슴속의 외롭고 무거운 짐에 눌려 허덕일 때 헤스터의 오두막을 찾아와서는 이처럼 비참하게 된 이유를 밝히고, 도움을 청했다. 헤스터도 할 수 있는 데까지 위로의 말을 해주고 조언을 아끼지 않았다. 언젠가 더욱 밝은 시대가 되고 세상의 때가 무르익어 신의 뜻대로 살 수 있게 되면 새로운 진리가 모습을 보일 것이고, 남녀간의 관계가 상호 행복이라는 지금보다도 견실한 기반 위에 이루어질 것임에 틀림없다는 자신의 신념에 대해서도 분명히 이야기했다.

젊은 시절에는 헤스터도 자신이야말로 예언자로 태어난 인간이라고 어리석게도 상상한 적이 있었지만, 신성하고 신비한 진리의 사명이 죄로 더럽혀진 여인, 치욕으로 머리를 숙인 여인, 일생 동안 슬픔을 짊어진 여인에게 맡겨질 리 없다고 오래 전부터 깨닫고 있었다. 내려야 할 계시를 가지고 오는 천사라든가 사도가 되는 인간이 여성인 것은 확실했지만 그것은 보다 높고 깨끗하고 아름다운 여인이어야만 했다. 게다가 어두운 슬픔 따위와는 거리가 먼, 영묘한 환희를 경험한 현명한 여인, 깨끗한 사랑이 인간을 행복되게 한다는 것을 가장 참되게 보여줄 수 있는 여인이 아니면 안 되었다. 헤스터는 이렇게 말을 마치고 슬픔에 넘친 눈으로 주홍 글씨를 응시했다.

오랜 세월이 흐른 후 어떤 오래되어 퇴락한 묘 옆에 새 묘가 생겼다. 이곳은 후에 킹스 교회 공동묘지가 되었다. 틀림없이 퇴락한 묘 옆이기는 했지만 묘와 묘 사이에는 간격이 있어서, 그곳에 잠들고 있는 두 사람은 서로 섞일 권리 따위가 없다는 듯한 모습이었다. 그러나 묘석은 하나가 두 묘를 겸하고 있었다. 주위 일대에는 가문을 새긴 기념비가 늘어섰지만 이 수수한 하나의 묘석에

는 방패 꼴의 문장(紋章)이 새겨져 있어 지금도 호사가들이 발견
하면 그 뜻을 둘러싸고 어리둥절해할 것이다. 이 문장에 붙어 있
는 도안을 문장 용어로 고치면 지금 끝낸 이야기의 제명(題名)에
도, 또는 간략한 설명에도 도움이 될 것 같다. 그것은 실로 수수
하고 음울하여서, 그림자보다도 더욱 까맣게 불타는 한 점 빛으
로 알아볼 수 있을 뿐이었다.

　'까만 바탕에 주홍 글씨 A'

독후감 길라잡이

주홍 글씨

# 내용 훑어보기

　17세기, 청교도들이 유럽에서 미국의 동부 뉴잉글랜드로 이민 오던 무렵의 어느 여름날 아침, 보스턴의 감옥 앞 잔디밭에는 많은 사람들이 모여 있었습니다. 여인들은 잠시 후 옥문을 열고 나타날 헤스터 프린의 불륜에 대해 얘기를 하고 있었고, 남자들은 그 이야기에 귀를 기울이고 있었죠.

　헤스터는 2년 전에 암스테르담에서 이민 온 젊은 부인인데, 남편은 2년이 지나도록 모습을 나타내지 않았고 여행중에 죽었을지도 모른다는 소문이 나돌기 시작했습니다. 결국 헤스터는 다른 남자를 사랑하게 되어 딸을 낳았습니다.

　당시의 엄격한 사회에서 간음죄는 곧 사형을 의미했습니다. 그러나 헤스터가 젊고 아름다웠기에 남자들의 유혹도 많았을 것이고, 남편의 행방도 알 수 없다는 판사들의 판결에 따라 사형에 처해지지는 않고, 시민들 앞에서 구경거리가 된 후 가슴에 주홍 글씨 'A'를 달고 다녀야 하는 벌을 받게 되었습니다. 그런데 바로 오늘이 그 날이었죠.

　드디어 옥문이 열리고 아름다운 여인이 가슴에 아기를 안은 채 간수에게 떠밀려 밖으로 나왔습니다. 가슴에는 주홍 글씨로 쓴 'A(Adultery : '간음' 이라는 뜻)' 자를 붙이고 있었어요.

　비난에 찬 사람들의 눈초리를 받으며 처형대 위에 3시간 동안 서 있던 헤스터의 눈에 인디언과 함께 서 있는 나이 든 남자의 모습이 들어왔습니다. 바로 그녀의 남편이었어요.

헤스터가 사랑했던 사람은 장래가 촉망되는 젊고 유능한 목사 딤즈데일이었습니다. 뉴잉글랜드에서 그보다 더 존경과 사랑을 받은 인물은 없었을 정도였습니다. 그는 자신의 죄를 고백하지 못한 채 나날이 야위어 가고 있었습니다.

세월이 흘러 펄이 일곱 살이 됐을 때, 헤스터에 대한 마을 사람들의 생각도 바뀌어졌습니다. 헤스터가 겸손과 봉사의 마음으로 마을의 불행한 일들을 돌봐 왔기 때문입니다. 그래서 죄인에 대한 형벌로 가슴에 붙이고 다니는 'A'라는 글자도 이제는 수치의 표시가 아니라 '유능한(Able)'이라는 뜻으로 해석되기에 이르렀습니다.

헤스터의 남편은 로저 칠링워스로 이름을 바꾸고, 그녀의 남편이라는 사실도 숨긴 채 딤즈데일 목사의 주치의가 되어 한집에서 살게 됩니다. 그러던 어느 날 아내의 불륜 상대가 바로 목사임을 알게 되고 서서히, 치밀하게 복수를 해나갑니다.

그는 섬세한 목사의 내면에 한 마리 뱀처럼 파고들어 그의 고뇌를 뒤흔들어 놓습니다. 이것은 마치 독 묻은 주사바늘을 주입하는 것과 같아 딤즈데일 목사는 나날이 쇠약해지고 결국 죽음의 그림자가 그의 얼굴에 드리우게 됩니다.

헤스터는 목사의 이런 모습을 보고 칠링워스를 만나 설득하지만 이 가엾은 희생자 역시 자신의 뜻을 굽히지 않습니다. 헤스터는 결국 목사를 만나 칠링워스와의 관계를 밝히고 둘은 자유의

땅을 찾아 보스턴을 떠날 것을 약속하기에 이릅니다.

선거 축하 예배가 있던 날, 딤즈데일 목사는 감동적인 설교를 마칩니다. 이날 목사는 성직자로서 최고의 자리에 서게 되지만, 승리의 행진을 계속하지 않고 헤스터와 펄의 손을 잡은 채 처형대 위에 올라 자신의 과거를 고백하며 눈을 감습니다. 그 일 이후 사라졌던 헤스터는 어느 날 보스턴의 오두막집으로 돌아와 외로운 사람들의 말벗이 되며 여생을 마칩니다.

오랜 세월이 흐른 뒤 낡은 무덤 옆에 새로운 무덤이 생기지만 마치 두 유해의 만남을 허락하지 않는 듯, 두 무덤 사이에는 간격이 있었습니다. 그러나 묘비 하나가 두 무덤에 같이 쓰이고 있었는데, 그 곳에는 다음과 같은 글이 쓰여 있었습니다.

'까만 바탕에 주홍 글씨 A'

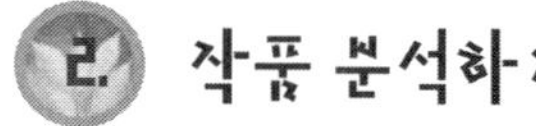

2. 작품 분석하기

《주홍 글씨》는 엄격한 청교도 사회에서 간음죄를 저지른 두 남녀와 전 남편의 관계가 얽히면서, 그들의 심리와 고민하는 모습을 내용으로 한 소설입니다. 작가는 이들의 모습을 통해 청교도 사회의 보수적인 도덕성을 비판하고, 죄를 지은 인물들의 인간적인 모습이 진정 무엇인가를 이야기하고 있습니다.

▌ 작품의 시점 ▌

인간적인 고민이라는 심리 묘사에 적절한 3인칭 전지적 작가 시점입니다. 하지만 읽다 보면 종종 작가의 주관적 견해를 만나기도 하죠.

▌ 시대적 배경 ▌

영국 이주민들이 새로운 식민지에 정착한 지 얼마 안 되는 17세기를 배경으로 하고 있습니다. 정확하게 말하면 1642년 6월부터 1649년 5월까지의 7년 간에 걸친 이야기입니다.

▌ 공간적 배경 ▌

17세기의 보스턴으로, 청교도들은 영국의 종교적 탄압과 박해를 피해 신대륙에 뿌리를 내렸습니다. 신앙의 자유를 찾아 많은 어려움을 무릅쓰고 대서양을 건넜던 것이죠.

▌ 사상적 배경 ▌

청교도들에게 《성경》 말씀은 곧 법이었습니다. 이런 사회에서는 자유롭지 못한 편협한 가치관과 금욕이 강조되곤 하죠. 그래서 오히려 《성경》의 기본인 사랑과 믿음을 바탕으로 하는 따스한 인간 관계가 사라져 버리는, 위험한 상태가 되기 쉽습니다.

▌ 작품의 특징 ▌

이 작품은 청교도 사회에서, 사람들의 죄의식이 초기에 이주해 온 이주민들에게 준 심리적인 영향과 청교도 사회의 이중적인 양면성을 함께 보여주고 있습니다. 따라서 죄 자체보다는 죄로 인한 마음의 고통 그리고 인간의 어두운 마음속을 자세하게 묘사하고 있는데, 작품을 읽다 보면 치밀한 작품 구성과 하나의 통일된 주제 의식, 엄격한 소재 선택에 따른 간결한 내용과 제한된 등장인물 등 여러 가지 특징이 훌륭하게 나타나 있음을 발견하게 됩니다.

작가 호손은 이 작품에서 죄인인 헤스터와 딤즈데일보다는 엄격한 종교적 율법에 치우치고 있는 청교도주의와 악마의 화신인 칠링워스를 비판하고 있습니다. 청교도주의와 칠링워스의 공통점이라면 인간성이 결여됐다는 점을 들 수 있겠죠. 이렇듯 '죄'나 '구원'과 같은 종교적인 입장이 아닌 인간을 중심으로 할 때, 이 작품의 주제는 '인간의 나약함과 고통에 관한 이야기'라고 볼 수도 있습니다.

그리고 이렇게 주제를 폭넓게 정할 때 비로소 호손의 인간 중심 사상과 딤즈데일의 모호한 구원 문제 그리고 헤스터가 도덕적으로 발전하게 된 이야기에 대해서도 포괄적으로 생각해 볼 수 있게 되죠.

■ 치밀한 작품 구성과 통일된 주제 의식

그러면 이 작품의 구성을 분석해 볼까요?

청교도주의를 상징하는 제1부 1장에서 헤스터를 감옥에서 끌어내 치욕적인 형벌을 주는 청교도들은, 8장에서는 헤스터와 펄 그리고 밝혀지지 않은 펄의 아버지에 대한 문제는 하나님의 섭리에 맡기자면서 이들 문제에서 손을 떼게 됩니다. 그러나 칠링워스는 여기에 승복하지 않고 기필코 자기 아내의 불륜 상대를 찾기로 결심하죠.

칠링워스가 작품을 주도하는 제2부의 첫 장인 9장은 제목부터 칠링워스의 별명인 '거머리(The Leech)'로 되어 있습니다. 이 제목은 중요한 의미를 갖고 있다고 볼 수 있어요. 옛날엔 의사를 'Leech'라 부르기도 했지만, 여기에서는 의사라는 의미보다 남의 피를 빨아먹고 사는 거머리처럼 딤즈데일에 달라붙어 그의 영혼을 말려 죽이려는 칠링워스의 복수심을 상징한다고 할 수 있습니다.

따라서 칠링워스가 딤즈데일 목사의 건강을 돌보게 되는 9장부터 딤즈데일이 고통을 견디지 못해 처형대 위에서 자신의 죄를 고백하는 장면을 목격함으로써 자신의 승리를 확인하는 12장까지를 칠링워스의 무대로 보는 것은 자연스러운 것이라 생각합니다.

제3부의 첫 장인 13장을 비롯하여 14, 15장에서 우리는 헤스터의 여러 가지 참모습을 발견하게 됩니다. 3부는 헤스터가 딤즈

데일에게 바다 건너 구대륙으로 건너가 새로운 인생의 길을 찾자는 설득으로 끝나고 있죠.

제4부는 딤즈데일의 무대라고 할 수 있는데, 결론인 24장은 따로 구분하는 것이 더 좋을 거예요. 딤즈데일의 고백과 죽음의 장면이 나오는 20장에서 22장까지는 장만 다르지 사실상 한 장면의 연장이라고 볼 수 있습니다.

■ 미국 문학사상 최초의 상징 소설

《주홍 글씨》는 미국 문학사상 최초의 상징 소설로 인정받고 있습니다. 이러한 호손의 상징적 수법은 미국 소설 발전에 기여한 바가 큽니다. 그의 상징적 수법에는 구원과 아름다움을 상징하는 십자가나 장미같이 단순한 것이 있는가 하면, 멜빌의 흰 고래처럼 그 뜻이 매우 어려운 것도 있습니다.

《주홍 글씨》에 나오는 상징들은 여러 개를 한꺼번에 의미하고 있는 경우가 많으나 대개 그 뜻은 분명합니다. 그럼 이제부터 하나하나 살펴볼까요?

우선 작품의 제목 '주홍 글씨'는 물론 헤스터의 가슴 위에 있는 주홍 글씨 'A'를 가리킵니다. 이 'A' 자는 간음과 원죄(최초의 인류 아담이 신의 명을 거역한 죄)를 상징합니다. 그러나 헤스터가 가슴 위에 곱게 새겨 달고 있는 이 붉은 'A' 자는 후에 'Angel(천사)', 'Able(훌륭한)' 등의 뜻으로 해석되기도 합니다. 《주홍 글씨》에서 'A'자는 이렇게 다양한 상징성과 더불어 여러 가지 형태로 작품 곳곳에 계속 나타나고 있습니다.

헤스터 가슴 위의 붉은 글씨, 칠링워스가 섬뜩한 눈초리로 뚫어보고 있는 딤즈데일 목사의 가슴에 있는 고뇌에 찬 상징적 글씨, 이들의 죄가 맺어낸 열매 펄, 밤하늘에 새겨지는 환상의 붉은 글씨 'A', 그리고 헤스터와 딤즈데일의 묘비에 새겨진 어둠보다 더 음산한 붉은 글씨 'A', 이 모두가 처음부터 끝까지 작품을 압도하고 있습니다.

이 작품에서 'A'자 다음으로 중요한 상징은 청교도주의를 상징하는 처형대입니다. 작품의 처음과 중간, 그리고 끝에 나오는 처형대는 작품의 배경과 구성에 있어서 중요한 역할을 담당하고 있습니다.

처형대는 1장과, 이 작품의 중간 지점이면서 전환점을 이루고 있는 13장, 그리고 이 작품의 절정인 22장에 세 번 나오는데, 이들 세 장면마다 주요 등장인물들이 모두 한자리에 모이게 됩니다.

처형대 외에 청교도주의를 상징하는 것으로는 육중한 감옥과 묘지, 그리고 감옥 앞에 있는 보기 흉한 잡초를 들 수 있습니다. 이러한 것들은 모두 청교도주의를 상징하는 회색이나 검은색처럼 음산하고 부정적이며 엄격한 도덕주의와 죽음을 상징합니다. 그리고 이러한 모든 음산한 상징들은 이 작품 끝에 나오는 헤스터와 딤즈데일의 묘비의 검은 바탕처럼 이 작품의 기본 배경을 이루고 있습니다.

이것과는 대조적으로 감옥 앞 큰 나무 그늘에 가리워 외로이 피어 있는 들장미는 헤스터를 상징한다고 볼 수 있습니다. 황무지 같은 풍토에서도 신기하게 생명을 유지해 온 들장미를 통해 작가는 음산한 청교도 사회에 존재하는 따뜻한 인간성, 그리고 생명을 나타내려 했습니다.

이처럼 헤스터를 상징하는 들장미와 청교도주의를 상징하는 여러 상징 외에 작품의 배경으로는 숲과 숲속 개울, 그리고 빛과 어둠이 있습니다. 이들 다음으로 중요한 상징은 주요 등장인물들입니다.

딤즈데일은 이름부터 dim-dale, 즉 어두운 골짜기라는 음산한 인상을 줍니다. 헤스터가 들장미로 상징되는 자연과 공개적인 참회를 의미한다면, 딤즈데일은 위선과 은밀한 죄를 의미한다고 할 수 있죠.

칠링워스(Chillingworth) 역시 이름이 암시하듯 섬뜩함을 느끼는 악마를 상징합니다. 온화하고 다정하던 그가 악마로 변해 가는 과정은 매우 인상적입니다. 그의 일그러진 모습은 그의 죄가 커짐에 따라 그대로 그의 모습에 나타납니다. 거머리처럼 딤즈데일의 영혼에 붙어 피를 빨던 그는 딤즈데일이 마침내 처형대에 올라 자신의 죄를 고백함으로써 복수 대상을 잃게 됩니다. 거머리가 피를 빨아먹을 상대를 잃고 말라죽듯이 칠링워스가 그대로 시들어 사라지는 상징적 비유 역시 매우 인상적입니다.

그러나 칠링워스도 처음부터 그렇게 나쁜 사람은 아니었고, 펄에게 막대한 유산을 남기고 죽는 것으로 미루어 보아 호손은 분명히 헤스터 못지않게 칠링워스도 동정하고 있음을 알 수 있습니다.

펄은 태어나는 순간부터 딤즈데일이 처형대에서 숨을 거두는 순간까지, 실제 인물이라기보다는 상징적 역할에 가깝습니다.

■ 인물들의 이중성으로 나타난 아이러니

《주홍 글씨》에서 다루어지고 있는 아이러니는 서로 모순된 상황입니다. 쉽게 말해서 우리가 예상하거나 가장 합리적이라고 생각하는 어떤 결과와 실제 결과 사이에 존재하는 모순을 의미하죠.

딤즈데일이 목사로서 지닌 성자와 같은 인품과 자신의 죄를 숨기고 있는 죄인으로서의 이중적인 성격은 정말 아이러니컬합니다. 이러한 이중 성격의 아이러니는 헤스터나 칠링워스도 마찬가지입니다.

헤스터의 경우 사회적인 지탄을 받는 죄인이면서 뛰어난 미모를 가진 그녀는 천사와 같고, 당당한 품위는 귀부인과 같으며, 아기를 품에 안고 감옥에서 나오는 우아한 모습은 성모마리아를 연상케 합니다. 그리고 그녀의 희생적인 봉사는 자비의 여신으로까지 묘사되고 있죠.

칠링워스의 경우 복수심에 불타는 그는, 의사라는 탈을 쓰고 딤

즈데일과 같은 집에 살면서 그에게 복수의 손길을 뻗칩니다. 이
러한 관계를 모르는 교인들은 중병에 걸린 목사님을 구하기 위해
하나님께서 저명한 의사를 보내주셨다고 기뻐합니다.

이러한 주요 등장인물들의 이중 성격으로 인한 아이러니는 이
들 인물들의 밀접한 관계에서 더욱 복잡성을 띠게 됩니다. 또 이
작품에서 계속되는 긴장감을 늦출 수 없는 것도 이 극적 아이러
니 효과 때문일 것입니다.

3. 등장인물 알기

헤스터 프린　보스턴에서 홀로 지내다 아버지 없는 딸을 낳
아 일생 동안 주홍 글씨 A를 가슴에 달게 되는 불행한 여인입니
다. 그녀는 펄의 아버지가 딤즈데일이란 사실을 끝내 말하지 않
습니다. 젊고 유능한 그를 파멸시키고 싶지 않았기 때문이죠. 그
리고 주홍 글씨를 가슴에서 뗄 수 있다 해도 가슴속의 상처는 어
쩔 수 없다는 사실을 누구보다도 잘 알았기 때문이기도 합니다.
그녀는 딤즈데일의 죄값까지 자신이 받는다는 각오로, 그와의 사
랑의 상징이자 죄의 증거인 펄을 소중히 생각하면서 속죄의 길을
걷습니다. 그러면서 강인한 여성으로 거듭납니다.

펄　헤스터의 딸로, 실제 인물이라기보다는 상징적인 역할
에 가깝습니다. 헤스터에게는 유일한 동반자이자 딤즈데일과 재

결합할 수 있는 마지막 희망이지만, 다른 사람들에게는 악마의 자식으로 여겨집니다. 그러나 펄은 어머니 헤스터에게 있어서 죄악을 회개시키는 충고자의 역할을 충실히 수행합니다. 《주홍 글씨》에 등장하는 인물 중 유일하게 죄를 짓지 않았기에 가능한 일이기도 하죠.

아더 딤즈데일   보스턴 시민의 신뢰와 존경을 한몸에 받는 젊은 목사이자 펄의 아버지입니다. 자신의 죄를 고백하지 못한 데 대한 죄책감으로 어둡고 비밀스런 자신만의 세계에 파묻혀 스스로를 학대하기에 이릅니다. 무의식중에 가슴에 손을 얹곤 하는 습관은 그의 내면에 있는 죄를 감춘다는 의미를 담고 있다 하겠습니다.

예민하고 감성적인 그는 한때 헤스터와의 행복을 꿈꾸기도 했지만, 결국 자신의 죄를 시민들 앞에서 고백함으로써 기나긴 참회의 고통과 칠링워스의 은밀한 복수로부터 영원히 벗어날 수 있게 됩니다.

로저 칠링워스   헤스터의 남편으로 아내의 부정과 젊은 목사의 비밀을 알아차리고 사악한 복수를 꾀하기 시작합니다. 그의 한쪽 어깨가 약간 높은 비정상인이란 사실은 그의 지성과 감성이 불균형을 이루고 있음을 처음부터 암시하고 있는 셈입니다.

어느 날 딤즈데일이 복수의 대상임을 알게 된 그는 악마로 변신하여, 삶의 목적을 오로지 딤즈데일의 파멸에 두고 조금씩 목사의 영혼 속으로 침식해 들어갑니다. 그러나 그 또한 인간성을 상

실하고 인간 존재의 신성함을 배반한 희생자인 동시에 용서받을
수 없는 죄인이기도 합니다.

4. 작가 들여다보기

　나사니엘 호손(Nathaniel Hawthorne, 1804~1864)은 문학
을 통하여 인간 정신이 지닌 어두운 밑바닥을 탐구하고, 모순된
운명을 파헤치려고 했던, 미국 청교도주의 정신을 계승한 19세기
의 중요 작가 중 한 사람입니다.

　호손은 도덕적이고 사회적인 생활 속에 감추어진 인간의 정신
이나 심리에 관심을 가져, 그것을 탁월한 수법으로 상징화해서
나타냈습니다.

　그는 인간이 공통으로 지닌 죄를 숨기려는 사회의 위선을 증오
했고, 인간적인 만족과 쾌락을 거부하는 금욕적인 가치관에 반발
하기도 했어요. 또한 인간이라면 누구나 저지를 수 있는 공통적
인 죄를 저지르게 된 인간이 위선적인 종교와 사회에 의하여 냉
혹한 비판을 받는 데 크게 화를 내며 스스로 그들의 죄를 나눠서
지려고도 했답니다.

　그는 문학 작품을 통해서 뉴잉글랜드(초창기 청교도 거주지) 지
방의 청교도 사회에서 변질되어 가는 종교와 인간의 참모습을 예
리하게 파악하며, 그것을 낭만주의적인 색채 속에서 상징적인 수

법으로 나타내고 있습니다.

그럼 그의 생애를 연도별로 자세하게 살펴볼까요?

1804년   매사추세츠 주 세일렘에서 출생.

1821년   메인 주 보든 대학에 입학. 롱펠로, 피어스와 교제를 하며 작가가 되기로 결심함.

1825년   대학 졸업 후 창작에 전념.

1837년   단편집 《트와이스 톨드 테일즈》 1집 출판.

1839년   보스턴 세관에서 근무.

1842년   보스턴에서 소피아와 결혼.

1846년   세일렘 세관에서 근무. 이때의 경험이 단편 〈세관〉이 됨.

1849년   공화당이 집권하자 세관직을 잃음. 이를 계기로 창작에 몰두하는데, 이 해 어머니가 돌아가심. 이 무렵 《주홍 글씨》가 진행됨.

1850년   《주홍 글씨》 간행. 대단한 인기를 불러일으켜서, 1개월 만에 5천 부를 인쇄. 5월 매사추세츠 주 레녹스로 이사하면서 멜빌과 교제.

1853년   피어스가 대통령에 당선되자 영국 리버풀의 영사로 임명됨. 이때 영국 생활을 묘사한 《잉글리시 노트북》 간행.

1857년   피어스 대통령이 사임하자 영사직 사퇴.

1860년   《대리석의 목양신》 간행.

1863년　영국 인상기《우리의 고향》간행. 이때부터 건강이 나
빠지기 시작하여 집필이 어려워짐.
1864년　친구 피어스와 여행중 플리머드에서 객사함.

🔘 5. 시대와 연관짓기

뉴잉글랜드의 엄격한 청교도 집안에서 태어난 호손은 외면적으
로는 아무런 불행의 그림자가 없는 듯했지만 내면에는 어둠의 그
늘이 드리워져 있었습니다. 아버지 나사니엘은 외국 항로의 선장
이었고 어머니 엘리자베스는 세일렘 시의 전통 깊은 메닝 집안
출신이었습니다.

호손 일가는 1603년에 미국으로 이주했는데, 그의 고조부는
악명 높은 '세일렘의 마녀 소탕' 때의 재판관이었습니다.

하느님을 숭배하고 악을 물리친다는 명분 아래 많은 사람들을
죽음으로 몰아넣은 이 행위에 호손은 깊은 상처를 받아, 이때부
터 고독하고 어두우며 신경 과민한 성격이 일생 동안 그의 마음
에 자리 잡게 됩니다.

《주홍 글씨》의 모티브가 된 것은 호손이 대학 졸업 후 세관의
검사관으로 근무할 때, 그 세관에서 발견한 A자의 주홍색 천이었
습니다. 이것을 바탕으로 그는 17세기 보스턴을 무대로 하는 이
작품을 창작해낸 거죠.

이 시기는 메이플라워 호가 뉴잉글랜드에 도착한 지 20년이 되는 때였고, 청교도들이 신대륙에 정착하여 새로운 생활을 막 시작하려는 때였답니다. 이들은 뉴잉글랜드에 이상향을 건설하고자 했어요. 대서양의 거친 물살을 헤치고 약속의 땅 아메리카를 찾은 그들이 정신적 기둥으로 삼은 것은 이미 말한 바 있는 엄격한 청교도주의였고요. 그러나 이것은 신대륙의 건설과 발전의 바탕이 되기도 했지만 개개인의 개성을 인정하지 않는 획일화된 사상이기도 했습니다.

호손이 이 작품의 무대를 200년 전으로 옮겨놓은 것은 1640년대의 청교도의 모습을 통해 19세기 미국인의 야망과 낙관주의를 비판하려 했기 때문입니다.

호손의 일생은 아메리카 산업혁명과 더불어 시작됐다고 할 수 있는데, 그가 출생한 1840년대는 철도가 처음으로 부설된 해였습니다.

이와 같은 산업혁명과 철도 부설 등은 그들이 에덴동산이라 자부하던 신대륙을 뿌리째 뒤흔드는 폭력이었습니다. 그런데도 당시 미국인들은 기계 문명을 에덴 아메리카를 구현하는 도구로 생각하고 있었습니다.

호손은 기계 문명 시대의 아메리카가 그들이 꿈꾸던 지상 낙원이 아니라는 것을 이 작품을 통해 호소하려 했다고 볼 수 있습니다.

 **6. 작품 토론하기**

1 어떤 사회집단 내에서 발생한 윤리적 사건에 대한 사람들의 일반적인 반응은 그 사회의 규범과 도덕적 가치 기준에 의하여 크게 좌우된다. 《주홍 글씨》에서 나타난 헤스터와 딤즈데일의 사랑이 그토록 죄악시될 만큼 잘못된 것이었는지 이야기해 보자.

➡딤즈데일 목사는 시민들의 존경을 한몸에 받는 인물입니다. 그러므로 남편이 버젓이 있는 유부녀와 불륜의 사랑에 빠진다는 것은 존경받는 성직자로서는 있을 수 없는 일이지요. 더구나 유부녀와의 간음은 17세기 중반, 도덕과 윤리를 최고의 미덕으로 여기던 청교도 사회에서는 더할 수 없는 큰 죄에 해당된 일이었습니다. 성스러운 종교 지도자라는 딤즈데일의 위치와, 헤스터와 나눈 진실한 사랑을 고려하면서 토론해 봅시다.

2 헤스터는 누구보다도 편협한 청교도주의에 희생당한 인물이다. 그러나 결과적으로 그녀의 강한 정신력은 바로 그녀에게 가혹한 형벌을 가했던 청교도주의 정신에 기인한 것이기도 하다. 이런 모순 관계를 어떻게 설명할 수 있을지 이야기해 보자.

➡️ 헤스터가 감옥에서 아이를 낳고 평생 주홍 글씨 A를 가슴에 달고 다녀야 하는 모욕과 고통을 당하면서도 견딜 수 있었던 그녀의 의지는 청교도 정신에서 나온 것이나, 그런 고통을 주는 정신과 사상 역시 청교도 정신이라는 점에서 결국 인간은 시대적 제도와 풍습의 노예라는 생각을 할 수밖에 없습니다.

> **3** 헤스터는 감옥에서 나온 후에도 끊임없는 고통과 수모를 당하면서도 끝까지 보스턴에 남아 살았다. 그 이유에 대해 이야기해 보자.

➡️ 헤스터는 자신의 간음 행위를 죄라 생각하지 않았으며, 이에 대해 뉘우치거나 참회할 마음이 없었기 때문입니다. 헤스터는 자신의 행동을 간음으로 여기는 청교도주의 윤리관이 잘못된 것으로 여기며 자신의 순수한 사랑을 믿었기 때문입니다.

> **4** 딤즈데일이 헤스터와의 약속을 어기고, 끝내 자신의 부정을 고백하고 죽어간 점에 대해 이야기해 보자.

➡️ 인간은 종교나 관습의 형태로 여러 가지 가식을 지니고 있으나, 가슴속에는 양심이라는 순수가 살아 있습니다. 딤즈데일 목사가 죄인의 몸으로 임종하는 순간에는 바로 이러한 가식을 벗은 진실한 인간의 모습이 있었기 때문이라고 생각할 수 있습니다.

7. 독후감 예시하기

┃ 독후감 1 ┃ 종교적 규율에 신음하는 개척민들의 꿈과 좌절

《주홍 글씨》는 처형대에서 간음죄라는 이유로 치욕을 당하는 헤스터의 모습에서 시작된다. 우중충한 감옥과 광장에 모인 사람들의 잿빛옷……. 그리 기분 좋은 출발은 아니다. 이런 우울한 분위기는 작품 전반에 걸쳐 계속 나타나는데, 목사와의 운명적인 사랑이 아닌, 형벌의 장면이 처음부터 나오고 있다는 점에서 예사롭지 않은 무거움을 느끼게 된다.

새출발을 꿈꾸며 신대륙으로 건너왔을 17세기 보스턴의 사람들. 하지만 그들의 모습은 그리 밝지만은 않다. 그들이 꿈꾸던 새 도시에는 오직 죄를 다스리는 무거운 벌과 엄격한 규율, 도덕만이 있을 뿐이다. 종교적인 자유와 구원을 위해 구대륙을 떠나왔던 사람들은 서로의 잘못을 비난하며, 신앙의 출발인 '자비'와 '사랑' 마저도 잊고 살아간다. 엄격한 규율과 도덕만이 존재하는 이곳이 과연 그들이 꿈꾸던 '지상 낙원'일까?

남편의 생사조차 모른 채 신대륙에 홀로 남겨진 아름다운 여인 헤스터는 젊고 유능한 목사 딤즈데일과 운명적인 사랑을 나누게 된다. 청교도적인 규율만이 최고의 가치로 여겨지던 당시 보스턴 사회에서 그녀의 사랑은 절대 용납될 수 없는 것이었다. 결국 그녀는 간음의 상징인 알파벳 'A'를 가슴에 붙인 채 평생 동안 온갖 멸시와 고통을 참아내야 했다.

존경받는 목사였던 딤즈데일은 그녀가 이름을 밝히지 않았기 때문에 죄를 감출 수는 있었지만, 자신의 마음속에서까지 죄를 부정할 수는 없었다. 그래서 그는 고통스러워한다. 이때 뒤늦게 나타난 헤스터의 남편 칠링워스는 음흉한 복수의 칼을 갈게 된다.

이 세 사람 사이에서 벌어지는 인간의 고통과 참회의 모습은 《주홍 글씨》의 주된 내용이자 주제가 된다. 헤스터가 저지른 간음죄는 한 인간을 평생 구속할 만한 죄라고는 생각하지 않는다.

헤스터와 딤즈데일, 두 사람의 잘못은 당시 사회의 가치 기준으로 볼 때 엄청난 죄이다. 하지만 그 죄의 대가로 치러야만 하는 비난과 따돌림의 고통, 또 결코 속일 수 없는 양심 때문에 괴로워하는 그들의 모습을 보면 그 인간적인 모습에 공감이 가고, 동정의 마음도 생긴다. 그리고 펄과 함께하는 삶을 통해 그 사람의 감정과 고통까지도 품에 안고 살아가는 헤스터의 꿋꿋한 정신에 박수를 보내고 싶다. 진실을 가장한 '선'보다는 그들의 솔직한 사랑이 훨씬 더 인간적이지 않은가.

종교 자체가 사람을 지배하고 구속해서는 안 된다고 생각한다. 종교는 우리 인간이 바른 삶을 살아갈 수 있게 도와주는 안내자이어야 하는 것이다. 우리는 불완전한 인간이기 때문에 서로의 잘못을 감싸주고, 어려운 처지의 사람을 이해하고 보살펴주는, 사람과 사람 사이의 따뜻한 관계가 자리 잡을 때 그들의 이상인 '약속의 땅'도 자리하게 될 것이다.

보스턴 외곽의 오두막집에서 선행을 베풀며 살던 헤스터는 수치스런 A의 의미를 '유능한(Able)' 의미로 바꾸어 놓았다. 그들의 사랑과 오랜 고통을 인내하는 모습은 비극적이지만, 그 과정은 우리에게 더욱 숭고한 빛을 던져준다.

▌ 독후감 2 ▌ 죄악의 상징이 용서의 상징으로 변하기를 기원하며

언제나 타오를 듯한 주홍 글씨와 함께 살아야 할 운명의 여인 헤스터 프린. 스스로 죄를 고백하지 못하고 괴로워하는 젊은 목사 딤즈데일. 홀연히 나타나 두 사람 사이에서 가증스런 복수를 즐기는 칠링워스. 그리고 이들의 복잡한 관계를 단적으로 보여주는 순수한 영혼의 아이 펄.《주홍 글씨》는 7년 동안 이어지는 이들의 이야기를 팽팽한 긴장 관계 속에서 힘있는 빛깔로 그려내고 있다.

《주홍 글씨》에서 가장 인상적인 인물은 역시 헤스터인데, 그녀의 모습을 따라가다 보면 많은 것들을 생각하게 된다. 젊고 유능한 목사와 숙명적인 사랑을 나누면서 진정한 사랑에 눈뜨게 된 그녀는 사회의 비난을 고스란히 혼자 감당해내기로 결심하고, 끝까지 딤즈데일의 이름을 밝히지 않는다. 그녀는 단순히 간음죄를 범한 평범한 여인이 아니다. 그 대신 청교도 사회의 압력에 굴하지 않고 자신의 의지와 믿음을 간직한 채, 온갖 고통과 시련을 극복해 나간다. 그러면서 선행을 통하여 그 사회의 중심으로 서서히 자리 잡아가는 과정을 보여준다.

이것은 밝히지 못하는 자신의 비밀에 괴로워하면서 힘없이 꺼져가는 딤즈데일과 복수심에 불타 자기 자신의 인생마저 잊고 사는 악인 칠링워스와는 분명히 구별된다.

그래서 즉 헤스터가 종교적인 권위와 제도를 부정하고 자신의 이성과 자연 속에서 삶의 가치를 추구하는 모습은 당시 상황에서 볼 때 더욱 살아 있는 모습으로 나타난다.

혼자 감당하기 힘든 일들을 그녀는 왜 그토록 지독하게 견뎌냈을까? 그녀가 딤즈데일의 이름을 말해버렸다면, 그래서 함께 치러야 할 죄의 대가를 나눠서 짊어졌다면 차라리 목사 자신도 긴 세월 동안 죄책감에 괴로워하지 않았을 텐데. 또 그녀 자신도 서로의 사랑에 대해 확신과 위안이라도 얻었을 텐데 말이다.

하지만 다시 생각하면, 붉은 헝겊조각에 불과한 A를 가슴에서 떼어 낼 수 있을진 몰라도, 이미 커다란 구멍이 나버린 마음의 상처는 어찌할 수 없으리란 사실을 그녀 자신도 잘 알고 있었을 것이다.

마음속에 찍힌 낙인을 떼어 낼 수 없는 숙명으로 받아들이는 그녀는 어떤 멸시도 달갑게 받아들이고, 딤즈데일의 고통까지도 참고 받겠다는 굳은 의지를 보인 것이다. 바로 이 점에서 딤즈데일에 대한 그녀의 희생적 사랑과 강인한 정신력이 더욱 절절하게 전해진다.

그러나 7년이란 긴 시간 동안, 너무나 춥고 외로운 삶의 고통에 그녀는 젊은 목사를 원망하기도 하고, 그를 외면하려 애쓰는 자신을 두려운 눈으로 바라보기도 한다. 오랜 기간 동안 참회를 해 보아도, 그에 대한 그녀의 감정은 어쩔 수 없어 결국 그녀는 숲속에서 딤즈데일을 만나 미지의 곳으로 함께 도망가자고 유혹한다. 그것은 지금까지 그녀가 보스턴을 떠나지 못하고, 펄에게 집착하면서 버텨왔던 그녀의 유일한 목적이 바로, 딤즈데일과의 재회와 새로운 삶에 대한 희망에 있었다고 말해주는지도 모른다.

그러나 딤즈데일은 끝내 도덕적 양심의 길을 선택한다. 지금까지의 위선을 털어버리고 스스로 죄를 고백함으로써 신에게 한 걸음 더 다가선 딤즈데일의 선택 역시 바람직한 것이었다. 밝히지 못하는 죄로 인해 고통으로 이어졌던 그의 생을 마지막 고해로 마감하면서 딤즈데일은 비로소 완전히 깨끗해질 수 있었던 것이다. 이런 모습이 바로 가장 인간적인 모습이 아닐까.

헤스터 역시 그의 마지막 모습을 가슴에 담은 채, 그와의 추억과 그녀의 죄가 함께 묻어 있는 그 오두막집에서 남은 생을 아름답게 마감한다.

내가 올바르지 못한 길에 빠져들거나 마음이 흔들릴 때, 나는 헤스터의 주홍 글씨 A를 생각할 것이다. 비난과 죄악의 상징이었던 A일지라도 비굴해지거나 좌절하지 않고 최선을 다해 성실하게 산다면, 주홍 글씨 A는 선행의 표시 A로 바뀜을 보았기 때문이다. 나 역시 하루하루 살아가는 데 있어서 심지 굳은 믿음을 가지고 한결 같은 인생을 헤쳐나가길 다짐해 본다.

독후감 제대로 쓰기

 ## 1. 책을 읽기 전에

우리는 책을 통해서 지식을 쌓고 학문을 연마하게 됩니다. 또한 교양을 얻고 수양을 쌓게 되지요. 그리하여 즐겁고 보람 있는 생활을 할 수 있는 것입니다. 이러한 습관이 지속된다면 이것이 곧 나의 생활 자체가 되고, 책을 읽는 시간이 얼마나 가치 있고 즐거운 시간인지 깨닫게 될 것입니다.

독후감을 쓰기 위해서는 책을 읽어야 함은 말할 것도 없습니다. 그러나 아무 책이나 읽는다고 다 좋은 것은 아닙니다. 특히 중학생은 아직 양서를 구별할 만한 충분한 지식을 갖추지 못했기 때문에 선생님 혹은 부모님, 그리고 선배들이 권하는 책이나, 이미 국내적으로나 세계적으로 잘 알려진 명작이나 명저를 찾아 읽는 것이 바른 방법이라고 볼 수 있습니다. 예컨대 사회적으로 존경받을 만한 사람들의 일대기를 그린 위인전이나 자서전 같은 것은 읽을 가치가 있으며, 명시 모음집이나 명작 소설, 특정한 분야의 관찰기, 평론집 같은 것도 좋은 읽을거리가 될 수 있습니다.

그럼 효율적인 독서를 위해서 어떤 점에 유의해야 할지 알아볼까요?

첫째, 본문을 읽기 전에 책의 앞부분에 있는 머리말이나 해설하는 글을 먼저 정독합니다. 그러면 책을 쓰게 된 동기나 평가 등에 대하여 잘 알 수 있게 되죠.

둘째, 목차를 잘 살펴봅니다. 목차에서 그 책의 내용이 어떻게 전개될 것인가에 대해 미리 파악할 수 있기 때문입니다.

셋째, 본문을 읽기 시작하면, 그 중에 잘 모르는 단어나 문구가 나오기 마련입니다. 그런 것은 곧 사전을 찾아 뜻을 알아두어야 합니다. 그런 것을 무시했다가는 자칫 전체를 이해하지 못하는 오류를 범할 수 있거든요.

넷째, 각 문단별로 소주제가 무엇인지를 파악하고, 그 줄거리를 요약하는 습관을 길러야 합니다. 특히 필자가 표현하려는 것과 그 뒷받침되는 내용이 무엇인지 알아내는 것이 필수겠지요.

다섯째, 글의 배경은 무엇인지, 앞뒤 맥락이 어떻게 이어지고 있는지를 잘 생각하면서 읽어야 합니다. 그리고 소설일 경우에는 주인공과 등장인물들의 성격이나 특성을 파악하는 것이 무엇보다 중요하겠지요.

여섯째, 다 읽은 다음에는 줄거리를 만들어 보고, 전체적인 주제가 무엇인지 정리하는 작업도 필요합니다.

2. 책을 감상하는 방법

책을 읽을 때는 내용을 진지하게 파고들어 가며 읽어야 합니다. 즉 자기의 현재 생활과 비교해 가면서 생각의 폭과 사고를 넓혀 나가는 것이 중요하답니다. 그리고 작품의 문체 · 제목 · 주제 · 논제 등도 염두에 두고 읽으면 나중에 독후감을 쓰기가 좀더 수월

해집니다.

그리고 저자가 강조하고 있는 내용과 사건들이 현재 우리 사회에 어떤 의미를 가지고 있으며 어떻게 발전시켜 나가야 할 것인가를 생각하며 읽습니다. 더불어 저자가 작품에서 강조하려고 하는 것이 무엇인가를 파악하며 읽을 필요가 있습니다. 그렇다고 굉장한 부담을 느끼면서 책을 읽을 필요는 없습니다. 책 읽는 것 자체를 즐긴다면 그리 깊게 생각하지 않아도 작가가 말하려는 바를 깨닫게 될 테니까요.

그렇다면 각 문학 장르에 따라 어떤 점에 유념하여 책을 읽어야 하는지 알아볼까요?

▌소설▐ 작품의 주제를 파악하고 작중 인물의 성격과 배경을 생각하며 주인공이 어떻게 변화되어 가고 있는가를 염두에 두고 읽습니다. 자신의 생각이나 현실과 결부시켜 보는 것도 재미를 배가시켜 줄 거예요.

▌시▐ 선입견을 갖지 않고 그대로 느낌을 받아들이며 읽습니다.

▌희곡▐ 무대 상연을 전제로 하여 쓰여진 것이기 때문에 시간적·공간적 제약을 받는다는 것을 염두에 두어야 합니다.

▌역사 소설▐ 인물·사건 등을 작가가 상상력에 의존하여 구성한 글로서, 항상 계몽사상이나 민족의식 고취 등 어떤 목적이 들어 있는지를 파악하며 읽어야 합니다.

▌**역사**▌ 역사는 역사 소설과는 구분지어야 합니다. 이것은 정확한 기록으로 글쓴이의 주관적 해석이 들어 있을 수 없으며, 시간의 흐름에 따라 사건을 나열한 것임을 생각해야 합니다.

▌**수필**▌ 지은이의 인생관이 들어 있습니다. 심리적 부담감이 적으므로 편안한 마음으로 읽을 수 있습니다.

▌**전기문**▌ 인물의 정신, 자취, 시대적 배경과 사회적 환경을 먼저 파악해야 합니다.

▌**과학 도서**▌ 미지의 세계에 대한 탐구심, 합리적 사고력 배양, 지식과 정보의 입수, 창의력을 기르는 데 도움이 되므로 평소 이에 대한 흥미를 갖는 것이 중요합니다.

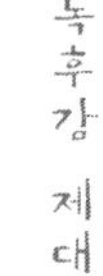

③ 독후감이란 무엇인가?

독후감은 말 그대로 어떤 글이나 책을 읽고, 그에 대한 느낌이나 생각을 쓰는 것입니다. 좋은 책을 읽고 그것을 정리해 두지 않는다면 곧 그 내용을 잊어버려, 독서를 한 만큼의 가치를 얻지 못할 수도 있으니까요. 그러므로 한 권의 책을 읽으면 곧 그 책의 내용을 정리하고, 느낌이나 생각을 적어 두는 것이 좋습니다.

독후감은 느낌이나 생각을 거짓 없이 써야 하나, 그렇다고 아무렇게나 써도 되는 것은 아닙니다. 즉 독후감도 글이므로 수필의 형식으로 쓰든, 논술의 형식으로 쓰든, 정확하게 읽고 주제와 내용에 맞게 써야 함은 물론이죠. 아무리 좋은 글이나 책이라도, 잘 못 읽어 실제와 맞지 않는 생각이나 느낌을 쓰면 좋은 독후감이라고 할 수 없거든요. 그러므로 좋은 독후감을 쓰려면 독서를 잘해야 한다는 것이 전제됩니다. 독서를 잘하는 방법은 따로 있는게 아니라, 그저 많이 읽다 보면 요령이 생기고, 이해도 쉽게 되며, 능률도 오르게 되는 것입니다.

4. 독후감은 왜 쓰는가?

독후감을 쓰는 목적은 독후감을 작성함으로써 독서하는 능력이 향상되고 글 쓰는 훈련을 할 수 있기 때문입니다. 그러므로 독후감을 쓰기 위해 책을 읽으면 보다 깊은 생각을 하면서 책을 읽게 됩니다. 또한 책을 통해 생활을 반성하며, 책에서 얻은 지식과 감명을 음미하여 자기 생활에 적용시킬 수 있습니다. 문장력과 논리적 사고가 향상되는 것은 물론이고요! 그럼 독후감을 왜 쓰는지 다음과 같이 정리해 볼까요?

1. 읽은 책의 내용을 되살려 다시 음미해 볼 수 있습니다.
2. 감동을 간직하고 책 읽는 보람을 얻을 수 있습니다.
3. 책을 통해 지식을 심화시킬 수 있습니다.
4. 책을 통해 자신의 문제를 연관지어 볼 수 있습니다.
5. 글을 써 봄으로 해서 생각을 깊이 있게 할 수 있습니다.

⑥ 독서 목표를 확실히 할 수 있습니다.

⑦ 작품에 대한 비판력과 변별력을 기를 수 있습니다.

⑧ 자신의 생각을 조리 있게 쓸 수 있는 작문력을 향상시켜 줍니다.

⑨ 사고력과 논리력, 추리력을 기를 수 있습니다.

⑩ 바르게 책을 읽는 습관을 형성할 수 있습니다.

5. 독후감을 쓰기 전에 생각하기

독후감은 수필의 형식이든 논술의 형식으로든 쓸 수 있다고 했는데, 사실 이 둘의 차이는 모호합니다. 다만, 수필이 자유롭게 붓 가는 대로 쓰는 것이라면 논술은 논리 정연하게 쓴다는 점이 다르다고 할 수 있습니다.

붓 가는 대로 자유롭게 수필의 형식으로 쓰는 독후감이라도 글의 앞뒤가 맞지 않는다든지, 주제가 통일되지 않으면 좋은 평가를 받을 수 없습니다. 논리 정연하게 쓰는 독후감이라면, 서론ㆍ본론ㆍ결론으로 나누어 서술해야 함은 물론이구요.

서론에 해당되는 부분에서는 그 책에 대한 소개나 쓴 사람의 생애, 또는 특기할 만한 일화 같은 것을 적는 것이 일반적입니다.

본론에 해당하는 부분에서는 그 책을 읽고 특별히 다루려는 내용을 체계적이고 구체적으로 써야 합니다.

결론에서는 본론에서 다룬 내용을 요약하거나, 자신이 읽은 후의 감상, 그 책의 좋은 점, 나쁜 점 등을 들어서 마무리를 해야 합니다.

독후감은 짧게 쓰는 것이 상례이므로, 작품 전체를 거론하기보다는 특정한 주제를 잡아서 쓰는 것이 좋습니다. 보편적으로 다룰 수 있는 몇 가지 주제를 제시해 보면 다음과 같습니다.

첫째, 작가의 의식이나 주인공의 언행, 성격과 연관지어 주제를 구현시키는 방법입니다. 문학 작품이라면 주제가 애정이나 애국, 의리나 배반일 수 있으므로 이러한 점에 초점을 두고 써야겠지요. 또한 과학에 관계된 것이라면, 그 발명의 의의나 연구자의 노력과 관련시켜 서술해야 하겠지요.

둘째, 저자의 이념이나 생애, 업적에 관심을 두고 쓰는 방법입니다.

그 작품을 통하여 알 수 있는 저자의 철학이나 사상 또는 저자가 그 작품을 남기기까지의 역경이나 작품을 쓰게 된 동기, 작품의 가치나 다른 작품에 미친 영향 등 작품과 연관시켜 쓰는 것이지요.

셋째, 작품의 내용을 중심으로 기술합니다.

예컨대, 작품 속 주인공의 성격을 분석하거나 다른 사람과 비교해 볼 수도 있고, 그 작품의 사건이나 시대적 배경을 논의하거나, 작품의 구성 같은 것에 초점을 두고 이야기할 수도 있습니다.

이와 같이 작품을 읽기 전에 먼저 어떤 점에 중점을 두고 독후감을 쓸 것인가를 염두에 둔다면, 그렇지 않은 경우보다 훨씬 이해가 쉽고, 나중에 독후감을 쓰는 데도 도움이 될 것입니다.

 6. 독후감의 여러 가지 유형

1. 처음에 결론부터 쓴 다음 왜 그러한 결론이 도출되었는지 자기의 감상을 자세하게 쓰거나 또는 감상을 먼저 쓰고 결론을 씁니다.

2. 책을 읽게 된 동기부터 설명하고 글 중간에 자기의 감상을 씁니다.

3. 저자나 친구에 대한 편지 형식으로 감상을 쓰거나 주인공에게 대화 형식으로 씁니다.

4. 시(詩)의 형태로 감상문을 씁니다.

5. 대화문(對話文) 형식으로 씁니다.

6. 줄거리부터 요약한 다음 자기의 느낌이나 생각을 씁니다.

 7. 독후감을 구체적으로 쓰는 방법

어렵게 쓰겠다는 생각은 하지 말고 쉽게 써야겠다는 마음가짐을 가져야 좋은 글이 나올 수 있습니다. 그리고 무엇보다 감상문을 쓰기 전에 무엇을 어떻게 쓸까 조목별로 골자를 먼저 쓰고, 이 골자에 살을 붙이는 방법으로 쓰려고 노력해야 합니다. 이때 의도적으로 아름답게 잘 쓰려고 하지 않는 것이 좋습니다. 자, 그럼 더 자세하게 알아볼까요?

1. 먼저 제목을 붙입니다.

2. 처음 부분(머리글)을 씁니다.

   ⬙ 책을 읽게 된 이유나 책을 대했을 때의 느낌을 씁니다.

   ⬙ 자신의 생활 경험과 관련지어 써 봅니다.

   ⬙ 제일 감동받은 부분을 씁니다.

   ⬙ 지은이나 주인공을 소개하는 글을 씁니다.

3. 가운데 부분을 씁니다.

   ⬙ 자기의 생활과 견주어 씁니다.

   ⬙ 주인공과 나의 경우를 비교해서 씁니다.

   ⬙ 시시비비를 분명히 가려야 합니다.

   ⬙ 가장 극적이었던 부분을 소개합니다.

4. 끝부분을 씁니다.

   ⬙ 자신의 느낌을 정리합니다.

   ⬙ 자신의 각오를 씁니다.

독후감을 쓴 다음에는 다음과 같은 추고의 과정이 필요합니다.

첫째, 쓴 글을 다시 한 번 읽으면서 맞춤법이나 표준어 규정에 어긋나는 것은 없는지 살펴봐야 합니다.

둘째, 문장이 잘 구성되어 있는지, 또 문단이 잘 짜여져 있는지 알아보아야 합니다. 한 문단에는 소주제문과 보조문들이 있어야 하는데, 그런 점이 잘 지켜져 있는지 유의해야 합니다.

셋째, 글 전체의 구성이 잘 이루어졌는지 살펴봅니다. 예를 들어 서론에 해당하는 부분이 지나치게 길다든지, 결론에 해당하는 부분이 너무 짧다든지, 전체적인 구성이 균형을 잃고 있다면 다시 고쳐 써야 하겠지요.

우리가 시간을 들여 열심히 책을 읽고 난 후 독후감을 잘 쓰기 위해서는 책을 읽고 있는 동안의 느낌을 잊지 않고 글로써 표현할 줄 알아야 하며, 책을 읽고 가장 감명받은 부분을 기억하고 있어야 합니다. 또한 다른 사람들은 어떻게 독후감을 썼는지 남의 것을 읽어 보고, 자신의 것과 비교해 보며 자주 글을 써 보는 것이 중요합니다. 그렇게 하다 보면 자신만의 개성 있는 필치로 독특한 감상문을 쓸 수 있게 되지요. 학교에서 아무리 독후감 숙제를 내주어도 부담없이 즐거운 기분으로 끝낼 수 있을 겁니다!

8. 그 밖에 알아두면 유익한 것들

▌독후감 쓰기 10대 원칙 ▌

1. 자신의 수준에 맞는 책을 선택합시다.

2. 독후감 쓰는 형식이 있기는 하지만 너무 거기에 구애받을 필

요는 없습니다.

3. 자신이 작가라면 어떻게 글을 이끌어갈지를 생각하며 읽어
봅시다.

4. 평소 음악 평론이나 영화 평론을 많이 읽어 봅시다.

5. 읽으면서 마음에 와닿는 것이 있다면 따로 적어 둡시다.

6. 현대 사회의 문제점과 비교하면서 읽어 봅시다.

7. 모르는 것이 있으면 적어 두는 습관을 기릅시다.

8. 신문 사설이나 칼럼을 스크랩해서 필요할 때 사용합시다.

9. 요약하는 데에만 집착하지 말고 제대로 책을 읽읍시다.

10. 읽은 후에는 꼭 독후감을 직접 써 봅시다.

▌ 책을 읽는 10가지 방법 ▌

1. 아주 어릴 때부터 책과 친하게 지내는 습관을 기릅시다.

2. 너무 속독하려 하지 말고 담겨진 내용을 충실히 읽는 습관을
기릅시다.

3. 항상 작품이 나와 어떠한 상관 관계가 있는지 체크를 해 가
며 읽읍시다.

4. 무조건 책장을 넘길 것이 아니라 시시비비를 가려 가면서 읽
읍시다.

5. 매일매일 조금씩이라도 책을 읽는 습관을 들입시다.

6. 책 속에 담긴 뜻을 음미하고 되새기면서 읽읍시다.

7. 너무 자신의 취향에 맞는 책만 읽지 말고 다양한 장르의 책

을 골고루 읽도록 합시다.

8. 책 속에 담겨진 교훈을 깊이 생각하고 생활에 적용시킵시다.

9. 책에 따라 읽는 방법을 달리하는 습관을 들입시다. 모든 책이 만화책은 아니기 때문이죠.

10. 바른 자세로 앉아 눈과의 거리를 30cm 두고 밝은 곳에서 읽읍시다.

 # 원고지 제대로 사용하기

┃ 제목 및 첫 장 쓰기 ┃

1. 제목은 석 줄을 잡아 둘째 줄 가운데에 씁니다.

2. 1행 2칸부터 글의 종별을 표시합니다. 가령 수필이면 '수필'이라고 씁니다. 간혹 글의 종별을 표시 없이 비워 두는 경우가 많은데 이는 적는 것을 잊었거나, 원고지 사용법에 무관심하기 때문입니다.

3. 제목을 쓸 때에는 마침표를 찍지 않고, 물음표와 느낌표는 붙이지 않는 것이 좋습니다.

4. 제목에 줄임표는 사용하지 않는 것이 상례입니다.

5. 이름은 넷째 줄 끝에 두 칸 정도를 남기고 씁니다. 특별한 경우에는 서너 칸을 남겨도 됩니다.

6. 성과 이름은 붙여 씁니다. 다만, 성과 이름을 분명히 구별해

야 할 필요가 있을 경우에는 띄어 쓸 수 있습니다. 예) 임채후
(○), 남궁석(○), 남궁 석(○)

7. 본문은 여섯째 줄부터 쓰는 것이 좋습니다. 단, 특수한 작문
인 경우는 적절히 올려 넷째 줄부터 본문을 시작해도 상관없습니
다.

8. 학교 이름이나 주소가 길 경우에는 세 줄을 잡아 쓸 수 있습
니다.

9. 주소는 보통 표제지에 기재하고 원고지 첫 장에는 제목과 성
명만 간단하게 적는 것이 상례입니다.

10. 성명의 각 글자는 시각적 효과를 위해 널찍하게 한두 칸씩
비워 써도 무방합니다.

11. 학교 앞에 지명을 기입할 때는 학교명을 모두 붙여 써서 지
방을 표시하는 지명과 학교명의 구분을 명확히 해 주는 것이 좋
습니다.

▌첫 칸 비우기 ▌

1. 각 문단이 시작될 때는 첫 칸을 비우고 씁니다.

2. 대화체의 경우는 첫 칸을 비우고 씁니다.

3. 인용문이 길 때는 행을 따로 잡아 쓰되, 인용 부분 전체를 한
칸 들여서 씁니다.

4. 첫째, 둘째, 셋째 등으로 이야기를 전개해야 할 때는 시작할
때마다 첫 칸을 비울 수 있습니다. 단, 그 길이가 길거나 제시된

내용을 선명하게 하고자 할 때 비워 둡니다.

　5. 시는 처음 두 칸 정도 줄마다 비우고 씁니다.

▌줄 바꾸기 ▌

　1. 문단이 바뀔 때는 줄을 바꾸어 씁니다.

　2. 대화는 줄을 새로 잡아 씁니다.

　3. 인용문을 시작할 때는 줄을 바꾸어 씁니다. 단, 그 길이가 길 때 한해서입니다.

　4. 대화나 인용문 뒤에 이어지는 지문은 글이 다시 시작되는 것이므로 한 칸을 들여 씁니다. 단, 이어 받는 말로 시작되는 지문은 첫 칸부터 씁니다.

▌문장 부호 및 아라비아 숫자, 영문자 ▌

　1. 문장 부호는 한 칸에 하나씩 넣는 것이 원칙입니다.

　2. 아라바아 숫자는 한 칸에 두 자씩 넣습니다.

　3. 한자(漢字)로 쓸 때는 띄어 쓰지 않습니다. 그러나 한자와 한글이 함께 쓰이면 띄어 쓰기를 합니다.

　4. 마침표(.)와 쉼표(,) 다음에는 통례상 한 칸을 비우지 않으며, 느낌표(!), 물음표(?) 다음에는 통례상 한 칸을 비웁니다.

　5. 행의 첫 칸에는 문장 부호를 쓰지 않습니다. 첫 칸에 문장 부호를 써야 할 경우는 그 바로 윗줄의 마지막 칸에 글자와 함께 씁니다.

6. 영문자의 경우, 대문자는 한 칸에 한 글자, 소문자는 한 칸에 두 글자씩 넣습니다.

⑩ 문장 부호 바로 알고 쓰기

1. 마침표 : 문장을 끝마치고 찍는 문장 부호로 온점(.), 물음표(?), 느낌표(!)를 이르는 말입니다.

2. 쉼표 : 문장 중간에 찍는 반점(,) 가운뎃점(·) 쌍점(:) 빗금(/)을 이르는 말입니다.

3. 따옴표 : 대화, 인용, 특별어구를 나타낼 때 쓰는 문장 부호로 큰따옴표(" ")와 작은따옴표(' ')를 씁니다.

4. 그 밖의 문장 부호 : 물결표(~)는 '내지(얼마에서 얼마까지)'라는 뜻에 씁니다. 줄임표(……)는 할말을 줄였을 때와 말이 없음을 나타낼 때 씁니다.

⑪ 마치며

초등학교나 중학교에서는 독후감이라는 말을 사용하지만 고등학교에 가게 되면 독후감이라는 말보다는 아마 논술이라는 말을 더 많이 쓰고 더 많이 듣게 될 것입니다. 논술이란 말 그대로 어떠한 논제를 가지고 논리적으로 서술하는 것을 말하는데, 이는 하루아침에 이루어지는 능력이 아니랍니다. 다양한 분야의 많은 것을 폭넓고 깊이 있게 알고, 자기의 주관을 뚜렷이 할 때만이 논술을 잘 쓰게 되는 것이지요. 그러기 위해서는 중학교 시절부터 많은 책을 읽어 보고 스스로 글을 써 보는 훈련을 하는 것이 중요합니다.

독후감 제대로 쓰기

　　실제로 고등학교에 가면 교과목 공부에도 시간이 모자라 제대로 책을 읽을 시간이 없거든요. 무엇을 알아야 글을 쓸 것이고, 자신의 주장을 피력할 것 아니겠어요? 그러니 조금이라도 시간이 더 있는 중학생 시절에 좋은 책을 많이 읽어 보고, 생각해 보며, 글을 써 보는 노력을 하는 것이 여러분의 미래를 더욱 밝게 해줄 것입니다. 시간도 절약이 되고요. 아마 그렇게 한 사람은 그렇지 않은 사람보다 10리쯤 앞서 나가지 않을까 생각되는데 여러분 생각은 어떠세요?

┃성 낙 수┃
한국교원대학교 교수, 연세대학교 졸업, 동 대학원에서 석사 · 박사 학위 받음.

┃유 의 종┃
신일중학교 교사, 고려대학교 졸업, 한국교원대학교 대학원 수료.

┃조 현 숙┃
제천여자중학교 교사, 한국교원대학교 졸업, 동 대학원 수료.

판권본사소유

초판 1쇄 발행 2001년 1월 10일
초판 9쇄 발행 2018년 4월 13일

지 은 이   나다니엘 호손
옮 긴 이   윤 영 춘
엮 은 이   성낙수 · 유의종 · 조현숙
펴 낸 이   신 원 영
펴 낸 곳   (주)신원문화사

주   소   서울시 구로구 가마산로 27길 14 (신원빌딩 10층)
전   화   3664-2131~4
팩   스   3664-2130

출판등록   1976년 9월 16일 제5-68호

＊잘못된 책은 바꾸어 드립니다.

ISBN 89-359-0959-9 43840